天下一轮春秋月

中共中央宣传部《党建》杂志社/编

人民出版社

责任编辑：杨文霞
装帧设计：林芝玉
责任校对：陈艳华

图书在版编目（CIP）数据

天下一轮春秋月 / 中共中央宣传部《党建》杂志社 编 . — 北京：人民出版社，2017.8
ISBN 978 - 7 - 01 - 017774 - 8

I. ①天…　II. ①中…　III. ①中国文学 – 当代文学 – 作品综合集　IV. ① I217.2

中国版本图书馆 CIP 数据核字（2017）第 125888 号

天下一轮春秋月
TIANXIA YILUN CHUNQIU YUE

中共中央宣传部《党建》杂志社　编

人民出版社 出版发行
（100706　北京市东城区隆福寺街 99 号）

北京中科印刷有限公司印刷　新华书店经销

2017 年 8 月第 1 版　2017 年 8 月北京第 1 次印刷
开本：880 毫米 ×1230 毫米 1/32　印张：13.25
字数：285 千字

ISBN 978 - 7 - 01 - 017774 - 8　定价：39.00 元

邮购地址 100706　北京市东城区隆福寺街 99 号
人民东方图书销售中心　电话：（010）65250042　65289539

目　录

Table of Contents

仰望篇

那些站在高峰上的历史文化名人

品味篇

那些滋养心灵的名篇佳作

铭记篇

那些文史留名的文化大家

天下一轮春秋月

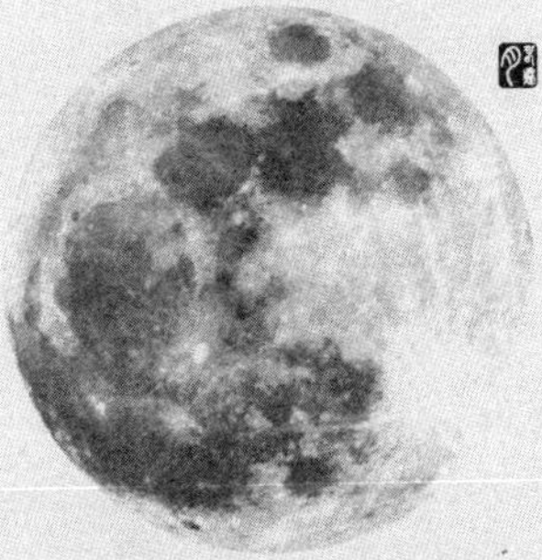

仰望篇

那些站在高峰上的历史文化名人

书中所有人物画像均为高莽所绘

孟子

我在春的夜林中，倾听花树的微语，正是掩史思贤时，历史长河犹如不灭的星空闪烁，浩气天地存，犹思孟夫子。

读一首浩然正气歌

沙　林

读整部中国历史，我们读出了什么？

有人读出了吃人，有人读出了乱治循环，有人读出了内圣外王，有人读出了儒的繁漫流变，这些或许都有道理。

即便如此，我从不认为历史是一个没有定性的小女孩，但我还是有自己的角度，并不同于这些大师方家的，我读出了一首长歌，浩气长歌，在云霄间悠长回荡。

一

浩气，也为浩然之气。何谓浩然之气？孟子曰：“其为气也，至大至刚；以直养而无害，则塞于天地之间。其为气也，配义与道；无是，馁矣。是集义所生者，非义袭而取之也。行有不慊于心，则馁矣。我故曰：告子未尝知义，以其外之也。必有事焉而勿正，心勿忘，勿助长也。”（《孟子·公孙丑上》）

这段话的意思是：那一种气，是世间最伟大、最刚强的。用正义去培养，一点不能加以伤害，就会充塞于天地间。那一种气，必须与义和道相配合，缺乏这些，就会委顿。那一种气，是由正义的经常积累所产生的，不是偶然的正义行为所能获取的。那一种气，只要做一件于心有愧的事就会疲软。所以我说，告子不曾懂得义，因为他把义看成心外之物。一定要善养这种气，但不要有特定的目的；时刻惦记于心，但是不能违背规律拔苗助长。

由此我们知道，所谓浩然之气，就是人间正气，就是大义大德造就的一身正气。一个人有了这种浩然之气，就能“富贵不能淫，贫贱不能移，威武不能屈”。这是官吏和百姓在精神品格上的最高境界。

二

孟子的浩然之气具体包含了哪些内容呢？

首先这是一种高尚之气。孟子思想是中国崇高精神的源头之一，许多人文气节标准实际是他制定的。这些标准有的高得让人仰目，但的确如日月之光，时时激励、观照着这个民族的一切人等，那或许是永恒的理想，遥远的目标，难以企及，但只要君臣庶民不偏离这个人文大方向，社会将趋于美好；过去没有明确答案的道义和生命孰更重要的人生大问题，孟子第一次给予了明确答案，那就是“舍生取义”。孟子从鱼与熊掌不可兼得说起，论述了当生命与道义不可兼得时，要舍生命以取道义。为了道义，宁死也不苟且偷生，决不屈从避死。这样才能做到“仰不愧于天，俯不怍于人”。孟子这种崇义尚道、舍生取义的崇高人生精神，激励陶冶了中华民族漫漫历史长河中无数后来的慷慨悲歌之士。

孟子的浩然之气还表现在一种苦难意识和忧患意识上。孟子说：“天将降大任于斯人也，必先苦其心志，劳其筋骨，饿其体肤，空乏其身。”这句话的励志力量几乎超过了中国历史上任何贤言慧语，对在灾难深重的环境中奋斗拼搏的仁人志士有特别的激励作用。孟子还认为，“生于忧患而死于安乐”，这也是他对追求安乐的人类天性的一种驳论，几乎成了每一位身怀家国大义者的血脉认同。

在策略层面，孟子的善养浩然之气并不是一种蛮干的哲学，而是注重内心的培养，更重视善心的养成，这已然是宋明理学遥远的发端。心动则身动，有心何愁无世界。“穷则独善其身，达则兼善天下”，一语惊万年，这既是一种非常明智的“浩然”观，也是一种至高的善境界。中心是善，扩展为救天下，志向高远，心在万民，完全是一个正人，一个君子，一个国臣，一个士人，一个布衣，无愧于天地、成为至人的人生准则。

孟子在筚路蓝缕的游说推广中还给出了一种善养浩然之气的操作“文案”。他蔑视王公权贵，对国君经常是大不敬，表现了他“民为贵，社稷次之，君为轻”的现代民主思想。他曾说梁襄王“不似人君”——即现代百姓用语“不像个人样”，是一句很厉害的骂人话。孟子几乎没说过君王的好话，齐宣王问计于孟子时，他竟然直言不讳地说：皇帝昏庸无道，就不是君王了，人民是可以起来杀掉他的。

从孟子身上我们可以看到，原始儒家精神从来不主张愚忠，一切以浩然之气中的仁义礼智信为准绳，如果君王暴臣恣意榨取人民血汗，那么杀掉他们就好像及时雨从天而降，欢迎还来不及呢。

孟子的浩然之气更多的成分是对普通百姓的关爱，这也是孟子在历史上最被人称道的一颗柔软的心。因而浩然之气并不意味着一味浩大，也经常蕴含着润物细无声的柔气。孟子提出过即使是在当下也极为先进的“乐民之乐，忧民之忧”的政治行为观，他的爱几乎普及全体人，“老吾老，以及人之老；幼吾幼，以及人之幼”。这种博爱的感染力，恐怕远超近代西方自由思想家的论述，是中华民族非常宝贵的精神财富，怪不得现在世界上有越来越多的学者方家开始重视起孟子了。

总之，孟子所善养的浩然之气，经过华夏一代又一代人漫长而艰苦的实践后，升华为一种人格文化，融汇于血脉中，成长于心灵上，贯穿于人伦里。可以说，孟子开创了炎黄子孙尤其是汉族知识分子精神品格的人伦大道。

三

中华民族从夏商周以来，周边民族觊觎寻衅，兵燹纷扰；不患寡而患不均产生的血仇更时常倾覆国土，可谓民族苦难，人民煎熬。但从来掩不住天地间如雷电闪过的浩然之气。

浩然之气经常体现为“气节”。气节，对于世人来说太熟悉了。我最早是从徐悲鸿的历史画作《田横五百士》中读出的。大师的画本身并不特别愤然，但读了文字后，一种情气顿从胸出：古汉家，多壮美之士，像田横，为保众兄弟的性命，毅然应招见汉高祖。快到京城为自己的尊严又毅然自刎，让人提头见汉高祖，两种气节都不舍，独舍身家，以命相换。他的两随从完成使命后也在田横墓前自杀，汉高祖叹田横手下俱忠义，遂欲招抚五百壮士，但那些在岛上苦等的军士听说田横自刎了，岂羡那荣华，也全都追随田横蹈海而死。

“士为知己者死”，这几乎是我们民族独有的为友谊、为仁义所奉献的至情的礼物。这是我在少年时第一次感悟到的中华民族的浩然之气。

就我的经历，读史最恸的恐怕是致使南宋灭亡的“崖山之战”那一节，至今时有泪暗流。

南北宋的繁华今人已经难以想象，经济、文化、科技达到中国历史的顶峰，而且人民富足丰约，官民心性松弛，大宋朝三百年，竟无一文字狱，也从未有改革或者直言的官员丢了性命。宦官乱政、地方割据、民变起义等也基本没有或者仅局部发生几起，没有横贯全国的大杀戮。著名史学家陈寅恪言：“华夏民族之文化，历数千载之演进，造极于赵宋之世。”另有学者说，这是中华民族的“文艺复兴”，如果再发展下去，足以形成另一种形态的经济科技文明，可与欧洲文明的崛起相抗衡。

但天不假年，从来富贵转眼过。强大的蒙元帝国军事机器，在以摧枯拉朽之势蹂踏欧亚大陆后，突然调转锋头，瞄准军事弱小的南宋。令世界惊叹的是，最不尚武的宋文明竟然是野蛮的游牧军团最难啃的一块土地。四川钓鱼城军民与忽必烈对峙了36年，这在蒙元世界攻伐史上从未有过，他们从来都是几天攻下，屠戮全城。谁知，裹挟西夏军、“伪军”等几十万大军的铁骑，对付南宋最后一支由幼帝及十几万宫女文官组成的最没战斗力的“军队”，竟然也多日不破。

叱咤风云的蒙元帝国愈发欲集全力一举消灭这片土地上的最后敌人，南宋一批忠贞的大臣为保存江山最后的希望，屡战屡退，拥立幼帝从杭州退到福建，再退到广东，直至崖山，三面大海，再无可退。以文天祥、陆秀夫、张世杰“宋末三杰”为代表的王朝精英们，慷慨赴国难，踏上了历史留给他们的最后舞台。

公元1279年，人类古代史上规模最为宏大、战局最为惨烈的一场海战在广东新会崖门海域爆发。这是两个民族之间异常残酷的一场海战，双方共投入兵力40余万，动用战船2000多艘。时逢台风，大浪与炮火交织，巨舟与铁船相冲，南宋军民虽同仇敌忾，但“天欲灭宋”，最终无力回天。陆秀夫看大势已去，背负幼帝蹈海而亡。据记载，最后的时刻，年仅8岁的幼帝赵昺态度平缓，与大夫同去“见先帝”。十几万将士、文臣、宫女、太监也都蹈海，追随他们自己的王朝而去。

文天祥因早在海丰被俘，被拘禁在元军船上目睹了宋军的覆灭，悲愤作诗《二月六日，海上大战，国事不济，孤臣天祥，坐北舟中，向南恸哭，为之诗》："昨朝南船满崖海，今朝只有北船在"，与他此前拒招降时写的"人生自古谁无死，留取丹心照汗青"，相映成绝句。

"崖山之战"后，文天祥被押至广州。带领元军灭亡南宋的将领张弘范对他说："南宋灭亡，忠孝之事已尽，即使杀身成仁，又有谁把这事写在国史？文丞相如愿转而效元，定会受到重用。"文天祥回答："国亡不能救，作为臣子，死有余罪，怎能再怀二心。"

1282年十二月初九，是文天祥就义的日子。这一天，兵马司监狱内外布满了全副武装的士兵，上万民众聚集在街道两旁。行刑前，文天祥问明了方向，随即向着南方拜了几拜。监斩官问："丞相有什么话要说？回奏尚可免死。"文天祥不再说话，从容就义，终年47岁。

"君臣士民一起死社稷，天水一朝三百载之绝唱。"这种让周边儒教国家震惊的巨变以及从中焕发的"崖山精神"，春秋大义，浩然之气，即是中华民族绵延数千年而不绝的民族精神！

四

"崖山之战"后，天下顿时肃然无声。

有学者说，这不仅是一个国家的灭亡，更是天下的灭亡。中国有史以来第一次被异族彻底击败和统治，向世界顶峰冲击的科技、文化、经济、制度浪潮戛然而止，接下来是漫漫百年长夜，中华文化那种活力甚至到明清都再也没有恢复过来，因而从古至今许多中外学者为了凭吊这“古典中国”的消亡，都在说一句话：“崖山之后无中国。”

我的确痛惜这场汉民族的劫难，但又岂能“无中国”？实际上，浩然之气，作为一个民族的人格文化，是永存长天、亘古不灭的。史上有一条金线，串集各代英雄明珠，一直闪耀至今——

顾炎武，明亡后，回首故国明月，呼吁“天下兴亡，匹夫有责”。其思想中的爱国情结具有极大的历史意义。从他之后，中华民族不止一次地面临着生死存亡的问题，每当此时，“天下兴亡，匹夫有责”的口号就激励中国人民奋起反抗。

林觉民，1911 年从日本回国，留下情真意切的绝笔《与妻书》：“吾自遇汝以来，常愿天下有情人都成眷属；然遍地腥云，满街狼犬，称心快意，几家能彀？”随后毅然赴广州参加起义，在进攻总督衙门的战斗中受伤被俘，从容就义。

梁启超，在“老大中国”遭受欺凌、疲弱至极时，含泪看极远，甚至产生了一种思之甚切的幻象：“美哉我少年中国，与天不老；壮哉我中国少年，与国无疆。”“掀起狂风，飞沙走石；珍奇的鲜花含苞待放，万木逢春，生机勃勃……”正是他，大声疾呼“少年中国”，并第一次提出了中华民族这个概念，为以后中国国家概念的成熟、升华，奠定了雄厚的文化基础。

历史演变到今天，我们更何曾缺男儿，我们心魂所能感之的、眼睛所能见到的风流人物还在今朝耸立：孙中山、陈独秀、李大钊、毛泽东、周恩来、邓小平……他们所做的壮举，前无古人。

我一直以为，能发现无形的“气”，的确是中国人聪明之处。这双聪明的眼睛，在春秋之前就生成拥有了，于是孟子很自然地对学生公孙丑说出了“浩然之气”这个概念。孟子的伟大之处是他第一次把道德、人心、品格等更高一层的精神概念，引入过去大多周旋于生理健康范畴的气。

浩然之气，滋润培育了前人，对今人更有振聋发聩的教育作用。当下有些国人无气节、无廉耻的现状，让人感叹，让人警醒。我们今天提倡善养浩然之气，正是要针砭萎靡，荡涤腐恶。我们要用这种古先贤思想中最宝贵的魂一样的东西，这种辉映千古的浩然之气，重铸我们民族的脊梁，为实现伟大的中国梦而奋发。

于是，我在春的夜林中，倾听花树的微语，正是掩史思贤时，历史长河犹如不灭的星空闪烁，浩气天地存，犹思孟夫子。

庄子

尽管两千多年过去了，可是，当你翻开他的著作，就会觉得一个超凡脱俗却又鲜活灵动的哲人形象，赫然站在眼前。

超越人间世的“逍遥游”

王充闾

算来，结缘庄子已经60多年了。

记得在我就读私塾的第六个年头，“四书”、《诗经》《左传》《史记》都读过了，塾师确定：从是日起，诵读《庄子》。那是一部扫叶山房民国十一年印行的四卷本，是父亲回祖居地河北大名探亲时，在邯郸书局买到的。

不过，塾师讲解得并不细致，只是逐日地按照篇章领读一遍，提示僻字、难字读音，然后就要我们反复读，直到熟读成诵。真正把玩它的奇文胜义，体验到一些灵识妙悟，那还是中年以后的事。

半个多世纪过去了，当年的月亮早已沉没下去，花开叶落说不清多少次了，敬爱的塾师已然骨朽形销；而“口诵心惟”的绿鬓少年，也已垂垂老矣。沧桑阅尽，但见白发三千，只有那部《庄子》，依然高踞案头，静静地像一件古玩，悠闲地朝夕同我对视。而庄子本人，更是一直活在我的心里，不时走进魂梦之中。

一

庄子生活在战国的中后期，那是一个极端动荡不安的乱世。面对世界的荒谬、社会的黑暗、民生的疾苦，庄子并非迥隔尘凡，脱略世事，也不是“丧己于物，失性于俗”，同流合污；而是在与众生同游共处之中，坚持自我的价值取向，“游于世而不僻，顺人而不失己”，实现精神对现实的超越。

作为人类思想史上首倡人的自由解放的伟大思想家，庄子视自由精神、独立人格、自然天性、逍遥境界为人生的终极价值。宇宙千般，人间万象，在庄子的视线内，物我限界泯除，时空阻滞化为乌有，大小不拘，久暂无碍，通天入地，变幻无穷。庄子的人生追求、价值取向，决定了他在封建统治者面前，不肯屈身作吏，觍颜事人；他完全没有飞黄腾达、荣宗耀祖、立功立德的期望。他所追求的只是真正的自由、自主；他的理想境界不过是做一只全靠自力、无恃无待的草泽里的野雉，走十步才啄到一口食物，走百步才能饮到一口水，尽管生计艰难，但它绝不冀求被畜养在笼子里。

闻一多先生说:“庄子穷困了一生，也寂寞了一生，他不肯仕进，并挖苦权贵，他的言行里映射着他的潇洒与放达;然而，最终取代他毕生沉寂的，是永久的辉煌。”庄子开辟了一个自由放达的精神境界、人生境界和艺术境界。他心目中的尘垢之外的世界，不是天国，不是西方净土，而是自己的心灵世界。他的反对“人为物役”“心为形役”，超然物外、潇洒出尘的丰标，积淀在中华民族的性格中，为后世文人所追逐与景仰。在这方面，他不仅超越于先秦诸子，填补了先秦思想的空白，而且为后世文人营造了一块淡泊名利、排除物欲、确保心灵自由放任的精神土壤。

作为道家的代表人物之一，庄子继老子之后，开创了与正统儒家文化双峰对峙、相得益彰的另一个传统。如果说孔子具有十分执着的人生态度，知其不可为而为之，以一种无穷的理性力量感染着后人的话;那么，庄子则是凭着他超脱的人生智慧以及追求个体精神自由的诗意魅力，吸引了一代又一代的人。

二

庄子的思想、学问、功力，主要是作用于人的心灵层面与精神境界，也就是通过释放精神能量，陶冶、丰富人的精神世界，教人忘怀得失，超越现实种种庸俗的计较。

庄子明确地揭示了人生的有限性，从根本上阐释戒除贪欲、知足知止的道理。知足，是就得之于外而言，到一定程度就不再索取，不会事事、处处与人攀比;一个人活得累，小部分原因是为了生存，大部分来源于攀比。知止，是从内在上讲，主动终止、不要，从而抑制贪求，抑制过高过强的物质欲望。一个人的追求应该是有限度的，必须适可而止；不属于自己的东西，不能贪得无厌，紧追不舍；否则，让名缰利锁盘踞在心头，遮蔽了双眼，那就会陷入迷途，导致身败名裂的悲剧下场。可是，世上的常情却与此相反：“身后有余忘缩手，眼前无路想回头。”庄子曾慨乎其言：“一受其成形，不亡以待尽。与物相刃相靡，其行进如驰，而莫之能止，不亦悲乎！”

庄子哲学是艰难时世的产物，体现了应对乱世的生命智慧。庄子无意逃避现实，但也不取凌厉进击、战胜攻取的强者姿态，唯以坚守本性、维护自由为无上律令。他所探究的中心课题，是如何在夹缝中生存，如何在乱世、浊世、衰世中养性全生、摆脱困境，其中涵括了一代哲人对其所遭遇的种种痛苦的独特生命体验。“人世难逢开口笑”，“新鬼烦冤旧鬼哭”。这样，每逢灾祸频仍的时日，那些处于“倒悬”之境的士子，穷途失意的文人，或者虽曾春风得意、后来却屡经颠踬磨难而豁然开悟的“过来人”，几度沧桑历遍，世事从头数来，他们都会从《庄子》那些警策的教示中，获取灵魂的慰安、心理的平衡，为心灵创伤、命运挫折、生活苦难提供某种抚慰；它使许多身处困境的人群从中悟解到：可以采取另一种方式活下去，可以从另一种视角看待问题、观察事物，从而在逍遥畅游中，卸却种种负累，解脱重重羁绊。如果用医学术语来表述，是起到了一种“消结化瘀”“疏肝理气”的作用。从这个意义上，不妨说，《庄子》是失意者的灵丹妙药。

说到庄子的人生智慧，集中地体现于以生命为贵、以名位为轻、“完身养生”上。在先秦诸子中，体现了一种人生观、价值观的转换，体现了人类自身生命价值的认知和主体意识的觉醒。

庄子的人生智慧，最有名的是他的“处于材与不材之间”的“散木情结”。鉴于人世间种种纷争，寻根究底，全在于求名用智，庄子反复强调韬光养晦、藏锋不露的生存智慧，主张退隐、藏锋、遁迹、避世，“自埋于民，自藏于畔”。庄子指出，德的失真是由于求名声，智的外露是在于争辩是非；名是人们相互倾轧的原因，智是人们相互斗争的工具。这两者都是凶器，不可以将它们推行于世。庄子提倡即便才德出众，也要形同无知，大智若愚，像是无知的婴儿一样，“行贤而去自贤之行”，“为而不恃，长而不宰，功成不居”。

三

在古代的思想家中，庄子的思维方式是至为独特的。它具有非概念、非逻辑性的审美特征。作为哲学元典，《庄子》很少运用逻辑论证、推理的形式来阐发固定的结论，而是采取形象的类比的思维方式，使你在特殊的具体的直观领悟中去把握真理。论者一般都把它概括为“直觉思维”，即不经过逻辑分析而直接体察事物的内在本质；也有的考虑到它的突破常规、冲决框范、不受时空限制，以想象、联想和逆向、侧向为基本特征，而以“非逻辑思维”“意象思维”目之。

庄子是艺术家的气质，他并不重视外在客观性的知识，而看重主体内在的感受；不重视概念的分析、剖断，而看重实际生活的感受；不重视语言文字的表述，而看重直觉的体悟。应该说，这类思维方式在先秦诸子中是独树一帜、独一无二的。闻一多先生说，庄子是“最真实的诗人”。就其直觉的、意象的、梦幻的、非逻辑性的思维方式，倒真的和诗人的思维方式有些相似，使人想起中国诗歌史上的一大串诗人来。

《庄子》一书最值得注意的，是它的“寓言”“重言”“卮言”形式与叙事策略。他特别擅长把某些生活经验、生命体验和所要表达的“道”，巧妙地糅合到一起，然后以说寓言、讲故事的形式把它生动地描绘出来，使你难以将形象和哲理截然分割开来。其鲜明的特点：一是惯于运用虚构的手法，翘首天外，结想无端，所谓“皆空语无事实”。先秦诸子中，有的也经常运用寓言故事来说理论事，但庄子笔下的寓言故事，多出自个人虚拟，凭空结撰，异想天开，靠的是大胆的形象创造和海阔天空、出神入化的狂想，玄虚幽邈，荒诞不经。二是庄子讲故事，往往并不明确点出所要说明的道理，不是靠着雄辩滔滔、逻辑推理，而是凭借特异的形象思维，通过有趣的人、奇突的事、“芒乎昧乎”的语言文字，自然地展现出来，说完了转身离去，或者袖手站在一旁，听任读者去恣意猜想。三是讲述的人物形象、离奇故事以及趣谈，具有模糊性、多义性，可以作多种阐释，留下广阔的思索空间，需要读者反复地玩味，才能领悟其深层含义；而且，随着视角的不同，读者会得出不同的结论，所谓“一千个读者，就有一千个哈姆雷特”。这在先秦诸子中，也是最有特色的。四是所讲述的内容，富有哲学意蕴，有些是人们习常见惯的事情，却含有深邃的道理。看了庄子那些“意出尘外，怪生笔端”的寓言故事，又考虑到“小说”之名确是始见于《庄子》，我们会自然地联想到后世的小说作品。宋人黄震有言：庄子“眇来宇宙，戏薄世人，走弄百出，茫无定踪，固千世诙谐小说之祖也”。

《庄子》是先秦时期一部高妙、精深的哲学名著，又是一本泽流万世、传之无穷的散文精品。面对《庄子》这部具有世界性意义的文化元典，宛如置身一座光华四射的迷宫。玄妙的哲理，雄辩的逻辑，超凡的意境，奇姿壮采的语言，令人颠倒迷离，眼花缭乱，意荡神摇，流连忘返，不禁叹为观止。清初文学批评家金圣叹认定其为“天下第一奇书”，还把它同《离骚》《史记》、杜诗、《水浒传》《西厢记》，并列为“六大才子书”。

现当代中国两位文学巨擘鲁迅与郭沫若先生，对于庄子的文学成就，也都给予极高的评价。鲁迅说，“其文则汪洋辟阖，仪态万方，晚周诸子之作，莫能先也”，重点放在当时。而郭沫若则着眼于后世，他说：“不仅晚周诸子莫能先，秦汉以来一部文学史，差不多大半是在他的影响之下发展的”；“他那思想的超脱精微，文辞的清拔恣肆，实在是古今无两”。

如果把视线扩展到域外，那么，同样会列出一大串金光耀眼的名字：美国作家梭罗、英国作家王尔德、德国剧作家布莱希特、阿根廷作家博尔赫斯、墨西哥诗人帕斯、苏联时期文艺评论家什克洛夫斯基……这些大名鼎鼎的文学“大腕”，竟然都是庄子的崇拜者。

四

在人类的历史长河中，那些发生在过去的时段，曾经被所谓“相斫书”或“断烂朝报”所大书特书的人和事，无论其为王朝递遭，列国争锋，还是祸起萧墙，沙场喋血，都在终古如斯的时序迁流中，随着历史帷幕的落下，统统收场了，除了一抹斜阳落照，几块断碣残碑，没有留下更多的身影，后世之人早已淡忘如遗。

可是，人类文明史上的伟大智者关于社会、自然、人生、人性、心灵、命运等课题的思考与阐释，却仍然像磁石一般，强有力地吸引着千秋万代的后来人。庄子乃其佼佼者。当然，也无须讳言，同一切伟大的历史人物、伟大的思想学说一样，生活在两千三百多年前的庄子及其哲学思想，充满着内在的矛盾，也存在着鲜明的历史局限性。

西方一位哲人说过，伟大人物可以塑造一个时代；而一般的人只能被时代所塑造。无疑，庄子是伟大的，但他却既未能也根本不想通过事功去影响社会、塑造时代；当然也谈不上“被时代所塑造”。他，只是自我——独与天地精神往来的自我。他从来都不是公众人物，终其一生都与世俗观念相忤，未曾更不屑于为着那些身外之物而营谋、奔走；他的最高需求只是身心自由。应该说，他的一生，是过得足够的轻松自在，足够的自得自足，足够的从容潇洒的。

现代著名学者钱宾四先生说过，“在中国人的观念中，往往有并无事业表现，而其人实是十分重要的”，因为“无论如何，这些人都是文化传统中的大人物，他们承前启后，从文化传统来讲，各有他们不可磨灭的意义和价值”。

庄子正是如此。在苦涩的“人间世”，作超越的“逍遥游”；他在为后世创辟了一条回归生命本体的路径，开启了一扇走出生命“围城”的门户之后，便像清风、白云一般飘然而去。

桃花源开而复闭，惹得世人说到今。

不随落叶舞西风

李春雷

每每想起陶渊明，眼前便会闪现出五棵柔韧的青柳，簇簇怒放的金菊，怡然欢乐的桃花源。

陶渊明是我国田园诗派创始人，其诗文自然质朴，意味隽永，以“田园”为标志的人生境界，成为中国文人千年不移的文化理想。

不仅如此，陶渊明还以其高迈的风骨，影响着中华民族的政治文明和人格行为。

桃花源开而复闭，惹得世人说到今。

一

宅边有五柳树，因以为号焉。闲静少言，不慕荣利。好读书，不求甚解。性嗜酒，家贫不能常得。环堵萧然，不蔽风日。不戚戚于贫贱，不汲汲于富贵……

《五柳先生传》中，几个清脆的“不”字，透露出陶渊明轻灵飘逸的个性之美，卓尔不群的独立人格。

可惜，那不是一个张扬个性的时代！

东晋末期，社会动荡，民不聊生。疆土上，军阀割据，征战不休，生灵涂炭，哀鸿遍野。官场上，任性的举荐，使“上品无寒门，下品无士族”，豪门士族垄断权贵，政治一片黑暗。

陶渊明少有“大济苍生”的愿望，直到年近而立才有了施展的小舞台，走马上任江州祭酒。门阀士族垄断的名利场，岂容庶族寒门驰骋，他不堪轻视，少日，自解归。后来，州里又召他做主簿，初入仕途的冷眼，尚耿耿于怀，他婉拒了。

五年后，他元气复归，主动投奔世交荆州刺史桓玄门下做属吏。后见桓玄窥伺篡夺东晋政权，心中不肯同流合污，便辞职归家。

元兴三年，建军武将军、下邳太守刘裕起兵讨伐桓玄。打入建康后，“以身范物”，“内外百官，皆肃然奉职，风俗顿改”，颇合陶渊明忠效之意。

但不久，皇室集团便大肆剪除异己，徇私用情，残酷黑暗之极，使陶渊明刚刚升腾起来的政治热情和社会理想，又沉入阴险的旋涡，冰凉的深渊。“目倦山川异，心念山泽居”，他又辞职了。

义熙元年，陶渊明转入建威将军、江州刺史刘敬宣部任参军，未几，和上司一同请辞。

二

同年秋，陶渊明赴任彭泽县令。这一年，他正好40岁。

不惑之年了，在小却实的职位上，做一天和尚撞一天钟，有饭吃有酒喝，四平八稳终老一生也挺好。但陶渊明不混天熬日子、做糊涂官。

苦百姓所苦，想百姓所想。他明白百姓拼死拼活干一年，“耕植不足以自给”的主要原因。

当时，东晋实行“口税法”，每人年缴米3石。权势人家纷纷隐瞒人口，国库空虚，只好抬高税收，每人5石，小民怎么负担得了？

陶渊明一上任就开始清查户籍，摸清人口底数，防止偷税漏税。且先从本县一户何姓大地主家入手。何家郡里有官，历任县令都不敢轻举妄动。

陶渊明敢！仔细一查，何家有成年男丁200人，却每年只缴20人的税！偷税漏税多么严重，百姓负担多么沉重，由此可见一斑。

冬天，郡里下来考察干部，何家买通监察和考核政绩的督邮。督邮一到彭泽县，就差县吏召县令来见。部下告诉陶渊明：按惯例此时得行点贿，还要穿上官服，束上大带，毕恭毕敬去见。

陶渊明素来蔑视权贵，不肯趋炎附势，一听，勃然大怒：“吾不能为五斗米折腰，拳拳事乡里小人邪！”说罢，取出官印，三下两下封好，并挥笔写就一封辞职信，斩钉截铁自行中断只当了80余日的彭泽县令。

“吾不能为五斗米折腰！”1600多年前的铿锵之言，震古烁今。

三

久在樊笼里，复得返自然。

陶渊明仕途十三载，五仕五辞，时断时续，时喜时忧。一首心曲《归去来兮辞》，写出了归家后的一身清爽：

归去来兮，田园将芜胡不归？既自以心为形役，奚惆怅而独悲！悟已往之不谏，知来者之可追。实迷途其未远，觉今是而昨非。舟遥遥以轻飏，风飘飘而吹衣……世与我而相违，复驾言兮焉求？

哲人者，宁肯舍其事而成其心。人格比生命更珍贵。

与那些遁入深山老林的老派隐士不同，陶渊明不颓废、不绝望、不逃避，在持续的贫寒中，匍匐大地，仰望星空，向着理想，孜孜探索。

他自食其力，“种豆南山下，草盛豆苗稀。晨兴理荒秽，带月荷锄归”。

他入乡随俗，“相见无杂言，但道桑麻长”。

他传播文化，“谈谐无俗调，所说圣人篇”，“奇文共欣赏，疑义相与析”。

他酿酒喝酒，且不“独乐乐”，“斗酒聚比邻”……

就像他家门前细颀的杨柳，最风情、最真诚、最敏锐、最清醒。一夜暖风起，心便绿了，腰便柔了，轻盈地飞舞起春天的希望来了。

“此间乐，不思蜀。”蜀汉后主刘禅甘心为曹魏虏，不思复国。

可一介草民陶渊明“处江湖之远”，却在翘首谛听着国家兴亡。

元熙二年六月，刘裕废晋恭帝，改号“永初”。次年，又用棉被闷死晋恭帝。

“逆臣贼子！”争权夺利，无所不用其极！民族危亡，民生疾苦，却无人问津！

这，不能不在“孤且直”的陶渊明心上激起波澜。

他挥舞愤笔，把满心关切，满眼疾苦，勾画进一个与污浊相对立的美好境界、与黑暗相抗衡的理想社会，以倾泻和寄托内心澎湃的百姓情怀与政治向往：

忽逢桃花林，夹岸数百步，中无杂树，芳草鲜美，落英缤纷，土地平旷，屋舍俨然，良田美池，桑竹之属，阡陌交通，鸡犬相闻，往来种作，黄发垂髫，怡然自乐……

《桃花源记》就这样在悲怆、激愤之中，惊心动魄地诞生了。

在这里，没有士族，没有庶族，没有尊卑，没有阴谋，没有敲诈，没有赋税，没有饥饿，没有污浊，人与人和好，天与地和美，人与自然和谐；享受这美好生活的，不是不食人间烟火的神仙，而是一群普普通通的劳动者，他们用自己的勤劳和善良，创造着富足、和平、幸福。

如果说，陶渊明16年前辞官之初想到的还只是个人的进退清浊，那么，和百姓一样头顶烈日、汗洒大地16年后，57岁的他更深深体会到人间疾苦，心里承载的已是整个社会的出路，广大人民的安康。

陶渊明笔下的桃花源，承接、连通了今天“望得见山、看得见水、记得住乡愁”的乡村文脉，不仅被孕育成一处处现实风景，还被升华为一种文化标记，传颂为一座生活图腾，契合于当下的生态文明理念，践行于当前的美丽乡村建设，圆梦于中国梦之一种。

四

大哲学家周敦颐说：陶渊明独爱菊，这是一种带有生命意义的审美判断！唯其如此，才算是陶渊明其人其诗的知音。菊花是陶渊明独立人格的象征。

是的，菊，傲霜迎雪，卓尔不群，是晚秋开放的花。当飒飒秋风起，百花凋敝，它却像一个顽强不屈的勇士，独立寒秋，灿然开放。而后，长叹一声，碎金一地，散尽辉煌，悲壮谢幕。

陶渊明，何尝不是如此呢？

“躬耕自资”稍有结余，仇家追到门上，一把火烧光了他可怜的家产。从此，忧愤、饥寒、劳累、羸疾，一直伴他终老。

贫穷一生，陶渊明却老而弥坚。不同道，摆在面前的粱肉美酒，亦不能勾引起“性嗜酒，家贫不能常得”的他生之乐趣。

宁可枝头抱霜死，不随落叶舞西风。朋友以其具有“宽乐令终之美，好廉克己之操”，立谥号“靖节征士”。

其书蓬勃着正气、浩气、阳刚之气，一如其人之英雄气概、斗士豪情、清官风骨。

品不尽的奇伟秀拔

权海帆

颜真卿，一位令人敬仰的书法大师，其书法千余年来被奉为楷模。而构成他不朽颜体底蕴的则是以身许国、为民请命的文化人格。

当我阅读有关他的文献时，曾为之心潮澎湃，热血沸腾；当我记述他的传奇事迹时，常常为之热泪纵横，敲击键盘的双手不得不一次次地停顿下来，又接续下去。

反复如此，如此反复……

以身许国

颜真卿生逢中国历史上的大唐盛世——开元至天宝前期。其时，积聚了唐太宗以来励精图治、开拓进取、居安思危治国成果的大唐，是举世无双的经济最繁荣、文化最发达、社会最稳定的封建帝国。

大兴文教和科举制度的完善，使一大批优秀人才涌现出来，创造了中华文化的空前昌盛。以李白、杜甫为代表的一批杰出诗人，笔下那一篇篇散发着博大、雄浑气息的诗作，与书法、绘画、雕塑、音乐等五光十色的辉煌艺术之作，氤氲为盛唐文化蓬勃、激扬的时代精神。尤需一提的是书坛亘古未有的璀璨景象。褚遂良、张旭等巨匠的杰出创造，把书法艺术推向了一个新的境界。

然而，在恢宏雄大、高迈飘逸的盛唐气象背后，却隐藏着尖锐的社会矛盾和深刻的社会危机。颜真卿的童年、青年，在盛唐气象中度过，而他的中年、老年却处在各种社会矛盾和潜在危机大爆发的时期。无论在盛唐时期，还是在危机大爆发时期，颜真卿都以全部作为，确证了自己的魂之“忠”、气之“正”。

大唐盛世潜藏着的巨大社会危机以安禄山的反叛总爆发。时任平原郡太守的颜真卿早就预感到安禄山反叛的可能，暗自作了应对准备，并于一年前就曾向朝廷上表，密奏其真相，却被窃据宰相大权的杨国忠暗自扣压。平原郡在安禄山的辖区之内，颜真卿请假赴京，希望借机向朝廷揭露其狼子野心，也不为安禄山所许。颜真卿忧心如焚。

天宝十四载十一月，盘踞范阳的安禄山公然挥师20万反叛。叛军凌厉而南，攻城夺邑，所过郡县守令，或死于其刀剑之下，或挂冠远遁，或望风而降。颜真卿得知，义愤填膺，怒火燃胸。他绝不能容许任何人破坏国泰民安、百姓乐居的社会局面。在严令全城将士厉兵秣马、枕戈待旦的同时，将安禄山反叛之况写了表章，派人飞马送往京师。

是他，把正沉浸在歌舞升平、纵酒淫乐中的唐玄宗，从迷梦中呼唤醒来。

是他，第一个对安禄山挥动了刀剑。安禄山攻克东都洛阳，斩杀了无力抵抗却誓死不降的洛阳留守李憕等3位朝廷官员，派手下将领段子光携带其首级震慑诸郡，来到平原。颜真卿毅然命令军吏斩来者头颅，首举义旗，誓师平叛！

是他，联络周围诸郡，于平原与饶阳、河间、济南、常山等17郡结盟，被推为盟主，联手抗击叛军。

是他，与身为常山太守的堂兄颜杲卿暗自策划，智取土门，斩贼将李钦湊、高邈，活捉何千年，致敌洛阳与范阳之间首尾难顾，惊慌失措。

是他，力排众议，借兵于清河，取得了棠邑、魏郡大捷，使敌遭受重创，一蹶不振。

还是他，得知平卢游奕使刘客奴等3人将背叛安禄山，鼎力支持，派人送去10万军资。且为坚定其心，忍受着骨肉分离之痛，送去自己当时不足10岁的独子颜颇为人质。然刘客奴行动不密，受到安禄山的袭击而一败涂地，10岁的颜颇也从此杳无踪迹……

尤其是他，当李希烈反叛于许州，把持朝政的权奸卢杞伺机报仇，向德宗奏称：颜真卿德高望重，如差遣他前去安抚，其叛可不战而平。昏庸的德宗依其言降旨。颜真卿明知系卢杞奸计，却勇赴国难，当天即登程而去。在李希烈虎穴内，义正词严，以理相劝。李希烈竟以活埋、焚烧相威逼，要颜真卿辅佐自己称帝，遭拒绝后，将这位 77 岁的忠耿老人缢死于蔡州。

颜真卿就这样为国捐躯。江河同泣，天日共愤！

疾恶如仇

安史之乱爆发前后的大唐朝廷，充斥着蒙上欺下、坑陷忠良、揽权营私、贪腐成性的“官霸”“官痞”。26 岁的颜真卿以优异成绩“进士及第”，踏上仕途，目睹这些“官霸”“官痞”的作恶多端、为所欲为，以“斗士”姿态，一刻也没有间断与他们的斗争。他也因此屡遭贬谪，仕途多舛。

首先是与杨国忠的斗争。这位仗着唐玄宗对其堂妹杨玉环的宠爱而爬上宰相高位、炙手可热的弄权者，大权独揽，凡不顺从于己者，必排挤出京。对初入仕途、官小位微，却对自己不卑不亢的颜真卿也不放过，以遴选才俊出任郡守之名，“发配”远去平原。

其次是与房琯的斗争。平原失陷后，颜真卿来到登上帝位的肃宗李亨所在的凤翔，被拜为宪部尚书，接着又兼御史大夫。当时，山河破碎，叛贼肆虐，许多官员却尸位素餐，纵情恣肆。颜真卿一如既往地正道直行，对举止放荡的官员，该弹劾、贬官的绝不留情。宰相房琯毫无奋发救国之意，简慢国事，常常称病不朝，在家聚集一帮放荡宾客，通宵达旦地高谈阔论。他还放纵门客借着自己的权势纳贿，并公然袒护纵情恣肆的死党。颜真卿不因房琯官高权重而怯惧，也不因与房琯有亲朋瓜葛而姑息，查明真相，据实上表弹劾，使之被贬谪。

颜真卿甚至将斗争矛头指向肃宗李亨。唐军收复长安之后，以“抢班夺权”方式登上帝位的肃宗李亨，急于回宫享受皇帝的尊荣和奢华。颜真卿为了使他深刻汲取沉重的历史教训，上表力主：筑坛于旷野，皇帝东向哭三日，然后回宫。这令肃宗李亨十分难堪，不得不大体赞同，心中却点燃了伺机报复泄愤的火苗。回京不久，在大封功臣、奖掖群臣的同时，却贬颜真卿为冯翊太守，不久迁蒲州刺史，一年后又远黜饶州。

再有是与元载的斗争。元载是代宗时期的宰相，权倾天下，气焰煊赫至极，却仍欲壑不满，全然不顾国家的兴衰、百姓的疾苦。颜真卿对其奸佞行径，几次当面斥责，致其恼羞成怒。为了遮盖自己的罪恶，元载怂恿代宗下诏“奉进止”：各衙官员上书，必须先告诉自己的长官，由长官告诉宰相，得到宰相许可的，再呈上来。当元载向百官传达这一诏令后，颜真卿愤而上呈《论百官论事疏》，指出：隔绝忠直之言，令天下之士钳口结舌，将致大唐“危殆之期，又翘足而至”；“今陛下不早觉悟，渐成孤立，后纵悔之无及矣。”疏文不仅触怒元载，也伤及代宗，遂被贬黜为抚州太守，后又迁于湖州。

颜真卿疾恶如仇、勇斗邪恶的事迹，远不限于此。

清廉为官

颜真卿无论任何职、在何处，无不心系百姓，清廉为官，与贪腐无缘，无负于“清官”之称。

早年，任监察御史，曾巡察武威、西平一带。久旱不雨的五原郡，有冤案多年不得昭雪，民怨沸腾。颜真卿追踪蛛丝马迹，终使案情真相大白，作恶者被绳之以法。此时，甘霖普降，百姓欣喜不尽，高呼为“御史雨”。

贬官于同州时，面对安史之乱造成的千疮百孔、苍凉死寂景象，颜真卿废寝忘食地救灾慰民，劝课农桑，使同州虽然未完全实现“旬月之内，望有所效”的愿望，却已悄然焕发了生机。

遭受战祸更为惨重的蒲州，白骨、饿殍遍野，处处残垣断壁、荒草枯木；只有不绝于耳的呻吟声和踯躅的身影，证明着尚未灭绝的人的生命的存在。颜真卿一到这里，振作自励，借粮赈饥，放粮舍饭，抚恤孤寡，并贴出安民告示，号召四方逃难百姓回乡种田。州衙的全部官员、役吏，包括他自己，每天都为给饥民搭棚煮粥、发放口粮和籽种，从清早忙活到深夜，使蒲州当年便面貌一新。

在抚州，颜真卿到任之日即察看州城及境内各县，了解百业，特别是农耕情况。汝水泛滥，冲决陂坝，淹没良田，农户生计无着的情况，使他忧思在胸。他与群僚、贤士磋商再三，决定于原华陂之后另筑一座更结实、更高大的新陂坝，以根除水患，且获取引水灌溉之利。州衙作了决定，官员们各负其责；颜真卿亲临工地，指导施工。苦干一年半，新陂坝矗立起来了。百姓们一个个兴高采烈，欢呼雀跃，夸赞刺史颜大人爱民、为民、造福于民！

在物华天宝的升州，颜真卿身为刺史兼浙西节度使，为国为民，恪尽职守，却为奸佞诽谤，被解职归京。然“阖门百口，几至餬口”，打点启程，凑不足路途盘费。幸亏原僚属蔡明远以钱粮相济，才解除了饮食之忧，得以踏上北去之途。闻名后世的《蔡明远帖》，便是见证。

在长安任刑部尚书时，颜真卿也陷入“举家食粥”数月的境地，不得不手书《乞米帖》，让家人求告于好友李光进“惠及少米，实济艰辛”。帖末4字：“仍恕干烦”，饱含着他心中的歉疚和无奈。颜夫人久病在身，医生开的药方中有一味鹿脯，比较昂贵。无力为夫人买药治病，颜真卿只好又写了《鹿脯帖》：“病妻服药，要少鹿肉干脯，有新好者，望惠少许，幸甚幸甚！”可以肯定的是，如此般向亲友求借，绝不止这两次，只是在历史的变迁中未能流传下来。

颜真卿堂堂尚书，何以潦倒如此？历史学家找到的原因是：元载“厚外官而薄京官”。然而，为何同是京官，元载之流富甲天下？答案只能是：颜真卿不贪腐，不索贿纳贿，不巧取豪夺，清正、清明、清白、清廉。

字必筋健

颜真卿的书法成就尽人皆知。纵览其书，无论楷、行，无不筋健端庄、雄浑遒劲、气势磅礴，豪放逸宕而不逾规矩，点画凝重而不见板滞；蓬勃着正气、浩气、阳刚之气，酣畅淋漓，劲挺豁达，奇伟秀拔，美轮美奂；一如其人之英雄气概、斗士豪情、清官风骨，不妖媚，不妥协，不故作姿态。

其书如此超绝，在于其融才学、识见与忠魂正气的人格于一体。颜真卿虽出身于官宦世家，但父亲早逝，3 岁而孤，母亲带着 10 个孩子，全靠亲朋的接济过活。然而，颜真卿得天独厚的条件是，伯父元孙、舅父殷践猷、姑母真定都可称硕儒，母亲也博览诗文，颜真卿接受了浓厚的“书香”熏陶，遍读经籍。

在盛唐气象的影响下，在母亲和亲朋的教诲下，颜真卿从小懂得了立身做人必须明道树德、正道直行的道理。他学习分外勤奋，常常是“三更灯火五更鸡”，夜以继日地苦学。为了学好书法而不花钱，他以黄泥涂墙写字，临摹前贤笔迹，写满后刮下来重新涂泥书写，写满了再涂再写……日复一日，孜孜不倦，不厌烦，不懈怠，即使赤日炎炎的盛夏三伏天、寒风砭人肌骨的隆冬三九天，也从不间断。

贫困中的艰苦历练，使颜真卿打下了坚实的书法功底，达到了“楷法遒美”的境界，也从中体味到凡常百姓的疾苦，锤炼出坚忍不拔、刚毅不屈的性格。进士及第后，他还远赴洛阳，以毕恭毕敬、如饥似渴的求学态度，拜师名满华夏的书法家张旭，得其楷法真传而使自己“更上一层楼”。

儒家的积极进取精神和礼义道德，是颜真卿精神世界的主调。其忠魂一缕，百番打击而愈忠；正气一腔，千般摧残而弥正。凡提笔为书，并不刻意求其秀美，而是浩气倾注，激情澎湃，泻于笔端。其一竖一横，都交融着忧国忧民、壮怀激烈的忠魂正气；一撇一捺，都蓬勃着对神州河山土地、庶民百姓的挚爱之情。这大约是他能够自创一体的伟大书法成就的奥秘所在。

时逾 13 个世纪，颜真卿这颗中华文化长廊中的巨星依然璀璨夺目，其文化人格和书法伟力，将垂范千古！

我思古人，安石荆公。举世淫靡，独守古风。

苏世独立横而不流

毕宝魁

北宋著名政治家、改革家、文学家王安石已经离开我们900多年，但他勇于担当以天下为己任的精神，他“苏世独立，横而不流”的铮铮傲骨，他果断推行社会变革所取得的巨大成果，都彪炳史册而成为永久的历史记忆。

他不爱官，不爱财，不爱色，冰清玉洁的官德更具有永远的榜样力量，让一切蝇营狗苟、投机取巧、沽名钓誉、巧取豪夺、庸俗不堪者，相形见绌而一文不值。

六上札子坚决辞相

王安石终生不贪位恋栈。中进士后，其他人都在京师中到处奔竞谋求京官，王安石则要求外任。欧阳修等人多次推荐，朝廷多次要破格提拔重用，都被他婉言谢绝。

后来，神宗皇帝要励精图治，招王安石越次入对，在真正理解神宗变法图强的决心后，他才毅然挺身而出。以“天变不足畏，人言不足恤，祖宗之法不足守”的大无畏精神，设计领导了轰轰烈烈的变法。使天下的政治、经济、文化、军事、社会生活都发生了重大变化，使北宋王朝积弱积贫的状况从根本上得到改变，使天下百姓都享受着新法带来的雨露春风。

熙宁九年春夏之交，王安石见许多关系已经理顺，朝廷政事平稳，而自己精力不足，唯恐耽误朝廷政事，便连续上六道札子请求辞相归隐。神宗皇帝只好忍痛割爱。

正如王安石在诗中所说：“谁似浮云知进退，才成霖雨便归山。”他如同一片云，从深山中飘出来，向久旱的人间洒下甘霖，润泽万物，然后便悄悄地飘然而去。

古今中外，挖空心思到处钻营以谋求官位的人可谓比比皆是。而王安石正受君主的宠眷，事业正隆之时，就毅然决然地辞去宰相之官。

“在朝不蓄势，在野不蓄钱”，这十个字是对王安石为官的最精彩概括。

骑毛驴的老头

正是初夏季节，气候温润，草长莺飞。一老头骑着毛驴上钟山溜达。道不好就下来拉着毛驴走几步，道平坦了再骑上，一切都顺其自然。

半山腰有座寺庙，老头信步走了进去。见一凉亭下有几个秀才正在高谈阔论秦朝灭亡的原因，便坐在旁边凳子上仔细聆听，边听边微微点头或轻轻摇头。

见此，一秀才轻蔑地问老头道：“你也明白点历史吗？”

老头很谦虚地说：“略微知道那么一点点。”

那秀才又问：“你叫什么名字啊——”，连个“您”字都不用，“啊”字还拉长声。

老头依旧很谦虚，拱拱手，很认真地说：“在下姓王，名安石。”

秀才立即瞪大眼睛，非常惊愕地问：“您—您—您，就是大名鼎鼎的王安石？咋骑个毛驴？”

退隐后，王安石把朝廷配给的卫兵和仪仗队以及车马轿夫全都退了回去，出门就骑一头小毛驴，身穿普通百姓服装，有时进城逛逛市场，欣赏一下市井民情，偶尔顺便买点时鲜蔬菜。有时，他上附近的钟山逛逛风景，听听百姓的议论。谁也不认识这个骑毛驴的老头就是当年主持朝廷变法大业的王荆公。

王安石从不仰仗贡献和功劳而盛气凌人，反而尽量不让人认出自己，没有丝毫的特权观念。

一次，王安石进城办事，正碰上做官的弟弟出行，前面鸣锣开道，仪仗队紧随其后。百姓们都急忙躲到两边回避。王安石怕被认出来，便闪身躲进街旁一家百姓院子里，半掩上门，从门缝往外看着，等弟弟的车驾过去。

院子里住着一个老太太，正要出门抓药，突然见闯进来个陌生老头，一愣，就问："老人家有什么事吗?"王安石微笑着说："过来大官的车驾，进来躲一下。"老太太也听到外面喝道的声音了，说："啊！吓我一跳。想出去抓点药，还出不去了。"

王安石问："请问您要抓什么药啊?"老太太说："偶尔拉疟疾，抓点药备着。"

王安石说："还真巧了，我这儿正好有点治疟疾的药，就送给您吧，免得上街了。"老太太一听，挺高兴，进屋取出来一缕麻线，说："嘿嘿，礼尚往来，送你了。"王安石说："谢谢婆婆!"

王安石当年执政时的同僚陈升之罢相后，朝廷也依照惯例给他许多待遇。陈升之和王安石的做法正相反，他只要出门，便派头十足，前面鸣锣开道，紧跟着是仪仗队，地方官员也要送往迎来。如果走水路，则乘坐豪华客轮，旌旗招展，前呼后拥。总之，只要他一出动，就要弄出点声响来，让百姓知道有大官在此经过。

一次，陈升之前来探望王安石。从扬州出发，沿长江而西行，引导船在前面开路，附近一切船只都要回避，虽非惊天动地，也搞得四邻不安。

而王安石依旧骑着那头小毛驴，给陈升之雇了个二人抬的小轿，来到江边静静等候。

陈升之见此很是惭愧，急忙制止一切喧哗和仪式，乘坐那个他从来没有坐过的小轿，跟随王安石来到牛首山下他简陋的住所中。

打那以后，陈升之再也不讲排场了。

后来，王安石搬到新租赁的小院，隔壁邻居姓张，和王安石相处得很融洽。有时王安石拄着拐棍就溜达到他家去了，到门口就喊："张公！"老张头出来热情应答："来了！相公。"王安石哈哈大笑道："我当了多年宰相，跟你就差一个字啊！"老张头也忍不住哈哈大笑起来。

王安石就是这样随和低调，终生如此。

退回妻子给买的妾

嘉祐八年春天，王安石 42 岁，官居知制诰之职，俸禄增加很多，便把老母亲和妻子儿女接到东京来。

一天，王安石下朝回家。进入内室，不禁愣住了。夫人吴氏不在，却坐着一位二十多岁年轻貌美的女子。只见那女子高绾发髻，上插孔雀碧玉簪，身穿锦绣华服，淡妆细抹，颇有姿色。坐在双人床边上，羞答答地看着王安石，表情异样，非常复杂。

"你是什么人？为何坐在这里？"王安石问道。那女子答道："是夫人让妾来的。夫人吩咐我来服侍大人。"王安石继续追问，女子把经过全部诉说了。

原来，女子是一个武官的妻子。丈夫在押送军用物资时在河里翻了船，造成重大损失，如能交上 90 万罚款，人可以释放，否则就判刑。女子万般无奈，只好自卖自身，要价就是 90 万，结果被人领进这个不太宽敞却很幽静的宅院。女主人告诉她，你是我给丈夫买的妾，要好好服侍官人。又说官人是个难找的好人，不会亏待你。

听完哭诉，王安石劝慰道：“你不要难过，也不必给我当什么妾。你马上可以回家，去跟你的丈夫团圆。”“那钱呢？钱怎么办？我们家哪有那么多钱还给大人啊！”女子十分疑惑地反问。“钱就算是我赐给你们的，不用你还了。”女子露出惊愕的神色，连连说道：“真的吗？是真的吗？”王安石把话又重复了一遍，女子才相信，千恩万谢，回家去与丈夫团圆。

女子被打发走后，王安石叫夫人过来，询问为何要这样做？原来夫人进京后，见京师里的富户都有几房妻室，朝廷官员更不用说，几乎没有不纳妾的。尤其是有一定品级一定地位的官员，如果没有一两个妾，人们或认为这个官员有病，或认为这个官员过于惧内，家中一定有个母夜叉。王安石是五品高官，早已有纳妾的实力。夫人见丈夫终日忙于公务，很是劳累，可能是没有工夫顾及此事，就私自做主，派人到外面给丈夫买了妾。

王安石一生只有一个夫人，没有妾，而且从不入妓院，绝无风流韵事。更可贵的是这完全出自他的自律，是自觉的行为。这让许多当今的官员汗颜！

我思古人，安石荆公。举世淫靡，独守古风。毅然变法，富国强兵，两宋最盛，莫过熙宁元丰。道德高尚，玉洁冰清。一不爱官，摒弃虚荣，六上札子辞相，事业人气最隆；二不爱钱，清廉骨梗，浩然正气凛凛，羞煞古今蠹虫；三不爱色，绝无绯闻，妻买美人辞去，不同贾充玄龄……

这是我在写完《王安石传》后即兴写作的韵语，感慨其高洁的官德。

殉国亡身，舍生取义；气吞寰宇，诚感天地。

碧空长共暮云愁

郭晓晔

1283年1月9日，民族英雄文天祥慷慨就义。

第二天，他的夫人欧阳氏到柴市处理后事。

此时小寒刚过，进入一年中最寒冷的日子。文天祥双目紧闭，却颜面如生。欧阳夫人扑到丈夫的遗体上，呼天抢地，悲恸不已。

收殓文天祥的遗体时，她在衣带间发现了血染的绝笔《自赞》：

孔曰成仁，孟曰取义。

唯其义尽，所以仁至。

读圣贤书，所学何事？

而今而后，庶几无愧！

这首《自赞》，总结了文天祥对人生价值的认识和追求，揭示了他对自己一生一死的评定和无憾。

一

关押文天祥的兵马司监狱，囚室宽仅八尺，门窗低矮狭窄，终日不见阳光。

入狱第二年的5月17日深夜，一场大雨把牢内变成了泽国，积水顷刻间漫过了床榻。文天祥只得起身在水中站着。黑暗中老鼠从墙根洞穴里逃出来，像鱼一样泼刺乱窜。他在水中站了一夜，天亮后，狱卒才过来开沟排水，积水宛似破塘决堤哗哗奔泻。

积水排走了，午后暑热升腾，蒸笼般的室内弥漫起污浊的水气、烂泥的土气、炎热的日气、柴灶的火气、腐仓的米气、腥臭的人气、厕所和死鼠的肮脏污秽之气。不要说在这里吃饭睡觉，就是跨进来一步都让人作呕。

这让他想到，在如此恶气充塞的环境里生活，不染上疾病才怪，而凭自己的虚弱之躯，却能泰然处之，安然无恙。

不仅如此，他自殿试对策时就犯颜直谏，抨击时弊，此后一路忠直为国，守正不阿。上书乞斩董宋臣，乞斩吕师孟，讥刺贾似道，因此受到权贵的打击压制，先后五次被罢官。自外族入侵奋起勤王后，又受到留梦炎等人的诬陷阻挠，遭到李庭芝的追杀和张世杰的排挤。至身陷敌营，备受凌辱和牢狱之苦。这期间还经历了镇江走脱、空坑兵溃、五坡岭被俘服毒自杀、目睹厓山宋亡海战、北上绝食与万里行役、家人被俘或死于战乱等种种磨难。

他自省非但没有丝毫的动摇，反倒抱定死节报国的信仰，大义凛然、岿然不动地挺立于天地之间。

这是为什么？文天祥自问，究竟是什么力量在支撑着自己？

二

文天祥苦苦地上下求索，终于找到了答案。这就是《孟子·公孙丑上》说的："我善养吾浩然之气。"自己的行为不是出于激昂的血气之勇与一朝之愤，而是这浩然之气，这天地间的正气，让自己抵御了七气的侵扰而避百病；正是这浩然之气，这天地间的正气，让自己战胜了在官场和国难中遭遇的重重噩运与磨难，保持了士大夫的气节。

悟出了这个道理，文天祥豪情激荡，灵感迸发。此时恰巧一道闪电甩出了一个贯顶霹雳。他翻身跃起，点亮油灯，抓笔蘸墨，奋笔疾书：

天地有正气，杂然赋流形。

下则为河岳，上则为日星。

于人曰浩然，沛乎塞苍冥。
皇路当清夷，含和吐明庭。
时穷节乃见，一一垂丹青。
……

正气存在于天地之间，在大千世界乃是日月星辰与山川河岳的精气，在人身上即为充塞天地的“浩然正气”。一个人的浩然正气，在“皇路清夷”的治世，表现为刚正不阿、坚持直道、宁折不弯；在国难当头的乱世，则表现为生死不顾、忠贞不二的凛然气节。

又是一道闪电伴着霹雷猛然推开暗夜擎天柱地。文天祥凝神片刻，迅又笔走龙蛇：

是气所磅礴，凛烈万古存。
当其贯日月，生死安足论。
地维赖以立，天柱赖以尊。
三纲实系命，道义为之根。
……

霹雳轰鸣，闪电炸驰。猛地煞住笔，文天祥犹感精神高爽，体内元气丰沛，澎湃着富贵不能淫、贫贱不能移、威武不能屈的正气伟力。

今夜此诗，就是文天祥的那首震古烁今传诵不绝在中国精神文化史上璀璨夺目的《正气歌》!

《正气歌》词气磅礴，笔势遒劲，格调沉雄，真力弥漫地表达和礼赞了伟大的人格力量与崇高的精神品质，表达和礼赞了高尚的爱国情操与坚贞的民族气节，读之令人荡气回肠，击节叫绝！

5月中旬那场大雨过后，连续一个多月都是揭不开的穷阴。终于，在七月初二晚间，憋足了劲的老天又下了一场大暴雨。这场暴雨比上次还要厉害，牢内墙壁多处垮塌，地势低处积水成涝。文天祥的床铺在水上浮动，尽管如此，他依然躺在床上鼾睡到天亮。

文天祥抱定一个念头，一个企盼，就是行刑的刀斧及早砍到自己的脖子上，以一死殉节报国，以轰轰烈烈的死与敌酋作最后的一搏。

为此，他在1282年春天写了一首绝笔《自赞》。这是一首给自己的赞诗，他要在就义的那一天，让它借助生命永诀和热血喷洒的力量向世人宣示自己的心志。

三

转眼三年过去了。元廷对文天祥威逼利诱，动情喻理，软硬兼施用尽了各种办法，但他始终就像一块顽石，没有丝毫动摇的迹象。忽必烈仍不死心，决定亲自出马劝降，最后再作一次努力。

十二月初八，文天祥被召至宫内。到得殿堂，见到忽必烈，文天祥揖而不跪。这还了得，大殿两侧的侍卫厉声喝跪，文天祥仍是“长揖不拜”。几个侍卫呼地上来，按住文天祥的肢体，强制他下跪，并用金棍击伤他的双膝，他仍倔然而立。在他两膝间挺立着的是不屈的意志，是一个民族的尊严和气节！

忽必烈觉得没必要再为此纠缠下去，便让通事传话说：“如能改心易虑，以事亡宋者事我，当令汝中书省一处坐者。”

文天祥当然知道这是他最后一次改变命运的机会，但他毅然决然地彻底关上了生的大门：“一死之外，无可为者！”

当晚回到兵马司监狱，文天祥深知大限已到，取出写好的绝笔《自赞》夹系在衣带间，和衣躺在床上。

第二天，大都城内戒备森严，一队兵士来到兵马司监狱，在四周布下警戒。监斩官带领行刑队和军乐队随后抵达。文天祥欣然对狱吏说：“吾事了矣！”

文天祥荷枷迈出牢房，上了囚车，走到街上。当年“体貌丰伟，美皙如玉，秀眉而长目，顾盼烨然”的他，已被折磨成一副白发疏落、苍老病弱的模样。但他仪态凛然，从容不迫，浑身上下都透射出士可杀不可辱的浩然正气，透射出富贵不能淫、贫贱不能移、威武不能屈的浩然正气！

到达刑场，文天祥神情自若地问近旁观者，哪是南方？观者告之，文天祥即面南而拜。

等文天祥拜毕，宣谕使问他：“丞相今有甚言语？回奏尚可免死。”

文天祥断然道：“死则死尔，尚何言！”

说罢，索要纸笔，挥就七律二首。有云：“天荒地老英雄散，国破家亡事业休。唯有一灵忠烈气，碧空长共暮云愁。”写完，掷笔于地，面南而坐，引颈受刑。时年 47 岁。

顿时，雾霾蔽日，呼啸的大风扬飞沙石，天地一片晦暗……

步履蹒跚的中国戏剧似乎在耐心等待，等待一个时代的到来，等待一个人的降生。

那片属于窦娥的六月雪

乔忠延

纵目世界戏剧史的阔野，中国戏剧的萌发并不迟缓。若是与印度、古希腊的戏剧相比，我们不仅没有丝毫的落后，甚而还要比之更早。中国的戏剧快要万条垂下绿丝绦了，印度和古希腊还只是草色遥看近却无。

可是，当人家早已万紫千红春满园，我们却连一枝出墙红杏也未见。步履蹒跚的中国戏剧似乎在耐心等待，等待一个时代的到来，等待一个人的降生。

这个时代是元朝，这个人是关汉卿。他和元代杂剧的兴起繁盛，和中国戏剧的发展成熟，生死相依，血肉相连。他让世界戏剧舞台唱响中国戏剧的黄钟大吕！

一

翻遍历史的风云册，里里外外都找不到关汉卿的名字。可书写中国文学史，无论怎样也绕不开关汉卿。

关汉卿，号已斋，又作一斋，生于解州（今山西运城）。时逢金代末年，在蒙古大军的冲击下，他颠沛汴京（今河南开封），流离安国（今河北安国市伍仁村），最后定居元大都（今北京）。

他倾注一生的心血，创作了66部杂剧和一批散曲。目前留存下的剧作尚有《关张双赴西蜀梦》《闺怨佳人拜月亭》《诈妮子调风月》《杜蕊娘智赏金线池》《钱大尹智宠谢天香》等18部。他比英国戏剧大师莎士比亚早300年，剧作多一倍。他的登场如同一枝出墙的红杏，引领着元杂剧万紫千红的春光。

不过，回望关汉卿的历程却如同九曲黄河。他一路风波，一路坎坷，一路跌宕，却奋身攀爬，终于攀上了戏剧的峰巅，用自己灵魂的呐喊，唱出了普天下苦难大众的心声。

关汉卿的少年时期和青年时期，烂漫若豆蔻，喷薄似朝日，一心只读圣贤书，唯求金榜题名时。“幼习儒业，颇看诗书”，他笔下裴度的心声，未必不是他心灵的真实写照。关汉卿借裴度之口，抒发自己的远大理想，“我胸次卷江淮，志已在青霄云外。叹穷途年少客，一时间命运乖！有一日显威风出浅埃，起云雷变气色”；倾诉心灵的压抑，“我如今匣剑尘埋，壁琴土盖”；向往时来运转，“几时得否极生泰？……我不能勾丹凤楼前春中选，伴着这蒺藜沙上野花开。则我这运不至，我也则索宁心儿耐。久淹在桑枢瓮牖，几时能勾画阁楼台”；更急切向往一朝中举，则“稳情取禹门三级登鳌背，振天关平地声雷。看堂堂图相麒麟内，有一日列鼎而食，衣锦而回。那其间青霄独步上天梯，看姓名亚等呼先辈；攀龙鳞，附凤翼，显五陵豪气，吐万丈虹霓”。由此能够看出，关汉卿胸有宏图，志向远大。

如果金代社会像一条江河，不舍昼夜缓缓流向前方，那么，迟早有一天关汉卿可能会皇榜高中，步入官场，用手中权力指使下属，纵横世事。中国的史料上或许会增添一个有些名气的官宦，但是，文化的长空绝对不会再有关汉卿这么璀璨的明星。似乎历史不愿让文化的长空寂寥，因而，便使金代的河水干涸断流！

二

不幸猝然而至！

《山西通志》记载：贞祐四年，即公元1214年正月，蒙古军马6000余人滚滚南侵，出现在关汉卿家乡。血沃中原，白骨横陈，历史跌宕，改朝换代，金国成为往事，科举骤然中断。关汉卿无法一心只读圣贤书，愤怒地走出书斋，将目光投向梨园。他的人生转入另一条道路，开始了戏剧的写作。

《关大王单刀会》——剧本中有关汉卿的热血渴望。他渴望英雄再世，横刀立马，抵御强虏，平息战火，完整山河，让草民过上安居乐业的日子。因而，他疾呼“古剌剌彩磨征旗，扑冬冬画鼓凯征鼙，齐臻臻枪刀如流水，密匝匝人似朔风疾。直杀的苦淹淹尸骸遍郊野，哭啼啼父子两分离。恁时节喜孜孜鞭敲金镫响，笑吟吟齐和凯歌回”，甚至还要“急切里倒不了俺汉家节”。他要复国，复归的不是金国，是大汉帝国！

《山神庙裴度还带》——剧本中有关汉卿的精神信仰。他信仰孔孟之道，儒家经书，那是立身之本、定国指南。因而，面对社稷不整、道德沦丧的境况，他召唤：“正人伦，传道统，有尧之君大哉；理纲常，训典谟，是孔之贤圣哉；邦反坫，树塞门，敢管之器小哉。整风俗、遗后人，立洪范、承先代，养情性、抱德怀才。”他要华夏复礼，孔孟行世，让仁义道德，重现人间。

《状元堂陈母教子》——剧本中有关汉卿的青春梦想。他梦想科举入仕，一举成名。或登坛为帅，扫妖氛，平蛮貊；或登堂拜相，立国威，安邻邦。因而，他怨叹这红尘万丈困贤才，他立志“九经三史腹中居，学而第一须当记”，他坚信拿状元是“掌上观纹，怀中取物”，他向往“志气凌云彻碧霄，攀蟾折桂显英豪。昨夜布衣今犹在，谁想今朝换紫袍”。他要直步青云，紫衣加身！

《刘夫人庆赏五侯宴》——剧本中有关汉卿的良知仁爱。他关爱世人，关爱成功的英才，更关爱普通的百姓，尤其关爱那些贫苦的草民。他为之动情，为之垂泪。他哭喊“我如今短叹长吁，满怀冤屈，难分诉”；他憎恶“我堪那无端的豪户，瞒心昧己使心毒”；他谴责“你富的每有金珠，俺穷的每受孤独”；他渴求“望京师云雾霭，朝帝阙胜蓬莱，共享荣华美事谐”。他劝人们积德行善，弃恶从善，让善良的光辉普照尘寰。

《包待制智斩鲁斋郎》——剧本中有关汉卿除恶惩奸的意愿。他清楚社会的不安，百姓的苦难，不是来自权贵的为非作歹，就是来自贪官的横征暴敛；不是来自富绅的巧取豪夺，就是来自恶棍的无赖搜刮。他将这丑恶的嘴脸集于一身，膨化出一个恶贯满盈而又为权贵庇佑、平民百姓畏之如虎的鲁斋郎。然后，借得包待制包拯那口名闻千秋的铜铡，将之一刀两断，痛痛快快地向世人宣告：铲除邪恶，天下太平。他要还人民一个清平世道、朗朗乾坤。

《钱大尹智宠谢天香》——剧本中有关汉卿的身心关爱。他关爱每一个人，即使沦落风尘的烟花女子也不例外。他始终以一颗纯洁的心关爱着她们，他让谢天香展示她们的聪明才智，他让赵盼儿展示她们的侠义胆识，他让杜蕊娘展示她们急切走出这水火囹圄的渴求。他曾负气地说，“我是个蒸不烂、煮不熟、捶不匾、炒不爆、响珰珰一粒铜豌豆”，为拯救坠入青楼的风尘女子，在《杜蕊娘智赏金线池》里，他恨不能斩断烟花路！

……

一本本戏文，犹如一个个台阶，关汉卿在接连不断地攀升。其实，这接连不断地攀升，是接连不断地下沉。每下沉一次，他就和底层苍生贴近一步，他的精神境界也攀升一截，最终跃上为民奋笔、为民呐喊的最高境界！

那呐喊声穿越时空仍然振聋发聩的，是他杰出的代表作《感天动地窦娥冤》。剧本写照的世事是：人心溃败，良知泯灭，为活着可以出卖肉身，为利益可以出卖灵魂，为金钱可以出卖权力。一个“卖”字主宰了世道人心，天下哪里还有太平日子？世道混乱的根本在于官场黑暗，灵魂污染。面对此情，关汉卿怒发冲冠，他借助窦娥之口为草民呐喊，向暴政开战：“地也，你不分好歹难为地！天也，你错勘贤愚枉做天！唉，只落得两泪涟涟。”关汉卿呐喊得神气鹰扬，毛发洒淅！呐喊得鹏搏九霄，神鳌鼓浪！

关汉卿的呐喊，感天动地，石破天惊。在呐喊声中元杂剧成熟于世，彪炳于世。世界戏剧的天地里，也挺拔起中华戏剧的雄姿。

三

急急流年，滔滔逝水。百岁光阴，七十者稀，心系苍生、为民呐喊的关汉卿悲愤地走到了人生的终点。

700 多年后，我站在了他的墓前。那日艳阳照出漫天的碧蓝，墓塚突儿在阔野上，平坦的四周将之捧举而起，举成一片高坛。

高坛的两侧有细瘦的柏树，看上去还很年轻，不像是和关汉卿一起落土生长的。这令我感动，一个当世只能记载于《录鬼簿》的低下文士，过了近千年仍能找到他的墓址，还有人为之撮土护塚，栽植几株新绿，这已非常难得。关汉卿不是王侯，不是将相，不可能用权势和金钱为自己堆砌豪华的墓圹，熬到油尽灯残，再躺进去。甚至可以想象，他去世后的葬礼也如同秋风落叶一般平常。可就是这平凡的生命，创造了戏剧的辉煌、文学的辉煌。

谁也无法否认，在中国文学的殿堂里，同唐诗宋词一般，元杂剧亮丽醒目。但凡提到元杂剧，关汉卿就呼之欲出。随着时光的淘洗，关汉卿杂剧、散曲更见光彩，他的文学地位日渐夺目。20 世纪初关汉卿进入中国文学史，与伟大结缘，戏剧泰斗、戏剧宗师、戏剧巨匠的桂冠不请自到，华光万状。

这正应验了一个定理：一个作家活着的时候，他的地位决定名声；死去后，他的作品决定名声。

1958 年，世界和平理事会将关汉卿列为“世界文化名人”，倡议全世界爱好和平和友谊的人们、关心世界文化遗产的人们，热烈纪念 13 世纪中国大戏剧家关汉卿的创作生活 700 周年（1258—1958 年）。6 月 28 日，北京隆重举行了纪念大会。国务院副总理陈毅出席大会并讲话，各国驻中国使节也出席了这个文化盛典。活动期间，在故宫神武门楼上举行了关汉卿创作 700 周年纪念展览会开幕式，在北方昆剧院演出了关汉卿剧作《关大王单刀会》。

北京的纪念活动，是全国活动的集中体现。就在当晚，各地有 100 多个剧种、1500 多个剧团同时演出关汉卿的戏剧。这个高潮是波澜叠涌的体现，之前的“关剧”展演周，在广州、上海、武汉等城市拉开帷幕。就连黄土高原上的小城临汾也不例外，蒲剧改编的《窦娥冤》唱红城乡，而且搬上银幕，成为地方戏的一大亮点。

活着的时候，关汉卿无法走出国门，可是逝去的他却依凭自己的杰出剧作周游四海。

苏联时期的读者对关汉卿的热情，不是在 1958 年才突然升温的。早在俄国时期就已开始预热，1829 年《雅典娜神庙》杂志第 11 期刊载《学者之女雪恨记》的剧情，那学者之女就是关汉卿笔下的窦娥。窦娥并非带着关汉卿直抵俄国，而是搭乘英国的图书航船漫游欧洲转道前往。

关汉卿抵达法国也不算迟，热情接纳他的是托万 · 巴赞教授。关汉卿先是在巴赞教授的《中国戏剧选》露脸，随后，巴黎皇家印刷所推出托万 · 巴赞教授的《元曲选解题》，这一次出现的不仅有他的《感天动地窦娥冤》，还有《温太真玉镜台》《钱大尹智宠谢天香》《赵盼儿风月救风尘》《包待制三勘蝴蝶梦》《包待制智斩鲁斋郎》《杜蕊娘智赏金线池》和《望江亭中秋切鲙》等剧本。

德国也没有慢待关汉卿，汉学家鲁道夫 · 冯 · 戈特查尔翻译了托万 · 巴赞教授的《中国戏剧选》，自然也就接纳了关汉卿和他的《感天动地窦娥冤》。有意思的是 1887 年面世的该书，不是刊印于德国，而是刊印于波兰冯艾德华特出版社。汉学家汉斯 · 鲁德尔斯尔贝格则另起炉灶，节选翻译了关汉卿《温太真玉镜台》《钱大尹智宠谢天香》，并收入译著《中国喜剧》。

自 19 世纪 20 年代，关汉卿走进日本，青木正儿、吉川幸次郎、入矢义高、田中谦二等一批学者对他钟爱有加，不弃不离，至今还有人锲而不舍地探究他和他的戏剧。甚而，还有人参与他的生平和作品的考证。

关汉卿辗转多国，美国自然不会漏掉。更令关汉卿想不到的是，世界各国的经典图书中都有他的合法席位。《美国大百科全书》《英国大不列颠大百科全书》《法国拉鲁斯大百科事典》，无不赞誉关汉卿为第一流的伟大戏剧家。

关汉卿光荣之极！

……

关汉卿何止是他一个人的？何止是他一个家族的？而是全民族的、全人类的！他的作品早已成为世界文化宝库的瑰宝，早已成为人类共同的精神文化财富。他的人性光芒透过他的剧作，辉映环球，辉映人寰。

我端端站在关汉卿的墓前，鞠躬，鞠躬，深深鞠躬！

施耐庵

深深扎根在生活的土壤里，以胸中丘壑、笔底烟云为人民英雄树碑立传，成为中国小说创作的第一座高峰！

水泊梁山的英雄世界

浦玉生

元末明初之际，中国小说创作的第一座高峰悄然耸立。它最初叫《江湖豪客传》，后来通称《水浒传》。

《水浒传》是农耕社会中华智慧的百科全书。其结构之庞大，立意之深沉，描绘之逼真，构思之巧妙，语言之精辟，影响之深远，都史无前例。

尤其难能可贵的是，作者施耐庵站在人民群众的立场，热烈赞扬被压迫阶级的反抗斗争，更为世界文学史所罕见。

初上梁山

水泊梁山地区险要的地势、复杂的地形，孕育了无数英雄豪杰，成为历代藏龙卧虎之地。

自然的、人文的景观深深地感染了施耐庵，他许下宏愿，要根据书会才人说书、梁山民间传说，写一部《水浒传》。

施耐庵在山东郓城县期间，或者徒步，或者乘船到乡野渔村访问，一去就是三五天，有时长达十天半月，所到之处或住学馆，或住儒生家，更多的时候是住在村舍、渔船上。船家仔出身的施耐庵能吃苦耐劳，与父老乡亲有着鱼水感情，不管走到哪里，他都能和那里的耆老妇孺促膝谈心打成一片，白天的时间不够用，夜晚月光下照样长谈。

在一两年中，施耐庵搜集了若干梁山英雄故事，至于梁山地区一带的风土民情、饮食衣着、方言土语，也在他广泛采集的范围之内。他到当年英雄们生活过、斗争过的地方进行实地考察，像武松打虎的阳谷县景阳冈；晁盖、三阮智取生辰纲的郓城县黄泥岗；宋江三打祝家庄的原址祝口镇；宋江的老家水堡镇……他都去作过细致的调查。至于当年梁山寨上一百单八将排座次的聚义厅，林冲火并王伦的断金亭，李逵把守的黑风口，通往后寨的宋江马道……施耐庵不仅多次去追思凭吊，而且绘制成图藏于行囊。

最终，施耐庵在《水浒传》中塑造的水泊梁山，变成了英雄好汉乃至一般民众心中的圣地：三关雄壮、四面高山，有忠义堂、断金亭、宛子城、蓼儿洼、金沙滩、鸭嘴滩，六关八寨，藏龙卧虎，威震四方。

谒林冲墓

在民间讲述的梁山泊故事中，施耐庵最爱听林冲的故事。因为他是一位仗义为人的盖世英雄。

有一天，施耐庵听说林冲手提单刀，在钱塘县与方腊展开血战，因年老体弱，跌入陷马坑，被乱刀砍死。当地居民将他葬在附近大柳树下。

第二天，他便到大柳树附近去打听。一老者指着一丘黄土说:“这就是林教头埋骨之处。”只见黄土一抔，野草莽莽，既无墓碑，也不成坟。他摆下随带祭品，恭恭敬敬施上一礼。老者向他进一言道:“林教头虽死，但英雄事迹尚流传民间，先生既爱英雄，何不将他的事迹搜集整理成篇，以留传世人。”

施耐庵点头称是。他花了几个月的工夫，一鼓作气从“林冲误入白虎堂”“刺配沧州”“大闹野猪林”“风雪山神庙”“火烧草料场”一直写到“夜奔梁山”，编写了十回书。施耐庵写《水浒》一百零八将，最早就是从林冲十回开始的。

深山观虎

施耐庵为了在小说中突出梁山英雄的神威，计划在作品中多次描写打虎场面。但他本人从未见过老虎，感到很难写出老虎的凶猛，更难描绘出李逵、武松等打虎英雄的勇敢和威风。

于是，他搁下笔，翻山越岭在深山老林中走访了众多猎户，向他们请教老虎外貌、动作、神态、捕食情况及猎手们和老虎搏斗的情形，获得了大量第二手资料。而下笔之后，仍感到仅靠第二手资料来描写老虎还是难以传神。

这一天，施耐庵来到老虎经常出没的山林，选择了一棵大树爬了上去，坐在树枝上等候老虎出现。林中静悄悄的没有一丝声音，忽然一只小鹿“嗖”地从眼前窜过，紧接着一声雷鸣般的虎啸，从树丛中跃出一只斑斓猛虎，如箭一般向小鹿扑去，未等施耐庵缓过神来，老虎已将小鹿生吞活剥地吃下肚去。直到老虎去后多时，施耐庵才从树上溜下来跑回家中，详细地记下了老虎的扑食动作和神态，又根据记忆中老虎的特征，用纸扎了老虎扑食模型，放在书案前揣摩，并且喂养了一只猫，细细观察猫与老虎相似和不同之处，反复描绘它们的形象。

由于施耐庵对老虎观察入微，了如指掌，所以把景阳冈打虎写得非常逼真、绘声绘色，凸显了武松的英雄本色：“山中猛虎，见时魄散魂离；林下强人，撞着心惊胆裂。正是：说开星月无光彩，道破江山水倒流。”

仅仅停留在自然界的打虎上，施耐庵又嫌不足。一天晚饭后，他正在灯下挥毫，猛听得“咚咚咚咚”的敲门声。夫人开了门，撞进一个头发蓬乱的老妇，一下子跪在施耐庵面前，哭喊着说：“老爷，救命！”

原来，这老妇是白驹场街市东北巷尾烧饼店的老寡妇，只因她的儿子吴大娶了一个老婆，叫胡月莲，生得美貌异常，不想被镇上一个恶霸财主——西门药店的郑凤来看上了。这郑凤来依仗他堂兄在县里做官，硬是登门霸占胡月莲，又用毒药泡在菜汤里，毒死了吴大，那胡月莲水性杨花，与郑凤来亲热得了不得，丈夫一死，即做了郑凤来的小妾，直把个吴家搞得家破人亡。老妇要告郑凤来，可是白驹场场面上有文才的人，都惧怕郑凤来的势力，不敢替她写状纸。

施耐庵听了这位老妇的哭诉，气得浑身发抖，挥笔替老妇写了一张状纸。

送走老妇，他望着刚写好的“武松打虎”一节，猛然想起：“武松啊武松，你能打虎，为何不能为民除害呢?”众人熟知的“武松杀嫂”故事就在这个夜晚诞生了。

梦写李逵

施耐庵写书快到尾声的时候，想告诫世人一个道理：起义的队伍离开了黎民百姓、招安投降就一定要失败。

因此，他写了宋江征方腊，结果一百单八将只剩下 27 人，不久也死的死，走的走，最后宋江也被御赐毒酒而死。他颇费苦心地对书中的一些人物都做了安排和交代，但那憨厚、耿直、疾恶如仇的黑旋风李逵怎么办呢？他反复揣摩，打算让他在宋江受招安后，手舞双斧再次上梁山，重整旗鼓，东山再起。可又想，李逵为人简单、粗暴，能担得起这副重担吗?

夜深人静了，施耐庵仍然坐在书桌旁为怎样安排李逵而煞费苦心。后来疲倦得直打盹，伏在书桌上慢慢地睡着了。

忽然一阵旋风刮来，施耐庵只觉得浑身毛骨悚然，只见黑旋风李逵腰插双斧，指着施耐庵的鼻子大喊道："你打算让我怎么个死法？"

"我什么时候说要你死的？"施耐庵争辩道，"宋江受招安是自寻绝路，我要你再上梁山造反，不是很好吗？"

"先生的好意我晓得，可是你让我骂宋江大哥'招安、招安，招什么鸟安！'你还借我的手扯了皇帝老儿的诏书，痛打了陈太尉，还叫我放火烧李师师的妓院，把皇帝老儿吓得屁滚尿流。我那宋大哥死心塌地地投靠了皇帝老儿，都被药死了，你想，他们还能让我活下去吗？"

李逵一席话，像重锤敲打在施耐庵的心上："唔，你的话蛮在理的，照这样说，你是死定了？"

"就是啊，施先生，我死得好惨呀！"李逵舞着板斧、跺着双脚说。

屋内旋风一阵紧似一阵，刮得屋梁柱直摇晃，"咣"的一声，将施耐庵惊出一身冷汗，原来是南柯一梦。这时，窗外雷电交加，狂风怒吼，暴雨即将来临，他连忙起身将窗子关好，转过身来，在闪电的光亮下，只见挂在墙壁上的李逵画像圆睁双眼，怒冲冲地望着自己呢。

施耐庵回想着刚才梦中与李逵对话的情景，心里感到很难受，像这样铁骨铮铮的好汉，怎忍心让他在受招安后死掉呢！那么，如何让铁牛死得合理？"打不死的李逵"如被官兵打死了，就不是英雄好汉了。那么，让他受招安以后被皇帝老儿杀了吧？更不可能！李逵是"敢把皇帝拉下马"的人物呀！施耐庵左思右想，为难极了。

施耐庵终于想到，宋江要是不受招安，李逵就不会死，宋江既然死心塌地地受招安，那么他害怕李逵会重新杀上梁山，坏了他的名声，就骗李逵喝毒酒死去。这样写既符合逻辑，又会让后世的人们吸取受招安血的教训。

夜深了，夫人一觉醒来，只见施耐庵仍端坐在书桌旁泪流满面，问道："什么事使你这样伤心啊？"

"唉，铁牛死了！"

"什么牛？我家可没有牛呀！"

"不，我书上写的一个造反好汉死了。"

说完，施耐庵仍然坐在那里，看着墙壁上李逵的画像泪流不止。

重返梁山

流光容易把人抛，红了樱桃，绿了芭蕉。

施耐庵重返梁山，已是明朝洪武初年。转眼间时光过去了30载，施耐庵已到了垂暮之年。

那年夏秋之交，梁山脚下朱家客店来了个清瘦的老者，因为他是从江南来的，人们就称他为"江南先生"。这人便是施耐庵。

施耐庵除了几件换洗衣服，随身没带多少行李，只有一顶旧草帽，一个半旧的竹篮子，篮子里放着笔墨纸砚。他向朱店主说明了到梁山的意图，说他带的路费半路被盗分文不存。朱店主是个讲义气的人，听说施耐庵是来写梁山好汉故事的，不但免去他食宿费用，还关照店中伙计好好招待，临走时又赠送了 10 两银子作盘缠。小说中《朱贵开店》的故事，就是施耐庵从梁山回家后补写进去的。

《水浒传》是施耐庵以话本《梁山泊聚义本末》为提纲，以城市艺人说书、城乡民间传说为素材，提炼加工再创作而成的长篇巨著。单凭年轻时在郓城那两三年实际生活，写作中难免有捉襟见肘之感。

施耐庵此次去梁山时，《水浒传》实际已经写出。去梁山的目的是再作一番考察，对小说作最后的修订、补充。

从英雄背景上看，《梁山泊聚义本末》记载梁山英雄为 36 人，小说中扩大为 36 天罡、72 地煞，一百单八将。对于这些来自各行各业、通过不同的命运和遭遇、不同的道路终被逼上梁山的英雄好汉，每个人的来龙去脉要安排得合情合理，有条不紊；对于出自梁山本乡本土的英雄好汉宋江、晁盖、吴用、三阮等，要让他们入籍归宗，家世、出身都要写得有根有据，没有疏漏。

从地理位置上看，水泊梁山是义军的大本营，水泊的自然风光、山寨的雄关险隘、周围的城镇位置、来往的通衢要道……施耐庵都力求真实无误地与义军的活动呼应吻合，既要情景交融又要不出差错。记忆中已经模糊褪色的印象需要重新考察清楚。

从风俗人情上看，施耐庵重视人物形象塑造，而风土民情、生活习俗又是刻画人物的重要手段。小说中诸如“阮小七头戴一顶遮日黑箬笠，身穿个棋子布背心，腰上系着一条蓝布裙”；“阮小五斜戴着一顶破头巾……披着一领旧布衫……里面匾扎起裤子，上面围着一道棋子布手巾”……这些并非施耐庵信笔所写，而是有根有据。阮氏兄弟的衣着打扮，一直沿袭到新中国成立初期，几百年来在郓城民间几乎没有多大变化。这都是为增添小说的地方色彩，从梁山地区实地采风加进去的。

《水浒传》之所以成为不朽名著，源于作者施耐庵深深扎根在生活的土壤里，以胸中丘壑、笔底烟云为人民英雄树碑立传！

在世界戏剧史上，低谷与高原各自相映成趣；而被不同历史时代推举到高峰绝顶的文学巨匠，永远令我们高山仰止！

一峰独秀群山环拱

谢柏梁

“四梦传天下，戏坛古今师”。与元代剧坛诸家并立、各有千秋的创作局面不同，明代剧坛总体上呈现出一峰独秀、群山环拱的气象。

汤显祖作为明代成就最高、影响最大的剧作家，其创作的《牡丹亭》《紫钗记》《南柯记》《邯郸记》（合称为“临川四梦”），享誉世界文学之林，被称为“东方的莎士比亚”。

美哉《牡丹亭》

汤显祖说过:“一生《四梦》,得意处唯在《牡丹》。”

《牡丹亭》是汤显祖的代表作,也是中国戏曲史上浪漫主义的杰作。作品通过杜丽娘和柳梦梅生死离合的爱情故事,洋溢着追求个人幸福、呼唤个性解放、反对封建制度的浪漫主义理想,是中国戏剧史上令人心醉、心悸乃至心折的经典曲目。

奇幻与现实的紧密结合,强烈的主观精神追求,浓郁的抒情场面,典雅绚丽的曲文铺排,都体现出《牡丹亭》典型的浪漫主义风格和多重的艺术魅力。《牡丹亭》中的天上地下、虚实正奇达到了一种从心所欲的境界。仅仅为了春情的驱驰,杜丽娘没有爱却可以得到爱,没有情人却可以生发出情人,虽然是春梦一场却又俨然如真,甚至为了追求梦中情人而一命归阴。

最使人感慨的是《惊梦》这场戏。为了这次赏春游园,杜丽娘事先经过精心准备,临行前又细细梳妆,极尽千娇百媚之态、娇羞万种之容,“步香闺怎便把全身现”。这分明是新娘出嫁前的盛装场面。带着剪不断、理还乱的春闷万种,杜丽娘一入花园便如痴如醉,顿生大梦初醒之感:

原来姹紫嫣红开遍,似这般都付与断井颓垣。良辰美景奈何天,赏心乐事谁家院!……朝飞暮卷,云霞翠轩;雨丝风片,烟波画船。锦屏人忒看的这韶光贱!

这不仅是对春光之美无人识得的叹息,更是对自身之美无人怜惜的感喟。现实中解决不了的困惑、幽怨和涌动着的春情，只能在梦中靠五彩如意世界来体贴关怀。如是则有可人意的俊书生手持柳枝来拨云化雨，又有花神来保护现场，待其情得意满后，则以一片落花惊醒香魂，将美妙幽香的仪式感渲染到极致。《惊梦》作为古典戏曲中最发人深思的儿女风情戏，整体浸润着浪漫主义的感伤之美、追求之美、情爱之美和理想之美。

《牡丹亭》一出，家传户诵。在中外舞台上得到了美轮美奂的展现。

情场与官场

汤显祖的《牡丹亭》和《紫钗记》写情场追求,《南柯记》和《邯郸记》演官场的感悟。

《紫钗记》中的霍小玉出身低微，其母本为霍王麾下一名歌妓。但当她一旦与李益相遇，便把全部生存价值和生命理想都拴系在爱情小舟之上。哪怕李郎只爱她八年，她亦心满意足；即使李郎另娶了正妻，她做偏房小妾亦心甘情愿。而当这两桩最低限度的愿望都难以实现时，她只能无限绝望地将出卖紫玉钗所得的百万金钱抛撒于苍茫大地！她所抛撒的哪里是一片钱雨，分明是揉碎了的寸寸肝肠。而黄衫客的豪侠仗义行为既玉成了有情人的团圆，又对破坏李、霍婚姻的卢太尉的丑恶行径予以了警示。汤显祖通过一位幻想中的壮士，表达了对现实的深度失望，殷切呼唤着社会的良知。

《南柯记》描写淳于棼酒醉于古槐树旁，梦入蚂蚁族所建的大槐安国，成为当朝驸马。其妻瑶芳公主于父王面前为淳于棼求得官职，他由南柯太守又升为左丞相。后来檀萝国派兵欲抢瑶芳公主，淳于棼统兵解围，救出夫人，但夫人终因惊变病亡。淳于棼从此在京中淫逸腐化，最终以“非俺族类，其心必异”为由遣送回人世。

当淳于棼被逐出大槐安国时，梦虽醒，酒尚温。他明知自己只不过是在蚁穴里结下了情缘、获得过官运，但还是要禅师将亡妻及其国人普度升天。由此可见，美在梦中，睡比醒好，现实人间同幻象世界相比是那么乏味寡趣。

《邯郸记》演述的是卢生大富大贵、大寂大灭的官场沉浮史，以此穿起一应人物，描摹了官场之上无好人的整幅朝廷群丑图。得志便猖狂，欢乐乃纵欲。这是卢生及官僚社会中上行下效、腐化堕落的本性。

剧本还漫画式地摹写出皇帝唐玄宗糊涂和好色的两大本性。他糊里糊涂地在卢状元为夫人请封诰的文件上签字，又糊里糊涂地要结果卢状元的性命。他只对为之摇橹的一千美女产生浓厚的兴趣。作为一位大明子民和下野官僚，汤显祖不仅鞭挞奸官，而且讥弄皇上。这正是他挂冠归去后的冲天勇气和战斗精神的体现。从正德皇帝到万历皇帝这祖孙四代，一方面劳民伤财、吮尽民脂民膏；另一方面巡幸天下、游龙戏凤，其荒淫与罪恶的故事蔚为系列。《邯郸记》何曾是戏说黄粱美梦，分明是直逼现实！

本剧中真正可爱的人物，是那些虽寥寥数笔但却可钦可敬的下层人民。为卢生开河而拼死拼活的民工群像，挺身而出、解救上吊驿丞的犯妇，精通番语、为卢生反间计奠定成功基础的小士卒，以及为掩护卢生而葬身虎口的小仆童，鬼门关上搭救并扶助卢生的樵夫舟子……正是这些最不起眼的平头百姓，构成了《邯郸记》艺术天地中的点点亮色。

无穷的艺术魅力

汤显祖以《牡丹亭》为代表的“临川四梦”相继问世后，产生了广泛而深远的影响。

有一大批剧作家从剧本的立意构思到曲词的风格熔铸，都刻意模仿汤显祖的剧作。洪昇的《长生殿》受汤显祖影响之深，不仅在词采更在于全剧的情旨追求；孔尚任的《桃花扇》，亦处处可见汤显祖渊源；张坚的《玉燕堂四种曲》受汤显祖启示尤多……应该说，汤显祖同时代的剧作家和后代剧人，都在不同程度上受到其深刻启迪。

20 世纪以来，《牡丹亭》曾几度被搬上银幕和荧屏。收集有 2200 多篇诗文和“临川四梦”剧本的《汤显祖集》，也于 1963 年起一版再版。

400 多年前，当位于英国伦敦的莎士比亚环球剧场正在上演莎翁戏剧《仲夏夜之梦》时，东方庙会的中国戏台也在演出汤显祖的《牡丹亭》。正如莎士比亚的剧本被译成多种语言搬上多国戏剧舞台一样，汤显祖的“临川四梦”也蜚声海外。

“东西曲坛伟人，同出其时，亦一奇也。”1916 年，日本戏曲史家青木正儿在他的《中国近世戏曲史》中如是评价，这是汤显祖第一次被人与莎士比亚相提并论。

2008 年，美国文艺评论家丹尼尔伯特在贯通古往今来的《世界名剧100部》中，再次将莎翁和汤翁的剧本收纳其中，《牡丹亭》作为唯一被收列的中国剧本，排到第 32 位。

1930 年京剧大师梅兰芳在美国演出《牡丹亭》的折子戏《游园惊梦》和《春香闹学》，为时两个来月，轰动了整个美国，每场结束至少谢幕 15 次之多。当时美国人这样评论："中国剧，雍容大雅，位置之高，分量之重，为世界戏剧之冠。"而后，白先勇的青春版昆曲《牡丹亭》也以历时海内外"八年的演出，场场爆满"。

目前，《牡丹亭》有英、德、法、日、俄的译本；美、日、俄等国也都有"汤学"的研究者。汤剧无穷的艺术魅力和永恒的审美意蕴，已经成为中华民族一笔重要的精神文化财富。

在世界戏剧史上，低谷与高原，各自相映成趣；而被不同历史时代和社会公信力，推举到高峰绝顶和璀璨星空之中的文学巨匠——汤显祖与莎士比亚，将永远令我们高山仰止！

顾炎武

他凭借经史子集无不涉猎的学识，成为继往开来的一代学术宗师；他“天下兴亡、匹夫有责”的观点，更影响了后世无数志士。

穿越历史风尘的书生意气

陈　益

我站在顾炎武的塑像前，他目光炯然，髯须飘拂，简朴的衣冠更衬出严峻神色。

四周十分静谧，静谧得足以让人抑住心跳，排遣一切芜杂的意念，感受他那漾漾溢溢穿越历史风尘的书生意气。

一个在明末清初饱经忧患的学者，为什么在300多年后的今天，依然让我们久久凝望？

北游的缘由

明末，国事溃败，民不聊生。顾炎武有感于国家多难，应举试却名落孙山，便选择了一条学者之路，致力于经世致用之学。

谁知道，外患日甚，内患又起，家里更遇变故。他不得不将祖产800亩粮田典押给了昆山豪族叶方恒。他的族叔为侵吞顾炎武的家产，竟与叶方恒勾结；顾氏家奴陆恩，也投靠了叶方恒。他们私自将顾炎武囚禁，并威胁他自裁；后又派刺客跟踪，在南京太平门外刺伤顾炎武，并指使歹徒洗劫他在南京的住所。

清顺治十四年（公元1657年），已经45岁的顾炎武孤身离开故乡，开始北游，漂泊于山东、河北、山西、陕西等地。康熙二十一年（公元1682年）正月初四，这位马背上的学者70岁。大病初愈，身体虚弱，执意外出访友，在山西曲沃不慎失足，摔倒在马下。初九丑刻溘然长逝，遗体由嗣子衍生运回故乡，埋葬于千灯镇顾氏祖茔。

历来的史学家纷纷探究顾炎武北游的心路历程，为此争论不休。其实，他长达25年的文化苦旅是由多重原因造成的，为了避祸，也为了结交各地豪杰，考察山川形势，徐图复明大计，更多的则是积累知识，探求学问，写下一系列流传后世的伟大著作——《日知录》《天下郡国利病书》《音学五书》《肇域志》等。

“行千里路，读万卷书”，是中国文化人普遍的理想，很多人自小就接受庭训，真正能做到的却不多。顾炎武做到了。他是在一种半自觉半被迫的状态下做到的。北游途中，他以一马一骡承载书册，边走边读，从未倦怠。有时有朋友接待，有时借宿旅店，往往在某地住几个月，就又走了。颠沛流离的艰辛不难想象。行走在平原荒野间时，未免寂寥，他骑在马上大声朗读前人的诗词，为自己壮行。在博览群书、实地调查、“采铜于山”的同时，著述不辍，最终成为名满天下的大学者。

顾炎武在给朋友的书信中一再说明，他所著的《日知录》《天下郡国利病书》等，不是为今人所用，而是为将来的王者治国平天下所用。他试图通过对经学、历史、典章制度的研究，探索出切实可行的治国安邦的制度与措施。他坚信，“远路不须愁日暮，老年终自望河清”。尽管处境困顿，胸中的希望之火，始终没有熄灭。

七十老翁何所求

66 岁时，顾炎武遇到了一次当官的机会。

这一年，康熙作出了一个独特的决策，准备一举网罗尽“已仕未仕”的博学鸿儒。顾炎武毫无疑问地出现在清廷的视野之内。确实，对于读书人来说，这是一个人生转折中难得的机遇。人生能有几个这样的机遇呢？至少是辛辛苦苦钻研、积累几十年的学问得到了承认吧。

然而，顾炎武闻讯后，立即写信给举荐他的昆山同乡叶方霭，表示不同意。他在信里说：“母亲为了保全名节绝食而死，临死前嘱咐我不能臣事异代；就算天下人都做了清国的臣属，我也不会踏上仕途的。”

至今在民间还流传的一个故事说，有一天，康熙皇帝的老师、主持编写《明史》的大学士熊赐履特意派了两个人来到华阴，请顾炎武到北京做他的助手。来人进门，呈上书信，对顾炎武说："亭林先生，这可是千载难逢的盛事啊！"

顾炎武看了信，冷冷地说："感谢熊大人的盛情。可我还是不能答应熊大人。"

"先生不要敬酒不吃吃罚酒！如若不去，可要考虑后果呀！"

顾炎武脸色大变，怒气冲冲地说："二位如果非逼我去不可，请你们要么用刀杀了我，要么用绳子绑我去，你们看着办吧！"

两个人只得向他连连道歉，然后垂头丧气地回到北京。

事实上，那是康熙十年，顾炎武在北京，寄居在外甥徐乾学的家里。当时朝廷议修《明史》，翰林院掌院学士熊赐履特意设宴款待，徐乾学陪顾炎武一起去了。杯觥交错，酒酣耳热之间，熊赐履很热情地邀请顾炎武参与修史。谁知，顾炎武一点面子也不给，当场断然拒绝：

"如果真有这种说法，那么我不是像介之推那样逃亡，就是像屈原那样殉身！"

熊赐履和徐乾学不由面面相觑，惊愕不已。

总之，顾炎武是无论如何都不想为清廷当官，乃至作出了"以死自誓"的决定。"七十老翁何所求？正欠一死！若必相逼，则以身殉之矣！"

刚烈之辞，掷地有声。

对于顾炎武来说，不为清廷做官，是他的人生底线。哪怕是死去，也不会超越这条底线。既然决心一死，还有什么可以畏惧的呢？

由于他的坚辞，他活得并不轻松。他的《亭林文集》和《亭林诗集》，因为有“偏谬词句”而被列入《军机处奏准抽毁书目》。甚至连他的代表作《日知录》也在部分抽毁之列。一些条目被全部抽毁，有的条目则被删得只剩下一句话。

与此同时，时常有官吏派人上门来找他，说是“聘请”，其实是监视，甚至是管制。

明清交替之际，文人士大夫们处于非常艰难的选择中。政权变化了，明王朝变成了清王朝。这是摆在眼前的事实。在政治变革的背后，还有一个巨大的变革，那就是文化的变革。顾炎武把政权变化称作“易姓改号”，把文化变革称作“仁义充塞”。假如“仁义”被堵住了，被压抑了，就面临着消亡的危险了。

那时候，有很多人流血牺牲，英勇殉国，有更多的人活了下来。活着的人们，选择了不同的活法。有的为了表示要和清王朝不共戴天，居然挖了一个地窖，躲在地下，家里人通过穴口送饮食给他，称作“土室遗民”。也有人把自己的头发剃掉，进寺庙当和尚去。还有人则逃到山里做了隐士。

顾炎武跟这些人不同。他不仅活着，还要活得光明磊落。不死，或者叫无死，也许比死了更重要。活着，是生存，还有延续。不仅是生命的延续，还有精神价值的延续。死了，一切都解脱了，活着却要经磨历劫，承受无穷的痛苦。但为了坚守自己的理想，活着就要肩负着道德的责任和社会的责任，活出精神来。

人生的跋涉与文化的跋涉

在漫长的游历中，顾炎武坚忍前行，从来没有想过退缩半步。如果说最初是为了报仇雪恨，抗清复明，后来在行千里路、读万卷书的过程中，在穷尽天地之灵气、探寻古今之流变的求索中，渐渐演变成为一种深刻的文化意义。

一个孤单的旅人，乘坐一匹瘦马，或者肩荷行囊，艰辛地行进在北方的崇山峻岭之间。无论风霜雨雪，酷暑严寒，无论日出日落，荒途野岭，他的脚步始终不曾停止。他的所有文字中，没有血迹，不见泪痕，连苦涩的叹息都未留半点。后人开卷，只依稀看见一个前行的背影，在时光的长河里作文化的跋涉，永远没有归宿，没有止境。即使生命的消亡可以使脚步停止，精魂却永远会这样行走下去……

中国的文化资源无比丰沛。先秦诸子、汉唐气象、宋明风韵，五千年文脉涵养出泱泱中华。天开万象、鬼斧神工、厚德载物，多元一体的中华民族创造的文化争奇斗艳、万紫千红。顾炎武将人生的跋涉与文化的跋涉融汇在了一起。生命的历程，正是一种文化的历程。生命给文化以动力，文化又给生命以启迪。

顾炎武认为，个体生命的终极归属，应该是崇高的文化价值，而不是效忠于某一个王朝或某一个权贵。为了证明这一点他提出了一个非常极端的做法，不做官，甚至不读书——当然指的是为科举之试所读的书。中国历来有读书做官的传统，一旦读书，就不能不想到做官，一做了官，就不能不改变自己的政治立场，所以他宁愿做“商贾百工技艺食力之流”。他认为，忠、孝、节、义不是死板的道德信念，任何时候，即使是身心分裂的情况下，也要强调一种心的坚守，文化的坚守。

一方面，他奉劝清朝统治者，要为遗民提供比较好的生存处境。让一批遗民存在于政权之外，这是国家政治清明的一种象征。另一方面，他也劝导明朝的遗民以及遗民的后代，必须坚守自己遗民的立场。改朝换代之际，很多的文人士大夫变节了。原来在明朝当过官的，投降了清政府，改变了自己的政治角色。但顾炎武选择了坚守。哪怕清政权的统治已成为无法改变的现实，仍可以坚守自己的文化价值，守住这条底线。

在漫长的文化苦旅中，顾炎武忧愤而犀利的目光越过了天崩地裂、动荡纷争的当今，在苍茫的历史时空中苦苦追寻，追寻“不可绝于天地间”的一线历史之脉、文化之脉。这种卓尔不群的追寻，让顾炎武的晚年孤峭、悲凉、沉重，却也让他的生命意义显现出凝重、高洁、永恒的光彩，足可以“垂示后来者”。

天下兴亡　匹夫有责

顾炎武在他的代表作《日知录》中，提出了“天下兴亡，匹夫有责”的观点。

有亡国，有亡天下。亡国与亡天下奚辨？曰：易姓改号，谓之亡国；仁义充塞，而至于率兽食人，人将相食，谓之亡天下……是故知保天下，然后知保其国，保国者其君其臣，肉食者谋之；保天下者，匹夫之贱，与有责焉耳矣。

他认为，亡国和亡天下，属于两个并不相同的范畴。易姓改号，改朝换代，即亡国，这类事只需由君臣和肉食者们去关心；败义伤教，无君无父，即封建伦理道德的沦丧，才是亡天下，这类事远远高于亡国，比亡国更加危险，所以必须动员广大人民群众，主要是在野的士大夫们共同参与，一起来保天下。所谓的“亡天下”，不仅仅指明亡于清，所谓的“保天下”，也不是仅仅指试图反清复明，主要是指对封建伦理道德沦丧的挽救。

朝代的更替，只是国家之变，或者只是皇帝的替换，而不是文化体系的改变。早在春秋之际，就出现了“尊王攘夷”的思想，直到明代末年，与顾炎武齐名的思想家王夫之仍强调“夷夏之防”。然而，中国本土民族主义的着眼点不在于种族，却在于文化。异族的入侵毫不奇怪，只要他们能够接受中华文化，行儒家之制，便可以坐主中国，并且一样享有“正统”的地位。夷狄和华夏，有先进和落后之间的区别，但本来便同域共祖。

这，正是中国人强烈的“文化认同”。

中国人愿意把最高的忠诚感给予文化，而不是给予国家。

作为一个思想家和爱国主义学者，顾炎武在行千里路、读万卷书的生命历程中，逐步摒弃了大汉族主义和民族狭隘主义。中华民族大家庭中的各个成员，在利害问题上看法各不相同，有时会有矛盾和斗争，但根本的利益则是一致的。

清末维新运动领袖梁启超将《日知录》中的这段论述，归纳成了极其精炼的 8 个字：“天下兴亡，匹夫有责。”

这句名言，反映了顾炎武“拯斯人于涂炭，为万世开太平”的宏大胸怀，体现了他试图改革弊政、打击封建地主阶级中的腐朽力量的强烈愿望，犹如沉沉云帷中的一道闪电、一声惊雷，不知鼓舞了多少有识之士、热血青年，为挽救民族的危亡，拍案而起，冲锋陷阵！

顾炎武提出的“天下兴亡，匹夫有责”，正是“经世致用”思想的最好体现。“爱国主义”这一概念的外延扩大到“天下”——多民族统一的国家，内涵得到了极大的丰富。

时光流逝了 300 多年。今天，我们仅仅凭借顾炎武留下的诗文著述，以及他的同时代人或后人的记载，来忖度这位思想家的内心世界，是无法详尽的。史学家们以“高风亮节”“一代大儒”等词汇来概括，也仍然失之肤浅。作为一个有灵魂有血肉的人，顾炎武的内心世界也时时充满忧愤、焦虑和哀伤，在探索真理、寻求学问的道路上，经历了一个漫长而又痛苦的过程。可惜，我们很轻易地把这个过程忽略了……

世人都讲“一任清知府，十万雪花银”；而他却“官罢囊空两袖寒，聊凭卖画佐朝餐……”

“拥绿园”中竹林翠

忽培元

时值乾隆三十年深冬岁末。

夕阳即将沉落，古老的兴化城木然矗立。八字桥下东西市河的流水清幽得令人窒息。城门楼子上往日喧哗飞舞的暮鸦也静静沉落在屋脊。街面上行人很少，大小店铺都已早早地打烊关门。寒风萧瑟中，几条野狗夹着尾巴匆匆穿街而过。

整个古城好像得了痨病，悄然地喘息着、隐忍着，等待什么不祥事件的降临。

一

此刻，借居在“拥绿园”的郑板桥被“渴疾”折磨得骨瘦如柴，整个生命仿佛正在悄然化作一株经霜老去的竹子。他感觉自己这就要归去到母亲的身边，那是另一重天地。祖父、父亲、阿叔，还有费姨妈和继母、亡妻、不幸夭折的儿子……他们都在那边等着自己。

“郑田儿”，郑板桥唤堂侄儿来到近前，指着自己胸前佩戴的一枚圆柱形玉坠说：“你们知道，我一生孟浪清贫，没有给后人留下一砖一瓦、一垄田土，这个就留给你，也是个念想。”

说着，吃力地取下那玉坠，亲手戴在堂侄儿的脖颈上。清白光润的玉坠，在灯光下越发显得冰清玉洁。

这是好友金农送给郑板桥的心爱之物。上面刻有一枝竹子和一副对联：“清寒直入人肌骨，一点尘埃任得无。”

这对联，不仅是对郑板桥画品的赞誉，更是对他一生人格的概括。

世人都讲“一任清知府，十万雪花银”。郑板桥10年知县任内，本该可以不仅“稍稍富贵”，而他却“官罢囊空两袖寒，聊凭卖画佐朝餐……”

晚年，他往来于兴化与扬州之间，漂泊不安、居无定所。他在范县任上时，堂弟在家乡兴化城边的鹦鹉桥南买得一所屋宇。他得知曾传书言，希望堂弟在新宅就近也帮自己买一块地皮，将来也造一所宅院归老为居。

他所渴望的也不过数间草屋，一圈土墙。院内只在植竹、种树、栽兰、育花之外，铺一条碎石的小道曲通书房而已。书房也就两间足矣。一间存书，一间会客，客厅亦可写字作画、品茗饮酒。另有专供起居的两三间主屋，一进两开，两代人亲近居住，侧屋则是两间厨房，一间客房。

这一切对于他这个县老爷、大书画家而言，不算奢望呀！

二

“三绝诗书画，一官归去来。”郑板桥是清代独领风骚的文人画家。做官前后，均以书画营生。

1742 年春天，完全没有思想准备的郑板桥突然被选派为山东范县县令。这时他已年过半百，50 岁出仕，由民到官，开始步入一个新的人生阶段。

在封建社会，地方官老爷“走马上任”有一套特定的礼仪，足以令官员得意洋洋，尽显威风。像知县这一级，按规定是应该坐着四抬大轿，并有打旗护卫，鸣锣开道，令黎民百姓望而生畏。若要从简，至少也应披红挂花，骑着高头大马。

郑板桥却对“喝道排衙招摇过市”这一套十分反感。所以，他一不坐轿，二不骑马，更不前呼后拥，而是一头毛驴一介书童，外加一捆行李一箱子书和那一张他喜爱有加的古琴……晓行夜宿，一路北上，直奔黄河岸边的范县而来。

范县，乃山东曹州府所辖的一个僻静农耕小县。不过县衙却修得排场。衙门阔大，围墙坚固，高高在上地蹲在镇街中心，鹤立鸡群一般富丽堂皇。

话说郑板桥此日进了县城，他一边走，一边扬头瞅着那夕阳照耀下的高墙大院，再回头看看百姓的土屋草棚，不由得叹气摇头。

上任后，他亲自从街里雇来了工匠，监督着把县衙临街的墙壁挖出许多比人头还大的窟窿。

众人摇头不解："敢问大老爷，把好端端的衙墙挖那么多窟窿，有何用处？"

郑板桥笑道："县衙与外面隔着几尺厚的高墙，百姓呼吸的鲜活空气吹不进来，衙门里头的官僚腐朽死气也透不出去，这还不把老爷我憋煞？"

其实，他在县衙挖洞的真实用意正在于要彻底改换衙门风气。作风恶劣的、民愤大的，打一顿板子，撵出衙门；作风较好的、老实办事的，就奖励表彰重用提拔……如此这般。

为了刹一刹那些土豪劣绅的威风，他还挥毫写了一副对联公然贴在衙门外：

两袖清风敢碰硬，一身正气能压邪。

横批是："七品正堂"。

整顿官风、体察民情、防涝治碱、肃盗审案、兴利除弊……郑板桥范县任上将近 4 年，政绩突出，官声向好。

乾隆十一年（公元 1746 年），朝廷决定把郑板桥由这个穷困小县，调到许多人争着抢着想去的富庶的潍县。

要动身了。不料一出衙门，就见街道两旁聚满了男女老少拱手相送，还有的捧着好酒好菜……郑板桥一路挥泪揖别，心中不禁吟道：“范县民情有古风，一团和蔼又包容。老夫去后相思切，但望人安与年丰。”

范县人怀念亲民爱民的郑老爷，“郑板桥是清官，不图银子不爱钱”的民谣广为流传。范县人还自发在城南门外的黄河金堤上，为他树起一座“德政碑”。

三

行尽青山是潍县，过完潍县又青山。
宰官枉负诗情性，不得林峦指顾间。

郑板桥这一首绝句题为《恼潍县》，就形成于赴任道上，在驴背上得来。

傍晚时分，到了潍县城门洞下，就见穿着官服迎候新县令的人们站在那里焦急地张望。他于是翻身下驴，牵着驴从旁边慢慢走过，直到进了城门，竟然也没有一个人注意到他。这也难怪，他只身单骑、麻鞋布衣，满身满脸的尘灰，哪里还有半点县太爷的威风。

第二天，潍县城里就传开一首儿歌：“好一个稀奇又古怪，新到老爷像乞丐，脸黑人瘦个子矮，骑驴不需大轿抬，可怜兮兮是猴胎，可怜兮兮是猴胎。”

郑板桥听得，只是苦笑摇头，心中并不认真恼怒。心想猴胎又咋的？论起辈分来，猴子还是人类的祖宗哩！

郑板桥对潍县繁华之下掩盖的种种社会矛盾充满了担忧，但他并不退缩，挺起了单薄但很有傲然骨气的腰板，下决心要把畸形散漫而不无肮脏的潍县，缔造成淳朴洁净充满阳光的理想之地。

然而，灾害却像恶魔般袭来。先是一连几个月没有落过雨雪。旱风照例趁机肆虐。都到四五月天了，农田还是一片枯黄。农民们盼雨盼得都快疯了，四乡都可以看到跪天祈雨的人群。但是抬头望去，依然还是烈日高悬。

在干旱了四五个月之后，又降下淫雨霏霏，连日不开。田里即将收获的那一点庄稼，就被雨水浸泡成了湿漉漉的影子。淫雨还使白狼河水猛涨，疯狂的洪水漫上了石桥、坝崖，直涨至城墙的一半。桥梁冲毁了，城墙倒塌了……

除此，潍县还有带着难闻咸湿气味的台风，常常推动着渤海的海潮暴涨。海潮席卷所过之处，天水一汪。等到水退之后，农田、村落和庄稼就又变成了白茫茫的一片盐碱滩涂。

郑板桥禁不住暗暗嗟叹：貌似富庶的潍县呀，百姓可是生活在水深火热之中。

其实最可怕的还不是天灾的肆虐，而是粮食的匮乏。面对愈来愈多涌入城中的灾民，眼见日日增多的街头饿殍，郑板桥夜里睡不着觉，把师爷和各司头目叫来商议。大家说城内的粮仓中倒是有粮食，可那是官仓，没有皇上的圣旨，谁也不得动用。否则就有革职查办甚至杀头的危险。

却见郑板桥从容提笔铺纸，毅然写下四个大字：开仓赈灾！

大灾过后，县城街头到处都是滞留下来的灾民。男女长幼衣衫褴褛，面黄肌瘦，随处都有哄抢与盗窃案子发生。

师爷和各司头目无不建议：增加捕役，加强镇压的力度。

郑板桥厉声喝止：“百姓系你我衣食父母，休要胡言！各位都看到了，那些被洪水冲垮的石城、土城，城墙上的谯楼、炮台和那一堵堵的短墙、垛口急需抢修，我郑某人决计开展以工代赈。招募那些逃难来的灾民投入劳动，这样既解决了他们的温饱，也避免了社会秩序的混乱。”

人们惊异地看到，数十年不遇的天灾不但没有损毁潍县这座古老的城市，反而使它焕发了新荣。大灾之年，城建工程大上。资金从何而来？

所有的工程费用都由郑板桥设法筹措。众人传颂着他的功德：“郑知县平日省吃俭用，竟以360千文捐修石城60尺！”

这个消息一经传开，比任何动员令还要管用。富豪士绅们纷纷效仿，慷慨解囊资助恢复水毁工程。全县先后有240多位士绅，捐资计8786两白银，修筑了1740尺的石城。而土城的修补费用，则由郑板桥动员城内各烟行捐献开支。

乾隆十二年（公元1747年）的除夕夜，郑板桥没有回乡过年，而是同潍县百姓一起过的。

这天夜晚，他躺在床上睡不着，似乎听到屋外风中的竹子发出萧萧的声响，想到了灾民们呼天唤地的祷告与呻吟。于是提笔写道：

衙斋卧听萧萧竹，疑是民间疾苦声。

些小吾曹州县吏，一枝一叶总关情。

浑黄色的大地又渐渐呈现一派迷人的葱茏。郑板桥带领百姓夜以继日地重建被洪灾冲毁的家园。等到屋子修葺一新，已是来年春暖花开时节。屋角的桃杏花又开了，招来满园的蝴蝶蜜蜂，还有那旧日的燕子在房梁上重新结巢，开始了新一年的繁衍生息。

四

乾隆十八年（公元 1753 年），郑板桥要离开治理 7 年之久的潍县了。

街上的百姓闻讯聚拢来，纷纷跪倒在门前。“老爷您走好”的话别声还有哭泣声，浑然响成了一片。

但见书童牵着两头毛驴等候在县衙的门侧。其中铺着毡褥的一头，想该是老县令要骑的了；另一头驮着装书画的箱子和那张跟随他多年的古琴。

这便是郑老爷的全部家当。

“乌纱掷去不为官，囊橐萧萧两袖寒。”当郑板桥风尘仆仆辞官归来，牵着毛驴站在家乡的土地上，望着兴化城中的一片青色房舍，这才意识到自己是上无片瓦下无立锥之地！

人家做官告老还乡，都是前呼后拥，张福显贵不胜荣耀，而他却是身孤影单、两手空空。破败的老屋早已变卖，妻女都借住在亲戚家中。好在堂弟郑墨倒是热情有加，把他迎进自己的屋中安脚。

郑板桥实实在在当了 10 年县令，钱都哪里去了？清正廉洁的他，所得有限的俸银除去花销，仅周济贫士、捐款修城所费银子竟数百两，再加上官场的应酬花销，归来真是山穷水尽，只好靠卖画来维持生计。

郑板桥在生命的最后一年，即1765年，73岁，他强忍病痛创作的一张扇面、一副对联和一张墨竹，当属他告别人间的三件墨宝，臻于板桥书画的至高境界。

扇面是为蔚起先生写的：“雾里山疑失，雷鸣雨未休。夕阳开一半，吐出望江楼。”五言一绝，雨雾空濛，雷鸣电闪，残阳如血，声色呼应，堪称绝唱。且用墨清淡，行款随心，不板不凿，可谓神品矣。

对联则最为脍炙人口：“琢开云雷成古器，辟开蒙翳见通衢。”加以别开生面的边款，书法凝重不失飘逸，诗句写实意境浩淼，可谓人书俱老，实乃极品。

《墨竹》则题句为：“参差错落无多竹，引得春风入座来。”奋发自信，春风得意，全不像即将告别人世之病老所言，更见笔力硬朗挺秀，元气饱满充沛，与平日所画相比，更显苍劲无比。

郑板桥这三件最后的墨宝，是他肉体涅槃前留给人间的精神舍利。

乾隆三十年十二月十二日（即1765年1月22日），郑板桥溘然病殁于“拥绿园”中。按照他的遗愿，遗体安葬于兴化管阮庄的“椅把子”地里，坟旁植一片竹林……

曹雪芹

他是古今罕见的奇才，在他身上仪态万方地体现了中华文化的光彩。

研血成字绘红楼

周汝昌

中国的文化历史非常悠久，积其至丰至厚，积到旧时代最末一个盛世，产生了一位特别特别伟大的小说家曹雪芹。

这位小说家，自然不同于一般小说作者，他是一个惊人的天才，他是古今罕见的一个奇妙的“复合构成体”——大思想家、大诗人、大词曲家、大文豪、大美学家、大社会学家、大心理学家、大民俗学家、大典章制度学家、大园林建筑学家、大服装陈设专家、大音乐家、大医药学家……他的学识极广博，他的素养极高深，在他身上仪态万方地体现了我们中华文化的光彩和境界。

这样一个人写出来的小说，无怪乎有人将它比作“百科全书”，比作“万花筒”，比作“天仙宝镜”——在此镜中，我中华之男女老幼一切众生的真实相，毫芒毕现，巨细无遗。

一

曹雪芹的家世既辉煌又奇特。这一氏族的特色是“诗礼簪缨”，文武全才。

自努尔哈赤入关建立清朝之后，曹雪芹家成为皇家奴仆，隶属“内务府”的正白旗籍。从此，世代为奴，身为“下贱”。由于曹雪芹的曾祖母孙夫人是康熙大帝的保姆（宫廷的“教引嬷嬷”），她的劳绩，是康熙日后始终百般照顾曹家的关键因由。由此，她的丈夫曹玺（曹雪芹曾祖父）得以到江南江宁府（今南京）去做织造监督，而且先后共达三代四人，历时几近60年之久。这一历史上绝无仅有的奇迹，直接关系着曹雪芹的身世、禀赋、才华、命运，更是他创作小说的真正渊源。

曹雪芹是处在众多“交叉点”上的一位奇特的历史人物。在他身上，错综复杂地重叠着这些“交叉”：古、今，南、北，满、汉，旗、民，兴、亡，荣、落，贵、贱，悲、欢，离、合，爱、恨，喜、怒，雅、俗，庄、谐，贤、愚，痴、黠……以此之故，他阅历丰富，感受非凡。他的哲思，混茫着世界、人生；他的才华，潋滟着千汇万状。

二

在《红楼梦》中，曹雪芹以他的彩笔和椽笔，使我们历历如绘、栩栩如生地看到了我们中华人如何生活，如何穿衣吃饭，如何言笑逢迎，如何礼数相接，如何思想感发，如何举止行为。他们的喜悦，他们的悲伤，他们的情趣，他们的遭逢，他们的命运，他们的荷担，他们的头脑，他们的心灵……你可以一一地从《红楼梦》中，从曹雪芹笔下，寻到最好的最真的最美的写照！曹雪芹像是只写了一个家庭、一个家族的兴衰荣辱，离合悲欢，实际是写了中华民族文化万紫千红的大观与奇境。

早已满化的曹氏家庭，对妇女的观念与中原和江南的汉人有异，而曹雪芹正是在他一身承受满汉两大文化的冲突和融合的强烈激荡与反省中，感到了妇女处境与命运的巨大问题，因此立意要写一部“闺友闺情”的鸿篇伟著。他有意贬男赞女的思想原因很多，但是满族文化中的妇女地位与作用、特色与美德，肯定是众多原因中的重要一个。

曹雪芹在《红楼梦》中特别注重礼节礼教，而且都是浓墨重彩，详细交代座次、辈分、亲疏、内外的一切礼仪，有条不紊。这种礼，由于来自古老社会中，带着显著的封建性，但是同时又表现着满族的一种美德，即重人而克己，谦虚而诚敬。无礼，不知礼，不讲礼，不以昧礼为可耻，是一个民族素质堕落的可悲现象。

三

《红楼梦》形式体裁是一部中国传统章回小说，而内容实质则是中华文化的一个综合体和集大成。曹雪芹以女娲的神话古史的故事作引而提出了一系列的重大问题：天、地、人、物四者之间的关系；“人”的起源；人具有“灵性”的两大表现；感情与才华的问题；才之得用与屈抑（浪费人才）；情的真义与俗义的问题；情与“理”“礼”的矛盾统一的社会道德问题……都可以在这部伟著中找到观照与解答。

中华的先民哲士，以天、地、人为“三极”。此三者各有“性命”，而各有其“才”之蕴涵（内在能量）。我们中华的一种文化思想称为“三才主义”。三者之中，人为万物之灵，所谓“天地之心”者也，故人之“才”亦即天地人合一的最高级智能显示。

曹雪芹选中了一块石头的经历而叙写，成为一“记”。

石本为物，物与人是对待的“双方”，但曹雪芹认为，物经娲炼，也能“通灵”，即有生命，有知觉感受，有思想感情——物与人可以相通的。

这是一种“天人合一”的博大的哲思。

曹雪芹又认为，在“灵性”的诸般功能体用中，以“情”最为根本，最为珍贵。是以书中于开卷不久就特笔表明：“大旨谈情”。但因“情”是抽象的，无法成为故事，于是便又以众多人物的悲欢离合的情节来抒写这个特别可贵的“情”。

曹雪芹自称的“大旨谈情”，并非一般男女相恋之情。他借了他对一大群女子的命运的感叹伤怀，写了他对人与人之间应当如何相待的巨大问题。他首先提出的“千红一窟（哭）”“万艳同杯（悲）”，他借了男人应当如何对待女子的这一根本态度问题，抒发了人对人的关系的亟待改善的伟思宏愿。假如对待女子的态度能够有所改变，那么人与人的关系，定然能够达到一个崭新的崇高的境界。倘能如此，人生、社会、国家、世界，也就达到了一个理想的境地。

“大旨谈情”，就是人的心田心地，为人忘己的诚心痴意。孔子讲“仁”，归属于社会伦理人际关系；曹雪芹讲“情”，转化为诗情画意文学艺术的审美性修养，即人的精神世界、文化素养、品格品味的高度造诣。

所以，在曹雪芹笔下，不再叫作什么仁义道德，而叫作“千红一窟（哭）”，“万艳同杯（悲）”。这还不就是天地间万物所能具有的最广大、最崇高的“仁”吗？曹雪芹比孔子提得高多了，深多了——也沉痛激动多了！

四

“字字看来皆是血”“滴泪为墨，研血成字”的《红楼梦》，并非为了供人消闲遣闷，也不是为了“情场忏悔”或“解脱痛苦”，乃是曹雪芹对于宇宙万物、社会人生的深邃思索。

小说从女娲补天，遗石通灵，幻形入世，一直写到了“离合悲欢，炎凉世态”，展示了一位哲人的全部智慧，代表着中华文化精华的特色与价值。实际上，曹雪芹以当时的形式思索了天、地、人的生成与进化，探究了生命、性灵、才干的可贵，谱写了人与人之间的理想关系，以及人才的遭遇与命运。他是18世纪早期时代呼唤中华知识界重新来思索探讨这种重大课题的思想巨人，他是即将步入近代的中国人的启蒙者，意识革新的先驱者。

要想了解作为思想家的曹雪芹，不妨借小说中贾雨村评论贾宝玉时所用的一句：“……若非多读书识事，加以致知格物之功，悟道参玄之力，不能知也！”“致知格物，悟道参玄”八个字正说明了他认识宇宙人生的步骤和层次的“方法”问题。

“致知格物”原是儒学中“正、诚、格、致、修、齐、治、平”众多步骤层次中的一个做人积学的必由之路、必要的阶段工夫，接近于今时所谓探求科学知识、认识客观世界。然而中华文化思想又认为，这是必要的，但并非最高级的认识，也非终极的目标。要从这种对客观事物的认知而上升到更高层的领悟——寻求它的本源本质、本身变化规律、相互关系等巨大深奥的道理。这就是“悟道参玄”的本义。

正是遵循了这样的步骤与层次，曹雪芹把对于“人”的理解与认识、关切与忧思，全部托体于稗史小说，“说来虽近荒唐，细按则深有趣味”。

五

《红楼梦》的伟大，首先在于思想精神的伟大，这种伟大是不容歪曲或篡改的；《红楼梦》的伟大，又在于文笔艺术的伟大——充满了特色与独创，然而又正是中华文化的继承、综合、延伸、运化和发展。

曹雪芹生前，朋俦所以推许他，是诗，是画，是“笔墨风流”。在他身后则以小说家而闻名寰宇，他的名字已载入宇宙时空——水星上的一座环形山以他的名字命名。

当下，人们常常将曹雪芹与英国的“剧圣”莎士比亚相比并举。但莎翁一生写出了三十七八个剧本，他的众多角色人物是分散在将近40处的；而曹雪芹笔下的几百口男女老少、尊卑贵贱、大小人物……却是集中在一部书里——生活在一处，生死休戚，息息相关，是一个大整体，而不是轮换“登场者”的那种零碎凑缀的章法。曹雪芹展现的是一幅奇丽异彩的“万尺画卷”，数百人物，个个不同，声口、气质、风格、神态，绝无雷同，而且不只是一个无灵魂的空名字，个个如同现实世界，活现其情境于纸上。

曹雪芹写人的手法纯粹是中华画法的精神体现——传神写照。极重“神似”而不泥于“形似”。所以书中人物，一出场，一开口，即如闻其声，如见其人，而又绝不见他对外貌细节的“描写”“刻画”。这是中华文化艺术的一大精髓，最需体认。

六

曹雪芹善于继承传统，有一个极大的特点，他几乎把我们民族艺术精华的各个方面都运用到小说艺术中去了。

《红楼梦》是一部“诗的小说”。曹雪芹以诗人之眼阅世，以诗人之心感物，以诗人之情待人，以诗人之笔摛藻。这部小说可以说整个儿是一首长诗——在小说的外形下而写出的！

在曹雪芹的笔下，不管写人写景，写事写境，都带着浓郁的诗意和诗境。他将诗融入小说中，别具一种他处少有的美学质素和魅力。这不是指《红楼梦》里有很多诗句、有很多诗社场面等，是指诗的素质、手法、境界，运用于小说中。你看他写秋窗风雨夕，那竹梢雨滴、碧伞红灯的种种情景；他写那冬闺夜起，拨火温茶，外面则寒月独明、朔风砭骨的种种情景……又哪里是小说？全是诗！

中国的诗，特别注重“境界”或“意境”。《红楼梦》处处是诗境美在感染打动人的灵魂，而不只是叙事手法巧妙地令人赞叹。

曹雪芹的艺术，又不仅是诗，还有散文，还有骚赋，还有绘画，还有音乐，还有歌舞，还有建筑……他都在运用着。他笔下绝不是一篇干瘪的“文字”，内中有我们民族艺术传统上的各方面的精神意度在。这是别人没有过的瑰丽的艺术奇迹！

曹雪芹的至友们作诗赞他时，总是诗为首位，画还在次。当然，中国画所表现的，也不是“再现”，还是一个“诗境”——故此方有“无声诗”的称号。东坡“诗中有画，画中有诗”，也早成名言；但我要为之进一解：不妨说成“诗即是画，画即是诗”。曹雪芹擅此二长，所以他的文字真的兼有诗画之美，只用“古文八大家”和“八股时文”的“文论”来赏论《红楼梦》，则难免买椟而还珠之失。

七

在我们的视角中，曹雪芹并不是一位“小说家”，而是与庄子并列抗衡的哲士高人与巨匠。

庄子首先提出：在芸芸众生之群中，有种类型是“畸于人而侔于天”者，这大约就是孔子所说的“不得中行而与之”的“必也狂狷乎”的那种“狂”者。这其实就是曹雪芹自创的“两赋而来”之人的同一实指。

曹雪芹自幼所受是经书，尤其是程、朱派宋代儒家思想，但他私心所喜，却在“杂学”，却在老庄，尤其庄子。他借妙玉之口，大言“文是庄子的好”，还续庄、仿庄作出一篇异样奇文。当然不仅仅是指“文好”，而是十分喜欢庄子为人的才华、气质；既有头脑，又有诗人艺家的特殊禀赋，在先秦文字中，庄子最富有诗的笔法与境界，这对曹雪芹也大有影响。

曹雪芹有老、庄的哲思，有屈原的《骚》愤，有司马迁的史才，有顾恺之的画艺和“痴绝”，有李义山、杜牧之风流才调，还有李龟年、黄幡绰的音乐、剧曲的天才功力……他一身兼有贵贱、荣辱、兴衰、离合、悲欢的人生阅历，又具备满族与汉族、江南与江北各种文化特色的融会综合之奇辉异彩。曹雪芹是中华文化的一个代表形象。

（本文为周汝昌之女周伦玲整编定稿）

枣花一年年兀自灿然地黄着，枣儿一年年兀自热闹地红着。没有谁去打扰长眠在枣林深处的那个人。

沉浮宦海的鸥鸟

何香久

纪晓岚的仕宦生涯和学术活动展开于18世纪中后期，正是中国思想文化史上一个重要的枢纽时期。

纪晓岚一直是官方学术工作的领导人，凡有编辑之役、修书之事，他必在其间。他一生中领导和参与了多少重要典籍的编修，不可胜数。

总纂《四库全书》

《四库全书》这个名字是乾隆皇帝钦定，所谓“四库”，是经、史、子、集的总称。

中国自古以来就有官修大型丛书的传统。每当国家社会稳定、经济繁荣、文化昌明之世，必举全国之力纂修规模宏大的丛书、类书。乾隆朝中期，社会安定，经济繁荣，具备了编纂“国家大书”的条件。

《四库全书》的纂修，是一项旷古文化工程，不仅要有周密的组织与筹划，而且要有一批有相当学术水平和眼力的学者参与其事。所以东阁大学士刘统勋两次上奏章，首荐纪晓岚出任总纂官。

乾隆皇帝奏准。对于修书，纪晓岚称得上学力深湛，经验丰富。让他出任《四库全书》总纂官，是胜任的。

乾隆三十八年癸巳二月二十八日，四库馆在翰林院开馆。在整个四库馆中，总纂官的职务是最重要的，负责全书的纂修事务，是实际上的主编，也称“总办”。

修书工作艰苦异常，馆臣几乎无一日之闲。每日清晨，纪晓岚比馆臣更早入院，在院中吃供应的桌饭，然后埋头工作。因阅书工作量过大，两眼充血。他本来就近视，眼睛一疲劳看什么都是云里雾里，为此他多配了两副眼镜。但是纪晓岚却精神亢奋，一种成就感激励着他。他写下《自题校勘四库全书砚》一诗，表达了自己的豪迈之情：

检校牙签十万余，濡毫滴渴玉蟾蜍。
汗青头白休相笑，曾读人间未见书。

《四库全书》的纂修自乾隆三十八年二月开“四库馆”，至乾隆五十二年关闭“四库馆”，共经历了 14 个年头。纪晓岚始终担任总纂一职。《四库全书》7 份存阁后，各阁空函书籍的缮录、补写、复校工作全面铺开，纪晓岚仍然为校书、补录等奔忙劳碌，曾 4 次去热河校书。实际上到他嘉庆十年去世，《四库全书》的续缮工程刚刚完竣，历时 32 年。也就是说他为《四库全书》奋斗了大半生。在“四库馆”馆臣中，他是唯一一位从始到终做完了这项工程的人。

《四库全书》79337 卷，6144 函，每份为 36000 册，7 份总共 252000 余册，成为中国古代最大的一部丛书，被称为中国文化的“万里长城”，历来有“典籍总汇，文化渊薮”的美誉。其收录书籍，上自先秦，下至清代，囊括了中国数千年历史发展过程中所产生的主要文献典籍，涵盖了中国传统学术文化的各个学科门类和各个专门领域。集中国古代重要典籍之大成，至今对中国学术文化的发展，仍然产生着巨大的影响。

同时，纪晓岚又一手勘定，完成了中国文献学史上扛鼎巨著《四库全书总目》的修纂工作。他主持了总目的分类，总结了自汉刘向父子、班固以来历代分类目录的得失利弊，进一步充实了分类体系。其所采用的分类法，实为中国四部分类法之集大成。这样的分类体系严密完善，将上万种书籍组织成一个有机整体，脉络清晰，源流井然，形成了一种既能反映书籍版本、内容、文字、著作事迹，又能表达作者政治理念和学术思想的全新的提要形式，成功开创了目录学的新领域，是中国古代学术史上的一个重要里程碑。

据《冷庐杂识》记载：“全书总目二百卷，亦公所撰。说者谓公才学绝伦，而著书无多，盖其平生精力，已毕萃于此书矣。”

总纂《四库全书》的艰辛与躬谨印证了纪晓岚惊人的意志力和博大精深的学识。

撰写《阅微草堂笔记》

《阅微草堂笔记》共24卷，计1196则故事，举凡官场世相、轶事掌故、民俗风情、异地风光、典章事物、乡里见闻、狐鬼神怪、医卜星相，上下古今，包罗万象，所反映的社会生活面十分广阔。隽思妙语，天趣盎然，后人无人能夺其席。

《阅微草堂笔记》的积极思想意义，首先在于对宋明理学的揭露与讽刺。对于这一点，鲁迅先生十分赞赏，他说：“生在乾隆间法纪最严的时代，竟敢借文章以攻击社会上不通的礼法、荒谬的习俗，以当时的眼光看去，真算得上很有魄力的一个人。”

其次是对盛世之下黑暗社会的揭露与批判。纪晓岚在《阅微草堂笔记》中，真实地写下了当世官场的窳败。他沉浮宦海50多年，在这长达半个多世纪的光阴中，他是被挟裹浸泡在一个恶浊卑污的政治旋涡中。清代的统治机构，是千余年封建官场的最后延续，也是千余年封建官场恶浊卑污的集大成者。纪晓岚生活的乾嘉时期，表面上看起来，是清朝昌盛强大的一个时期，但从整个封建社会的历史来看，它已被笼罩在落日的余晖之中。纪晓岚身在其中，虽然他不可能意识到封建社会必然要灭亡的命运，但对它的弊端却洞若观火。因此《阅微草堂笔记》中对于封建官场批判的内容也就格外引人注意。《阅微草堂笔记》中凡是涉及官场的，清官寥寥无几，而赃官、贪官则比比皆是。贪赃枉法者有之，草菅人命者有之，昏庸腐败者有之，卑鄙龌龊者有之。尤其是写到一些冤假错案的处理，就更让人看到这个集团的整体腐败。

纪晓岚曾借一个小吏之口说出了当世官场的一个大秘密，这个大秘密就是流传在幕僚中的一个顺口溜："救生不救死，救官不救民，救大不救小，救旧不救新。"即"四救""四不救"。由此可以看出当世官场是何等腐败堕落，人情是何等淡薄脆弱。纪晓岚字里行间的愤怒力透纸背。

纪晓岚还曾记下他的乡邻——北村郑苏仙讲的一个故事。在这则故事中他对所谓"清官"提出了自己的看法：做官只想保全自己，拈轻怕重，无所作为，这样形同木偶的庸官对老百姓没有一点用处。从某种意义上说，他拿了国家俸禄却不做事，有负于百姓、有负于国家，也绝非"清官"——因为他的官俸一样是民脂民膏。

而对那些害民官吏，纪晓岚主张万勿放过，必除之以绝后患。所谓"一家哭何如一路哭"，意思是说罢免了一个不称职的官吏，不过使他一家人因此而哭泣，这点悲伤怎么能比得上让一个地区的百姓遭受他的涂炭呢。可容忍了这个涂炭百姓的贪官，就会让一个地区的人民哭泣，民不聊生。哪头重？哪头轻？

纪晓岚在官场贪腐之风日趋严重的政治环境中始终保持着自己的操守，他的笔锋，直指腐败的官场，一点也不绕弯子，而且他对官场的抨击既含蓄又大胆。

在揭露官场的黑暗、官吏的残暴与狡猾的同时，《阅微草堂笔记》还用大量笔墨反映了下层人民群众所遭受的涂炭与压迫，如对奴婢的悲惨命运及灾荒中乡村人吃人现象的揭示，等等。蔡元培先生将其与《红楼梦》《聊斋志异》并列为“清代三大流行小说”。孙犁先生也曾把它比作与《聊斋志异》“双峰并峙的两大绝调”。

而我认为，正是在这部《阅微草堂笔记》中，藏着一个真实的纪晓岚。

读他的诗，你看到的是一个曲高和寡的纪晓岚；读他的文章，你看到的是一个笏袍显宦的纪晓岚；读他的《四库全书总目》，你看到的是一个严谨多识的纪晓岚；听别人讲他的故事，你看到的是一个诙谐谑浪的纪晓岚。

但这些，都不是真实的纪晓岚。

纪晓岚以总纂《四库全书》而名满天下，他是有清以来执学术牛耳的一代文宗，后人看他如仰视南天北斗，但是如果没有这一部《阅微草堂笔记》，他将永远是一个寂寞的学问大家，永远是一个谜一样的人物。

藏在《阅微草堂笔记》中的真实的纪晓岚是个什么样子？

他是一个在文网紧密、法纪森严的时代，敢于抨击社会的黑暗、官场的腐败、理学的腐朽的文学斗士；他是一个在对乾嘉之治的一片颂扬声中，从虚假繁荣的幕后看到了那个社会的危机、敢于呐喊出“盛世危言”的清醒的小说家；他是一个在理性主义的时代“持理”而又“反理”的学问宗师；他是一个重性灵、重真情而又有着模糊情爱观的矛盾人物；他是一个借谈狐说鬼烛照人间幽微的幽默文学大匠；他也是一个善于把人生经验化作生存智慧的智者。

纪晓岚曾为自己写了一副挽联：“沉浮宦海如鸥鸟，生死书丛似蠹鱼。”概括了他一生的行藏，也为后人留下了深长之思。

张大“经世实学”精神

作为一个执官方学术牛耳的泰斗级学者，纪晓岚对中国学术思想的贡献在于他立足于古典文化的“穴结”点，借助于浓厚文化积淀所锻铸出来的锐利眼力，回眸追索，将气象万千的学术文化之流条分缕析地加以滤析、评验。

在学问的“围城”中，纪晓岚不失为一个忠勇的擎灯者。他在中国学术思想上的建树，也正立足于中国古典文化的“穴结”点，在深沉的反省与宏阔的价值评判中重申儒家的“务实”传统，发扬光大“经世实学”的精神。他倡导“以实心励实行，以实学求实用”，鼓励学人摒弃虚玄学风，主张不读死书，不尚空谈。对道学家坐而论道、纷争门户，则提出尖锐的批评。这种“崇实黜虚”实事求是的务实精神，对今天仍有重大的现实意义。

纪晓岚又是一个矛盾人物，他的性格中有太多的“两面性”。他是在乾隆时期文化专制最残酷的一片风声鹤唳中入主“四库馆”的，有清以来的文字狱，到乾隆朝达到了最盛，在中国历史上第一次把“思想犯罪”引入法律惩治的范围之内，乾隆朝是为发轫。其文字狱的株连，也远远超过了“大清律”的规定。《四库全书》开馆期间，发生了50多起文字狱案，大多是从修书得到眼线。和纪晓岚一起担任总纂、总校的大员，或被吓死、或被罚光了家产，除纪晓岚以外，无一人得到善终。纪晓岚本人也曾几次被牵连进相关的文字狱中，颇有几番险象丛生。他也被多次记过，出资赔写讹错书籍。所以，在这样的政治高压下，知识分子被异化、被扭曲是难免的。

纪晓岚一生写了那么多“恭和圣制”的诗篇，做了那么多歌功颂德的文章，上了那么多道谢恩折子，这些文字也不全是为了讨皇帝的欢心。他感恩的情感是真实的，因为乾隆皇帝的体恤，他的官职才一再擢升，拥有了一个文臣最高的荣耀。他对乾隆皇帝的钦敬也是发自内心。当然，这其中也有一生挥之不去的恐惧感。乾隆皇帝喜怒无常，赏罚全凭心血来潮。实际上他也没把纪晓岚这样的文臣放在意中。

另外，在官场闪现的刀光剑影中，纪晓岚又不得不时时保持着他处世的警觉。他的砚铭中随处可见“守口如瓶”，在修书过程中发生的一系列文字狱案，他感同身受。有很多起文字狱，压根就不是因为有什么悖谬文字，而是因为著书者得罪了小人，结果酿成大狱。所以纪晓岚的处世之道是不跟小人争一日之短长，不做出头椽子，尽量不以真面目暴露在小人的视野中，并且借狐鬼之事，将小人的伎俩示众。

对他的生存方式，有人讥之以“世故”。但纪晓岚从未与小人同流合污过，和珅权倾朝野，朝臣无不趋走，连他的老师也颠倒奉迎，反过来成为他的门生。而纪晓岚终不依附，还对其时加嘲弄。

纪晓岚虽是硕儒显宦，但他个人的生活十分俭朴。朝鲜冬至书状官沈兴永回国后评论说：纪昀文艺超伦，清白节俭，虽宠爱不及和珅，而甚敬重之。还说纪晓岚一件旧棉袍穿了七八年。他的学生汪德钺称："吾师居台宪之首，据宗伯、司马之尊，登其堂萧然如寒素，察其舆马、衣服、饮食，备数而已，其俭也若此。"

嘉庆十年二月十四日酉时，纪晓岚溘然长逝，享年 82 岁。四月十九日，纪晓岚与马氏夫人合葬于河北献县北村新阡。

按照纪晓岚所立遗嘱，丧事十分节俭。其随葬器物，只有一串朝珠，共有 38 颗，一顶玉制帽盔以及印盒、玉蝉等少数几件。

嘉庆皇帝为之撰写的《御赐碑文》，盛赞纪晓岚一生对国家文化建设的贡献，尤其是纂修《四库全书》所建立的历史功勋。

纪晓岚墓园四围，是一片连一片的枣林。

枣花一年年兀自灿然地黄着，枣儿一年年兀自热闹地红着。

枣花黄的时候，一片片散碎落英覆盖在这个巨大的坟顶上，给它镀一层馨香的金子。枣儿红的时候，又有熟透的枣儿被风摇落到坟前，犹如给长眠者捧献的清供。

枣花黄了 200 多回，枣儿红了 200 多番，两个多世纪就这样绵延着似水流年。没有谁去打扰长眠在枣林深处的那个人。

天下一轮春秋月

品味篇

那些滋养心灵的名篇佳作

是天地，给了我们生存基座，因此也给了我们文化基座。

中华文化拥有三条最大的天地之线，那也可以说是中华文化的基本经纬。

我的文化山河

余秋雨

唐山大地震发生时，我正潜逃到家乡的一座山上研读中华文化经典。因地震，我联想到了祖先遇到天灾时创建的“补天”“填海”“追日”“奔月”等神话，一下子摸到中华文化的“生存底线”。

从此，中华文化的“生存底线”，一直盘桓在我心中。

后来，我也以通行的学术方式研究了世界上14个国家在哲学、美学、艺术学上的种种成就并写成了好几本书，但很快就转回到了我的学术原点：只从文化人类学、历史地理学的视角，来探询中国文化的生存状态。所有的探询都依附着一条极不安全的生存底线，因此，始终如临深渊，如履薄冰。

正是为了这种探询，我在二十几年前便辞去一切职位孤身投入旷野。我在山河间找路，用短暂的生命贴一贴这颗星球的嶙峋一角。

一

那么，就让我们简单扫描一下中华文化的生存状态。

地球，这个在银河系中几乎找也找不到的小颗粒，十分之七是海洋，十分之三是陆地。在一块块陆地中，最大的一块是欧亚陆地。在这块陆地东边，有一个山隔海围的所在，那就是中国。

中国这地方，东部是大海，西北部是沙漠，从西到西南，则是高原。光这么说还显得平常，因此，必须立即说明，大海是太平洋，沙漠不止一个都很大，而高原则是世界屋脊。那就是说，这是一片被严严实实“封”住了的土地。

在古代，那样的海是无法横渡的，那样的山是没人攀越的，那样的沙漠是难于穿行的。结果，这地方就产生了一种“隔绝机制”。幸亏，它地盘不小，有很多山，很多河，很多平原，很多沼泽。人们安于一隅，傍水而居，男耕女织、春种秋收，这就是多数中国人的生存状态。

这种生存状态又被说成“靠天吃饭”。一个“天”字，就包括了气温、气候、降水量以及与之相关的种种自然灾害。

“天”怎么样？从中国最近的五千年来说，开头一直温暖，延续到殷商。西周冷了，到春秋、战国回暖，秦汉也比较暖。三国渐冷，西晋、东晋很冷。南北朝又回暖，暖到隋、唐、五代。北宋后期降温，南宋很冷，近元又暖。明、清两代，都比较冷，直到民国，温度上去一点，也不多。

气候的温度，或多或少也变成了历史的温度。我在《中国历史地理学》(蓝勇著)上找到一幅气温变化曲线图，据注释，此图采自于《中国文化地理》(王会昌著)。这幅曲线图把气温和朝代连在一起，让人联想起一次次无奈迁徙，一次次草衰风狂，一次次生态战争，一次次荒野开拓，一次次炊烟新起……我对着这幅曲线图，看了很久很久。

是天地，给了我们生存基座，因此也给了我们文化基座。

二

在严严实实的封闭结构中，中华文化拥有三条最大的天地之线，那也可以说是中华文化的基本经纬。按照重要程度排列，第一条线是黄河；第二条线是长江；第三条线比较复杂，在前两条的北方，是400毫米降雨量的分界线，也就是区分农耕文明和游牧文明的天地之线。

我的文化考察，主要是对这三条天地之线的漫长踩踏。

黄河，我几乎从源头一步步走到了入海口。现在的入海口是山东东营，以前的入海口变化很多，本想一一寻访故河道遗址，未能做到。正是在黄河流域，我找到了黄帝轩辕氏的出生地，并应邀担任了“黄帝国际学术论坛”的主席很多年。我猜测了黄帝、炎帝、蚩尤决战的疆场，然后又在殷墟盘桓了很长时间。当然，花时间最多的是在黄河流域寻找先秦诸子的足迹，并把他们与同龄的印度、希腊、波斯的哲人们进行对比。为了对比，我甚至历险万里去一一考察那些哲人们生存过的土地，分析不同或相同的生态原因。黄河使我感受到了中华文化的基本性格，以及其中的精英人物有可能达到的思维高度。

由于气候变化，从那个寒冷的西晋时期开始，中华文化随着仓皇的人群一起向南方迁移，向长江迁移。迁移是被迫的、艰难的，但这是天地的指点，不能违逆。

长江也早有自己的文化。与黄河相比，它似乎对宇宙空间有更多的惊惧，更多的疑问，更多的祭拜。于是，从上游三星堆以仿佛外星人的神秘魔力所铸就的青铜的诗，到下游良渚以隆重祭祀所刻凿的白玉的诗，最后都集中到三峡险峻处那位叫屈原的男子的一系列“天问”。屈原在问，长江在问，人类在问。大问者，便是大诗人。自宋代之后，中国的文化、经济中心已从黄河流域转到了长江流域。中心难免人多，因此又有不少人南行。到近代，南方气象渐成，一批推进历史的人物便从珠江边站起。

我要着重说说第三条线，400 毫米降雨量分界线。这条线，让“天”和“地”密切呼应起来。高于 400 毫米降雨量的，可以种植农作物；低于400毫米降雨量的，是草原和沙漠，适合游牧。

有趣的是，这条降雨量的界线，与万里长城多方重叠。可见，万里长城的功用是区分两种文明，让农耕文明不受游牧文明的侵犯。因此，这是天地之力借秦始皇之手划下的一条界线。这样一来，中华文明的三条天地之线，也就成了黄河、长江、长城。

从长城内侧的农耕文明来看，侵犯总是坏事；但是，从长城外侧的游牧文明来看，用马蹄开拓空间，正是自己的文明本性，不应该受到阻拦。于是有战争，于是有长城，于是有一系列奇特的历史。

干燥和湿润发生了摩擦，寒冷和温暖拔出了刀戟，马鞭和牛鞭甩在了一起，草场和庄稼展开了拉锯……

冲突是另一种交融。长城内外的冲突和交融正是中国文化的核心主题，其重要，远远超过看起来很重要的邦国争逐、朝代更替。我平生走得最多、写得最多的，也恰恰是这些地带。

例如，我反复考察了鲜卑族入关后建立的北魏，发现它不仅保护了汉文化，而且让汉文化具有了马背上的雄风，与印度文化、希腊文化、波斯文化结合，气象大振，使中国终于走向了大唐；我还反复考察了清代康熙皇帝建立的热河行宫，发现它不仅年年让统治集团重温自己的起步生态，而且还让各种生态友善组合，避免冲突；我又考察了敢于穿越长城北漠、沟通千里商贸的晋商故地，明白了中国本来有可能通过空间突破而获得财富，提升生态……我的这些考察所写成的文章，都在海内外产生了不小的影响。

基于对长城内外异态文明的兴趣，我渐渐对一切异态文明都产生了向往。只要有机会就会一次次赶去，考察它们的对峙和结亲，并追踪后果。为此，我孤单的足迹，遍布了云南、广西、贵州、辽宁、黑龙江、吉林、内蒙古，以及我非常喜爱的新疆。按照传统汉族学者的说法，那是边缘地带、边外地带，甚至干脆说是“无文地带”。他们错了，因为最重大的文化现象，都产生于异态对接之中。小文在他们身边，大文在远方旷野。

我的生命起点，出现在长江流域；我的文化基础，倚重于黄河流域。过了很久才发现，我的远年故乡，应该在甘肃武威，也就在 400 毫米降雨量分界线外侧。这一来，这三条天地之线，也成了我自己的生命线。

恍然大悟，原来从祖辈开始，就是一队生态流浪者。我怎么会那么决绝地辞职远行到甘肃高原，以“文化苦旅”来延续生态流浪？似乎是冥冥中的安排。

三

踏遍了中国文化的一条条天地之线，容易为中华文明产生一点遗憾，那就是对海洋文明的疏离。黄河、长江是农耕文明的杰出代表，长城代表着农耕文明与游牧文明的“隔墙对话”，而海洋文明，则始终未能成为主角。

这一点，一直成为某些自以为获得西方立场的中国评论者的批判热点。他们赞颂古希腊、古罗马的海上战迹，羡慕地理大发现之后西班牙、葡萄牙、荷兰、英国、法国的海洋霸权，嘲笑中国对此完全漠然，直至19世纪在诸多海上侵略者面前屡屡惨败。

这种批判忽视了一个宏观前提：地球不存在一种“全能文化”。任何文化都是特定生态的产物，因此不能作跨生态攀比。中国在封闭环境中埋头耕作，自给自足，既没有必要、也没有可能对外远征掳掠。但是对内，却需要对辽阔的黄河、长江流域进行统一治理，以免不同河段间在灌溉和防灾上的互戕。这种农耕生态沉淀成了一种文化心理，追求稳定、统一、保守、集权，即使拥有了郑和这样的航海技术，也无心海洋战略。

是的，中国有太多太多的缺点，但是从远处看地球，却会发现蝼蚁般的人群在不大的星球上实施跨海侵害同类的霸权和战略是多么无聊。相比之下，中国从来没有跨海远征。我想，如果天地有眼，最看不下去的也许是欧洲人16世纪跨海对天真的印第安文明的毁灭，以及19世纪跨海用毒品和炮火来侵犯安静的中国。他们后来编制了一些好听的概念，难道就能把这些恶行都洗白了？

我从来不相信那些高谈阔论，只愿意观察山河大地的脸色和眼神。偶然抬头看天，猜测宇宙是否把地球忘了。忘了就好，一旦记得，可不是玩的。

趁还有点时间，我觉得比较有趣的事情是多走走，了解历代祖先各种所作所为的生态理由。当然，说到底，这种了解也是徒劳。但除此之外，还能做什么呢？

在这个过程中，只有一个经验可以奉送同类。那就是：天下万物中，能够做人不容易，不妨开心过完这一生。开心的障碍是重重忧虑和烦恼，但是只要像我这样时时记得地球是怎么回事，人类是怎么回事，那些琐琐碎碎的障碍就会顷刻不见，那些曾经压迫过我们的荣誉、事业、地位也会顷刻不见。于是，整个身心都放下了，轻松了，开心了，再看周边热闹，全都成了表演。看一会儿表演也不错，然后走路。陌生的山河迎面而来又一一退去，行走中的人更能知道生存是什么。

再宏伟的史诗也留不住，只剩下与之相关的无言山河。陆游说："细雨骑驴入剑门。"剑门是权力地图的千古雄关，但消解它的，只是雨，只是驴。

史诗也会变成文字存之于世。顾炎武说："常将《汉书》挂牛角。”煌煌汉代，也就这么晃荡在牛角上了。那牛，正走在深秋黄昏的山道间。

陆游、顾炎武他们在旅行中让人间的大事变小、变软、变轻，这颇合我意。历史是山河铸造的，连山河都可以随脚而过，那历史就更不在话下了。

我不能预计地球的寿命、人间的祸福，却希望有更多的人走在路上。

这是一个生离死别的悲剧。在收藏者密不透风的樟木箱里，记忆着那一半曾经相连的河山。整整几百年，都是这样。

断裂的爱

余秋雨

一

自从那场大火之后，我不知道你还活着。燃烧是一种让人睁不开眼睛的吞噬。火焰以一种灼热而飘忽的狞笑，快速地推进着毁灭。那一刻，我这一边已经准备霎时化为灰烬，哪知有一双手伸了进来，把伤残的我救出。我正觉得万般侥幸，却怎么也没有想到，同时被救出的，还有自己的另一半。

我们已经失去弥合的接缝，因此也就失去了对于对方的奢望。有时只在收藏者密不透风的樟木箱里，记忆着那一半曾经相连的河山。整整几百年，都是这样。

这是一个生离死别的悲剧，而悲剧的起因，却是过度的爱。

那位老人对我们的爱，已经与他的生命等量齐观。因此，在他生命结束时，也要我们陪伴。他想用烈火，把我们与他熔成一体。结果，与历史上无数次证明的那样，因爱而毁灭，而断裂。

——以上这些话，是烧成两半的《富春山居图》的默语，却被我听到了。我先在浙江省博物馆的库房里悄悄地听，后在台北故宫博物院库房里悄悄地听。一样的语调，却已经染了不同的口音。

我既然分头听到了，那就产生一种冲动，要在有生之年通过百般努力，让分开的两半，找一个什么地方聚一聚，彼此看上一眼也好。

二

那次焚画救画的事件，发生在江苏宜兴的一所吴姓大宅里，时间是 1650 年。那地方与画有特殊缘分，现代大画家徐悲鸿、吴冠中都是从那里走出来的。

《富春山居图》在遭遇这场大难和大幸之前，已经很有经历。

明代成化年间，画家沈周曾经收藏，后遗失，流入市场，被一位樊姓收藏家购得。1570 年到了无锡谈恩重手里，1596 年被书画家董其昌收藏。转来转去二三百年间，大体集中在江苏南部地区，离这幅画作者的出生地和创作地不远。但是，在被焚被救之后，流转空间猛然扩大。两半幅画，一长一短，后长前短。长的后半段，在清代康熙年间曾被尚书王鸿绪收藏，到了乾隆年间一度落入朝鲜人安仪周之手，后来在乾隆十一年，也就是 1746 年，被一位姓傅的先生送入清宫。但是在这之前，已经有一幅同名的画作进宫了，乾隆皇帝还在上面题过词，因此就认定后来的这幅是赝品。

这又是一场由爱而起的断裂。因爱而摹仿，因爱而搜求，因爱而误判，因爱而误题，结果，断裂于真伪之间。直到嘉庆年间，鉴定家胡敬等人才核定真伪。因此，乾隆皇帝至死都不明白自己上当了。

从此，这幅重重断裂的画又进入了历史的断裂处，并顺着断痕而漂泊。最后，在一场内战中落脚于台湾。

至于那前面小半段的经历，也很凄楚。一度被埋没在一堆老画的册页中，后被慧眼识别，却又被移藏得不见天日，有幸终于落到了画家吴湖帆手中。浙江省博物馆得以收藏，是时任馆长的书法家沙孟海在20世纪50年代诚意请吴湖帆转让的。

我认识吴湖帆晚年的弟子李先生，他在生前曾向我讲述了一段往事。那天，吴湖帆正在上海南京路的南京理发店理发，有一位古董商人寻迹而来，神秘兮兮地向他展示一件东西。才展开几寸，吴湖帆立即从理发椅上跳起来，拉着古董商赶往他在嵩山路的家取钱。这位画家没见过《富春山居图》，但一眼扫及片断笔墨，就知道这就是那另一半。这个拉着古董商人急匆匆奔走的男人，理发只理了一半。

看到了没有，从明清两代直到现代，凡是与《富春山居图》有关的人，都有点疯疯癫癫。

正是这种疯疯癫癫，使作品濒临毁灭，又使作品得以延续。中国文化的最精致部分，就是这样延续的。那是几处命悬一线的暗道，那是一些人迹罕至的险路，那是一番不计输赢的押注，那是一副不可理喻的热肠，那是一派心在天国的醉态，那是一种嗜美如命的痴狂。

三

并不是一切优秀作品都能引发数百年的痴狂。《富春山居图》为什么有这般魔力？

这件事说来话长，牵涉到顶级艺术作品中所包含的神秘力量。

宋代设立了宫廷画院，称为“翰林图画院”，由宋徽宗赵佶亲自建制并不断完善。不少民间画家被遴选为御用画师，从社会地位到创作生态，都受到充分宠信和照料。宫廷画院里也出现过一些不错的作品，但没有一件能够像《富春山居图》那样引起人们的痴狂。

当宋朝终于灭亡之后，宫廷画院当然也不再存在。南方的汉族画家被贬斥到了社会最底层，比之于前朝的御用画师，简直一个在天上，一个在地下。但是，正是在远离官方、远离财富、远离地位、远离人群、远离关注的困境下，《富春山居图》出现了。

当它一出现，人们就立即明白，宋朝宫廷画院所提供的一切优渥条件，大半是艺术创作的障碍。

其实，这个教训岂止于宋代。上上下下在呼唤的，包括艺术家们自己在呼唤的，往往是创作的反面力量。

诚然，宫廷画院的作品是典雅的、富贵的、严整的、豪华的、细腻的，什么都有了，只缺少“一点点”别的什么。别的什么呢？那就是，缺少独立的自我，因此也就缺少了生命的私语，生态的纯净，精神的舒展，笔墨的洒脱。《富春山居图》正是有了这“一点点”，便产生了魔力。

说到这里，我们终于可以引出这幅画的作者黄公望了。由于他是彻底个人化的艺术家，因此他的生存特征，就比任何一个宫廷画家重要。他无帮无派，难于归类，因此也比他身后的“吴门画派”“扬州八怪”们重要。

四

说得难听一点，他是一个籍贯不清、姓氏不明、职场平庸又入狱多年的人。出狱之后，也没有找到像样的职业，卖卜为生，过着草野平民的日子。那时他的年纪已经很大，据说还没有正式开始以画家的身份画画。中国传统文化界对于一个艺术家的习惯描述，例如“家学渊源”“少年得志”“风华惊世”“仕途受嫉”“时来运转”之类，与他基本无关。因此，他让大家深感陌生。

然而，在这个“陌生人”身上，从小就开始积贮一种貌似“脱轨”的“另轨”履历。例如，他不是传说中的富阳人或松江人，而是江苏常熟人。也不姓黄，而姓陆。年幼失去父母，被族人过继给浙江温州一位黄姓老人做养子。老人自叹一句“黄公望子久矣”，于是孩子也就有了“黄公望”之名，又有了“子久”之字。这么一个错乱而又随意的开头，似乎是在提醒人们，不能用寻常眼光来看这个人。

他什么时候开始学画的？一般的说法是“晚年学画”，又把

“晚年”定在50岁左右。其实，从零星的资料看，他童年时看到过赵孟頫挥笔，自称是“雪松斋中小学生”。可见他把高层级的耳目启蒙，哪怕只是扒在几案边的稚嫩好奇，当作自己艺术学历的第一课。他在青年、中年时有没有画过？回答是肯定的，而且画得不错。按照画家恽南田的说法，他的笔下“法兼众美”，也就是涉猎了画坛上各种不同的风格。可惜，他的这些画稿我们没能看到。

那时，他一直担任着官衙里的笔墨助理，称作“书吏”“掾吏”，或别的什么“吏”。那是一种无聊而又黯淡的谋生职业，即使有业余爱好也引不起太大注意。入狱，是受到他顶头上司张闾的案件牵连，那就在无聊、黯淡中增添了凶险。

在漫长的牢狱生活中他曾写诗给外面的朋友，那些诗没有留下来，但我们却发现了其中一个朋友回赠他的一首诗，其中两句是:“世故无涯方扰扰，人生如梦竟昏昏”(杨载:《次韵黄子久狱中见赠》)。从中可以推测他的原诗，他的心情。

但是，他没有在“扰扰”“昏昏”中沉没，出狱后他皈依了道教中的全真教，信奉的教义是“忍耻含垢，苦己利人”。

到这个时候，他的谋生空间已经很小，而精神空间却反而很大。这就具备了成就一个大艺术家的可能。

五

有人曾经这样描述黄公望：身有百世之忧，家无儋石之储。盖其侠似燕赵剑客，其达似晋宋酒徒。至于风雨寒门，呻吟槃礴，欲援笔而著书，又将为齐鲁之学士，此岂寻常画史也哉。

忧思、侠气、博学、贫困、好酒。在当时能看到他的人们眼中，这个贫困的酒徒似乎还有点精神病。

在一些片段记载中，我们能够约略知道黄公望当时在乡人口中的形象。例如，有人说他喜欢整天坐在荒山乱石的树竹丛中，那意态，像是刚来或即走，但他明明安坐着，真不知道他要干什么。有时，他又会到海边看狂浪，即使风雨大作、浑身湿透，也毫不在乎。

我想，只有真正懂艺术的人才知道他要什么。很可惜，他身边缺少这样的人。即使与他走得比较近的那几个，回忆起来也大多说酒，而且酒、酒、酒，说个没完。

晚年他回到老家常熟住，被乡亲们记住了他奇怪的生活方式。例如，他每天要打一瓦瓶酒，仰卧在湖边石梁上，看着对面的青山一口口喝。喝完，就把瓦瓶丢在一边。时间一长，日积月累，堆起高高一坨。

更有趣的情景是，每当月夜，他会乘一只小船从西城门出发，顺着山麓到湖边。他的小船后面，系着一根绳子，绳子上挂着一个酒瓶，拖在水里跟着船走。走了一大圈，到了“齐女墓”附近，他想喝酒了，便牵绳取瓶。没想到绳子已断，酒瓶已失，他就拍手大笑。周围的乡亲不知这月夜山麓何来这么响亮的笑声，都以为是神仙的降临。

为什么要把酒瓶拖在船后面的水里？是为了冷却，还是为了在运动状态中提升酒的口味，就像西方调酒师甩弄酒瓶那样？这似乎是他私属的秘方：把酒喝到口里之前，先在水里转悠一下，亲近一下。没想到那天晚上，水收纳了酒，因此他就大笑了。

夜，月，船，水，酒，笑，一切都发生在“齐女墓”附近。这又是一宗什么样的坟茔？齐女是谁？现在还有遗迹吗？

黄公望就这样在酒中、笑中、画中、山水中，活了很久。他是85岁去世的，据记述，在去世前他看上去还很年轻。对于他的死，有一种很神奇的传说。李日华《紫桃轩杂缀》有记：一日于武林虎跑，方同数客立石上，忽四山云雾，拥溢郁勃，片时竟不见子久，以为仙去。

难道他就是这样结束生命的？但我想也有可能，老人想与客人开一个玩笑，借着浓雾离开了。或者，刚刚与他一起立在石上的几个客人中，有一个人的言行让他厌烦了，他趁人不注意转身而去。他到底是怎么离世的，大家其实并不知道。他故意躲闪到了人们的注意之外，直到最后从人生彻底躲闪开的那一刻。

六

黄公望不必让大家知道他是怎么离世的，因为他已经把自己转换成了一种强大的生命形式——《富春山居图》。

其实，当我们了解了他的大致生平，也就更能读懂那幅画。

人间的一切都洗净了，只剩下了自然山水。对于自然山水的险峻、奇峭、繁叠也都洗净了，只剩下平顺、寻常、简洁。但是，对于这么干净的自然山水，他也不尚写实，而是开掘笔墨本身的独立功能，也就是收纳和消解了各种模拟物象的具体手法如皴、擦、点、染，然后让笔墨自足自为，无所不能。

这是一个沉浸于自然山水间的画家，在自然山水中求得精神的解放。这种被解放的自然山水，就是当时文人遗世而立的精神痕迹。因此，正是在黄公望手上，山水画成了文人画的代表，并引领了文人画。结果，又引领了整个画坛。

没有任何要成为里程碑的企图和架势，却真正成了里程碑。

不是出现在自诩或公认的“文化盛世”，而是元代。短暂的元代，铁蹄声声的元代，脱离了中国主流文化规范的元代。这正像，中国传统戏剧的最高峰元杂剧，也出现在那个时代；被视为古代工艺文物珍宝到今天还在被周杰伦他们咏唱的青花瓷，还是出现在那个时代。

里程碑自己也有悲哀。那就是在它之后的“里程”，很可能是一种倒退。例如，以黄公望为代表的“元人意气”，延续最好的莫过于明代的“吴门画派”，但仔细一看，虽然都回荡着书卷气，书卷气背后的气质却变了。简单说来，元人重“骨气”，而吴门重“才气”，毕竟低了好几个等级。

由此可知，即便在后代仰望自己的杰出画家中，黄公望也是孤立的。孤立地标志在历史上，那就是里程碑。

里程碑连接历史，但对前前后后又都是一种断裂。任何深刻的连接都隐藏着断裂，而且大多是爱的断裂，而不是恨的断裂。

七

黄公望被断裂，因此，《富春山居图》的断裂成了一个象征。

想到他似灵似仙的行迹，免不了怀疑：那天被焚被救，是不是他自己在九天之上的幽默安排？

艺术世界的至高部位总是充满神秘。企图显释者，必得曲解。只有放弃刻板的世俗思维和学术思维，才能踏进艺术之门。

感谢黄公望，以他奇特的生平和作品，为我表述艺术和艺术史的一系列重大原理，提供了最佳例证。

我和马兰在普陀山普济寺门口供养了一棵大树，它一定会庇荫这位善良而非凡的老人休息，即便远行，也宁谧而安详。

伺母日记

余秋雨

2012年11月18日

九旬老母病情突然危重，我立即从北京返回上海。几个早已安排的课程，也只能请假。对方说：“这门课，很难调，请尽量给我们一个机会。”我回答：“也请你们给我一个机会，我只有一个母亲。我这门课，没法调。”

妈妈已经失去意识。我俯下头去叫她，她的眉毛轻轻一抖，没有其他反应。按照电视剧的模式，她的眼角会流出一滴热泪，但没有。妻子说，如果真有眼泪，证明妈妈还很清醒，而这种清醒就是痛苦。作为子女，千万不要对老人作最后的情感索取。

我终于打听到了妈妈的最后话语。保姆问她想吃什么，她回答：“红烧虾。”医生再问，她回答：“橘红糕。”她突然觉得不好意思，就咧嘴大笑。笑完，彻底屏蔽。橘红糕是家乡的一种米粉粒子，妈妈儿时吃过。在生命的终点，她只以第一食品和最后食品来概括一生，然后大笑。这便是禅。

2012 年 11 月 19 日

妈妈的脸，已经不会再有表情。听舅舅说，早年在上海，她也算是大美女。与爸爸结婚后，难以在抗战时期的上海安家，妈妈就到她陌生的余家乡下居住。但这一对年轻夫妻少想了一个关键问题：家乡没有学校，孩子出生后，怎么完成最基础的教育？这孩子，就是我。

妈妈的头发在今天的病床上还只是花白。在我牙牙学语的那些年，她那头乌亮的短发，是家乡全部文化的“中心网站”。办识字班、记账、读信、写信，包括后来全村的会计，都由她包办，没有别人可以替代。她的这头头发，清扫了家乡 20 世纪 50 年代以前的文盲荒原。

妈妈做这些事情的时候，带着她幼小的儿子。等到家乡终于在一个破旧的尼姑庵里开办小学，她的幼小儿子一进去，就被发现已经识了很多字，包括数字。几个教师很快找到原因了，因为小孩背着的草帽上，写着 4 个漂亮的毛笔字：“秋雨上学。”是标准行楷。

至今记得，年轻的妈妈坐在床沿上，告诉我什么是文言文和白话文。她不喜欢现代文言文，说那是在好好的头发上扣上一个老式瓜皮帽。妈妈在文化上实在太孤独，所以把自己幼小的儿子看大了，当作了谈心者。到我 7 岁那年，她又把扫盲、记账、读信、写信这些事，全都交给了我。

妈妈把这些重任交给我的时候给了我一个“代价”：今后我的全部家庭作业全由她做。但由于我的同学家都点不起油灯，学校早已取消家庭作业，于是妈妈转而为我做暑假作业和寒假作业。我小学毕业后到上海考中学，爸爸听说我从来没做过家庭作业，吓了一大跳。

我到上海考中学，妈妈心情有点紧张，她害怕独自在乡下进行的“育儿试验”失败而对不起爸爸。我很快让他们宽心了，但他们都只是轻轻一笑，没有时间想原因，只有我知道。我获得上海市作文比赛第一名，是因为已经替乡亲写了几百封信；数学竞赛获大奖，是因为已经为乡亲记了太多的账。

2012 年 11 月 20 日

妈妈好些天已经不能进食，用“鼻饲”的方式维持生命。我妻子定时用棉花签蘸清水湿润她的嘴唇。从她小小的嘴，我想起，她一辈子最大的事业，就是在一个个极端困难的灾难中，竭力让全家那么多嘴，还有一点点东西吞咽。这个事业，极为悲壮。

1962 年经济稍微恢复，我还因饥饿浮肿着，有一天妈妈要我中午放学后到江宁路一家极小的面店去。那儿开始有不凭粮票的汤面供应，一人只能买一碗，8 分钱，浮着数得出的几根面条，但是，排队的时间是两个半小时，队伍长到半里路。我放学后到那里，妈妈已经端着一碗汤面站在那里等我。

妈妈的右手在输液，我一次次摸着，还是温热的。“文化大革命”中，我爸爸被关押，叔叔被害死，全家顿失经济来源，我还在学校受造反派批判，已经没钱吃饭。那天妈妈来了，叫着我的小名，就用这只右手握着我的手，我立即感觉到，中间夹着一张纸币。一看，两元钱。

很快，我通过侦查，实地看到了这钱的来源。妈妈与其他几位阿姨，到一家小工厂用水冲洗一叠叠铁皮。她们都赤着脚，衣裤早已被水柱喷湿，那时天气已冷，而那铁皮又很锋利。洗一天，才几毛钱。上次她塞在我手里的，是她几天的劳动报酬。想到这里，我又用手，伸到病床里，摸着了妈妈的脚。

2012 年 11 月 21 日

妈妈今天有点发烧，我们把一条小毯子加在她的肩头。肩头，又是大量回忆。“文化大革命”中我好不容易从农场回家，刚上楼梯看到一张桌子在自己移动，原来是妈妈一个人钻在桌子下面用肩膀在扛。家人死的死，关的关，走的走，没有人为她搭一把手。

直到 20 世纪 80 年代，我写了那么多书，后来又担任了高校领导，但宿舍的老邻居都还记得，每天肩上搭着灰布食物袋来为我做饭的，还是年迈的妈妈，后面还跟着爸爸。现在学院很多人还在深深缅怀那个时代的工作成效，出版社也在抢着出那些老书，其实一切都与妈妈的肩膀有关。

爸爸经历九死一生终于活到了“文化大革命”之后，最终，却因为读到了那些诬陷我的报刊而极度愤怒，离开人世。他临终床头那 3 份画满了颤抖红笔的报刊，我永远不会忘记。

妈妈曾经一再劝说爸爸不要去看那些报刊。爸爸说：“岂能让魔鬼再疯狂。”妈妈说：“魔鬼的事，与我们无关。”由此可知，“魔鬼”是靠着爸爸这样的人成事的，面对妈妈，他们束手无策。我身上，既有爸爸的成分，又有妈妈的成分，后者更多一点。

2012 年 11 月 22 日

蔡医生询问我妻子，妈妈一旦出现结束生命的信号，要不要切开器官来抢救，包括电击？妻子问："抢救的结果能让意识恢复吗？"医生说："那不可能了。只能延续一两个星期。"妻子说，要与我讨论，但她已有结论：让妈妈走得体面和干净。

我的意见就是妈妈自己的意见，这是身上的遗传在发言。妈妈太要求体面了，即便在最艰难的那些日子，服装永远干净，表情永远典雅，语言永远平和。到晚年，她走出来还是个"漂亮老太"。为了体面，她宁肯少活多少年，哪里在乎一两星期？

我看一个人是否体面，标准有几十项，其中有三项与生命的句号有关：一、有没有可能拒绝"残忍抢救"？二、有没有可能在被追悼时只穿平日喜欢的那套服装，而不是统一的"寿衣"？三、有没有可能在生前就拒绝在墓碑上刻写官职？

一位与妈妈住在同一社区的退休教授很想邀我参加他们的一次考古发掘研讨会，三次上门未果，就异想天开地转邀我妈妈到场加持。我妈妈也就换衣梳发，准备出门，幸好被保姆阻止。妈妈的理由是，人家满头白发来了三次了，叫我做什么都应该答应。妈妈内心的体面，与单纯有关。在妈妈眼里，职位、专业、学历、名气，都可有可无，因此她穿行无羁。

2012 年 11 月 23 日

大弟弟松雨守在妈妈病床边的时间比我长。在我童年的记忆中，他完全是在妈妈的手臂上死而复生的。那时的农村几乎没有医疗，年轻的妈妈抱着奄奄一息的婴儿，一遍遍在路边哭泣、求人。终于，遇到了一个好人，又遇到一个好人……

我和大弟弟同时得了天花，村里的"仙姑"已判定必死。妈妈早已心灰意冷，手足无措。祖母听说荸荠能凉火，但季节不对，只能迈着小脚去敲一家家农舍的门，一直敲到6里路之外的那一家才买到几个风干的。刚进村，听到了我的哭声……活下来，太偶然了。

我们都无数次命悬一线。因此，我必须再一次肃立，为妈妈已经无感的躯体深表敬意。由于一直只在乎生命的底线，妈妈对后来各种人为的人生灾难都不屑一顾。这使我每次遇到那些哀怨连连或戾气冲天的人群，总会在心里说：你们其实是活得太容易了。

病床上妈妈的躯体已经缩得比从前小。但我心里明白，我一生最大的勇敢，都来自她。我6岁那年的一个夜晚，她去表外公家回来得晚，我瞒着祖母翻过两座山岭去接她。她在山路上见到我时，不责怪，不惊讶，只是用温热的手牵着我，再翻那两座山岭回家。

从小就知道生命离不开灾难，因此从未害怕灾难。我后来因贴地历险4万公里被国际媒体评为"当今世界最勇敢的人文教授"，追根溯源，就与妈妈有关。妈妈，那4万公里的每一步，都有您。而我每天趴在壕沟边写手记，总想起在乡下跟您初学写字的时刻。

有两位学者根据我的各种记述作出研究，认为我妈妈在我童年完成了"从人格到能力的全方位教育"，"似土实高""似浅实深”，值得今天的万千家长省思。其实，我妈妈对我教育的最大特点，是“似无实有”，完全出于“爱的自然”“生的无意”，毫无有关输赢的盘算。

2012年11月24日

妈妈昨天呼吸急促，今天又回到了常态。这平静的眉眼，我最熟悉。连她的勇敢，也平静得不像勇敢。灾难年月中我的几次勇敢，例如为了一个文学杂志单独与“工总司”暴徒对峙，组织上海唯一的周总理追悼会，等等，妈妈都知道。她说:“大事不大声，做完就走人。”

灾难过去后，大小暴徒被驱逐，妈妈牵心了10年的爸爸和叔叔均获平反，但她一点儿也不激动。我受到自己单位的广泛拥护，选为院长，她也毫无表情。我生日那天，马兰打电话给她，认真而全面地告诉她，她生了一个很不错的儿子。她平静地听完，只笑问一句:“今天弄点什么吃?”

妈妈的人生有禅意，又更近道家，可能是受了外公的影响。把什么都看穿了，因此只在乎很确定的小事，不在乎不确定的大事。平时在餐桌上，我们经常会为“大事”而气愤，妈妈假装听不懂。等我们稍稍一停，她立即问起生活小事，让我们自嘲刚才的激动。

与妈妈相比，爸爸更近儒家，追求“修身、齐家、治国、平天下”之类。妈妈觉得爸爸“心太重”。其实，这也正是儒家的共通毛病。妈妈除了本性善良外，几乎不信任一切理念、等级、界线、规范。受她影响，我“立道佛而近儒墨”。

2012年11月25日

妈妈，这次，您真要走了吗？乡下有些小路，只有您我两人走过，您不在了，小路也湮灭了。童年有些故事，只有您我两人记得，您不在了，童年也破碎了。我的一笔一画，都是您亲手所教，您不在了，我的文字也就断流了。妈妈，您知道吗，您有多重要！

妈妈，从20岁开始，我每次要作出重大选择，首先总会在心中估量，万一出事，会不会给您带来伤害。您平日的表情举止，都让我迈出了像样的步伐。如果您不在，我可以不估量了，但是，一切行动也就失去了世代，失去了血脉，失去了力量。

妈妈今天脸色，似乎退去了一层灰色。我和马兰心中一紧：妈妈，您的生命，会创造奇迹吗？多么希望，您能在我们面前安睡更长时间。我和马兰在普陀山普济寺门口供养了一棵大树，它一定会庇荫这位善良而非凡的老人休息，即便远行，也宁谧而安详。

后记：2012年12月9日凌晨，余秋雨92岁的老母亲去世。骨灰在2013年清明送往浙江省慈溪市桥头镇，与10年前去世的余秋雨父亲安葬在一起。

我的脚下是祖宗们反复踩踏过的土地。
我常常由衷地咏叹我原下的乡村。

原下的日子

陈忠实

一

春节过后，我买了20多袋无烟煤和吃食，回到乡村祖居的老屋。我站在门口对着送我回来的妻女挥手告别，看着汽车转过沟口那座塌檐倾壁残颓不堪的关帝庙，折回身走进大门进入刚刚清扫过隔年落叶的小院，心里竟然有点酸酸的感觉。已经摸上60岁的人了，何苦又回到这个空寂了近10年的老窝里来。

从窗框伸出的铁皮烟筒悠悠地冒出一缕缕淡灰的煤烟，火炉正在烘除屋子里整个一个冬天积攒的寒气，我从前院穿过前屋过堂走到小院，南窗前的丁香和东西围墙根下的三株枣树苗子，枝头尚不见任何动静，倒是三五丛月季的枝梢上暴出小小的紫红的芽苞，显然是春天的讯息。然而整个小院里太过沉寂太过阴冷的气氛，还是让我很难转换出回归乡土的欢愉来。

我站在院子里，抽我的雪茄。东邻的屋院差不多成了一个荒园，兄弟两个都选了新宅基建了新房搬出许多年了。西邻曾经是这个村子有名的八家院，拥挤如同鸡笼，先后也都搬迁到村子里新辟的宅基地上安居了。我的这个屋院，曾经是父亲和两位堂弟三分天下的“三国”，最鼎盛的年月，有祖孙三代十五六口人进进出出在七八个或宽或窄的门洞里。

在我尚属朦胧混沌的生命区段里，看着村人把装着奶奶和被叫作厦屋爷的黑色棺材，先后抬出这个屋院，再在街门外用粗大的抬杠捆绑起来，在儿孙们此起彼伏的哭嚎声浪里抬出村子，抬上原坡，沉入刚刚挖好的墓坑。我后来也沿袭这种大致相同的仪程，亲手操办我的父亲和母亲从屋院到墓地这个最后驿站的归结过程。许多年来，无论有怎样紧要的事项，我都没有缺席由堂弟们操办的两位叔父一位婶娘最终走出屋院走出村子走进原坡某个角落里的墓坑的过程。现在，我的兄弟姊妹和堂弟堂妹及我的儿女，相继走出这个屋院，或在天之一方，或在村子的另一个角落，以各自的方式过着自己的日子。眼下的景象是，这个给我留下拥挤也留下热闹印象的祖居的小院，只有我一个人站在院子里。原坡上漫下来寒冷的风，从未有过的空旷，从未有过的空落，从未有过的空洞。

我的脚下是祖宗们反复踩踏过的土地。我现在又站在这方小小的留着许多代人脚印的小院里。我不会问自己也不会向谁解释为了什么又为了什么重新回来，因为这已经是行为之前的决计了。丰富的汉语言文字里有一个词儿叫龌龊。我在一段时日里充分地体味到这个词儿的不尽的内蕴。

我听见架在火炉上的水壶发出噗噗噗的响声。我沏下一杯上好的陕南绿茶。我坐在曾经坐过近 20 年的那把藤条已经变灰的藤椅上，抿一口清香的茶水，瞅着火炉炉膛里炽红的炭块，耳际似乎萦绕着见过面乃至根本未见过面的老祖宗们的声音：嗨！你早该回来了。

第二天微明，我搞不清是被鸟叫声惊醒的，还是醒来后听到了一种鸟的叫声。我的第一反应是斑鸠。这肯定是鸟类庞大的族群里最单调最平实的叫声，却也是我生命磁带上最敏感的叫声。我慌忙披衣坐起，隔着窗玻璃望去，后屋屋脊上有两只灰褐色的斑鸠。在清晨凛冽的寒风里，一只斑鸠围着另一只斑鸠团团转悠，一点头，一翘尾，发出连续的咕咕咕……咕咕咕的叫声。哦！催发生命运动的春的旋律，在严寒依然裹盖着的斑鸠的躁动中传达出来了。

我竟然泪眼模糊。

二

傍晚时分，我走上灞河长堤。堤上是经过雨雪浸淫沤泡变成黑色的枯蒿枯草。沉落到西原坡顶的蛋黄似的太阳绵软无力。对岸成片的白杨树林，在蒙蒙灰雾里依然不失其肃然和庄重。河水清澈到令人忍不住又不忍心用手撩拨。一只雪白的鹭鸶，从下游悠悠然飘落在我眼前的浅水边。

我无意间发现，斜对岸的那片沙地上，有个男子挑着两只装满石头的铁丝笼走出一个偌大的沙坑，把笼里的石头倒在石头垛子上，又挑起空笼走回那个低陷的沙坑。那儿用三脚架撑着一张铜丝箩筛。他把刨下的沙石一锨一锨抛向箩筛，发出连续不断千篇一律的声响，石头和沙子就在箩筛两边分流了。

我久久地站在河堤上，看着那个男子走出沙坑又返回沙坑。这儿距离西安不足 30 公里。都市里的霓虹此刻该当缤纷。各种休闲娱乐的场合开始进入兴奋期。暮霭渐渐四合的沙滩上，那个男子还在沙坑与石头垛子之间来回往返。这个男子以这样的姿态存在于世界的这个角落。

我突发联想，印成一格一框的稿纸如同那张箩筛。他在他的箩筛上筛出的是一粒一粒石子。我在我的“箩筛”上筛出的是一个一个方块汉字。现行的稿酬标准无论高了低了贵了贱了，肯定是那位农民男子的石子无法比兑的。我自觉尚未无聊到滥生矫情，不过是较为透彻地意识到构成社会总体坐标的这一极：这一极与另外一极的粗细强弱的差异。

这是我回到原下祖屋的第二天傍晚。这是我的家乡那条曾为无数诗家墨客提供柳枝，却总也寄托不尽情思离愁的灞河河滩。此刻，30 公里外的西安城里的霓虹灯，与灞河两岸或大或小村庄里隐现的窗户亮光；豪华或普通轿车壅塞的街道，与田间小道上悠悠移动的架子车；出入大饭店小酒吧的俊男靓女打蜡的头发涂红（或紫）的嘴唇，与拽着牛羊缰绳背着柴火的乡村男女；全自动或半自动化的生产流水线，与那个在沙坑在箩筛前挑战贫穷的男子……构成当代社会的大坐标。我知道我不会再回到挖沙筛石这一极中去，却在这个坐标中找到了心理平衡的支点，也无法从这一极上移开眼睛。

三

村庄背靠的鹿原北坡。遍布原坡的大大小小的沟梁奇形怪状。在一条阴沟里该是最后一坨尚未化释的残雪下，有三两株露头的绿色，淡淡的绿，嫩嫩的黄，那是茵陈，长高了就是蒿草，或卑称臭蒿子。嫩黄淡绿的茵陈，不在乎那坨既残又脏经年未化的雪，宣示了春天的气象。

桃花开了，原坡上和河川里，这儿那儿浮起一片一片粉红的似乎流动的云。杏花开了，那儿这儿又变幻出似走似住的粉白的云。泡桐花开了，无论大村小庄都被骤然暴出的紫红的花帐笼罩起来了。洋槐花开的时候，首先闻到的是一种令人总也忍不住深呼吸的香味，然后惊异庄前屋后和坡坎上已经敷了一层白雪似的脂粉。小麦扬花时节，原坡和河川铺天盖地的青葱葱的麦子，把来自土地最诱人的香味，释放到整个乡村的田野和村庄，灌进庄稼院的围墙和窗户。椿树的花儿在庞大的树冠和浓密的枝叶里，只能看到绣成一团一串的粉黄，毫不起眼，几乎没有任何观赏价值，然而香味却令人久久难以忘怀。中国槐大约是乡村树族中最晚开花的一家，时令已进入伏天，燥热难耐的热浪里，闻一缕中国槐花的香气，顿然会使焦躁的心绪沉静下来。从农历二月二龙抬头迎春花开伊始，直到大雪漫地，村庄、原坡和河川里的花儿便接连开放，各种奇异的香味便一波迭过一波，且不说那些红的黄的白的紫的各色野草和野花，以及秋来整个原坡都覆盖着的金黄灿亮的野菊。

5 月是最好的时月，这当然是指景致。整个河川和原坡都被麦子的深绿装扮起来，几乎看不到巴掌大一块裸露的土地。一夜之间，那令人沉迷的绿野变成满眼金黄，如同一只魔掌在翻手之瞬间创造出来神奇。一年里最红火最繁忙的麦收开始了，把从去年秋末以来的缓慢悠闲的乡村节奏骤然改变了。红苕是秋收的最后一料庄稼，通常是待头一场浓霜降至，苕叶变黑之后才开挖。湿漉漉的新鲜泥土的垅畦里，排列着一行行刚刚出土的红艳艳的红苕，常常使我的心发生悸动。被文人们称为弱柳的叶子，居然在这河川里最后卸下盛装，居然是最耐得霜冷的树。柳叶由绿变青，由青渐变浅黄，直到几番浓霜击打，通身变成灿灿金黄，张扬在河堤上河湾里，或一片或一株，令人钦佩生命的顽强和生命的尊严。小雪从灰蒙蒙的天空飘下来时，我在乡间感觉不到严冬的来临，却体味到一缕圣洁的温柔，本能地仰起脸来，让雪片在脸颊上在鼻梁上在眼窝里飘落、融化，周围是雾霭迷茫的素净的田野。直到某一日大雪降至，原坡和河川都变成一抹银白的时候，我抑制不住某种神秘的诱惑，在黎明的浅淡光色里走出门去，在连一只兽蹄鸟爪的痕迹也难觅的雪野里，踏出一行脚印，听脚下的好雪发出铮铮铮的脆响。

我常常在上述这些情景里，由衷地咏叹：我原下的乡村！

四

漫长的夏天。

夜幕迟迟降下来。我在小院里支开躺椅，一杯茶或一瓶啤酒，自然不可或缺一支烟。夜里依然有不泯的天光，也许是繁密的星星散发的。白鹿原刀裁一样的平顶的轮廓，恰如一张简洁到只有深墨和淡墨的木刻画。我索性关掉屋子里所有的电灯，感受天光和地脉的亲和，偶尔可以看到一缕鬼火飘飘忽忽掠过。

有细月或圆月的夜晚，那景象就迷人了。我坐在躺椅上，看圆圆的月亮浮到东原头上，然后渐渐升高，平静地一步一步向我面前移来。幻如一个轻摇莲步的仙女，再一步一步向原坡的西部挪步，直到消失在西边的屋脊背后。

某个晚上，瞅着月色下迷迷蒙蒙的原坡，我却替两千多年前的刘邦操起闲心来。他从鸿门宴上脱身以后，是抄哪条捷径便道逃回我眼前这个原上的营垒的？“沛公军灞上”。灞上即指灞陵原。汉文帝就葬在白鹿原北坟坡畔，距我的村子不过十六七里路。文帝陵史称灞陵，分明是依着灞水而命名。这个地处长安东郊自周代就以白鹿得名的原，渐渐被“灞陵原”“灞陵”“灞上”取代了。刘邦驻军在这个原上，遥遥相对灞水北岸骊山脚下的鸿门，我的祖居的小村庄恰在当间。也许从那个千钧一发命悬一线的宴会逃跑出来，在风高月黑的那个恐怖之夜，刘邦慌不择路翻过骊山涉过灞河，从我的村头某家的猪圈旁爬上原坡直到原顶，才嘘出一口气来。无论这逃跑如何狼狈，并不影响他后来打造汉家天下。

大唐诗人王昌龄，原为西安城里人，出道前隐居白鹿原上滋阳村，亦称芷阳村。下原到灞河钓鱼，提镰在菜畦里割韭菜，与来访的文朋诗友饮酒赋诗，多以此原和原下的灞水为叙事抒情的背景。我曾查阅资料企图求证滋阳村村址，却毫无踪影。

我在读到一本《历代诗人咏灞桥》的诗集时，大为惊讶，除了人皆共知的“年年柳色，灞陵伤别”所指的灞桥、灞河这条水，白鹿（或灞陵）这道原，竟有数以百计的诗圣诗王诗魁都留了绝唱和独唱。

宠辱忧欢不到情，
任他朝市自营营。
独寻秋景城东去，
白鹿原头信马行。

这是白居易的一首七绝。是诸多以此原和原下的灞水为题的诗作中的一首。是最坦率的一首，也是最通俗易记的一首。一目了然可知白诗人在长安官场被蝇营狗苟的龌龊惹烦了，闹得腻了，倒胃口了，想呕吐了。却终于说不出口呕不出喉，或许是不屑于说或吐，干脆骑马到白鹿原头逛去。

还有什么龌龊能淹没脏污这个以白鹿命名的原呢，断定不会有。

我在这原下的祖屋生活了两年。自己烧水沏茶。把夫人在城里擀好切碎的面条煮熟。夏日一把躺椅冬天一抱火炉。傍晚到灞河沙滩或原坡草地去散步。一觉睡到自来醒。当然，每有一个短篇小说或一篇散文写成，那种愉悦，相信比白居易纵马原上的心境差不了多少。正是原下这两年的日子，是近 8 年以来写作字数最多的年份，且不说优劣。

我愈加固执一点，在原下进入写作，便进入我生命运动的最佳气场。

河对岸的排山倒海的炮声已经响起，我又一次站在寒风凛冽的场塄上，听对岸的炮声涌进我的耳膜，激荡我的胸腔。

过年：家乡圆梦的炮声

陈忠实

交上农历腊月，在冰雪和凛冽的西风中紧缩了一个冬天的心，就开始不安生地蹦跳了。

我的家乡灞河腊月初五吃“五豆”，整个村子家家户户都吃用红豆绿豆黄豆黑豆豌豆和包谷或小米熬煮的稀饭。

腊月初八吃“腊八”，在用大米熬的稀饭里煮上手擀的一指宽的面条，名曰“腊八面”，不仅一家大小吃得热气腾腾，而且要给果树吃。我便端着半碗腊八面，先给屋院过道里的柿子树吃，即用筷子把面条挑起来挂到树枝上，口里诵唱着“柿树柿树吃腊八，明年结得疙瘩瘩”。随之下了门前的塄坎到果园里，给每一棵沙果树、桃树和木瓜树的树枝上都挂上面条，反复诵唱那两句歌谣。

到腊月二十三晚上，是祭灶神爷的日子，民间传说这天晚上灶神爷要回天上汇报人间温饱，家家都烙制一种五香味的小圆饼子，给灶神爷带上走漫漫的上天之路作干粮，巴结他“上天言好事，入地降吉祥”。当晚，第一锅烙出的五香圆饼先献到灶神爷的挂像前，我早已馋得控制不住了，便抓起剩下的圆饼咬起来，整个冬天都吃着包谷面馍，这种纯白面烙的五香圆饼甭提有多香了。

乡村里真正为过年忙活是从腊月二十开始的，淘麦子，磨白面，村子里两户人家置备的石磨，便一天一天都被预订下来，从早到晚都响着有节奏的却也欢快的摇摆罗柜的咣当声。轮到我家磨面的时候，父亲扛着装麦子的口袋，母亲拿着自家的木斗和分装白面与下茬面的布袋，我牵着自家槽头的黄牛，一起走进石磨主人家，从心里到脸上都抑制不住那一份欢悦。父亲在石磨上把黄牛套好，往石磨上倒下麦子，看着黄牛转过三五圈，就走出磨坊忙他的事去了。我帮母亲摇摆罗柜，或者吆喝驱赶偷懒的黄牛，不知不觉间，母亲头顶的帕子上已落下一层细白的粉尘，我的帽子上也是一层。

到春节前的三两天，家家开始蒸包子和馍，按当地风俗，正月十五之前是不能再蒸馍的，年前这几天要蒸够一家人半个多月所吃的馍和包子，还有走亲戚要送出去的礼包。包子一般分三种，有肉作馅的肉包和用剁碎的蔬菜作馅的菜包，还有用红小豆作馅的豆包。新年临近的三两天里，村子从早到晚都弥漫着一种诱人的馍的香味儿，自然是从这家那家刚刚揭开锅盖的蒸熟的包子和馍散发出来的。小孩子把白生生的包子拿到村巷里来吃，往往还要比一比谁家的包子白谁家的包子黑，无论包子黑一成或白一成，都是欢乐的。我在母亲揭开锅盖端出第一屉热气蒸腾的包子时，根本顾不上品评包子成色的黑白，抢了一个，烫得两手倒换着跑出灶房，站到院子里就狼吞虎咽起来，过年真好！天天过年最好。

大年三十的后晌是最令人激情欢快的日子。一帮会敲锣鼓家伙的男人，把村子公有的乐器从楼上搬下来，在村子中间的广场上摆开阵势，敲得整个村庄都震颤起来。女人说话的腔调提高到一种亮堂的程度，男人也高声朗气起来，一年里的忧愁和烦恼都在震天撼地的锣鼓声中抖落了。女人们继续在锅灶案板间忙着洗菜剁肉。男人们先用小笤帚扫了屋院，再捞起长把长梢的扫帚打扫街门外面的道路，然后自写或请人写对联贴到大门两边的门框上。

最后一项最为庄严的仪式，是迎接列祖列宗回家。我父亲和两位叔父带着各家的男孩站在上房祭桌前，把卷着的本族本门的族谱打开舒展，在祭桌前挂起来，然后点着红色蜡烛，按着辈分，由我父亲先上香磕头跪拜三匝，两位叔父跪拜完毕，就轮到我这一辈了。我在点燃三支泛着香味儿的紫香之后插进香炉，再跪下去磕头，隐隐已感觉到虔诚和庄严。最后是在大门口放雷子炮或鞭炮，迎接从这个或那个坟墓里归来的先祖的魂灵。整个陈姓氏族的大族谱在一户房屋最宽敞的人家供奉，在锣鼓和鞭炮的热烈声浪里，由几位在村子里有代表性的人把族谱挂在祭桌前的墙上，密密麻麻按辈分排列的族谱整整占满一面后墙内壁。到第二天大年初一吃罢饺子，男性家长领着男性子孙到这儿来祭拜，我是跟着父亲的脚后跟走近祭桌的，父亲烧了香，我跟他一起跪下去磕头，却有不同于自家屋里祭桌前的感觉，多了一缕紧张。

对于幼年的我来说，最期盼的是尽饱吃纯麦子面的馍、包子和用豆腐黄花韭菜肉丁作臊子的臊子面，吃是第一位的。再一个兴奋的高潮是放炮，天上满是星斗，离太阳出来还早得很，那些心性要强的人就争着放响新年第一声炮了。那时候整个村子也没有一只钟表，争放新年第一炮的人坐在热炕头，不时下炕走到院子里观看星斗在天上的位置，据此判断旧年和新年交接的那一刻。

我的父亲尽管手头紧巴，炮买得不多，却是个争放新年早炮的人。我便坐在热炕上等着，竟没了瞌睡，在父亲到院子里观测过三四次天象以后，终于说该放炮了，我便跳下炕来，和他走到冷气沁骨的大门外，看父亲用火纸点燃雷子炮，一抡胳膊把冒着火星的炮甩到空中，发出一声爆响，接连着这种动作和大同小异的响声，我有一种陶醉的欢乐。

真正令我感到陶醉的炮声，是20世纪刚刚交上80年代的头一两年。1981年或1982年，大年三十的后晌，村子里就时断时续着炮声，一会儿是震人的雷子炮，一会儿是激烈的鞭炮连续性响声。这个时候已经早都不再祭拜陈氏族谱了，本门也不祭拜血统最直接的祖先了，“文化大革命”的火把那些族谱当作“四旧”统统烧掉了，我连三代以上的祖先的名字都搞不清了。家家户户依然淘麦子磨白面蒸馍和包子，香味依然弥漫在村巷里，男主人们也依然继续着打扫屋院和大门外的道路，贴对联似乎更普遍了。

父亲已经谢世，我有了一只座钟，不需像父亲那样三番五次到院子里去观测星斗转移，时钟即将指向12点，我和孩子早已拎着鞭炮和雷子炮站在大门外了。我不知出于何种意向，纯粹是一种感觉，先放鞭炮，连续热烈地爆炸，完全融合在整个村庄鞭炮此起彼伏的声浪中，我的女儿和儿子捂着耳朵在大门口蹦着跳着，比当年我在父亲放炮的时候欢实多了。

我在自家门口放着炮的时候，却感知到一种排山倒海爆炸的声浪由灞河对岸传过来，隐隐可以看到空中时现时隐的爆炸的火光。我把孩子送回屋里，便走到场塄边上欣赏远处的炮声，依旧连续着排山倒海的威势，时而奇峰突起，时而群峰挤拥。我的面前是夜幕下的灞河，河那边是属于蓝田县辖的一个挨一个或大或小的村庄，在开阔的天地间，那起伏着的炮声洋溢着浓厚深沉的诗意。这是我平生所听到的家乡的最热烈的新年炮声，确实是前所未有。

我突然明白过来，农民圆了千百年的梦——吃饱了！就是在这一年里，土地下户给农民自己作务，一年便获得缸溢囤满的丰收，从年头到年尾只吃纯粹的麦子面馍了，农民说是天天都在过年。这炮声在中国灞河两岸此起彼伏经久不息地爆响着，是不再为吃饭发愁的农民发自心底的欢呼。我在那一刻竟然发生心颤，这是家乡农民集体自发的一种表述方式，是最可靠的，也是“中国特色”的民意表述，世界上再也找不到可以类比的如同排山倒海的心声表述了。

还有一个纯属个人情感的难忘的春节，那是农历 1991 年的大年三十。腊月二十五下午写完《白鹿原》的最后一句，离春节只剩下四五天了，两三个月前一家人都搬进西安，只留我还坚守在这祖传的屋院里。

大年三十后晌，我依着乡俗，打扫了屋院和门前的道路，我给自家大门拟了一副隐含着白鹿的对联，又热心地给乡亲写了许多副对联。入夜以后，我把屋子里的所有电灯都拉亮，一个人坐在火炉前抽烟品酒，听着村子里时起时断的炮声。到旧年的最后的两分钟，我在大门口放响了鞭炮，再把一个一个点燃的雷子炮抛向天空。

河对岸的排山倒海的炮声已经响起，我又一次站在寒风凛冽的场塄上，听对岸的炮声涌进我的耳膜，激荡我的胸腔。自20世纪80年代初形成的这种热烈的炮声，一直延续到现在，年年农历三十夜半时分都是排山倒海的炮声，年年的这个时刻，我都要在自家门前放过鞭炮和雷子炮之后，站在门前的场塄上，接受灞河对岸传来的排山倒海的炮声的洗礼，接纳一种激扬的心声合奏，以强壮自己。

1991年的大年三十，我在同样接纳的时刻不由转过身来，面对星光下白鹿原北坡粗浑的轮廓，又一次心颤，你能接纳我的体验的表述吗？这是我最后一次聆听和接纳家乡年夜排山倒海的炮声。

年年此时，中华大地的画乡便拉开大幕，以无比瑰丽的生活想象创造出许许多多天堂化的人间图画，美滋滋实现了心中的年。

年画：中华民族伟大的民间创造

冯骥才

近千年来，人类地球东部的山川大地上，一直绽放着一种美丽又绚烂的人文和艺术之花，它就是中华民族伟大的民间创造——年画，其影响曾衍至东亚和南亚一些国家，并早在一个世纪之前就成为欧美及日本人文学者关注与研究的对象。

始自2002年，我国将年画视为珍贵的文化遗产进行了历史上首次地毯式的田野调查，以及科学整理和系统保护，从而使我们得以全面审视中国木版年画的历史与现状，并深刻地认识到它在中华文化中重要的位置及所拥有的非凡的价值。

一、历　史

年画的历史——先是年的历史，然后是年画的历史。

中国是农耕古国，生产周期与大自然四季一轮的周期同步，每逢新旧两个周期的交接——过年，则必是大事。在这几天里，要感恩天地，崇仰先人，和睦族亲，祈盼福祉，把对生活的向往尽情宣泄出来。为此，数千年来人们创造了无数充满魅力的民俗方式，其中中华文化性质最鲜明、文化内涵最深厚、艺术最绚烂而独异者就是年画。

史料记载，早在晋唐时期人们便把具有驱邪意味的神像与老虎画在门板上，但这还不是真正意义的年画。年画必须是复制性的，人人能够拥有，并成为约定俗成的习俗。使用手绘很难实现，只有印刷才能完成。

到了宋代，无论朝野都十分重视良好风俗的培育。单从宋人诗文中便可看到各种优美的社会风情常常从乡土习俗中散发出来。于是，雕版印制的优美而受看的纸画便悄然出现了。北宋张择端的《清明上河图》中出现了专营各类纸画的纸马铺。由此看，贴年画的风俗在宋代已经初露端倪。

最初的年画以信仰类功能性的神像为主。敬祀神像是年俗中必不可少的。这是年画的习俗的基础。

然而，一种风俗真正确立起来，并非易事。

年画由它在民间渐被认同，蔚为习俗，需求日大，到农民站出来自我承担，自刻自画，自给自足，还确立了自己的审美个性与艺术体系——这个过程至少用了300年。所以，直到明代中期以后，才遍地兴起；再到清代中期，方显出百花齐放的繁荣景象。不仅大小产地星罗棋布，题材广泛无所不包，体裁繁多不一而足，而且产量之大令人惊叹，年画最终成了每逢新年必定登场的年俗主角之一。

二、形　态

中国木版年画是一种特殊的画。它从形态到本质，都与国画不同，甚至相反。

年画是雕版印刷与手绘相结合的画，兼有版画与绘画的特点。有时它全凭雕版印制，不加手绘；有时手绘成分很大，除去墨色的线版之外，开脸点睛，上妆施粉，随类敷彩，全用手绘。技巧另类，意趣别样。

年画是一种民间画，它与精英文人画全然两样。年画艺人是农民，农民作画没有刻意的艺术理论，也没有学理的追求。只是要把心中的东西直接画在纸上。就像远古的岩画，不写实，只写意写神；一切都是原发的，随性的，情感化的。呈现着大地人文的本色与生命的本真。

年画是一种共性的画，不追求个性的相异，而是地域性的彼此不同。如朱仙镇之豪放、桃花坞之精巧、武强之雄劲、漳州之清疏，共同构成了中国年画彼此争奇斗艳的艺术世界。

年画还是一种传承的画，画面、图案以及制作手法是代代相传的。虽然传承过程有所新创，但他们绝不会放弃任何一块古版。一些画面终岁不改，一些制作手段始终不渝，表达着艺人们对祖传文化的恪守和挚爱，故使中国年画具有很牢固的传统性，积淀着悠久而深厚的历史人文。有的图像（如纸马）甚至含有活化石的意味。

三、内　涵

年画看似简单，内涵却非同小可。

一句话应先讲清楚，年画是中国普通百姓特别是广大农民精神天地的可视的呈现。

古代的中国人，精神世界里位置最高的是神灵，因而神灵之像（神像）是年画的主项。年画中的神像并非宗教偶像。虽然各种宗教（佛、道、儒）的主神常常会在年画里出现，但没有严格的宗教意义。在科学蒙昧时代，老百姓将自己命运的安危祸福交给想象的神灵主宰，然后设法与之对话，这便是民间崇拜的由来。因此，人们不但把现有各种宗教的神佛拉过来，还创造出大量的无法理清的地方神和行业神。北京印制过 100 种神像俗称“京百份”，滑县李方屯将《全神图》由 72 像扩大到 83 像，白族的本主一村一位或几位。至于各地纸马上的神像更是不可胜数，相当一部分今天已经无法辨识。每逢除夕之时，家家户户屋里屋外到处贴满“各司其职”的神像。平时难得一见的神仙，此刻全围在身边。以神像们构成的庞大神灵世界，带来一种强大的安全感。特别是在这旧去新来、充满未知的时刻，在心理上给自己以稳定与安慰。

同时，年画又是人间生活的理想国。年画中一大内容是展示人们自己的生活。这种生活是男耕女织，美妇胖娃，风调雨顺，五谷丰登，花红草绿，人丁兴旺，家畜健壮，连年有余，衣锦还乡，金榜题名，日进斗金，等等。当然，这并不是生活现实，而是一种理想的生活图画，祈盼中的梦境。年画很少写实。

在这特定的迎新之日，人们心里全是理想的图景。如果想知道中国农民千百年来的梦想，就去看他们的年画。他们都已经画在画上了。

年画还是墙上的舞台。年画是老百姓画给自己看的，古代老百姓的日常文艺大餐莫过于看戏，故而戏曲故事题材的年画最具观赏性。一幅戏曲年画贴在墙上，会让人们时不时指指点点说上一年。大戏难得来到村里，戏画天天都在屋中。中国戏曲年画不仅数量大，戏出多，而且不同产地的年画往往取材于当地人们喜闻乐见的地方戏。比如武强取材于老调梆子、河北梆子、武安落子，晋南多取材于蒲剧、铙鼓杂戏、洪洞道情，滑县取材于大弦戏，凤翔取材于秦腔，桃花坞取材于时令小调。于是，大量民间戏曲及其剧目可视地保存在中国年画中。有的年画现在还在印制，画上的剧目甚至剧种却已然消泯了。

年画更是大众的自我教材。年画中还有一种内涵不容忽视，就是教化。劝善戒恶，催人奋进，敬老爱幼，伸张正义。自古农村社会无人管束，全靠精神与道德传统自律，靠一种自我教育。饶有意味的是，这种教化题材的年画更不是谁来说教，而恰恰是从人们自己耳熟能详的历史典故与传说故事中选出来的。比如：二十四孝、孔融让梨、雪中送炭、将相和、孟母择邻，从中可以明白了古代农村社会超稳定性到底由何而来。

由上述中国年画之内涵，即可知其包藏之大之深之周全。它实际深藏着中国根基性的人文本质、民间哲学以及国民性。

四、艺　术

中国年画因其民间性、农民性、自发性、集体性、节日与风俗性，在艺术上自成体系。不论是造型、色彩，还是表现方式都是独特和独有的。

在造型上强调饱满丰腴，健旺阳刚，宁肥勿瘦，宁动勿静，处处显示新岁来临之际，对生活兴旺与生命活跃的渴望。鸡要雄鸡，猪要肥猪，娃要胖娃，果要硕果。在年画中，所有形象都是充满活力的生命符号，都是理想化的象征。甚至连人物的表情，也都是笑口笑眼。中国人过年时是忌口角与哭相的。阳刚、快乐、健康、活力四射是年画造型的精神元素，也是造型原则。

在色彩上基本上是主观的，没有写实和自然主义的成分。在民间，红色是喜庆的颜色，象征火爆、热烈、喜庆和欢乐，所以红色是年画的主色，也是年的主色。很少年画没有红色（除去嘉庆四年乾隆驾崩时杨柳青的“断国孝”年画是一特例）。黄色是从属于金的富贵之色，也是年画主要使用的颜色。绿色和紫色在年画中是作为红黄的对比色使用的，以使红黄更强烈和更鲜活。

追求鲜亮夺目是年画的色彩观。为此，年画用色的特点：一是使用原色，很少用复合色；二是运用对比色，极少用谐调色。民间所用颜料多是矿物与植物颜料，朱丹、品红、品绿、槐黄、烟黑等，色彩更加艳丽照人。原色是有限的，因此着色时，要将色彩相互错开，各种色块一边交错一边对比，从而达到丰富和斑斓。

在表现手法上不尚写实，充分使用象征、比喻、夸张和拟人的手法，一方面使形象得到有力的强调，一方面加深了内涵的厚重。

特别需要强调的是谐音形象的使用。中国民间艺术中最广泛使用谐音形象的是年画和剪纸。谐音形象巧妙地利用一种事物相同的读音，依声托事，另寓它意。这些谐音形象的寓意都含着吉祥祝福之意，谐音形象在民间被视为吉祥形象，人人熟知，喜闻乐见；每每见到而“破解其意”时，都会从中获得别样的审美愉悦。千百年来，人们积累了成百上千种谐音形象，它们布满在年画的画面上，大大加强了年画的吉祥意义、装饰美，并使中国年画在人类绘画中别具一格。

当然，还有那些藏画诗、花鸟字、俏皮话图、灯谜画、连环图，这些都是唯有民间年画才有的饶有趣味的艺术方式，它使年画与广大百姓“快乐相处”，并一直百般受宠地活在民间。

五、样　式

中国民间年画还有着十分丰富的种类和体裁样式。由于年画是风俗性的，什么时间什么种类的年画贴在什么地方，皆有俗规。比如全神像和家堂画要挂在中厅或迎面大墙的中央，多为立式；门神与门画要贴在大门和房门上，常为一对，分贴左右两扇门板上。各类神像全有指定位置，灶神在灶台上方，家畜神在槽头之上，田祖在粮囤上，送子观音在新婚夫妇的居室里，不同地区往往还有不同规矩，纸马就更是如此。至于各类风俗、戏文、历史故事和装饰性的年画则可依个人意愿贴在屋内墙上，多为横幅；也有的是对屏和四条屏。

由于中国地理不同，文化不同，“五里不同风，十里不同俗”，各地方都有自己“独家”的品种与样式。山东杨家埠和高密冬天冷，墙体厚，窗子两边墙的侧面要贴“窗旁”，上贴“窗顶”，墙角背光的地方贴圆形的年画，俗称“月光”；晋鲁两地的桌边喜欢贴“桌围”，沿着炕的墙上贴一圈“炕围”；临汾绛州一带碗柜上沿还要贴一条印着戏文画的“拂尘纸”，既遮尘又美观；漳州一带连蜡烛座上也贴上印着五色的“色龙”。此外，天津杨柳青的“缸鱼”，武强的“灯画”，凤翔的“窗画”，滩头的“窗格画”，绵竹的“门笺”，桃花坞的“斗旗”与“月宫”……都具有该地区特定的自然人文的含义。

年画是季节性的。制作年画的周期是从每年秋收后到腊月中旬这一季度里。

年年此时，中华大地的画乡便拉开大幕，以无比瑰丽的生活想象创造出许许多多天堂化的人间图画，美滋滋实现了心中的年。

我意识到在我们爷儿俩背对背贴着的时候，是我们何氏家族两代人的生命在进行最后的承传……

父亲的体温

何建明

今年10月12日是我父亲第五个忌日。每每想起父亲离世时，心头别样滋味……

在我童年、少年甚至是青年时代，有时觉得父亲是世界上最让我恨的人。

第一次恨父亲，是我童年的第一个记忆：那是20世纪60年代初正值自然灾害的年份。我刚刚知事，却被饥饿折磨得整天哭闹。有一次，因为食堂的大师傅偷偷给了我一块山芋吃（北方人常叫它红薯），当干部的父亲见后便狠狠地将我手中的山芋摔在地上，说我是“贪吃囡”。为此他在“三级干部会议”上作自我检讨。因为年幼，那时我并不懂得父亲绝情的背后是多么彻底的廉政。

第二次记恨父亲，是因为我家宅前有棵枣树，结的果子特别甜，每年枣熟的时候，总有人前来袭击枣树，摘走一颗颗又甜又脆的大红枣。我为此怒火常常。有一天，邻居的一位比我小一岁的男孩子在偷袭枣树的时候，被我抓到了，为了夺回枣果，我与他大打出手。不料被父亲发现，他竟然不训斥“偷枣”人，而是操起一根很粗的竹竿将我的腿肚子打得铁青，并说：“你比人家大，凭什么跟人家打架？”我无法理解他的逻辑，于是瞪着一双永远记仇的双眼，在心底恨透了父亲。

第三次记恨父亲时，我已经20多岁，并在部队扛枪保边疆多年。记得那是第一次回家探亲，本来，多年不见，家人很是兴奋和开心。哪知，到了晚上，父亲瞪着眼睛瓮声瓮气地冲我说：“人家比你读书少的人提干了，你为啥没有？”这、这……我气极了！本来我对几个专门靠拍首长马屁的老乡提升就很想不通，父亲这么一说简直像针扎在我心尖儿上。

此后，我对父亲的恨有增无减，并发誓要做个有头有脸的人。后来我终于也算混出个人样了，在部队提了干部，又成了一名记者、一名作家，再后来在京城也常常被人在身份之前冠以“著名”两字。但与父亲的“账”一直没有算清——因为以后每次我回老家探亲时，父亲的脸上总是笑眯眯的，与他年轻时相比像换了一个人似的。我有点纳闷：父亲变了性格？还是真的老了？但我一直没有细细去想，就在这忙碌中度过了一年又一年……

在6年前年末的一日，姐姐和妹妹相继打电话来，说父亲肺部长了一个肿块，而且是恶性的。一向对父亲满怀“恨意”的我，那一刻心猛地颤抖起来：怎么可能？当我火速赶到上海的医院时，父亲见我后眼睛红了一下，但即刻便转为笑呵呵的，且扬起他那明显瘦弱的臂膀对我说：“你看我不是还很有劲嘛！哪有啥病！”我尴尬地朝他笑笑，转过头去时，不禁泪水纵横……

父亲呵，你知道自己还有多少日子吗？几分钟前医生告诉我，说父亲最多还有半年时间……太残酷了！无法接受的残酷——一个好端端的人，一个才过70岁的人，怎么说没就马上会没呢？

陪床的那10天，是我成人后的30多年里，第一次全天候与父亲在一起，白天除了挂针就是挂针。于是，父子之间有了从未有过的漫长的交谈……

为了分散父亲对病情的恐惧，我时不时地提起以往对他的“记仇”。父亲听后常笑得合不上嘴，说：你光记我对你不好的事，我就没有对你好的时候？

还真没有。我有意逗他。

没良心！父亲笑着冲我说。然后仰天躺在床头长叹起来，仿佛一下回到了他久远的记忆之中——

你刚出生那几年，我每年都带着民兵连在几个水利工程上干活，那个时候一干就是十几个钟头，大跃进嘛！干活干死人的事也有。我的病就是那个时候落下的（父亲到闭目的最后时刻，仍坚持认为自己的绝症是当年拼命干活受潮引起的），你小时候几乎天天尿床。记得你当兵前还尿湿过床吗？

我点点头。脸红了。

父亲问：你小时候因为这，受过我不少打，这你没有记过我仇？

我摇摇头，说：这事我一点不怪你，是我理亏。

父亲摇头：开始你一尿床我就打你，后来知道这也是一种病，就不怎么打你了。不过你尿得也玄乎……

父子俩对笑起来。如今七尺男儿的我为小时候的毛病羞愧不已。对这事我记忆太深刻了，母亲不知想过多少办法，其中不乏晚上不让我喝稀吃粥之类的招数，可我只要一进入梦乡，就总会做那些跟小伙伴们穷玩傻玩的游戏，然后又累得个死活。那光景里又急得找地方尿尿，最后一着急，就随便找个地方痛痛快快地尿了，等身子感觉热乎乎时，便已晚矣：床被又让我尿了个通湿……

父亲在病榻上侧过头，问：还记得你尿床后我给你做啥吗？

我忙点头：知道，每回你把我拉到被窝里，用你的体温暖和我……

父亲又一次长叹：算你还记得！

当然记得！我忙说：爸，还有一次我印象特深。那年你成“走资派”后，我正好放寒假，我们俩分在一个班次里摇船到上海运污水。半途上，跟上海人打架，我们的船被人家撞破后漏水，结果舱里全湿了，晚上没地方睡，最后是你上岸到地头抱了一捆稻草，让我光着身子贴着你睡的……

唉，那个时候也难为你了，才十五六岁，要干一个壮劳动力的活。父亲扭过头，闭上双目，似乎在责备自己因“走资派”而害了他的儿子。

其实，现在想来也没什么，我记得那一夜自己睡得特别香，因为父亲的体温真暖和……我沉浸在少年时代的那一幕虽然有些悲情却充满温暖的往事之中。

突然，在我稍许转过头向父亲的病榻看去时，见他的眼角边正流淌着一串泪水，便不由急叫：爸，你怎么啦？

父亲没有张嘴，只是闭目摇头。许久才说：为啥现在我的身子一点也不热乎了呢？

是吗？我赶忙跃上父亲的病榻。用手摸摸他的身体：挺热的，而且发烫呢！

不，我冷……父亲突然像失足掉入深渊似的一把抓住我的胳膊，于是我只好紧张地顺势身贴身地挨着他……我马上意识到，父亲的内心在恐惧死亡……没事没事，治两个疗程就大体好了。我找不到更合适的话语来安慰，只好说着这样的假话。而且之后的几个月内，无论在父亲身边还是在远方的电话里，我都对他说这样的假话。

我注意到，父亲的体温始终是发烫的、烫得厉害——那是可恶的病魔在无情而放肆地袭击和摧残着他日益干枯的躯体。

之后的几个月里，我多次从京城返回老家看望被死神一步步拉走的父亲。我依然注意到父亲的体温一直在往上升腾，有时我甚至感觉他的肌体是一个燃烧的火球，烧得父亲不能着床，如今每每想起他生前那钻心刺骨的疼痛情景，我依旧胆颤……

2006 年国庆前夕，父亲的病情急剧恶化，开始是每小时输一次氧，后来根本就不能离氧气了。最后，我和母亲不得不决定再次将他送进医院。这个国庆长假，是我与父亲诀别的最后日子，也是他生命的最后几天。以前听人说那些患肺癌者最后都是痛死的，我有些不信，但经历了父亲的病情后，我才真正感受到那可恶的肺癌，真的太可恶，太恐怖了，它能把世界上所有的疼痛聚焦一起并最终摧毁一个人的生命。

患此病的父亲太可怜。他一边艰难地大口大口地吸着氧，一边则要忍受着全身如蛇咬嚼的疼痛。我和家人守在他的病榻头，无可奈何。我想帮助他翻身，可刚手触其肤，父亲便会大声叫疼。躺着的他又不能着床，着床片刻的他既不得翻身，又不能动弹，一翻身筋骨皮肉更疼，我想用手轻轻地扶起他靠在软垫上躺一会儿。可父亲说那软垫太硬——他的骨架已经被病魔噬空和噬酥了。

来，靠在我背上吧！看着父亲这也不是那也不行的痛苦，我拭着泪水，突然想出了一招——与父亲背对背地蜷曲在床头，让他靠在我的背上歇着……

怎么样？这样行吗？我低着头、将身子蜷曲成45度左右，轻轻地问父亲。父亲没有回话。一旁的妈轻轻告诉我：他睡着了。

真是奇迹！多少天又叫又喊的父亲，竟然会靠在儿子的背上酣睡了！我的泪水又一次淌湿了胸襟。

10分钟、20分钟……一小时、两小时……先是我的双脚麻了，再是我的腰麻了，后来是全身都麻了。但我感到无比幸福，因为这是我唯一能给父亲做的一点点事了。那段时间里，我感觉到了父亲那么熟悉和温暖的体温，同时我又深感神圣——我意识到在我们爷儿俩背对背贴着的时候，是我们何氏家族两代人的生命在进行最后的承传……

那是热血在从一个人的身上传流到另一个人身上，从上一代人传承到后一代人血脉里……那是一种精气的传承，一种性格的传承，一种文化的传承，一种魂魄的传承，一种世界上无法比拟和割舍的父子之情的传承！

作为儿子，我觉得即使永远地以这种姿势陪伴父亲，也便是一种必需的责任，一种必需的义务，一种必需的良心，一种必需的品质，一种必需的人性，一种父与子之间才能够有的情！

与父亲背贴背的感觉真好！

它使我真切地感到了什么叫儿子，感到了为什么父母都希望有个儿子，同样也感到了父子之间传宗接代的全部规程……

呵父亲，儿子真幸福，能如此长久地感受父亲的体温，尽管它那么微弱，但那是自己父亲的生命体温！因为这熟悉的体温，曾经让我摆脱过恐惧，曾经让我摆脱过尴尬，曾经让我在屈耻和徘徊中增加勇气，迅速成长，直至也可以撑起一片世界！

你累了，下来歇一会儿。父亲重新躺下时竟然脸上露出一丝极其满足的笑意对我说。

我伸伸胳膊，伸伸腿，浑身有些酸疼，但嘴里说着“没事”。

这天中午，许多年没有见面的几位战友邀我去吃饭。我本不想离开父亲，但他劝我走，说你们一起当兵多年，分别后又难得一聚，应该去。

约两个小时后我重新回到医院，推开病房门的那一瞬，我一下惊呆了：父亲的病榻头，瘦小干枯的母亲竟然学着我的样子，也蜷曲在床头，与父亲背靠着背……看着两位相依为命的老人，尤其是七十有三的老母亲那蜷曲下垂的身影，作为独生儿子的我当时不知有多么心疼……我一边擦着泪，一边赶紧上床替下母亲。

当我与父亲重新背靠背的时候，只听身后的父亲舒坦地叹了一声：还是你的背宽……

泪水再一次模糊了我的双眼。父亲呵，除此之外，儿还能为你做什么呢？

国庆长假结束，单位要我回京。无奈向父亲告别，我意识到这可能是与父亲最后的诀别了。父亲见我流泪，安慰地拉住我的手，放在他胸前，说：我的身子还是热的，上班去吧，没事。我噙着泪珠朝他点点头。

4天后，父亲走了。那一天是农历九月九，我得讯的那一刻，直奔机场。我不相信父亲在没有我在场的时候会闭眼，可他确实闭眼了，永远地闭眼了……

下午两点，当我赶回家时，父亲被一片悲恸的哭声包围着。我双膝跪下，不由放声号哭，因为我发现，在我双手抚摸父亲脸庞的时候，感觉他的体温已经冰凉，我的心彻底地碎了……

父亲呵，你的体温一直那么温暖，可是，离我而去时为什么竟会这般冰凉？

这条连接着我们母子温暖、牵挂、祝福的哈达一端告慰母亲的在天之灵，一端紧系着我不尽的怀念。

生命中的哈达

丹　增

一

我的家乡位于西藏那曲地区的比如县境内，怒江从我家旁边的河谷里静静地流淌了千万年。河谷上方是一片茂密的森林，森林丛中藏式楼房错落有致，那儿就是我儿时的家。

我 3 岁时就被削发剃度，送入佛门。因此，我 5 岁的生日是正式继承前世修来的佛缘，奠定寻求人生旅途的起点。

在那个隆重而烦琐的生日中，记忆最深刻的是母亲对我的祝福。母亲走到我的跟前，满眼泪水，神情卑微。她躬身向我献上一条哈达，然后跪在地板上，恭恭敬敬地向我磕了 3 个头。

望着母亲躬身在地的背影，我的眼泪忍不住掉下来。我不愿因为做了一个佛子，就离开母亲的爱，拉开母子间的距离。我想下去搀扶她，但我的身子刚一动，身旁的老僧就用他有力刚硬的手掌按住我的肩膀。

我恍惚感觉到，从这个生日起，仿佛这家中的人都离我远去了，所有的亲情都对我严肃起来。我成了一个僧童，成了一个与神更近、与人更远的人。

冗长的仪式终于结束了，我被送回卧室。卧室也是教室，今后我的老师八世占堆活佛将在此授课，他将永久住在我的卧室隔壁。

夜幕笼罩着古庙，四周一片静悄悄的，唯有一闪一闪的酥油灯，像是一个微弱的生命在颤动。我睡在这间堆满经卷、墙上挂满唐卡画的房子里，看着唐卡画上那些栩栩如生的度母像，想起了慈祥的母亲。就在昨天，我还睡在母亲带着羊奶味的藏被里。可现在，她的怀抱、她的双手、她的眼神、她的体温，已是可望而不可即了。院子外的羊圈里，羊羔“咩……咩……”的叫声在寂静的夜里悠扬绵长，牛犊吸吮母奶的声音也不时传来。牛羊都可以跟自己的妈妈在一起，而我为什么就不可以了呢？摆放在案头佛龛里的护佛神面目狰狞，怒目而视，就像要扑下来吞噬我，使我感到更加孤独无助、恐惧万分。我终于放声大哭。

我在泪眼婆娑中迷迷糊糊地睡着了。我梦见唐卡画上的那些护法神都从画中跳下来捉拿我，他们肩上扛着骷髅，手里拿着铁链，双脚踩着人头，追赶得我到处乱窜。我被噩梦惊醒了。

我钻出被窝，站在窗前，窗户被一层粗糙的藏纸蒙着。我用手指蘸上口水，浸润了藏纸，划破一个小洞，往外一看，先是看到伙房里的煤气灯仍在闪烁，那里的人还在忙碌。伙房旁边是母亲的房间，那就是我的目光要找的地方。

母亲的房间竟然还亮着烛光，这让我欣喜若狂。我要去告诉母亲，我不当喇嘛了，我也不想学佛了。我只想随时见到阿妈，随时都在阿妈的身边。

隔壁占堆活佛的鼾声此起彼伏地传来，我确信他已经睡熟，就披了件藏袍，蹑手蹑脚地悄悄打开门，在黑暗中飞奔到母亲的房门前。我从门缝中看到母亲坐在床头，手里抚摸着一个黄布包裹，目光发亮，神情慈祥而专注。灯光下的母亲显得那样恬静、温柔、美丽，就像唐卡画上的绿度母。母亲那时的神态，一辈子都铭刻在我的记忆深处。

我猛然推开门，低声叫了声“阿妈”，便扔掉披着的藏袍，光着身子钻进母亲的被窝里。她先是惊讶片刻，接着紧紧地一把搂住了我。

我哭，母亲也哭。我双臂钩着母亲的脖子，拼命地亲她。母亲抱着我的头，把她的前额紧紧地贴在我的脸上。我再次嗅到了母亲身上熟悉的体味，感受到了母亲的温情。

母亲怕我冷着，就找来一块黄色的氆氇被，把我裹起来。我说：“阿妈，我要在你的房间睡，再不离开你。”

母亲轻轻叹了一口气，在我的耳边低声说：“儿子，你父亲继承了家族的荣耀，他现在像一座古老的房子，不知哪天歪斜。你是支撑着他的唯一的柱子，是他唯一的安慰和希望。要听话，阿妈送你回去。”

我把阿妈的被子一把拉过来，将我们两个盖住，然后再往母亲怀里钻。我认为，只要我钻进母亲的被窝里，她就不能赶我走。我看见了母亲眼睛里的泪花，也看见了母亲脸上哀婉的表情，但母亲的行动却很坚决，她紧紧地搂抱着我往屋外走。

我终于被母亲抱回我的房间，我再一次把手伸进母亲的怀里时，无意间碰到一件东西，我把它拿出来，原来是白天母亲给我献的那条哈达！

既然我不能留住母亲，就留下母亲的这条哈达吧。因为那上面有母亲怀里的香味。但是母亲把哈达拿回去了，她说：“儿子，哈达不能给你，以后再给你讲这条哈达的故事。”

二

在人的一生中，总会遇到一些终生难忘的恩人。我的恩人之一是时任县委书记的王西恒。他是陕西咸阳人，曾从青海骑着骆驼，渡过通天河，越过昆仑山，穿过无人大草原来到藏北那曲。他常到我所在的寺庙，我牵着他的手，在经堂、护法殿、跳神场到处转，介绍这些场所的用处、来历。他看到我学经刻苦，头脑灵活，格外喜欢我。

有一天，他问我，愿意不愿意到他的家乡去学汉语。我立即回答：“什么时候走？就这么定了。”一个月后，我连家人都没有告诉，就不辞而别。

那时，我们外出都要渡过怒江上的一条溜索。一听说我从这里过溜索出去了，母亲急得几近发疯，守在溜索渡口三天三夜不吃不喝，也不回家。无论人们怎么劝说，母亲都呆呆地望着怒江水，哭着，流着无声的眼泪……

1968年，我很幸运地分到西藏的一家报社。就在这年冬天，母亲穿着皮袄、踏着冰雪，从老家看我来了。

我的故乡比如县到那曲地区还不通汽车，先骑马要走4天，还需要从那曲到拉萨，坐两天的汽车。这雪封山、冰冻路的寒冬腊月，母亲穿着单薄的衣裳翻山越岭来看我，是有什么要事吗？

母亲说：“阿妈这次来，只是想陪你过个生日，就回去。”

我这才想起，没有几天就是我22岁的生日了。我们母子之间的爱，早已用语言无法描述了。

生日那天，母亲从牛皮包袱里拿出一个油迹斑斑的黄布小包，解开包抽出一条陈旧的哈达，端端正正地挂在我脖子上。

母亲说：“儿子，你还记得吗？这条哈达是你5岁生日时阿妈献给你的。你不在家的时候，阿妈天天把它揣在怀里，看到它，就想起你……”

我真想把自己的年龄退回到5岁，变成一个孩子，重新依偎在母亲的怀抱里，听她讲这条哈达的故事。这条哈达是从前一位有名的活佛赐给我奶奶的。因为奶奶心地善良，收养了一批孤儿，作为对佛祖慈悲的供奉。据说奶奶活了100岁，她去世前将这条哈达献给了我的老师八世占堆活佛。在一次敬神放生的佛教仪式上，我母亲把家里的六头奶牛给放生了，占堆活佛又把这条哈达赐给了我母亲，希望她像我奶奶那样慈悲、善良、虔诚。而母亲则在我第一次过生日的时候把它献给了我。我走后，母亲把它作为思念的寄托，从不离身。

太阳已快要落山，晚霞映照着群峰山巅。母亲收拾好那个牛皮包袱，告诉我她已经买好了明天早晨7点的车票，今晚得到车站住下。

母亲走了，我把哈达从脖子上取下来，在昏暗的灯光下久久端详。哈达摸在手中情愫柔软，一股暖流从我的手心传遍全身。我无忧无虑地成长在母亲的怀抱里，懵里懵懂地被送进了古寺，又义无反顾地走出大山。我的每一次成长，都有母亲的牵挂和祝福。母亲是用这条哈达寄托她对儿子的爱啊！

我把这条有母亲温暖香甜味道的哈达用一块白布包好，塞进我的枕头里。从那以后，天天枕着它睡，枕着我的往昔岁月，更枕着对母亲的思念。

三

自从我离开母亲求学工作，我应该尽的孝心微乎其微。我心中始终有个夙愿未了，那就是要给母亲献一次哈达，给母亲磕3个谢恩的头。

2005年8月，正是藏北草原牛羊肥壮、浮云化为甘霖滋润草原的季节。我回家探望母亲，这时母亲已经86岁高龄了，她在74岁时就因眼疾而失明了。我们母子已有3年多没有见面，其间母亲多次病危，我都没能守候在母亲身旁。

那天，山谷里云雾缭绕，天上下着蒙蒙细雨，是个少有的好天气。母亲早早地守在门口，我几步奔过去拥抱母亲，母亲把我的手紧贴在她苍老的脸上，泪水一下就浸湿了我的手……

我在家里陪了母亲5天，那真是一段幸福无比的时光。我忙里忙外地为母亲打茶，为母亲做饭。除此以外，我能为母亲做的还有什么呢？

在我即将向母亲告别的那天早上，我让母亲好好儿坐在椅子上。我悄悄站在母亲的跟前，恭恭敬敬地磕下了第一个头。我心里默诵着：阿妈，一磕头，感谢你的养育之恩。是你的乳汁让我长大，是你的哺育让我成长。

我抬起头来时，看见母亲面色安详，那透亮的眼珠似乎在看着我，在寻找我。我知道这双眼睛曾经守望她的儿子一辈子了。阿妈，你的眼睛是因为追寻儿子的身影而望眼欲穿的吧？

我磕下第二个头。阿妈，二磕头，愿能补偿儿子不在你身边时未尽的孝心。

“儿子，你在干什么？”母亲似乎感觉到了什么，轻声问。

我没有回答，又恭恭敬敬地磕下第三个头。阿妈，祝你健康，祝你吉祥！

我站起来，拿出那条哈达，对母亲说：“阿妈，我要给你献一条哈达。”她摸着哈达，露出微笑说：“这是当年你过生日时我献给你的那条哈达吧？”

我惊讶于母亲的感悟力，也幸福于母子之间的心灵感应。我说：“是的，阿妈。这条哈达护佑了我的吉祥。”

我恭恭敬敬地把哈达给母亲挂上……

没想到，我离开母亲回到云南十八天后，母亲就去世了。妹妹说，母亲曾跟她说了处理后事的要求。一是要求按习俗天葬；二是希望用她的积蓄在占堆活佛的寺庙里捐建一个平安塔。

作为没有在母亲床前送终、没有尽到孝心的儿子，唯一能够补偿母亲养育之恩的是忠实地完成母亲生前的遗嘱。母亲的遗体丧葬在尊位最高的止贡梯寺的天葬台。我让亲属把母亲的一颗门牙带回了云南。

母亲生前还有一个心愿没有实现：去朝拜一次五台山。我利用一个假期，从昆明赶赴五台山。那是一个初冬，我刚到山上时，夜空晴朗，星光灿烂，忽然间暮云低垂，天色渐黑，不多时天上竟然飘起一阵纷纷扬扬的雪花。我情不自禁地想起藏北草原的雪，想起下雪天火塘前的母亲，想起如火塘一般温暖的母爱。啊，那可真是世上最令人难忘的温暖啊！

第二天早上起来，我把母亲的牙齿和一捧来自家乡的饱满圆润的青稞粒用一块白布包好，然后独自向山顶走去。雪后的五台山庄严高远，仿佛一个凡尘之外的世界。我来到一处面向故乡的幽静、干净之地，埋下了那核桃大的布包。我在心里对母亲说：阿妈，尽管你在世时儿子没有陪你来过这里，但现在你已经安息在这佛域净土了。我祈愿你善良的灵魂往生到一个平安吉祥的地方。

按照母亲的遗嘱，我将 8 万元稿费寄回家，加上母亲自己攒下的钱，终于建成一座象征着万事如意的平安塔。

我的妻子和女儿在佛像前供奉了两盏纯银的酥油灯，我则把母亲献给我的那条陪伴了我大半生的哈达，装藏在平安塔里。这条连接着我们母子温暖、牵挂、祝福的哈达，一端告慰母亲的在天之灵，一端紧系着我不尽的怀念。

它是雪域高原上的一座著名神山，在藏语中意为“黄河流经的大雪山爷爷”，迷人的传说使它具有神圣、神秘、神奇的色彩。

祭拜阿尼玛卿雪山

阿　来

穿过漫无边际的荒野、牛羊、帐幕，以及阴晴不定的天气，我带着朝圣的心情，要去拜望那座叫作阿尼玛卿的雪山。

一

原野深远，几种标本一般不断重复的地理样貌出现又消失。只有天气在变化。刚刚穿过一片把车顶敲打得乒乓作响的雪霰，就见一道阳光的瀑布垂落在面前，穿过去，又见风驱赶着蓝空中的云团，疾速翻卷，如海涛竖立。阳光强烈，沙丘闪烁着金属的光芒。而在低处，碧绿的草滩沉入了云影中，仿佛一渊深潭。就这样，一条公路穿过地理与天气，风景汇聚而来，又飞快流逝，陷落在身后的天际线下。

我让那座雪山的形象踱来身前：稳稳矗立时，充满心房；轻盈上升，那金字塔般的水晶宫殿就悬浮在额前。

我就用这种方法，稳定住流散的风景与心绪。只要有那样一座山从心里升起，我就知道，在这漫长的旅途中，似乎正四散而去的风景以及附着其上的一切，就不是在流散，而是在汇聚——向着一个洁净的高点汇聚。那个地方，平凡的生命几乎难以抵达，神性因此得以上升，从高处，从天际发出响亮的召唤。

因为这召唤而汇聚的高旷大地，叫作果洛。

高原上，560 公里的行程，是漫长的一天，黄昏时分，我抵达了果洛的行政中心，大武。

夕阳西下，街道那一头，淡蓝的山岚迷离了视线，但我已经感到了那座雪山。冷冽而洁净的风从那个方向吹来，我就此感到了那座雪山。

用一句旅游杂志上常见的话来说：山就在那里。是的，山就在那里，在风的背后，可以感到，只是还未看见。

二

当地朋友好像知我心意，第二天早饭毕，就安排去祭拜阿尼玛卿雪山。

出大武镇，往祭拜点出发。大武镇海拔 3700 米，看着腕表上的海拔读数渐渐升高，我兴奋起来，知道只要达到某一个高点，就能看到雪山从地平线上缓缓升起。那个高处，定是当地百姓祖祖辈辈祭拜阿尼玛卿的地点之一。我的心情变得肃然庄严，整理好了手中的哈达。与此同时，一股香气弥漫开来。是车中暖烘烘的空气使备好煨桑用的柏树枝的香气提前溢出了。

在藏语中，“桑”既是指献祭，也有以洁净香气“沐浴”的意思，我想这是指人在献祭过程中预先或同时经历的身心净化。眼下，这些四溢萦回的芳香之气，使我在前去祭拜的途中，就早早启动了这个过程。

驱车 20 多公里后，我们来到了可以遥望雪山的地方。

这是一个平缓隆起的山口，海拔升高到 4200 米，风无遮无拦地吹着。我们沿着从东边而来的那个峡谷，在升高的过程中不断收缩，终于在这里到了尽头，但是，地形又急转而下，另一道山谷向着西面敞开。在青藏高原上行走，随时都会经过这样的地理节点，尽头也是起点。脚下，正是两道从沼地中浅浅濡出的溪流的分界与起点。

云雾非但没有散开，反而挟着细雨向着山口祭台四合而来。成阵的经幡猎猎的振动声，使风显得更加凌厉。我把被风猛烈撕扯的哈达系到经幡阵中，手还没有完全松开，豁然一声，哈达就被劲道十足的风拉得笔直，像琴弦一样振动不已。而一同前来的人们，都面朝着同一个方向——山口的西南。我知道，那是雪山所在的方向。强劲的风正从那个方向横越而来，幅面宽广。我熟读过地图，知道我们所在的地方，在阿尼玛卿的东面稍稍偏南。我也把脸迎向风，朝向雪山的方向。

在众人诵念祈祷文的声音里，堆在祭台上的柏树枝点燃了。一柱青烟还未及升起，就被风吹散，融入了四周凄冷的云雾中。当我们绕着祭台念诵祈祷文，每转到下风处，充满香气的烟就扑到身上，让我接受圣洁香烟的强劲沐浴。我念诵的是一段刚刚学来不久的对于阿尼玛卿雪山的赞颂，非关祈请，只是赞颂它的圣洁与雄伟。风继续劲吹，把我们手中扬起的风马纸搅成一片稠密的雪花，在头顶上升，在四周旋转。然后，熏烟的柏枝被风吹得燃烧起来，变成了一团红红的火焰。火焰被风吹拂，旗帜般招展。

三

车到了下一个山口，我再次回望，灰色的云雾仍然严严实实地遮断天际。但我知道，在接下来的果洛之行中，我还会环绕它，还会再次靠近它。这不只是指地理上的接近与看见。接近一座雪山还有更重要的途径，那就是从居住在雪山四周的人群中获得关于雪山的一切知识与解释。从歌唱，从传说，从不同时代不同教派的僧侣们写下的关于这座雪山的祈请与赞颂的文字。

信民们点燃桑烟，摆上丰富的五色供品，虔诚地念诵祈祷祭文，雪山渐变为洁白宫殿，祥云霭霭……以阿尼玛卿山神为主的神族，从彩虹装饰的庄严宫门列队而出……

是的，阿尼玛卿是山，同时也是一个神。

在藏语安多方言中，“阿尼”的意思是祖父。据当地的民间传说，这位老祖父名叫沃戴贡杰。和很多民间传说一样，果洛原来妖魔横行。而拯救了这片大地、使人们脱离苦海的正是来自远方的英雄。在果洛，这位英雄就是有 8 个儿子的沃戴贡杰。他派出儿子去征服远方。等到妖氛肃清，他们一家也就定居于此，这个家族自然就成了当地的部落酋长。随着部族的代代繁衍，这位祖先（阿尼）成为部族的集体记忆，他的故事开始代代相传，并且在这种没有固定文本的口传故事中，时时刻刻地被改写，终于，祖先成为神，一位创世的神。当他的部族人口增长，在宽阔的草原上星罗棋布，分出一个又一个新的支系，这个部族便需要一个具有象征意义的具象的中心。在青藏高原上，这样的具象中心只能是一座雄伟的雪山。在果洛，便是玛卿雪山。于是，口传故事中越来越了不起的祖先，终于与雪山稳固超拔的形象合二为一。

山神的故事便这样产生了。

大地，因为雪山而汇聚。星散在大地上游牧或家耕的人群，因为山神的信仰而凝聚在一起。

这位祖先，不止开辟了部族最初的生息之地，成为神灵后，还继续以他超常的神武与愿力庇护着这片大地和后世子孙。于是，他又从一位创世之神变成了一个庇护之神。每年，人们都要在祭山过程中，向他供奉利箭和骏马。这样的供奉当然是象征性的。箭是经过装饰的木杆，在专门的仪式上插到高峻之处的箭垛，骏马则印在一块块方形纸片上，让风飘送到天上。人们相信，在每一个夜晚，山神还会跨上骏马，挽强弓，挎箭囊，乘风逡巡，肃清一切妖魔鬼怪。后来，印度佛教在西藏化的过程中，在民间庞大的山神系统也纳入本土神体系，山神又演化成为佛教的护法，这就超出我关心的范围了。

山神，就是神格化了的人，就是人格化了的山。

山，因为向背的不同，决定了众水的流向。所以，是神。

山，因为高度与纵深，决定了让大气流动还是延宕。所以，是神。

山，高度人格化后，因为人一般情绪的变化造成了天气的变化。所以，是神。

青藏高原的雪山，不只是阿尼玛卿，都关乎着这里的人群对于自然的深沉感受，也关乎着族群对于有建树的领袖的强烈情感。

离开大武镇，我往果洛大地的南方而去。仅仅过了一个短暂的晴天后，雨水又接踵而至了。我穿过那些已经无人游牧的曾经的牧场。雨不停地下着，落在草滩，落在河面，落在沼地当中那些正在重新恢复生命的湖泊上。平地而起的冷雾遮没了所有山冈。阿尼玛卿真的是越来越远了。我说，我还会来，一定要在一个天朗气清、艳阳高照的日子，看见阿尼玛卿，头顶冰雪冠冕，闪闪发光地矗立在蓝天下面。

"人类唯一能从历史中吸取的教训就是，人类从来都不会从历史中吸取教训。"

如果可能的话，把这句话写在布条上系在地球上吧！

毕竟这是一个小小的世界

陈祖芬

我赶到白厦街，人行道上已经像千层饼似的挤着层层叠叠的人。斜对面阳台上，是英国女皇和其他皇室成员。当然还有梅杰，还有撒切尔夫人。平时在英国，人与人不慎碰着了身体，互相都要说 Sorry，这天都这么挤着，谁也不 Sorry 了。因为，不分你我了。因为，都被同一种神圣的感觉净化了。

那是 1993 年 11 月 11 日，英国一年一度的阵亡将士纪念日。一个个老战士团队，走向纪念碑为阵亡将士献花圈。他们踩着当年的步子，找回当年的感觉，或许多了几根拐杖几把轮椅，少了几条胳膊几只眼睛。有的战士老弱得像婴孩，脑袋也竖不起来。然而那清癯的脸上满是刚毅和骄傲。

老兵们都佩戴一朵罂粟花，比满胸的勋章更耀眼。因为，从战场上活下来的，有很多勋章；在战场上死去了的，只变成一朵血红的罂粟花。

礼炮响起，一阵风，吹落了一片叶，飘飘落落而下。这一叶的响动，窸窸窣窣地撕着被肃穆凝固的上空。

牧师讲话了，那声音好像来自刚刚撕开的苍穹。

军号呼应着歌声，悠然而起，从很久很久以前吹来，凄寂而骄傲。我看到弥漫的硝烟，满目的墓碑，残缺的电网上有一朵血红的罂粟花。

想到“二战”老兵，是因为我偶得一本寻访“二战”德国老兵的书，我合书祈愿：愿世界和平！

“当代德国人几乎毫无例外的都是‘二战’老兵的后代。”读到这一句，我觉得心惊肉跳！

这本书叫《德意志的另一行泪》。从来在电影里看“二战”的欧洲，都是德国法西斯的施虐。然而战争同样地也使德国付出了代价。1945 年纳粹德国投降前夕，7 个 16 岁的孩子被穿上了肥大的军服，这群“尖嗓子”的“军人”被卡车卸在巴伐利亚一座小城的河边去守卫一座桥。唯一逃出来的一个“尖嗓子”后来写了一部轰动的小说，后来又变成著名的电影：《桥》。另 6 个“尖嗓子”死于第一天的战斗，而那一天，也是“二战”德军的最后一天作战。从任何方面讲都战个莫名死个莫名。这些孩子穿的军服再肥大，他们的消失也渺小得像省略号里的一个小点里边的一点点。

近 6 年的战争，是旷日持久的持续破坏、持续毁灭！随着兵员的欠缺，德国规定满 15 岁的男性都要成为“空防助手”；16 岁到 60 岁的男性组建“人民冲锋队”；又把国防军参军年龄从 18 岁改为 16 岁。“二战”期间，纳粹德国召兵 1800 万人，“赌上了全部德国男青年的生命”。

1943 年秋的一个夜晚，德国汉诺威拉起空袭警报。10 岁的小女孩莱内克拉着两个弟弟跟着妈妈跑进防空洞，就听外边高射炮声密集得像击鼓。一个希特勒青年团的男孩飞奔进防空洞，兴奋地大喊：汉诺威天空上出现了一棵大圣诞树！后来，汉诺威防空部门有一些数字记录了这3小时的人员伤亡，多少房被摧毁，多少人无家可归。10岁的小女孩莱内克后来说，以前这样的记录对她来说只是数字，但是这次她也成了数字——计入了无家可归的数字。战争刚结束，一位中国学者来到了曾经的欧洲名城汉诺威，54年后他写下了战后的汉诺威："……只见废墟……到了上坟的日子……断壁之下的地下室外垃圾堆旁，摆满了原来应该摆在墓地上的花圈……据说地窖里的老鼠，由于饱餐人肉，营养过分丰富，长到一尺多长……"

这位中国学者就是季羡林。

希特勒的孩子兵，在炮声和爆炸声中竟然能看到天上的"圣诞树"！然而没有圣诞的缤纷，只有战争的残忍。刚成年就有幸退出战争的孩子兵约根斯，老年时说：一场战争打到把孩子成批地送上前线的时候，还有获胜的可能吗？当你听到一个孩子在谈他的杀人体会时，你能不感到恐怖吗？

1989年，老年约根斯出版了720页的纪实的《险恶时代的见证》。结尾处写道："建造柏林墙以后，西德的老百姓有一个共同的约定：东、西德之间的边界线消失之前，所有的家庭在圣诞节期间都要在窗前摆放点燃的蜡烛。在我的家里，这样的烛光连续点过28个圣诞节。"

我不由想到2010年圣诞前世界上的武器升级，人类呵，到底是要武器，还是要生命的美丽？

我的心里隐隐响起圣诞歌曲《平安夜》的旋律，平安与和平，如阳光是生命的维系，如大地是生命的根基。

《德意志的另一行泪》，我真觉得，一本适当的书，出在适当的时候。我想作者朱维毅是怎样的人呢？我在书中读到：1940年八路军五纵和新四军一部在苏北建立抗日根据地，他的父亲那年16岁，就投奔根据地。孤身进入敌占区策反数月，结果连人带枪拉出伪军一个连100多人带回根据地。又一次他的父亲被汉奸暗算，和策反对象谈话时被两汉奸堵在屋里。结果他没有死，汉奸死了。

纳粹德国是把孩子赶上战场，根据地的孩子是志愿投奔八路军。那个16岁就投奔根据地、又孤身进入敌占区策反的孩子，当时他绝不会想到，四十几年后，他的孩子去了德国留学，尔后开始了采访“二战”德国老兵的行程。

欧洲“二战”期间死亡近4000万人，同时德国死亡530多万，还有1100多万德国人成为战俘，1200多万德国人战后被迫放弃世代家产，161个城市和850个村镇遭到毁灭性轰炸……现在不少德国人，儿子不愿保存老兵父亲的战争文物，孙子不愿倾听老兵爷爷的战争经历。

可以想象、难以想象作者采访之艰难！

但是，作者想：“这个诞生过黑格尔、康德、马克思、尼采等伟大哲人的睿智民族为什么曾由衷拥戴纳粹的极权、专制和暴虐？这个滋养了歌德、贝多芬、巴赫等文艺巨匠的文明国家为什么曾一手制造出人类历史上最黑暗和恐怖的种族灭绝罪行？又是什么力量使这个国家在每次惨重挫败后都能再度崛起并依然跻身于世界顶级强国之列?”

“历史需要正确的感知。”“即使我们面对的是一段真实和完整的历史，读懂它也是一件很困难的事。”

作者终于走进了德国古稀老兵的世界。半个多世纪过去了，老兵“几乎都能随口说出入伍、负伤、被俘、回家的具体日期，详细到了月份、日子、上午还是下午、晴天还是雨天……”圣诞节前如果哪位一直和作者互致问候的老兵突然没寄来贺卡，那么，电话打到德国，作者便知道又一位老兵从这个世界淡出了，一代人从历史淡出了。

很多人是通过上一代人遗留的家书，了解父母墓碑上没有刻下的故事。一位德国妇女说:“两次大战给德国人带来了相近的命运。母亲和我都是在不到一岁的时候失去了父亲的。我的外祖父死于第一次世界大战，他死的时候和我父亲失踪时年龄相同，都是 30 岁。为了不让这样的悲剧重演，一个重要的前提是不要失去对那场可怕战争的记忆。”

作者的下一句话尤其动人心魄:“人们通常喜欢回忆前辈的辉煌胜利，而很少愿意逆时而上去追寻先人走向灭亡的痛苦历程。”

绿色、低碳、和平、发展，是当今世界的流行语。但是“为准备应付战争而持久投入的军费，是人类对地球资源造成的最大浪费”。

作者悲愤地引用德国哲人黑格尔的话:“人类唯一能从历史中吸取的教训就是，人类从来都不会从历史中吸取教训。”

如果可能的话，把这句话写在布条上系在地球上吧!

《德意志的另一行泪》的40万字和300张照片，其翔实其独特其震撼其深刻，一下打开了我对战争的间接记忆。马尼拉城郊的7万座大理石十字架，刻着“二战”时在太平洋战死的美军军人名字。台湾诗人罗门的名篇《麦利坚堡》，写这7万座大理石十字架：“沉默给马尼拉海湾看，苍白给游客的照相机看”，“凡是声音都会使这里的静默受击出血”，“麦利坚堡是浪花已塑成碑林的陆上太平洋，一幅悲天泣地的大浮雕”。

一位美国诗人说《麦利坚堡》“具有将太平洋凝结成一滴泪的那种力量”。

“二战”时广岛原子弹爆炸时中心的热线温度为3000摄氏度至4000摄氏度（铁的熔点是1500摄氏度左右）。更不用说放射线的摧毁性力量！1945年8月6日上午8时15分，广岛在瞬间化为焦土。

日本女作家山崎朋子，是电影《望乡》中栗原小卷演的女记者的原型。她原先在广岛读书。13岁那年，就在投原子弹的前些日子，她正好去乡下。之后，她的同学们都死了。“我总觉得对不起他们。我应该和他们一起去死的！”40年过去后，她和我讲这话，沉重得好像那一页就发生在昨天，翻不过去的昨天。

我去广岛和平纪念馆所在的和平公园，那天风雨交加，和平公园里依然是满地的和平鸽。它们不怕那凄风苦雨吗？这些和平鸽莫非是死者的魂？向所有前来的人执着地呼吁和平。

我1984年4月访问广岛，自那年的8月开始，25年间我年年如期收到广岛市长的信，反对战争，呼吁和平。我便常常想起和平公园里那些执着的鸽子，又觉得这一封封信好像是和平鸽衔来的。

还有一个我在加拿大听说的美丽故事。据说当年荷兰女皇带着身孕逃难到加拿大首都渥太华。荷兰的传统是生女才能继承皇位，但必须是生在本国的。加拿大就立刻指定女皇住下的那一块土地归荷兰，插上荷兰国旗。女皇在渥太华的“荷兰”生下一女。后来，荷兰女皇回国后每年春天为渥太华为加拿大运来大批郁金香。

洛杉矶迪士尼乐园里有一个小小世界，穿着世界各国服装的洋娃娃，捧着歌本来来回回唱同一首歌，听了我不由泪水哗哗：

这里是笑声的世界，这里是泪水的世界。

这里是希望的世界，这里是恐惧的世界。是时候了，我们知道有这么多的东西我们可以分享，毕竟这是一个小小的世界。

《德意志的另一行泪》，书中写到“二战”中一位德国母亲，带着老少 7 口，行程 1000 多公里，逃难。告别这个世界前，她把自己结婚时从娘家带来的 1635 年出版的《圣经》留给子女。在扉页上，母亲写上这样一句话：“上帝给了你一张脸，笑必须由你自己完成。”

我又想到广岛和平公园的慰灵碑，上边刻着：安息吧，不会重复过去的错误了。

但愿！但是这或许只是善良人们的心愿。

世人呵，上帝给了你一张脸，笑必须由你自己完成！

毕竟这是一个小小的世界。

这是一片何等神奇、神秘而神圣的土地啊！它既是马背民族的主要诞生地，也是游牧文化的重要输出地。

呼伦贝尔的文化品格

李存葆

人是自然的产物。一个民族的文化，也常是地理与环境的文化。这正如宽广时可响遏行云、绵长时如旋雪回风、婉转时可余音不绝的蒙古民歌长调一样，它只能生发于呼伦贝尔这样的大草原上。

20余年来，我在造访我中蒙、中俄边防部队时，曾三度穿越呼伦贝尔草原。我没有浪漫诗人的灵感，也不具备菩萨的慧眼，但在领略了呼伦贝尔四季之美景后，也不由一次次感叹上苍造物之诡谲万象。

一

没有百鸟之鸣唱、珍禽之争翔，就不是呼伦贝尔。

呼伦贝尔那星罗棋布的湖泊与湿地，是天鹅、灰鹤、银鸥、鸿雁、丹顶鹤、蓑羽鹤、白琵鹭等诸多候鸟，北徙南迁的重要驿站。仲春时节，我曾在晖河湿地和乌兰诺尔湖，观赏过万鸟云集的盛景。那一群群周身洁白的天鹅，舒展着翅羽，在幽蓝的湖上，时而高翔，时而低回，时而在碧波中一起一伏，像一艘艘游弋的小白船；那头顶着丹霞般耀眼红球的丹顶鹤们，则收敛起雪白的蓑毛，举着赤色的长喙，像饱学之士一样，在湖边踱着优雅的步子，而靛蓝的湖泊，仿佛是上苍为它们精心设计的镜匣；那颈项或白或黑，脑后翘着小辫样羽翎的蓑羽鹤，站立时只觉得它那流线型的身躯黑白分明，飞翔时却能望见它的躯体竟是红、黄、蓝、白、黑五彩纷呈……这些天地间美的精灵，它们的每一根骨骼，每一节肢体，每一条筋脉，每一片羽毛，无一不贯穿着宇宙间的丰沛活力，是呼伦贝尔肥美的水草与邈远的天空，给它们提供了自由生存的机会，也赋予了它们远行万里的定力、耐力及明察天候的神异。

没有繁花似锦，也不是呼伦贝尔。

北国杜鹃是呼伦贝尔的市花。暮春时节，在大兴安岭最长最深的神指峡里，那胭红、金红、橘红、猩红、绯红的杜鹃花，于这峡谷两岸的河边岩旁、壁缝石隙、林中树下，一齐绽蕾怒放。微风徐来，像陈酿一样散发出馥郁的香味，飘洒在空气中，曾令我深深陶醉。这样的场景，在呼伦贝尔的每座山岭的苍松白桦间，会随处可见。北国杜鹃，擎出的是一则则古老而馨香的故事。呼伦贝尔从春到秋，花事不断。翠雀、瞿麦、柳兰、紫菀、毛菊、芍药、山丹、刺玫、苞鸢尾、山丁子、金芙蓉、梅花草、野罂粟、天蓝苜蓿……争芳竞艳，应时开放。这些身着各款“时装”、千娇百媚的“小娘子”们，受了碧水清溪的润泽，受了晶亮甘露的涵濡，受了明丽阳光的温慰，她们即使不能放声曼歌，也要在轻柔的风中欣欣摇舞，也要把襟底怀中的清香，尽情吐露。她们仿佛要把马背民族那几百阕的情词哀曲，融汇于胸中。

没有百草之吐翡铺翠，还不是呼伦贝尔。

“海拉尔”在蒙语中意为“野韭菜”。海拉尔现为呼伦贝尔市府所在地。它辖区内的草原，凡最翠绿之地，必然生有茎肥叶厚的野韭菜。它们比肩争头，攒攒挤挤，密密连连。我对羊肉并无偏爱，但每次来北国草原，总感到这里的羊肉，吃来不膻不腻，其香郁郁，其味馥馥，一羊上桌百味淡，我常是尽情饕餮，大快朵颐。当地文友告诉我，这是因羊常食野韭所致。在这草原上，野韭虽为寻常之草，但它们却以爱美、爱色、爱香的群体烈情，成为百草中的主宰。每届盛夏，那雪白、月白、露白的野韭花结成的花海，成喷涌之势，铺展到无涯的天边。进得野韭丛中，你便会觉得，野韭以黛绿作为永远一致的符号，以银白作为永远统一的头饰，去集体展示生命原力的内动，以实现群体生命的彻底痛快。

没有冰雕玉砌的大洁白，仍不是呼伦贝尔。

严冬时节，那一场场大雪，是呼伦贝尔向世界发出的圣洁的敦请和邀约。我曾在大雪过后，目睹过这里森林与草原的雪景。但见山若玉雕，石似晶铸，粉塑千桦，银裹万松；它们与大草原一望无垠的雪野连在一起，共同构成了童话般的银色大天堂。雪的母性般的宁静与端庄，柔软与纯净，磊落与厚重，使我领悟到“精神澡雪”的意蕴。雪国的大洁白，以诗意般的沉默，赐予人们诗意般的思索。希冀、渴望、追恋、向往，是一切生命的本质。奇寒酷冷，并没有降落万物生命的帆篷，而是更加强劲了它们的筋骨。在我眼里，那舞雪举翠的獐子树，那挂银盔、披银甲的兴安松，则像蓄势待发的士兵，在静静等待生命冲锋的号声……

二

我从介绍呼伦贝尔的有关资料上得知，在距今两三万年前，呼伦湖畔即有古人类活动。呼伦贝尔的草原与森林里，至今仍有3000多种野生植物和400多种野生动物。我们完全可以说，呼伦贝尔几乎包容了大自然的所有色彩，也收藏了人类历史与生命进程的所有符号。

今天，走进呼伦贝尔的人们，多以审美的目光，来观赏这里的山川风物与民族风情。而2000多年前，拓跋鲜卑从密林深处的嘎仙洞迁徙到这大草原，则完全是为了求得民族的生存与壮大。

人类的先祖，在一个地方留下的物体或痕迹，常会成为今人解读这一方民族文化品格和精神气质的向导。从呼伦贝尔草原上发掘出的大批墓葬和文物可以印证，拓跋鲜卑大约是在公元前后，迁来这大草原的。在那近200年的时光里，拓跋鲜卑渐次完成了从狩猎民族到游牧民族的转换。

因鲜卑没有本民族的文字，在入主中原前，拓跋氏历史上所发生的重要事件，全靠代代严谨的口传心授。他们当时在呼伦贝尔草原上的生活境况，史少记载。但我们仍可调动丰富的想象力，去再现他们的部分生存场景。

逐水草而牧、大量繁殖的马、牛、羊，其肉其皮其毛其乳，可使鲜卑氏衣食有着。那饱食百草的壮牛和常啃野韭的肥羊，被宰杀、炙烤后，会让鲜卑人吃得两腮鼓鼓，口角生香；那鲜美的牛乳、羊奶和浓稠的奶酪，能让拓跋孩童胖嘟嘟的脸庞吹弹可破，也能使鲜卑汉子脸泛红光；那湖泊河流中捕捉不尽的活鱼跳虾，强化着一个民族的体魄与智慧；那与中原通商换得的美酒及自酿的马奶酒和野果酒，勃发着一个民族的剽悍与豪气；那大泽中天鹅与丹顶鹤的仙子般的倩影，岁岁会给他们带来美的惊喜；白云下百鸟的合鸣，是上苍送给他们的天外音响；草原上的百花，可让拓跋少女任意编织成戴在头上的花环；大雪后的大原野，则又是鲜卑少年强身习武的大教场……

从有“森林之舟”美誉的驯鹿的脊背，骗上蒙古马的雕花马鞍，是拓跋鲜卑走向历史大舞台的最关键的跨越。

在世界文明史上，人类对马的征服，是一次最高贵的征服。历史跨上马背，是人类文明的第一次大跨越，马也成了冷兵器时代速度的象征。

蒙古马是大自然的杰作。英雄史诗《江格尔》中曾这样深情地赞美它：“如同离弦的箭一样快，像火花似的闪耀，气势磅礴……把那公牛和大象吓得心惊胆战。人们一看那漫天的红尘，就知道是阿兰扎尔神驹来临。”蒙古马体格虽小，但头大颈短，体魄强健，胸宽鬃长，皮厚毛粗，耐寒，耐劳，耐热，站着便能入睡。它虽有着扬蹄能击碎狐狼脑壳的凶悍，但对主人却俯首帖耳，忠心耿耿。成吉思汗曾把战马训练得“千马为群，寂无嘶鸣，下马不用系控，亦不走逸”。呼伦贝尔经过改良的蒙古马——三河马，至今仍是中国唯一可与欧美马争雄的国产马。20 世纪 30 年代，三河马曾在上海国际赛马大会上，以最快的速度，力挫群雄，拔得头筹。

追求新颖、渴望舒适、期盼富有，是人类通有的情愫。拓跋鲜卑经过 7 代人的养精蓄锐，势力已空前壮大。当首领们觉察到自己那夏闷冬寒的流动毡房，怎么也比不上中原雕梁画栋的殿堂和向阳敞亮的茅舍时；当他们看到自己那用灰褐色粗糙的兽皮制成的衣物，怎么也比不上中原绸缎的光鲜亮丽时；当他们觉得自己那用桦皮制作和泥土烧制的器皿，怎么也比不上汉人的金杯银盏和木制漆器精美讲究时；当他们感到毡房外夜间的狐鸣狼嗥，更不能与中原之华堂里、戏台上的丝竹笙歌同日而语时……焉能不怦然心动、见异思迁、图谋中原！

于是，拓跋鲜卑人一路西迁南下，历经九难八阻，历时 100 余载，先吉林，而赤峰，而乌兰察布，而包头……当拓跋首领子微定都盛乐（今呼和浩特市和林格尔县）时，其所部已“控弦骑士达 20 余万”，初步具备了与北方其他游牧部落争雄的能力。

于是，拓跋鲜卑人以呼伦贝尔大草原赋予的大视野，带着大兴安岭森林的充沛元气，带着呼伦湖候鸟迁徙时的颖异，带着碧草百花一样的灵性，也带着草原狐的狡黠、大漠狼的凶狠，跨上纵鬃扬尾的蒙古马，去不断进行力的征服、美的创造！

三

呼伦贝尔，是一片何等神奇、神秘而神圣的土地啊！它既是马背民族的主要诞生地，也是游牧文化的重要输出地。

这里曾走出契丹族。契丹建立的大辽国，其疆域面积是北宋的一倍。它与北魏王朝一样，胡风汉制，在中国的经济史、文化史上，也留下了一道道瑰丽的风景。

这里曾走出女真族。女真人曾龙腾虎踔，掌控过大半个中国。在无情冲击腐朽南宋王朝的同时，女真人也十分注重用汉文化的儒雅，去填补本民族剽悍心灵的露缝。当时的金朝，上至帝妃，下至百官，以赋诗填词为尚。海陵王曾吟出“大柄若在手，清风满天下”，“提兵百万西湖侧，立马吴山第一峰”的豪迈诗句。金章宗和李妃于琼华岛并坐赏月时，竟也玩起汉人联对、组字的游戏，章宗口占“二人土上坐”，李妃即刻对以“孤月日边明”。章宗用两个“人”于“土”上组成“坐”字；李妃以“月”比己，以“日”喻帝，用日、月结成“明”字……

这里诞生了有着谜一样色彩的英雄的蒙古族。呼伦湖周边的敖包山、马蹄坑、脚印湖、拴马柱、石马群、苍狼白鹿岛之自然景观，无不与一个如雷贯耳的名字——成吉思汗，连接在一起。一代天骄成吉思汗，正是以呼伦贝尔为大后方，率领着他的蒙古大军，挥动着“上帝之鞭”，像一道道闪电，似一阵阵狂飙，掠过贝加尔湖，掠过叶尼塞河，直达里海；他的马队，长啸于天山脚下，帕米尔高原；他的马队，丈量过外兴安岭的山山水水，也丈量过云南边陲的岭岭峰峰，并与南海一起高歌……当时的元朝，是世界上疆域最大的国家。这梦幻般的谜题，曾令整个世界骇异、费解和太息。蒙古族在打开亚欧文化通道的同时，也创造了本民族的灿烂文化。长达10万行的蒙古英雄史诗《江格尔》、卷帙浩繁的《蒙古秘史》，早已被世界众多国家翻译出版。研讨这两部巨制，已成为当今世界的国际性学科……

蒙古族为中华民族定都北京举行了奠基礼。今北京北海的团城内，有一元初用整块大玉石雕成的“渎山大玉海”，至今它仍睁着巨大的玉一样眼睛，用公正、诚实的目光，见证着一座伟大城市是怎样在荒野里诞生，于泥淖里分娩……

满族的前身是从这里走出的女真人。满族创建的大清国也曾创造出和盛唐“贞观之治”一样民富国强的“康乾盛世”。清朝鼎盛时的国土面积为1380余万平方公里，是当时世界上国土面积最大的国家……

20世纪30年代至80年代，在内蒙古赤峰、辽河流域，不断发现的“红山文化”，震惊了中外。蛇形原龙、鹿形原龙、马形原龙、猪形玉龙的出土，宗教礼仪性的大规模的建筑群“积石冢、神女庙、石祭坛”的显现，一再确证，北国的游牧民族和中原的华夏民族，同出一脉，同为炎黄子孙，同是龙的传人。

文化同世间的万物万有一样，也会有着诞生、发展、衰退乃至消逝的过程。古埃及、古希腊、古巴比伦、古印度等原生态的“母文化”，同中华传统文化一样古老，一样著名，后均因外族的占领和外族文化的侵蚀，渐次消亡了。中华文明何以历5000年而不衰，在呼伦贝尔这片古老的游牧文化的输出地，在当今这片仍有着43个民族居住的圣土上，我们似乎能找到某些答案。

中国传统文化崇尚天人合一，讲究仁爱和平，追求综合包容，是其优势；但也打有安土重居、封闭自守的农耕文明的烙印。正是因为汉文化有着巨大的向心力和凝聚力，才使得历史上的马背民族和其他少数民族心向往之。然而，正如近亲婚姻“其生不蕃”一样，单一的文化是不会有强大发展动力的。一种文化必须有多种异质文化的不断刺激、掺和与交糅，才能在互补中焕发出勃勃生机。历史上，马背民族对汉民族的一次次冲击，只会像磨剑石一样，磨去的仅是中华传统文化的惰性，而其剑体愈发显得光华四射。

正是 56 个民族文化差异的相互砥砺，才共同书写了中华民族精神的图谱！

我们隔着一些恍惚的岁月爱他们，同样可以看到他们清晰的眸子里映着昆仑山的月亮。

用生命筑起的高地

王宗仁

路，都在雪里。

我又在昆仑山下这片莽原上踏雪而行。能搬动石子的风雪却扫不尽雪地上众多的踪迹，狼的，红狐的，野羊的，当然也有人的脚印。踪迹的凌乱，可以想象到许多思绪的挣扎。

平心而论，我是很不忍心写下这个“踏”字，怎么能在这里踏雪？你不知道我知道，此刻就在我的脚下有多少军人的生命铺成柔软的土地！但是，我的心思实在太沉闷，仿佛只有这个“踏”字才足以表达。其实我搁在雪地上的双脚一直是轻抬慢放。

这块一望无际的荒原就是阿尔顿曲克草原，柴达木八百里瀚海的一隅。自打它走进我的心里，我从来就不认为它荒芜。800 多名官兵的遗体在地下颤抖，虽死犹生的血骨怎能不使这块土地变得富饶！

一

20世纪50年代末，一个烈日暴晒刮着干燥沙尘的夏日午后，我和一位战友在格尔木散步。街上行人很少，偶尔有一峰骆驼不知从哪里走来停在路边，慢慢吞吞地咀嚼着食物。风沙也像疲惫了似的懒洋洋地从驼背上吹过。给人的感觉这个白天世界的一半还在沉睡着。我们无话不谈地走着走着，不觉就走出了城市步入广袤的荒原上。

快走进察尔汗盐湖时，我猛然间发现眼前凸现着一堆新土，斜躺在上面的一个花圈告诉我们这是一座墓堆。花圈上有数的几朵白花在干风里抖抖索索，几分悲凉，几分怅然。没有可以说明墓主人姓名和身份的任何标示。我无心散步了，便静立在墓堆前。旷野是死去的寂静。

这儿埋葬的是谁？

从骆驼刺厚叶上时而蒸腾出来的火气，使墓地的空气黏稠。我抬头四处张望着，这才发现在百米外的塄坎上站着一个战士，他正默默地打量着我们。看得出来他对我们的行迹有些怀疑，直到我随手采来一束红柳放在墓前，他才离我们而去。我喊住了他，问：这儿埋的是什么人，怎么死去的？答：战友，肺水肿。

我拖着沉闷的脚步回到军营。好些日子，我的心情一直无法平静下来，眼前总是浮动着荒野上那座孤零零的坟包，心里涌动着一种难以言说的酸楚。格尔木是个刚刚诞生的新城，执勤的部队和驻地的群众相加也就两三千人，为什么城市和墓地几乎同时诞生？

察尔汗盐湖上的这座孤坟的墓主，应该说是青藏公路通车后我看到的第一个献出生命的战士。所以在好长时间乃至今天，我总觉得他是昆仑山的第一代先人啊！他是永远的鲜活，独自地睡眠，生长，飞翔。

现在回想起来，似乎只是过了几天，也许一场雪落地还没有化完，当我再次来到那片荒滩时，就有了第二座、第三座坟墓。几年不见，墓包就是一片；又是几年不见，成了一大片……现在那里已经是 800 多名官兵永久的归宿地了！

后来，人们便把这片墓地称作格尔木烈士陵园了！

二

只要上高原，这个陵园我是必去的。

我不止带走一个故事的声音，也不止留下一种思念。昆仑月亮夜夜都是那么清亮，它要是一丸安眠药多好。那些军人们只是吞下了它入睡了。我多么盼望着长眠的任何一位战友，在药劲散了以后我能够喜出望外地看到他们突然站起来，和我握握手，哪怕抚摸一下我的衣角也好！可是没有。长久的离别和相聚后都是怅然，依旧的怅然。墓地里在寒风中摇摆的小草，带给我的是空空如也揪心地呼唤。

从昆仑山的格尔木河走到这里，往多说也就是二十来里地，但是那是我们天长地久的脚步都要走的路程。前面的几代战友已经走了，我们这些还活着的人以及此后出生的几代人还要走下去。可以预言，我们会走得很艰辛，但绝不孤独。

这也是陵园吗，什么样的陵园呢？号称八百里的地面上，零零散散的墓地只占去它的一角。南接昆仑山，北邻祁连山，这肯定是世界上海拔最高也是面积最大的陵园了。没有围墙，远处的昆仑雪峰就是它的围墙；也少有墓碑，一岁一枯荣随风摆动的红柳就是墓碑；没有人管理墓地，只有昆仑山放出来的野风日夜不息地吼叫着。

长眠在此的军人，有的是先我一步从朝鲜战场辗转而来的第一代老高原，有的是在我之后入伍来到青藏军营执勤的汽车兵、工程兵和通信兵，还有的是和我同坐一列闷罐车落脚于青藏公路沿线军营的同车战友。他们或倒在叛匪的枪口下，或死于横飞而来的车祸，或被可恶的高原不适应症夺命，等等。他们的生命之根已经深深扎在高原冻土的岁月肉体中，让活着的我们记取一生，也疼痛一生。

这些许多我并不认识的高原战友，还有一些我们驾着车一同行进在同一个车队中的战友，其实我们都熟悉各自的身影、面容。因为大家曾经共同品尝过泥泞路上行车的艰辛与企盼，也一起分担过大雪封山带来的焦虑与绝望。苦也好，愁也罢，都走过来了，就成了财富。让我最忧心思虑的是他们当中有些人没有走出高原，就在雪山或戈壁滩永远地闭上了眼睛。吃雪咽水好多年，直到死了身上还盖着厚厚的雪被！高原风雪呀，咋就把我们这些军人折磨得如此残酷！

今天的太阳好红，我还活着，这当然很荣幸。在我的心目中，眼前的这一堆堆坟茔都是一座座山。一座山，对世界屋脊来说是那么微不足道，而对于我乃至活着的人，却是何等重要！如果我轻而易举地把这些坟茔抛弃了去找自个儿享受的乐园，良心会受到深深的谴责！

三

入土为安。安在何处？藏北一片沼泽地的土岗上，凸现着几堆荒草覆盖的坟包，乍看还以为是丛丛水草绣成的礁岸。里面埋的什么人，已经很少有人知道了。只是传说在和平解放西藏那年，为了巧取羌塘草原一个喇嘛庙，一个班的解放军战士献出了年轻的生命。军民合力在这个水泽上垫起了小岛，把战士掩埋。藏民说，用水做坟的围城恶人靠近不得。另有说法：水能使战士们的遗体较长时间保存。

拉萨河谷羊八井兵站的后山上，掩埋着一位藏族战士。他死于 1959 年 3 月平息西藏叛乱的一次战斗中，18 岁。据说向他扣动杈子枪扳机的正是他的阿爸，父子走上了两条路，泾渭分明，互不相融。他死在开春的三月，却与莺飞草长无关。冷冰的现实为他送葬。

楚玛尔河畔，零零散散的坟堆在凄风冷雪中一年一年地变秃变小。当年修筑青藏公路的战士和民工与暴风雪在此地有过一场生死鏖战，一队骆驼和它们的主人最终倒下。如今荒野上还能找到骆驼的白骨，可是赶驼人的故事却没有几人知道。我曾经多次投宿楚玛尔河兵站，写过一首诗这样感叹：“在可可西里的夜晚，听不到楚玛尔河的涛声，我就整夜无眠！”

……

索性不去说这些了。只要我们把每个亡友放在心中最暖和的那间心房，让他们在天堂不再挨冻不再心惧，这样我们隔着一些恍惚的岁月爱他们，同样可以看到他们清晰的眸子里映着昆仑山的月亮。这样就好！

天上，白色的鸟，甚至雨中也在飞翔。

这是你的长篇小说中的一句话，它久久地感动着我……

白色的鸟蓝色的湖

张海迪

2010年12月31日凌晨，史铁生走了，直到今天我都不愿相信。几十年，他顽强地用生命写作，始终坚守着自己的文学品格和清雅风骨。他是作家中的英雄，总是让我们那么感动。现在他累了，要去休息了，我看见他向远处走了，没坐轮椅，他回头笑笑，挥挥手，依然那么淡定从容……

最早知道你的名字是因为读了你的小说。那时我并不知道你也坐在轮椅上，后来还是听于蓝阿姨说你的腿有病，于蓝阿姨希望我写一部电影，她说你就在写电影，她说你很有才气，是陕西回来的知青。我没问你是什么病，我不愿问起别人的病。我只以为你受了风寒，就像我们下乡那个地方的人，风湿性关节炎是常见病。我曾经用针灸给很多老乡治好了关节炎。所以我想你也许很快就会好起来。后来，我又陆续读到了你的一些作品，还有一些思想片断。也正是在这期间，我知道了你的病情——你也是因为脊髓病而截瘫的。我只觉得心重重地往下一沉，我说不出那种感觉，但我懂得你承受着多么巨大的痛苦。

好多年，我一直没有见过你，一次去北京开会，会议名单上有你的名字，而你没到会。但我有一种预感，总有一天我会见到你。几年后，在中国作协第五次全国代表大会上，我见到了你。此前我甚至不知道你的模样。那天，我在餐厅一边吃饭，一边和朋友们闲聊，忽然听见身后有人叫我的名字，声音轻轻地，但很浑厚。回过头，我看见了你，我一眼就知道那是你了——因为轮椅。我们握手互相问候。T.S，知道吗？你比我想象的要高大健康。你的笑容温和而朴实，一副可信赖的兄长的样子。那一会儿我不知道跟你说了些什么，因为一些印象急速地闪过我的脑际，我说不清那些印象来自何处，但它们仿佛又是我熟悉的：陕北的黄土高坡，九曲十八弯的黄河，头扎羊肚毛巾的放羊老汉，灰头土脸憨笑的娃娃们，还有窑洞，窗花，石磨……然后我看见你躺在担架上，被人们七手八脚抬下火车，又匆匆地送往医院……

T.S，我不知道你第一次面对神经外科医生的心情。我经历过很多次神经外科检查，从小就习惯了身边围满医生，看他们翻弄病历夹，听他们低声讨论我的病情。我没有恐慌惧怕。我一开始就没有害怕，因为我那时还不懂得脊髓病对我意味着什么。医生用红色的小橡皮锤轻轻敲我的胳膊敲我的腿，把棉棒头扯得毛茸茸的，用它仔细地在我的胸前划来划去，然后再用大头针试探着扎来扎去，医生不停地问，这儿知道吗？这儿呢？我总是不耐烦，却又不得不回答：不知道，不知道……我的身体从系第二颗纽扣的地方就没有知觉了，永远也没有了，留下的只有想象。有时我猜，想象或许比真实更美丽，假如真是这样，我宁愿在想象中生活。

T.S，你患病时19岁了，我想那比我童年时患病要痛苦得多。19岁已有丰富的思想，面对的现实更加残酷，学会适应残疾后的生活是漫长而痛苦的过程。而我患病时还不懂得痛苦，更不懂得什么是残疾。只以为如同患了百日咳、猩红热。我们很多人小时候都得过这样的病，住进医院打针吃药，出院时又是活蹦乱跳的了。直到几年后，在一个寒冷的冬天，我妈妈背我走出了北京中苏友谊医院的大门，那一次我偷偷地哭了，我知道我的病再也治不好了。一路上我不停地用冻红的手背擦着泪水，我不敢抽泣，我怕妈妈听见我哭，我知道她比我更难过……一片灰蒙蒙的天空，那是我21岁的天空，我做了最后一次脊椎手术，在病房里平躺了一个月之后，人们用担架抬着我出了医院的大门，空中飘飞着凌乱的雪花，眼前一片灰暗的迷茫，我觉得自己正向深深的海沟沉落……那个冬天，我怎么也没有想到整整20年后，我会与这么多作家一起开会。我只记得那是我度过的最艰难的一个冬天，我心灰意冷地躺了很久，终于有一天能够坐起来，忍着手术后的创痛，重新开始料理自己的生活，开始学习德语，日子枯燥又单调，心灵却渐渐像蓝色的湖一般宁静了。

印象仿佛一片片落叶在我的眼前飘飘闪闪，重重叠叠……

那天大会选举作协全委会，人们在清点人数，我坐在会场的过道上，我的轮椅显得很孤独。我不由把两只手绞在一起，我常常把手紧紧绞在一起，有时指甲会在手心嵌出印记。T.S，其实我很怕出现在大庭广众面前，长期以来，我一直很难消除内心一种说不清的怯懦。小时候有一度我很怕见人，一到人多的地方我就会紧张，脸色就变得苍白。尽管我渴望和人们在一起，而一旦走进人群，我又是那样脆弱，有时我甚至怀疑那个脆弱的人是不是叫海迪。记得我第一次参加共青团的代表大会，会议主持人宣布：全体起立，奏国歌。随着一阵椅子的轰响，成百上千的人站起来。那一刻我有些不知所措，整个会场里只有我依然坐着。我能觉出我在微微发抖，我镇定自己，勇敢点儿，我对自己说。我让冥想中的自己站立起来，跟人们一起高唱：起来，不愿做奴隶的人们……过去一些苏联电影里，常有人们站着唱歌的情景。我那时很向往长大后与布尔什维克站在一起庄严肃穆地唱歌……

过道里不时有一阵凉风，那是12月的天气，外面已经天寒地冻。虽然会场里是温暖的，可我还是有点发抖。我害怕冬天，我常常会冷得发抖，我的腿因为血流不畅有时像冰冷的石柱。我的目光掠过会场，无意间我看见了你。你也坐在过道上，你坐得伟岸挺拔，你的表情沉稳平静。我觉得紧缩的心猛然放松了，几乎凝固的血液又开始流动。看着你，我不由问自己：你究竟惧怕什么呢？

物质世界的一切客观存在，不会成为残疾者难以逾越的终极障碍，而精神世界的存在中，却处处有无形的障碍。每当我以开放的心境面对世界，企图哪怕一时疏忽，忘却残疾，也常常不能如愿。障碍有时成为真正的屏障，成为一张无处不在的网。只有精神的解放，才能挣脱这张网，获得自由。

T.S，那次见到你之后，我读了你的长篇小说，我的心被它撼动了。近年来，我已很少能被一本书感动。我有时甚至怀疑，是我对文学冷漠了吗？我常常毫无热情与渴望地翻着一些平淡的书，有时就放下，重新拿起翻过多少遍的充满真情的旧书，与那些早已熟悉的人物会面，他们仿佛是我永不厌倦的朋友，每次见面都会给我新的感受。我们的心其实是渴望被感动的。

我被你书中的人物C感动了，这并不是因为C的残疾，而是C为争取自己的生存和爱所作的努力，还有你的笔敢于直面残疾与性的勇气。真的，很多关于C的章节都让我感到惊悸和战栗。性爱，这一人类最基本的权利，对于很多残疾人，却如同荒漠戈壁。他们爱的情感和性的欲望，从来都被传统和偏见排斥在社会的意识之外。你以卓绝的勇气向这不能言说的困惑发起冲击，使C成为揭示人类内心深层奥秘的探索者。有一段时间我不敢读茨威格的作品，他的作品总是撕扯人们的灵魂，其实，你也是。因此，你的很多作品我也不敢再读第二遍，纯粹的凄美让我心中一片怅然，总想去一片寂静的山野，独自哭泣。

写作是残疾作家的翅膀，我们在飞，时间也在飞。

不久前，我又一次见到了你。你看起来有点儿虚弱，穿着厚厚的毛衣，你依旧露出诚挚纯朴的笑容，我能深彻地感受到你的坚毅。我靠在会议桌边，听你说的一切。你告诉我你的双肾功能都不好，几天就要做一次透析。你卷起毛衣的袖子，让我看你扎满粗大针眼儿的胳膊，几根血管因为反复使用已经被扎坏了，错乱地盘虬着，有的地方还凸起青色的硬结。我难过极了，T.S，你一定很疼，你……哦，我们能帮你做些什么呢？我问你是否有换肾的可能，我说我们那座城市有医院做这种手术效果很好。可你轻轻摇摇头，你说你换肾已经很难了……我感动，就在这样的病痛中你依然顽强执着地写作。在你面前，我忍不住诅咒造物主。而你述说这一切时却是那样平静，仿佛病痛已是很久远的事。

你忽然说到安乐死。你说安乐死有必要。

哦，T.S，我不知道那会儿你是否看见了我眼里的泪水。你知道这也是我无数次想过的事。经历了几十年病痛的炼狱，我常常设想逃离它，我设想过很多种我走后又不让亲人和朋友伤心难过的方法，我甚至将某些细节都设想好了。我觉得最好是得一种病，比如肺感染，高烧不止，所有的抗生素都无效了。要不就患心脏病，突然离去……

你还说，你告诉你的爱人，如果你得了脑血栓千万别抢救了。我说我也多少次对我的爱人这样说过。T.S，我觉得对我来说，活着需要有比面对死亡更大的勇气。我早已不惧怕死亡，或许我从来就没惧怕过。死亡给我童年留下的是一个快乐的记忆：那一天幼儿园开饭了，我们吃年糕，阿姨说年糕很黏，吃年糕不能说话，更不能笑，不然就会生病。我问阿姨生病会死吗？会的，阿姨说。我们于是就很安静很严肃地吃年糕。笑一笑真会死吗？我偷偷地笑了一下，我发现我没有死，我快乐地笑起来，我还是没有死！我把自己的发现告诉给同桌的孩子们，他们笑了，后来全班的孩子都笑了，有的男孩子还故意哈哈大笑，我们都为自己没死而欢呼。后来我常想，假如我那时死了就好了，快乐地笑着……

死亡只是一种生命终结的状态。在我眼里死亡是一片绿色地带，也是生命新生的地带，那里下雨，纯净的雨滴滋润着青青芳草……当我再也无法抵抗病魔，我会从容地踏上曾给我美好生命的小路。生命消亡是万古的规律，有生就有死，有死才有生，只是我不愿看见人们在纷纷的春雨中走向墓地……

人不能两次踏进同一条河流，古希腊哲学家这样说。这就意味着，人的生命历程始终伴随着世界的永恒变动，承受着形形色色的 forces 和 elements 的挤压。人，这唯一的命题表明，无论健全还是残疾，都经历着时间河流同样的冲刷。在生命赖以生存的世界中，充满着丰富和剧烈的运动。人一旦踏进了这一条河流，也许就要准备以生命的全部力量挑战它的运动，而残疾的生命（古希腊的哲学家们也许是过于自信和疏忽了），在他们的生存中，甚至比健全的生命还要有更大的渴望。

T.S，那天我们还谈到了美国。你说你去了美国。我说去美国路真远，我不知道怎样度过十几个飞行小时，所以我直到现在也没有去。你教我去美国时在哪座城市转机休息，还有在飞机上怎样休息。你说海迪你一定去美国看看，你应该快点儿去。我说我会去的。这世界吸引我的地方很多，不过，T.S，你知道，我最想去的地方不是美国而是古巴。很多年前我就向往古巴。小时候我在一支歌里知道那儿有美丽的哈瓦那，还有一位大胡子领袖卡斯特罗。在武汉我的叔叔还背我上街参加过声援古巴的游行呢。一次我往稀饭里放糖，我妈妈说我吃的是古巴糖。我问古巴在哪儿？古巴远吗？我妈妈说很远，你想象不出有多远。我那时向往很远的地方，因为古巴糖。

好多年过去了，我不再向往古巴糖，但我依然向往古巴。那是因为我读了《老人与海》。我读的是一本被人翻得皱巴巴的英文小说，当时在小小的县城里那本英文小说对我来说是多么珍贵啊。我试着翻译它，用我仅有的一本英汉小词典。在阅读、翻译中，我被迷住了，笔记本上密密麻麻记满了翻译的段落，我喜欢那些海上搏斗的描写，更为老桑地亚哥不屈不挠的精神而感动：过去，他曾证明过一千次，但都落空了；现在，他又要去证明了。每一次都有一个新的开端……我甚至在睡梦里都看见那片海上有一面千疮百孔的帆，它看上去就像一面标志着被打败的旗帜。其实人生可能很少有胜利的归航。起航时他也许正值青春年华，意气风发，在人们渴望和艳羡交织的目光中怀着豪情和梦幻，去探寻理想的王国。沧海茫茫，迎接他的是永无止息的挑战，直至海风吹皱了他青春的面容，浪涛扑灭了他青春的火焰，冰霜染白了他的两鬓，他形容枯槁，嗓音苍老而沙哑，目光浑浊而凝滞，只有他那颗饱经磨砺的心还在不屈地跳动……在平庸的人看来，他也许一无所获，可一个真正的勇士，却以此为自豪——晴空碧海之上那一叶褴褛的帆，那是真正圣洁的美丽，因为它是经历过生死劫难的象征，虽然已经破烂不堪，千补百衲……

T.S，我想我很快就会去美国，总有一天我也会去古巴的。

天上，白色的鸟，甚至雨中也在飞翔。

这是你的长篇小说中的一句话，它久久地感动着我……

那一路嘀嗒嘀嗒的马蹄声，都刻在了我生命的历程中，我记忆深处的底片上，就像风走过必定会在树上留下风痕，雨打过必定会在地上留下雨迹。

远去的马蹄声

贺捷生

1935年10月的湘西，霜风扑面，万山红遍。接到北上命令的红二六军团且战且退，正在苦苦寻找一道缝隙，准备杀出重围，去追赶遵义会议之后大踏步前进的红一方面军。

偏偏在这时，经过十月怀胎的我却赖在母亲蹇先任的肚子里，迟迟不见动静。挺着个大肚子，被父亲贺龙安排在故乡桑植县南岔村冯家湾待产的母亲心急火燎，每天早晨醒来都拍着圆滚滚的肚子，对我说：儿啊，你怎么还不出来啊？你爸爸就要带着大部队远远地走了，如果不跟着走，到时我们娘俩可怎么办啊！

好像是听见了母亲说这些话，11月1日，母亲去上厕所，我懵懵懂懂地从她的身体里爬出来，似乎要看看她到底急成了什么样子。血泊中的母亲忘记了疼痛，脱下一件衣服把我裹了起来，让人火速给正在前线阻击敌军的父亲报信。

父亲大喜，命令部队乘势出击。这一出击不要紧，红军势如破竹，摧枯拉朽，连续取得了龙家寨、十万坪和忠堡战役三场大捷，斩杀了敌师长谢彬，俘虏了敌师长张忠汉。

到这时，父亲才长出一口气，抽出大烟斗装上一袋烟，坐在指挥部里美美地吸起来。然后，他对围绕在自己身边的任弼时、关向应、萧克和贺炳炎等战友和爱将说：我当父亲了，你们说给这个丫头片子起个什么名字啊？那时副军团长萧克刚娶了我的二姨蹇先佛，和父亲在搭档的基础上又成了连襟，他说恭喜，恭喜，军团长带领我们打了胜仗，又喜得千金，我看孩子的名字就叫“捷生”，在捷报中出生的意思。父亲一锤定音：“要得，孩子就叫捷生，这名字响亮！”

18 天后，我坐在由一匹小骡马驮着的摇篮里，成了红二六军团从桑植刘家坪开始长征的一员。队伍上路时，嚓嚓嚓嚓的脚步声和嘀嗒嘀嗒的马蹄声，让我乖得不敢发出哭声。我不知道为什么要躺在这样一个摇篮里，不知道队伍朝哪里走，也不知道驮着我的那匹黑色小骡马，是父亲在万般无奈中动用他的柔情，特供母亲和我使用的。

我不敢不乖啊！父亲原本是不准备带我走的，他连寄养我的人家都找好了。是他的一个亲戚，说好部队在离开前把我送过去。但当父亲和母亲轮番抱着我赶到这个亲戚家时，一家人已吓得不知去向。还在月子里的母亲虚弱得像片随时可能飘落的树叶，在这时像母狼般的紧紧地抱住了我。父亲也不是铁石心肠，咬咬牙说，那就把捷生带上吧，路途艰险，是死是活看她的命了。

我就这样跟父亲和母亲走了，跟着那串时而敲打在岩石上、时而踩踏在冰雪中的马蹄声走了。从此山高水长，风餐露宿，嘀嗒嘀嗒的马蹄声始终陪伴着我，就如同母亲始终对我不离不弃。

母亲当时还在产期，我也没有足月，我们母女俩最早被安排跟随军团卫生部行军。卫生部长贺彪又把我们编入伤病员队，还给母亲和我准备了一副担架。伤病员行动缓慢，走到澧水河边，敌机飞来了，像拉屎一般扔下无数颗炸弹。河面上水柱冲天，乘坐了伤病员的小船在波涛中打转，许多人落进了水里。小骡马吓得蹿了起来，前蹄腾空，差一点把我乘坐的摇篮掀翻了。贺彪叔叔扔下部队，把我从摇篮里抱出来，塞在母亲手上，自己撑一只船把我们送向对岸。

那次整整走了两天一夜。到了宿营地，母亲什么都不顾，只顾把我从摇篮里抱出来，手脚并用地给我喂奶、换尿布。经过那么长时间的颠簸和惊吓，我不仅饿了，而且变得臭不可闻。你想啊，两天一夜马不停蹄地奔走，在层层叠叠裹着我的襁褓里，积攒了多少屎尿！

还未走出湖南，母亲说什么也要回军团总部。卫生部拖着那么多的伤病员，还有那么多丢不下的设备，她不好意思让人照顾。

父亲虽然日理万机，但见到我们回到他身边，心里很高兴。他知道母亲太不容易了，除了每天要背着行装自己赶路，还得一把屎一把尿地照料我。晚上宿营时大家睡下了，又得把我弄脏的衣服和第二天换用的尿布洗出来。那时快到冬天了，洗好的衣服和尿布干不了，必须找炉火一件件烘干。做完这些事再躺下时，已是凌晨时分，队伍又差不多要上路了。让我们跟着军团总部走，他总能搭把手。

毕竟还在月子里，母亲也有走不动的时候，就抱着我骑在小骡马上走。父亲看见了，大惊失色，说这怎么行啊！倘若骡马受惊，一摔就是两个，还是我替你抱吧。说着把马并过来，俯下魁梧的身躯，从母亲手里接过我的襁褓，然后在马屁股上狠狠地抽了一鞭。

父亲那匹马高大，健壮，背脊宽阔，跑起来像一片飞翔的陆地。在驰骋中敲响的蹄音，像奔雷，像风暴，像大浪拍打着礁石。

此后几天，父亲每天都带着我在山道上奔驰。他勒紧腰间的皮带，拉开领口，把我小心地放进他宽大的胸怀里，如同一只大袋鼠装一只小袋鼠。偎依他那温暖的胸膛，我一声不吭，仿佛回到了母亲的肚子里，仿佛那一路上嘀嗒嘀嗒的马蹄声，仍是母亲的心跳。

没几天，发生了那个流传甚广的故事：他把我弄丢了。

那是过一个山垭口，前后突然发现了敌人。父亲意识到有落入包围的危险，打马狂奔，迅速调动被挤压在山垭里的部队抢占两边的山冈。但他想不到，就在这时，我就像个飞起来的包裹，从他的怀里被颠了出来，重重地落进路边的草丛里。接下来杀声四起，红军从山垭口夺路而行，谁也没想到军团长的孩子掉进了草丛里。

我猜想，我落进草丛后的反应纯属条件反射，当那串熟悉的马蹄声消失之后，摔晕在草丛里的我蓦然醒来，感到周围冷冰冰的，不由地哭了起来。但我那天的哭声，是那么微弱，那么有气无力。

山垭遭遇战后，父亲带领部队一口气奔袭了几十里。喘口气的时候，他习惯性地伸出手去拔腰间的旱烟袋，就像触电一般，猝然发现身上少了什么。一声“糟糕”还未出口，身上的汗珠滚滚流淌。当即他烟不抽，脚不歇，带上两个警卫员，快马加鞭，火速返回去寻找。

路过一片树林时，几个坐在树下歇息的伤病员看见军团长驰马过来，急忙站起来向他敬礼，父亲的马像风一样从他们的面前刮过去。因为这时候他的心里只有孩子，只有他认定丢失我的那个山垭。

跑着，跑着，父亲下意识地勒住了缰绳，掉过马头回来问那几个伤病员：“你们看见我的孩子了吗？”

伤病员们举起捡到的襁褓说：“军团长，是这个吗？”

原来，落在大部队后面的这几个伤病员，在走过刚打过仗的那个山垭口时，奇怪地听见了孩子的哭声。他们在草丛中找到我后，见我裹着红军的衣服，认定我是红军的后代，于是抱上我继续赶路。

“是她！是她！”父亲从马上滚下来，如同抢夺一般把襁褓接过去，掀开一看，我哼哼唧唧的，饿得正吮着自己的手指呢。

父亲的眼睛红了，两滴浑浊的泪水夺眶而出。

76 年过去，我至今对父亲和母亲仍深怀歉意。因为我生得那么不是时候，以致成了他们割舍不下的包袱。二万五千里长征，他们在纷至沓来的战事、饥饿、寒冷和死亡中，既要保住自己的生命，带领和跟随部队前进，又要保住我的生命，多么危险多么苦，都没有把我扔掉，或随便送个什么人家。而与我同时期生养的孩子，有的死在路上，有的送给过路的老百姓，以后再也没有找回来。

说起来，最难的还是我母亲，她可不是粗手大脚的乡下女人，而是长沙名校兑泽中学毕业的进步学生，长得细皮嫩肉。但她选择了革命，选择了我父亲，也便选择了此后遍布荆棘的苦难人生。背着刚剪断脐带的我长征，她遭受的折磨和艰辛，起码是其他人的两三倍。她可是一个女人，一个在月子里以虚弱的身子长征的产妇啊！

刚出发时，我还能坐在马背上的摇篮里，让母亲拄一根竹竿走自己的路。但到了云南境内，山高路险，树杈横生，她怕挂伤我娇嫩的皮肤，便用一个布袋子兜着我，挂在胸前。走那样的路，连骡马都会失足跌进深渊，她一个女同志胸前挂个四肢乱蹬的婴儿，需要付出多大的体力和毅力！

一次，我病得非常重，两三天都哭不出声来，大家认为我不能活了。新中国成立后担任农业部部长的陈希云叔叔看见我奄奄一息的样子，不知从哪儿寻来一块花布，交给母亲说：女孩儿爱美呢，走的时候用这块花布包包吧。母亲的心里一颤，藏起花布，用尽办法救我的命。她想，女儿可是贺龙的命根子，只要还有一口气，就要用自己的胸膛把她暖过来。即使死，也要让她死在自己的臂弯里。万幸的是，我真是命大，几天后又能哭了，让大家悬着的心放了下来。

翻越连绵不断的雪山，没有人不筋疲力尽。由于天寒衣单，空气稀薄，腹里空空，一些熟悉的面孔走着走着便不见了。我最小的舅舅蹇先超，只有16岁，还稚气未消，是跟着母亲和有孕在身的二姨蹇先佛一起来长征的。因姐夫贺龙和萧克分别是军团长和副军团长，原本能受到很好的照顾。但他执意要跟着战斗部队走，跟着他一路护送来的伤病员走，最后自己被冻僵在雪山上，再也没有起来。

从湘西启程到跌跌爬爬翻过雪山，红二方面军在路上足足走了 7 个月。像我这个走时还未满月的孩子，被父母和许多叔叔阿姨背着，抱着，被马背上的摇篮没白没黑地颠着，也终于像金蝉蜕壳那样蜕去了每天都要反复捆扎的襁褓，开始自己坐立、爬行和牙牙学语。

接着，一望无垠的草地扑面而来。在这里，到处都是腐烂的草，浑浊的水，冒着水泡的沼泽地深不可测。因长期浸泡着各种动物的腐尸，酱紫色的水面漂着一块块铁锈，脚泡在水里或被杂草划破，马上出现浮肿和溃烂。队伍再难以成建制前进了，只能各自择路而行，水一脚泥一脚的，许多人走起来像纸那样在寒风中飘。

从阿坝到包座，连续几天走水草地，行进极为缓慢，走一步，滑一步，官兵们此起彼伏地摔跤。嘀嗒嘀嗒的马蹄声也变得绵软起来，仿佛钟表的发条松弛了，走得慢吞吞的，随时可能停下来。

我一生中无法说清的饥饿，就是在草地上经历的。母亲后来告诉我，那时我饿得只会哭，像头小野兽那么哭，像谁要杀我那么哭，怎么也哄不住。哭着哭着，抓住她的手吃手，抓住自己的衣角吃衣角。但饥饿是共同的，没有指挥员和普通士兵之分，也没有大人和孩子之分。我是整个方面军带着过草地的 4 个孩子之一，又是贺龙的女儿，听见我天天哭嚎不止，许多叔叔阿姨要分给我一点口粮，母亲坚辞不收。她说，现在的粮食就是命，不能舍了别人的命，救自己孩子的命。

到达陕北保安后，中央财政部部长林伯渠赶来看母亲，不明白母亲为什么老抱着我，问孩子多大了，母亲说一周岁了。林老说：一周岁了还要抱？母亲说，孩子长征跟过来，营养不良，小腿是软的，站不起来。林老当场流泪了，让随员立刻送一条羊腿来。有了这条羊腿，母亲每天用小刀削一块，拿长征用过的那只搪瓷缸放在火盆上煨熟炖烂，再加上一片馒头或一小碗米饭，喂给我吃。吃完这条羊腿，我挣脱母亲的怀抱，颤颤巍巍，在大地上迈出了第一步。

啊，长征一年，在这条充满险恶也充满希望的道路上，我花蕾初绽的生命能够活下来，就是一个奇迹！无论我是否回想得起来，无论是否说得清楚，那一路嘀嗒嘀嗒的马蹄声，都刻在了我生命的历程中，我记忆深处的底片上，就像风走过必定会在树上留下风痕，雨打过必定会在地上留下雨迹。

嘀嗒嘀嗒嘀嗒……嘀嗒嘀嗒嘀嗒……

这座被汉水四面围拢的江中小岛，以其两千多年的历史，把古老和神秘一起编织成面纱，袅袅地笼罩着这片土地。

永远的韩家洲

梅 洁

数次回故乡，和朋友们站在堵河口，远眺静躺在汉水中央的韩家洲，心中便每每升起一种莫名的惆怅和忧愁。

这座被汉水四面围拢的江中小岛，以其两千多年的历史，把古老和神秘一起编织成面纱，袅袅地笼罩着这片土地。然而，南水北调，将结束这里的一切，包括姓氏与生命的密码，包括千年的纤夫文化，包括古陶、剑镞，包括秦砖、汉瓦……

2009 年端午节前夕，我随故乡的文化朋友金菊、堂根、赵锋等一起登上了韩家洲。

那天，大雨如注，江面雾霭蒙蒙。在村支书的引领下，我们登上去韩家洲的船，船在汉水的江面上，犹如一片飘零的树叶，摇摇晃晃。行驶到堵河对面的河滩，我们从船上跳下来，便踏上了韩家洲的土地。

也就是那一次登临，我们发现了韩家洲人世代传唱的《汉江号子》。当洲上几位古稀老人唱出那悠长、深沉、高亢的音符乐律时，我们仿佛走进了一个千年的沧桑、千年的劳苦、千年不衰的生命创造与传承。

也就是那天，我了解到韩家洲上的109户家庭都姓韩，而且他们固执地认为他们是汉代韩信的直系后裔。虽然他们没有与韩信有关的任何证据，但他们把家族在此地的居住史追溯到了汉代，不得不耐人寻味。他们还固执地认为，洲头那座庞大的、高出地面数米的圆土堆是韩母陵。

历史活在历史的典籍里，更活在世世代代生命的传承和记忆里。

同样是在那一天，我知道这千年小岛上世居的480多人，要因中线调水全部迁出，韩氏家族将迁往湖北随州2009年刚建立的、共和国最年轻的县——随县。

韩家洲在忧伤、愁苦。两千年的家园、两千年的文化、两千年的根脉啊！

离开韩家洲时，雨还在下。乘船过汉江，站在堵河口，回眸雨中的韩家洲，我突觉眼前那苍茫朦胧的古岛犹如一位白发千丈的母亲，静静屹立在江中，为她就要启程的儿女们祈祷平安、幸福。

“堵河口，堵河口，年年端午划龙舟，村村有个龙船会，吃会划船祭龙祖。”这首儿歌在堵河口一带已经传唱了千年。

发源于华中第一峰神农架的堵河，是汉江第一大支流，自南而北在湖北郧县与汉江交汇。矗立于汉江之中的韩家洲，正迎着堵河的出口，堵河的名称由此而来。韩家洲四周水线长9华里，故又名九里山，是3000里汉江上的第一大岛。

20世纪丹江口水库蓄水前，湍急的堵河水冲出800里堵河后撞击在韩家洲上，被韩家洲逼着顺汉江倒流，在自西而东的汉江上形成了一段向西倒流的景观。这一景观随着丹江口水库的第一次蓄水而消失。

古老的韩家洲与洲边的村落乌家河、堵河口、西流、店子河，都保留着千年的龙舟文化。迄今为止，他们每年端午节坚持自发组织和参与龙舟赛并村村有龙舟赛组织——龙船会。这是中国端午文化最具符号象征的地域。

韩家洲崇拜青花龙，负责赛事的组织就叫青龙会。龙船会都有一定的财产：龙王庙、龙船房、龙船、木雕彩绘龙头、龙尾等，部分村落至今还留有维持龙船会活动的集体土地和经济林。

每年端午节，龙船会有两大会事活动：一是“吃会”，二是龙船会赛事。吃会，就是每年端午节当天，各龙船会都要组织吃会活动，即全体会员中午和晚上聚集在“会首”家里吃酒席。会首轮流担当，一年一换。会首的职责就是端午节这天请全村人在他家吃饭，再就是保管、供奉好龙船、龙头、龙尾。吃会当天，60 岁以上的老人都被请至上席，以示对老人的尊敬。韩家洲人坚守着传统文化里很珍贵的元素。

端午节前后是庄稼人抢收小麦最忙的季节，麦子可以不收，但端午节这一天龙船会不能不举行。

2010 年 6 月 16 日，是韩家洲人在故乡度过的最后一个端午节，8 月桂花飘香的时候，他们就要远迁了。我和家兄特地赶往韩家洲，我们想在那里重温童年的欢乐——汉水边长大的孩子谁没有童年在江边看龙船赛的记忆？

故乡文友、树一样高高细细的书法家景贵社陪同我们前往韩家洲。我们到达时，堵河口、汉江南岸已经人山人海。我们的车子无法前行，不得不下车步行3里多路前往赛事地点。

这时，只见清澈蓝绿的江面上锣鼓喧天、彩旗飘舞、龙船竞渡，沿袭了数千年的原生态龙舟赛在堵河与汉水交汇处、在6月的阳光与水光的交融里快乐举行。

此刻，呐喊声在水上震荡，生命的激情在江面飘拂。

蹲立在岸边、山头、树林、房顶、路边的成千上万的观众，头顶骄阳，欣赏着这场民间原始的赛事，分享着生命本真的快乐。

男人和小孩们已热得赤胸裸背，没牙的奶奶、婆婆们也眺望着江面笑得满面春风。

只有在此刻，所有的韩家洲人才忘却远迁的忧愁，把最后的欢乐沉浸于这片土地。

"送龙"是龙船会赛事的最后一道程序，由龙歌手吟唱《龙歌》，船上选手一起合唱，然后由下一任会首祭过龙王后卸下龙头、龙尾，并将它们请回家，接着晚上吃会。至此，一年一度的龙船会方宣告结束。

然而，今年的龙头谁来接？明年的会首谁来任？

龙头放归何家？龙船起坡何处？明年端午节还能划船吗？

站在汉江南岸的码头上，我久久遥望着对岸的韩家洲，遥望江面船上的汉子，回首再看身边韩氏人家的奶奶、婆婆们，一种莫名的忧伤和感激倏忽涌上心头……

到了随县，没有了这岛、这水、这龙舟，韩家洲人将怎样面对？没有了汉江号子，没有了传说和故事，没有了图腾般的盛会，韩家洲人精神里还会深藏怎样的追寻？

8 月 29 日，韩家洲人开始搬家拆房。次日，他们将远迁。

韩天兴抱着刚满 3 岁的儿子韩一，和媳妇一起搬运货物。媳妇的手提袋里装着他们结婚时的照片，他们还特意从家门口挖了一棵春兰，准备带到随县新家去。

韩天兴指着山腰说：“两年前，我专门买了一棵葡萄树苗栽在门前，就是为了将来我搬走了，让它自由生长，年年继续开花结果。如果哪天我回岛上，还能找到家……”韩天兴满眼含泪穿过葡萄架，向着岸边的移民船走去。

韩天海的货物已经搬运完毕，空空的家里只有古老的土墙和烟熏油燎的椽瓦。

面对山坡上的一片柑橘林，韩天海对身边的包保干部说：“山上有一片柑橘林，往年橘子成熟时，不能拿出去卖，我们都把它藏在地窖里，逢年过节可以品尝自家的果实。今年橘子成熟的时候，我们已不在，你们可以过来摘一些，要不然就糟了……”韩天海说完，就赶紧仰起脖子望天，他是怕眼泪流出来不好看。

时近中午，包保干部给移民送去午餐，移民们迈着沉重的脚步踏上过江的船。他们手捧着饭菜，没有一个人吃，齐刷刷望着韩家洲，望着各自的土墙老屋，望着洲头上他们顶礼膜拜的韩母陵，望着岛上的一草一木……

少顷，20 多条装满移民家什的机船一齐开动马达，然后依次慢慢离岸，朝下游渡口开去。机船越行越快，马达轰鸣，破浪而去。江水掀起的波澜，轻轻拍打着韩家洲江岸的崖壁，仿佛是在安慰这片即将孤寂的岛屿。

随着一阵长长的汽笛声，岸边20余艘大型铁船满载着483名韩家洲移民，一字排开，浩浩荡荡向汉江对岸驶去。

“别了，我的故乡……”

“别了，千年的韩家洲!”

韩家洲从此不再有人烟，江中小岛从此开始沉寂。唯有韩母陵在岛上永远高高耸立，唯有那白发千丈的母亲在江水中作永远的守望。

两年前，韩氏家族已经开始着手编纂家谱，搬迁前，他们已经拿到了前60代的家谱。将来无论走到哪里，从韩家洲走出去的韩氏后人，都能够按照辈分找到亲人。

永远的韩家洲啊……

两三千年来，多少绝代佳人烟消玉殒，多少龙楼凤阁成了断壁残垣，多少王国土崩瓦解。

但是，华夏文化的瑰宝唐宋诗词，却依然闪烁着智慧的光辉，陶冶着人们的性情。

我把唐诗宋词翻译成英文

许渊冲

莫非在《一切不能重返的“回忆”》一文中说：“回忆是另一种生活。没有值得回忆的人生，是失败的人生，而美好的哪怕是痛苦的回忆，则保证了一个人照样活上两辈子。”

其实，回忆不只是简单地回忆过去，还可以有事后的补充理解，今昔对比，或者留恋往事，或者觉今是而昨非，那就是推陈出新了。

一

回忆过去，我是如何不断超越自我、最后做到超越前人的呢？

首先，我在小学时代并不喜欢英文，觉得英文发音别扭，字形没有意义，远远不如中文，做梦也没想到后来会有兴趣。到了初中，情况并没有好转；到了高中一年级，甚至英文有不及格的危险；不料到了高二，背熟30篇短文并且模仿作文之后，忽然一下融会贯通，考试成绩从中等一跃而为全班第二，这就克服了自己甘居中游的思想，摆脱了不如人的心理，超越了不喜欢英文的自我。

更重要的是，表叔熊式一用英文写的剧本《王宝钏》在英美上演，名利双收，成了我们家崇拜的人物。但我只是心向往之，至于自己能不能达到他那样的水平，又是可望而不可即的事情。

当时，清华和北大、南开组成了西南联大，我考入了联大外文系，又一次克服了自己不如人的心理。但是联大人才济济，多是全国精英，我第一年的英文考试成绩，比同班物理系的杨振宁还少一分，比外文系第一名张苏生更是少了10分，于是一则以喜，一则以忧。喜的是除杨振宁外，我的成绩高于全组同学；忧的是比张苏生还差得远呢。不如人的思想又复活了。

因为差距太大，甚至不敢妄想超越。哪里想到，第二年和张苏生同班上“欧洲文学史”时，我的成绩居然比她多了两分，成了全班第一，加上“一年俄文”考了100分，“一年法文”考了99分，这几乎可和杨振宁一年级“物理”和“微积分”的成绩媲美了，心中暗暗得意。但杨振宁门门功课都好，我的“英诗”“散文”“小说”“戏剧”成绩平平，所以不敢得意忘形。

联大4年，我的心态还是喜忧参半，喜的是不见得不如人，忧的是未必能赶超前人。

二

在那个时期，翻译作品流行全国。鲁迅的“直译论”为很多进步作家所接受，对我起了很大的作用。但我读了直译的文学作品，基本上都不喜欢，这就是李政道说的“看出前人的弱点”。

我喜欢的翻译，美国的有赛珍珠的《大地》，法国的有高乃伊的《熙德》；后来更喜欢的有朱生豪译的莎士比亚的戏剧，傅雷翻译的巴尔扎克和罗曼·罗兰的小说。如朱译的《罗密欧与朱丽叶》最后两句：“古往今来多少离合悲欢，谁曾见这样的哀怨辛酸？”几乎可以说是胜过了原文。傅译的《约翰·克里斯朵夫》第一句：“江声浩荡，自屋后升起。”影响之大，也可以说是不在原作之下。因此，从前人的实践看来，我认为直译不如意译。而在理论上呢？

联大第一个开翻译课的是吴宓先生。他说，翻译要通过现象见本质，通过文字见意义，不能译词而不译意。我觉得吴先生的译论和鲁迅的不同，鲁迅主张直译，我看就是译词；吴先生主张译意，我看就是意译。而根据老子说的“道可道，非常道；名可名，非常名”看来，如果第一个“道”指翻译之道，那第二个“道”就是知道，“常道”却是指直译之道。这就是说：翻译之道是可以知道的，但并不是直译之道。“名可名，非常名”意思是实物是可以有名字的，但名字并不等于实物，因为名和实之间还有矛盾。同样的道理，可以说“译可译，非直译”。因为直译往往是译词而不是译意，而词和意有时统一，有时矛盾。统一时可以直译，矛盾时就不能直译了。这是我用老子的学说来说明吴先生的译论，是不是可以说推进了一步？

除了吴先生外，钱锺书先生提出翻译的“化境”，对我也有影响。他在《林纾的翻译》一文中说：“译者运用‘归宿语言’超过作者运用‘出发语言’的本领，或译本在文笔上优于原作，都有可能性。”上面说的朱译和傅译就说明了这种可能。但并不是说译者文笔优于作者，而是说“归宿语言”（译语）的历史比“出发语言”（源语）更悠久，内容更丰富，具有一种优势，而译者充分发挥了这种优势，就使译文胜过原文了。这可能是我对钱先生译论的补充说明。

三

两三千年来，多少绝代佳人烟消玉殒。如辛弃疾说的，“君不见玉环飞燕皆尘土？”多少龙楼凤阁，成了断壁残垣。如《桃花扇》中说的，“俺曾见，金陵玉殿莺啼晓，秦淮水榭花开早，谁知道容易冰消？”多少王国土崩瓦解。如英国诗人拜伦说的：“希腊，罗马，迦太基，而今在哪里？海洋的波涛一视同仁，使它们分崩离析。”

但是，华夏文化的瑰宝唐宋诗词，却依然闪烁着智慧的光辉，陶冶着人们的性情。

回忆起自己对唐宋诗词的感情，却是16岁在中学时培养起来的。那时日本侵略军占领了南京，进行了大屠杀。我所在的南昌第二中学奉命解散，我们不得不离开家乡，开始流亡的生活。那时读到南唐后主李煜的词句：“剪不断，理还乱，是离愁，别是一番滋味在心头。”觉得一千年前李后主国亡家破的痛苦，和一千年后莘莘学子离乡背井的哀愁，几乎是一脉相承的。李煜“仓皇辞庙日，挥泪对宫娥”的故宫，正在今天的南京，而南唐中主宫殿的遗址就在南昌第二中学的校址皇殿侧。因此，我和这位南唐国主之间，更感到有千丝万缕、心心相印、息息相通、剪不断的联系。

我从南昌逃到赣州，看到章贡二水汇合处的八景台，不禁想起辛弃疾词中的“郁孤台下清江水，中间多少行人泪！”那时郁孤台虽然改名八景台，但清江水中的旧泪未干，而今又添新泪了。读到白居易《长相思》中的“汴水流，泗水流，流到瓜洲古渡头，吴山点点愁”。我想，如果改成：“章水流，贡水流，流到赣州古渡头，青山点点愁。”那不就写出了我当时的眼中之景和心中之情吗？尤其是《长相思》下半阕：“思悠悠，恨悠悠，恨到归时方始休，月明人倚楼。”简直可以一字不改，就写出了国难期间流亡学子收复失地、还我河山的心情。后来，我在香港出版的《唐宋词一百首》中把这首《长相思》译成英文。

中国知识分子经历了8年的抗日战争，看到了日本军国主义的覆灭；又经历了4年的解放战争，看到了蒋家王朝的崩溃。到了20世纪50年代，再经历了“一三五七九，运动年年有”的时期；60年代，更经历了登峰造极的“文化大革命”，唐宋诗词也受到了“破四旧”的劫难；到了70年代，总算看到了“四人帮”的垮台；80年代，更迎来了改革开放的春天，唐宋诗词也得到了新生。我相继出版了英译本《唐宋词一百首》、法译本、英译本《唐宋词150首》、英译本《宋词三百首》……现在我翻译的唐宋诗词已出版120多本了。

这不禁使我想起了杨慎的《临江仙》:

滚滚长江东逝水，浪花淘尽英雄。
是非成败转头空。青山依旧在，几度夕阳红！
白发渔樵江渚上，惯看秋月春风。
一壶浊酒喜相逢。古今多少事，都付笑谈中！

唐宋诗词就像文化长江中的滚滚波涛，汹涌澎湃，不断东流，融入了世界文化的汪洋大海；军国主义、反动王朝，虽然气势汹汹、不可一世，但是曾几何时，却已转眼成空了。而知识分子则犹如江上的渔樵，既看到了春花秋月，也经历了炎夏寒冬，记下这些人世的沧桑，可以增添人生的智慧。

于是，我就把这首《临江仙》译成英文，是用创译法翻译的。

Wave on wave the long river eastward rolls away;
Gone are all heroes with its spray on spray.
Success or failure, right or wrong, all turn out vain;
Only green mountains still remain
To see the setting sun's departing ray.
The white-haired fishermen sail on the stream with ease,
Accustomed to the autumn moon and vernal breeze.
A pot of wine in hand, they talk as they please.
How many things before and after
All melt into gossip and laughter!

原文第一句重复了“滚滚”二字，译文却重复了波浪，这虽然和原文不形似，却传达了重复的形美，并且创造了新的意义。第二句“浪花淘尽英雄”也是一样，“淘”字没译出来，却说多少英雄都随浪花滚滚而去了。第三句的“是非成败”为了译成抑扬格，把“是非”放到“成败”之后，这是为了音美而牺牲了形似。第四句“青山依旧在”用的是等化的译法，可见形似和意美能统一的时候，创译是并不排斥形似的。第五句的“夕阳红”深化为落日残辉，一是为了押韵，二是为了更好象征英雄的日暮途穷，这又是创译。最后一句译成“溶入笑谈”也是创意，就不多说了。

创译法的特点是要发挥译语的优势，也就是说，要用最好的译语表达方式，达到音美、意美、形美。我还用创译法把中国十大古典文学名著译成英法韵文，得到国内外的好评。有的美国学者甚至认为许译已经成了英美文学高峰，是“伟大的中国传统文学的样本”。

因此，我认为 21 世纪的中外文学互译应该走创译的道路，希望创译能使我国的优秀文化融入世界文化之中，使世界文化越来越丰富多彩，越来越光辉灿烂。

最近，清华大学出版社外语分社出版了《任尔东西南北风》一书。书中收录了我从事翻译工作 70 余年来 30 余部中外经典译著的前言和译后语，再现了我翻译理论的发展和翻译思想的嬗变。

四

我过去的 93 年，如果按照但丁《神曲》的分法，可以分为《青春》（1921—1950）、《炼狱》（1951—1980）和《新生》（1981— ）三部曲。

概括起来，大约可以说：20 世纪 50 年代教英法，80 年代译唐宋，90 年代传风骚，21 世纪攀顶峰。这就是说，1950 年以前，基本上是学习继承时期，同时注意前人的弱点，准备超越。1980 年以前是改造时期，浪费了我生命中的黄金时代。1980 年以后才开始了我的超越时期。外译中超越了中国翻译家，中译外则成了“诗译英法唯一人”。

如果按照地区来划分，又可以写成《浮生九歌》：

1. 南昌之歌（1921—1938）：“落霞与孤鹜齐飞，秋水共长天一色。” 2. 昆明之歌（1938—1947）：“滇池金波荡漾，西山白云苍苍。” 3. 南京之歌（1947—1948）：“三山半落青天外，二水中分白鹭洲。” 4. 巴黎之歌（1948—1950）：“香榭丽舍林荫道，莱茵河上云影流。” 5. 北京一歌（1950—1960）：“千里冰封，万里雪飘。” 6. 塞外之歌（1960—1971）：“天苍苍，野茫茫，风吹草低见牛羊。” 7. 洛阳之歌（1972—1983）：“惆怅阶前红牡丹，夜惜衰红把火看。” 8. 北京二歌（1983— ）：“山重水复疑无路，柳暗花明又一村。” 9. 纽约之歌（2006）：“愿借诗词双飞翼，吹绿万里纽约城。”

中国文化是博大精深、独一无二的，我们中国人一定要知道自己民族文化的价值，要有自己的文化脊梁。此次获奖我深感荣幸，这不仅是对我个人翻译工作的认可，也表明中国文学受到世界更多的关注。从事翻译对我而言是一种享受，就像空气和水不能离开。我要抓紧时光，为让全世界共享中国文化的阳光雨露，再做些事情。

他就站在那里。斧凿石刻般的面相轮廓，嵌入粗砾的青铜模板，依稀可辨出他清癯严峻的神态。

君子不独乐

张抗抗

阳春三月，凤城泰州，犹如一座浮在水上的城池，湿漉漉地从江河海“三水”交汇的水网中跃出来。

河水坦荡地漫漾流淌，恣意却又节制。河道显然已是历经沧桑，自苏北平原去往大海。眼前的河中之水，滴滴清纯明澈，像是昨夜未散的雾、今晨初缀的露珠，弥散着新鲜的水气息。岛上的桃花林，朵朵簇簇开得粉艳妖冶；岸边的绿竹园、金油菜、白粉墙、黛瓦屋、灰石桥、棕褐色气势恢宏的望海楼……长河倒影五色斑斓。

面前这一眼看不尽的凤城河景区，如青春少年，英姿勃发，年轻得无一丝倦容疲态、完美得没有一角残缺破损。

这真的是古城泰州么？

然而，他就站在那里，站在“文会堂”前的文正广场上，素袍宽袖、蹙眉冷颜。他的袍带被湿重的水雾洇湿，褶皱中深藏着难以言说的忧戚，翻飞的衣袂沉厚如铅。斧凿石刻般的面相轮廓，嵌入粗砾的青铜模板，依稀可辨出他清癯严峻的神态；须发飘逸，从容淡定。如同一幅陈史旧卷，在漫长的岁月中变得模糊。

范仲淹写意雕像，是中国雕塑院院长吴为山为修复凤城河景区而设计制作。

有着2000多年历史的泰州古城，由于600多年前范仲淹在此留下的史迹，曾多次被浓墨重彩地记录与书写。因史书和民间传诵的范仲淹种种佳话，使得古城历久弥新、泰州凤城河景区亦有了重生的理由。

时至21世纪，前来拜谒范文正公的后人，在仰望这座雕像的瞬间，复原的记忆与激活的思绪一并涌来。

公元2008年春，这位北宋中叶的泰州盐监范仲淹，终于重现于他任职的故地，回到他当年熟稔的文会堂，与滕子京等5位挚友重新聚首，吟诗作赋。然后，他独自一人走出了厅堂，在水边昂然伫立沉吟。塑像正对一方巨石，刻有季羡林老先生题书范仲淹先生的千古名句："先天下之忧而忧，后天下之乐而乐。"

如今，范仲淹日日凝视自己生前的警句，一遍遍诵读并重温当年的政治理想，眺望着步步远去的宦海、斯人、逝水，忧乐错杂、百感交集！

范仲淹，北宋时期著名而杰出的改革家，集政治、军事、文学才华于一身。然仕途多舛，因犯颜直谏，曾3次被贬。身后留下诸多名篇佳句，《岳阳楼记》至今流传不朽。纵观他一生的功名业绩与文学成就，泰州曾是一个起点。

一个年轻而苍老的声音沉吟道：君子不独乐……

"君子不独乐"一句，取自范仲淹为泰州"文会堂"所作《书海陵滕从事文会堂赋》。北宋中期，经济文化繁荣鼎盛，其时泰州盐税，为全国之半。天下名流荟萃于此，文人以诗结缘，吟诗唱和。这首五言词赋，全文书于望海楼之文会堂大厅之壁。其中有佳句曰："……诗书对孔周，琴瑟亲羲黄。君子不独乐，我朋来远方……猗哉滕子京，此意久而芳。"

这座昔日文豪挚友荟萃的文会堂，在2007年重建，墙上刻有范敬宜先生为故乡撰写的《重修望海楼记》一文。范敬宜先生系范公后裔，其文气势磅礴，文采斐然。佳句如潮，用意深远："望其咆哮震怒之威，则感裂岸决堤之险，而思何以安之……"民安之，方可乐之，范公后人之忧思切切，可与其媲美。

"不独乐"之"乐"，与范公后来为滕子京重修岳阳楼特书"后天下之乐而乐"的"乐"，两句时隔23年。而这两"乐"之间，却隐约可见范仲淹一生清晰而执着的思想轨迹——为官一方，无一己之乐；君子一生，先天下而忧。

史载，公元1015年，江苏吴县人氏范仲淹考取进士。宋真宗天禧五年，即公元1021年抵泰州西溪镇盐仓任职。

古泰州曾经临海，是海边的高地，建于海岸最早的盐城，古称海陵郡。由于海涛侵蚀堤岸，捍海堰年久失修，水患毁坏良田，危害民众生计。范仲淹视察民情，忧心如焚。后得到他的上司支持，再三上表朝廷，慷慨陈词，力主修复海堤。泰州通判滕子京亦鼎力相助，1024年，朝廷总算批准由范仲淹主事修堰。

范公率众历尽艰难，至1028年，终于修复了这段起始海陵（泰州），尾接盐城的150里长的捍海堰。"复业者三千六百户，民享其乐。"泰州人为了纪念范仲淹，将这条坚硬牢固的捍海堰，称为“范公堤”，至今尚有一段古堤遗存可考。

民享其乐，与民共乐。民为邦本，范仲淹方得其乐。

范仲淹之乐，始自内心深处与生俱来的忧患意识。他倡导“不以物喜，不以己悲”，官高位尊，仍自奉节俭。官至“参知政事”（副宰相）之后，仍“食不重肉”（不吃两种荤菜）。将多余俸禄设办“义庄”，以救贫民天灾饥寒之苦。兴办教育，以利平民子弟求学。泰州曾建“景范学堂”，以纪念范仲淹两袖清风之浩然正气。

范仲淹中年曾一度仕途坦顺，历任右司谏（专向皇帝直言真情的官员）、吏部员外郎(主管官员调配，相当于现在的组织部)、枢密副史（中央军事机关副长官）、龙图阁直学士，与韩琦并任陕西经略安抚史，守卫边塞多年，还担任过各地知府或知州（地方行政长官）。期间因力主改革朝政旧体，推行“庆历新政”，而遭到宋朝统治集团旧权贵阶层的打击与排斥。

作为宋代新儒家的代表人物，他反对柔靡巧伪的文风习俗，是当时诗文革新运动的先驱者。如今已很少为世人所知的范仲淹名句:“宁鸣而死，不默而生”8 个字，可谓是争取言论自由的宣言书。

然而，产生于“主流意识形态”内部的温和改良主义新儒家，却依然为东方专制主义皇权所不容。北宋一代名相范仲淹，在庆历新政惨遭失败后被贬往邓州。1052 年，病死客乡，一生的政治抱负戛然而终。他抵达生命的终点之时，仍未实现“后天下之乐而乐”的忠臣贤相安乐之梦。

而今他肃立于凤城河岸，由终点回归起点。清风拂过绿叶婆娑的“五相树”，树声飒飒，似听见他的仰天长叹。

后天下之乐——君子，只能独享永远的孤寂。

泰州无山，一方无山之土，一座无山之城。然而，2000多年的文化泰州，无论是过往还是长驻，出生还是终老于此地的历史名人，如峰峦叠嶂，逶迤起伏。范仲淹，只是苍山一岭。他路过，他走了，他回来。从此他留在这里，还原为一尊素面简朴的铜像，却有如一座异峰突起在无山之城泰州，令人仰止。

临别泰州前夜，与友人闲坐于渔状园中式水榭。忽闻身后瑟瑟琴声，如凤城河水悠悠荡荡。只见八九位红衣中老年妇人，齐奏古筝于水边亭台之上。灯影绰绰，笑意浓浓，其乐融融。不觉心里一惊一暖：好一个君子不独乐。这一祥泰之地、国泰民安之州，倒像是呼应了这一句古诗的神韵。

今日重整凤城河景区，如滕子京当年重修岳阳楼之远见与气派，把即将倾圮消失的历史古迹，修复整合为一座文化长廊；将散碎的历史记忆一一捡拾收存，妥帖安置于这座敞开的文化园林之中，与泰州民众、海内外游客共享。岂不乐哉？

君子不独乐。隐于文正广场上夜色中的范公，也许终能悄然一乐，与民同乐了。

李白常遥望明月思念故乡，用诗词倾泻胸中的愤懑；杜甫在离乱贫困中度过一生，憎恶权贵同情劳苦大众；郑板桥生平狂放不羁，语言风格率真自然又饶有风趣……

我为中国历史文化名人画像

高 莽

为一批曾经影响人类文明进程、为中华民族灿烂文化作出重要贡献的文化巨匠们树碑立传，是一件有深远意义的事。

当《中国历史文化名人传》丛书编委会要我为丛书传主画肖像插图时，我以为有过去的经验不难完成，便欣然答应。没想到时间跨度之大，描绘人物之多，令我寝食难安。

最终，我还是怀着对文化巨匠们的敬意，把这个艰巨的任务完成了。

一

《中国历史文化名人传》丛书传主选择范围是从春秋战国时期到公元 1900 年间在中国文化发展史上产生重大影响的文化人物，从古至今，延绵两千多年，共有传主 125 人。

出版这套丛书要求在尊重史实基础上进行文学艺术创造，力求生动完美，具有引人入胜的故事性和可读性。我为该丛书传主画肖像插图，同样要尊重史实，每个细微部分都要符合历史实际，并要达到赏心悦目的程度，既要突出每个传主的个性，又能整体统一。

过去，我画过一些人物肖像。如俄罗斯诗人普希金 200 周年诞辰时，我画了他的生平组画，16 幅水墨画；从“五七”干校回京后我完成了《伟大的马克思、恩格斯战斗生活》组画，57 幅小型油画；为诺贝尔文学奖获得者画了 100 多幅头像。这些作品都有原图或相片可参考，如画普希金——他生前虽然还没有照相机，但当时有名画家为他画过写实的肖像画，他本人也给自己画过速写画和漫画像；又如马恩组画——马克思、恩格斯生前留下为数不多的照片，可以知道他的真实模样；又如诺贝尔文学奖得主头像——都有真人照片可以作为依据。

但 125 个传主只有近代和现代人物留有照片，而且绝大部分人物根本没有真实的形象，全凭历史上传下来的肖像画作参考，这些肖像画所有人又几乎一个模样：浓眉、上斜的眼睛、圆圆的鼻头、两撇胡子，头发包在布巾中或头戴官帽，静坐……

为此，我感到接受这个任务过于匆忙，完成这个任务难度很大。

二

在没有真人照片为依据的情况下，要画出他们形神兼备的不同形象，我认为准确把握其精神气质、性格特征是最重要的。

于是，我查阅了大量相关资料，对每一位传主进行了深入研究。

他们生活时代不同，经历不同。从春秋战国开始，继而先秦、汉魏晋南北朝、唐宋元明清，直到近代和现代。包括几个民族，汉、满、蒙、回等；几种行业，诗词、小说、戏曲、书法、绘画等；主要是文学家，也有其他领域的文化名人。

他们有的是教育家，为整个民族培养了一代又一代学子，如春秋时代的孔子、在白鹿洞书院讲学的朱熹、民国初期的蔡元培等人；有的是爱国志士，同时又是杰出的文人，如以身许国的颜真卿、销毁鸦片的林则徐；有的是不称职的帝王或宰相，但却是出色的诗人，如李煜、司马光；有的既是大画家，又是书法家，如阎立本、米芾、八大山人；有的是戏曲大师，如关汉卿、汤显祖、孔尚任……

经过这么一梳理，传主们的形象在我眼前逐渐清晰起来。

三

当我开始创作时，仍然感到无从下笔。

因为我只能参考后代人为他们造的像来画。但同一人的画像有许多版本，很难看出相似的地方。如孔子，宋代马远画的孔子像和其他人画的像，截然是两个不同的人物。屈原、李白、杜甫等人也无一例外。特别是施耐庵，因完成了一部揭示中国封建社会的黑暗与腐朽、鼓励造反的书，在元明清三代官方勒令焚毁，以至生前曾坐牢狱。小说长期遭禁，更谈不上他的生平记录与肖像了。

我只好从传主们的生活背景、自身性格、人生经历等方面去把握。

李白，唐朝伟大的浪漫主义诗人。为人豪迈，蔑视权贵，向往自由，追求解放，封建统治阶级不能容纳他。因此，他虽有政治抱负，却始终得不到施展的机会，在流离他乡的坎坷中度过一生。因此，他嗜酒，常遥望明月思念故乡，用诗词倾泻胸中的愤懑。

历史上为李白画的像很多，我尽力摆脱前人画像的桎梏，经过多次起草，最后决定还是用酒、花、明月以表达他的柔情和傲岸。

“床前明月光，疑是地上霜。举头望明月，低头思故乡。”此诗通俗易懂又饱含对故乡、祖国和人民的情怀。我有意把月亮画得又大又圆，多少有些夸张和浪漫的风格。

杜甫，唐朝由盛转衰年代的伟大现实主义诗人。他在离乱贫困、饥寒颠沛中度过一生。他的诗贯注着热爱祖国的深情，反映了一个复杂多变的时代。

我以“朱门酒肉臭，路有冻死骨”为主线，描绘他雪天路经豪门，面对不幸的饿殍，来表现他同情劳苦大众、憎恶权贵的情感。这是一个想象的场面，预示他后来更加深刻地揭示社会矛盾，如千古传诵的诗篇“三吏”“三别”等。

汤显祖，明代戏曲作家。他出身书香门第，早有才名。26岁刊印第一部诗集《红泉逸草》，34岁中进士，48岁弃官归里。他的主要成就在戏曲创作。一生写了多部戏曲作品，最有代表性的是《牡丹亭》，与其他三部戏曲作品合称“玉茗堂四梦”。

我画他手中转动着佛珠，说明他晚年潜心佛教，背景是《牡丹亭》中的两个人物——杜丽娘和柳梦梅。

郑板桥，清代文学家、书画家。他生平狂放不羁，多愤世嫉俗的言论与行动，被称为“扬州八怪”之一。他的诗文揭示社会黑暗，同情人民疾苦，如“豺狼到处无虚过，不断人喉抉人目”等，语言风格率真自然，又饶有风趣。人称他的诗书画为“三绝”，尤其善画竹、兰、石。

我画他的肖像时以竹为背景，不外想表现他的节气与美的观念。

鲁迅，当代伟大的思想家和文学家。留学日本学医，回国从事文学救国。从第一篇白话小说《狂人日记》到《阿Q正传》等，从文艺评论到培养新生力量，从翻译乌克兰作家爱罗先珂作品到俄罗斯作家果戈理《死魂灵》，从为友人编书到介绍外国文学插图，为新文学作出巨大贡献，是文化新军的伟大旗手。

我画鲁迅先生的肖像时，背景采用了德国女木刻家珂勒惠支的《牺牲》，以示他毕生为革命为文艺献身的精神。

四

此外，创作的难点还在于服装、头饰、文房四宝等细节。

不同的服装、头饰可以区别不同的朝代。如古代是围襟长袍，为官的腰缠护腰，头顶乌纱；清代的是剃光顶，蓄长辫，身穿马蹄袖口的长服；近现代的或大褂，或西装，出现了眼镜；等等。

历代文人用什么工具写作，从何时起用竹简和丝帛，何时用毛笔和纸张？背景、工具画错了，反映的时代就不对了。

有关资料说：竹简是“战国至魏晋时代书写材料”。有关资料说：“在西汉初期就发明了可用于书写和绘画的纸。”有关资料说：秦始皇时代“蒙恬急中生智，随手从士兵手中的武器上撕下一撮红缨，绑在竹竿上，蘸着颜色，在白色的丝绫上书写”，由此而出现了毛笔，等等。

遵循本丛书主张真实的准则，我对这些细节都尽力作了一些考证，不知是否准确。

总之，我尽自己所能为这套丛书的125位传主画了肖像插图，不当之处、不妥之地当然在所难免，企望专家和读者指正。

伟人的故乡，我们永远的精神梦乡！

一个伟大灵魂的召唤

吴为山

2016年1月，我去了马克思的故乡，带着崇敬，带着向往，带着从小到大数十年的梦想，应德国方面之邀，我为马克思塑像并将于2018年5月5日，在马克思200周年诞辰之际立于其故乡特里尔。

一

神圣的艺术担当告诉我：应该去马克思诞生的特里尔寻根溯源，汲取灵感。迫切的愿望使我一路风尘仆仆，却时时沉浸在一个伟大灵魂与美的创造之召唤中。

特里尔，地处今天欧洲西部版图的心脏部位，是德国最古老的城市。早在2000多年前的罗马时期便闻名于世。古罗马竞技场、康斯坦丁大殿、皇帝浴室等许多古迹成为联合国教科文组织命名的世界文化遗产。漫漫而悠长的摩泽尔河从这里流过，映着典雅而古朴的城市；冬阳照耀下的红砂岩山丘和暖紫色森林，与罗马风格的建筑相辉映。城市大街小巷的石头路，由于千百年来过往行人的磨蹭而锃光明亮；教堂管风琴的圣音和人们平缓的生活节奏，叙说着这座城市久远的历史。由此，可以感受到一个伟人诞生地，其文化土壤的丰厚。

我和访问团一行4人在热情的特里尔市长Leibe和副市长Ludwig陪同下，从市政府出发，步行至马克思故居。在这座独立的小楼内，展陈了马克思生平。从大量的图片，可以了解到这位无产阶级的精神领袖、国际共产主义运动的先驱，在当时的社会活动及其在世界范围内所产生的影响；在他出生的房间，那张古典风格的床和家具，那些百余年前泛黄的老照片，令我们感到一位在书本里、在想象里、在艺术作品里、在我们精神世界里的伟人之真实存在。

故居纪念馆馆长捧出了历年来到访过的贵宾留名册，我们清楚地看到不少中共中央领导人曾到此拜谒。可见，马克思在中国共产党、在中国人民心中的崇高位置。当然，不仅如此，在他离世后的100多年，已有逾10亿人信仰马克思主义，他所揭示的人类社会历史发展的客观规律和剩余价值的理论，是“全世界无产者，联合起来”的思想理论基础。在这幢不大的小楼，我们仿佛看到在这样的律师世家，一个生命从他的诞生之日始，就有着理性与逻辑的基因，其童年、青少年在特里尔度过，直至中学毕业后进入波恩大学，后转柏林大学学习法律，且专注于哲学和历史的学习……继而，发起科学社会主义，创立马克思主义，创建第一国际，成为全世界无产阶级和劳动人民的伟大导师。

此时，一尊马克思塑像的构思已在眼前幻化……

二

由于此前关于邀请中国艺术家塑像的事在德国已广为人知。因此，从柏林赶来的一些德国雕塑界同行，多家新闻媒体记者和市民代表，更有马克思的扮演者早已等候于此。西方国家有立像的传统，在公共环境做雕塑是需要经过社会多方人士、媒体反复讨论，最后由议会投票通过的。

显然，集聚的不同身份的人抱着极大的热情自发参与立马克思塑像这件公共文化事件。媒体的主要关注有三点：一是为什么德国要立马克思像？二是为什么要邀请中国雕塑家塑马克思像？三是作为作者心中的马克思是什么样的？

面对媒体的镜头、话筒和照相机镁光灯，我坦诚相告：马克思主义在全世界的广泛影响以及对人类社会发展所起到的推动作用，使马克思故乡的德国更为全面地认识到其价值。近 100 年来，中国共产党始终把马克思主义这一科学理论作为自己的行动指南，并坚持在实践中不断丰富和发展马克思主义。今天，中国的成就受到国际社会的关注，佐证了马克思主义的正确。作为中国人、中国艺术家，从小就看到家中客堂悬挂的马克思像，那深邃的目光，那长长的有序的头发和胡须，已成为永远的记忆而注入我们的灵魂。我希望所塑成的马克思像应当选择这一永远定格在中国人民心中的形象。中国古语道，十指连心。不言而喻，中国雕塑家所塑的马克思像是带着情感温度的。

我告诉特里尔市长 Leibe，我将塑造一尊行进中的马克思，以寓意马克思主义的发展。关于马克思的立像地点，我们希望在一个更为开阔的空间。

特里尔市长 Leibe 认可了我的创意。副市长兼规划委员会主任 Ludwig 雨中陪同我们共同选址，并设计作品的高度。最后，确定雕像将立于特里尔博物馆前广场中心位置。此处，靠近罗马时期遗址黑门，并以博物馆建筑为背景，遥对相距 200 米的马克思生活了十多年的故居。很显然，雕塑和他的环境将融为一体，充满浓郁的文化与历史氛围，从深厚历史中，从古典哲学中走出来的马克思，手挟厚厚的文论，在波澜壮阔的国际风云中，坚定、自信……

离开特里尔的当天晚上，德方在著名的酒庄以马克思故乡酿造的葡萄酒为我们送行。

在暖色的灯光下，特里尔市总规划师用德语背诵了我的一些诗歌。我为他的用心和真诚所感动，当即写下：

伟人的故乡——
我们永远的精神梦乡！

特里尔市长 Leibe 写下：

卡尔·马克思塑像将是中国与德国之间架起的金桥……

三

带着马克思故乡的真诚与期待，我们结束了访问，回到国内，我开始了创作。

期间，德国总理默克尔访华，就塑像之事，她问我："你塑孔子又塑卡尔·马克思，他们有什么共同点?"我告诉她：他们的共同点都是建立一个人类理想的社会。

是啊，为了这个理想的社会，马克思忍受贫困创立学说，组织领导共产国际，成为伟大的思想家、政治家、哲学家、经济学家、革命家和社会学家。

雕像选取马克思行进中的姿态，着力刻画和表现作为思想家和哲学家的马克思。他从容淡定、迈步前行，走在养育他的故乡特里尔，走向世界、走向未来。故名为《伟大的行者——马克思》。

雕像运用中国现代写意雕塑的手法，力求准确地、微妙地表现马克思的形，更要刻画出马克思的精神世界。此方案稿传到了马克思故乡，得到了各界的高度评价：把马克思的精髓都融到了这尊雕像上！

其实，近年来我创作了不少马克思恩格斯雕像，也通过塑像的机会，到中央编译局研读有关文献，请教党史研究专家。在恩格斯诞辰195周年纪念日到来之际，一尊高2.7米的象征伟大友谊的马克思恩格斯组雕像在中央编译局广场落成。

2018年5月5日，马克思200周年诞辰之日，正是雕像矗立伟人故乡特里尔之时。这不仅体现了中国人民对马克思的敬仰，也体现了德国人民对中国艺术的尊重；不仅表达着德国人民的意愿，也表达着今天中国的理论自信、道路自信、制度自信、文化自信！

世上有千千万万条路，但没有一条能比丝绸之路更让人魂牵梦绕……

丝路苍茫

和　谷

多少年来，丝绸之路一直在我的心上。

2003年的那个秋天，我有幸西行，游历了横穿大西北地域的古丝绸之路，观赏奇妙无比的景色，捡拾苍茫岁月的残片。

其实，丝路所涉及的广阔版图，像一片片桑叶，或凋敝或再生，我们咀嚼着的都是绵密不绝的物质和精神的养分。

一

记不清是哪位诗人说过：一只小小的蚕，吐出了一条悠远的丝绸之路。

那么我想，这只蚕的名字，应该是让我们敬畏的自然和历史。

唐朝高僧玄奘算是一只古老的蚕，尽管他当年只有28岁。某一个晴朗或悒郁的黎明，他披上袈裟，从古城长安出发，经渭城，走河西，出阳关，过西域，穿越时称葱岭的帕米尔高原，历尽千辛万苦，九死一生，去西天取经。路途耗时两年，抵印度求法 17 载，还长安后译经撰述，亲负箕畚建造慈恩寺塔，即今日之大雁塔。

如果说，玄奘的生命是在西行路上得以升华的，那么，耸立在我们眼前的大雁塔不仅曾经是神圣的藏经宝塔，更是他灵魂的化身。

还有在此前后出使西域的张骞、班固、名僧义净，有近百年间驰骋塔克拉玛干大沙漠险些丢了性命的瑞典探险家斯文·赫定、日本少年英雄橘瑞超，等等。

千百年来，在举世闻名的西北丝绸之路上，走过多少旷世奇才？他们是探险家、旅行者、商贾、僧人、权贵、征夫、诗人，不胜枚举。它作为欧亚大陆桥，通往过去的广阔世界，也连接着今天和将来的整个天地。“取经”的概念嬗变了，“使者”的意义也赋予了新的内涵。古丝绸之路上“行者”的传奇故事和异域自然风物，却总让生活在城市里的我们为之神往，不时生出步其后尘的光荣和梦想。

就这样，在一个霜色浓重的日子里，我从长安出发，向着遥远高大的葱岭，成为走一回丝绸之路的旅人。

二

我生活在有过盛唐荣耀的西安城里。城西，有一尊人马骆驼组成的粗石群像，标志着这座城堡的一页史诗。汉唐时代的丝绸之路以此为起点，勾画出了迢迢西路上诱人的景观。

所谓的丝绸古道，自然与养蚕缫丝有关系，与我们先民的穿衣密不可分。《诗经》中的“女执懿筐”“爰求柔桑”“载玄载黄”“为公子裳”，唱的就是养蚕织帛的情景。早在春秋时就有丝织品出口，汉朝的丝绸恐怕是创汇的拳头项目，是经西域运往波斯、罗马的。这条道儿，渐渐成了中外闻名的丝绸之路。

从广义上说，丝绸之路是指古代中国与世界进行贸易往来的通道。那时候的丝织品，多是从这些道路运往国外的，先是陆上丝路，后来被海上丝路取而代之。

陆上丝路最有名的当是我们要走的西北丝路，即从长安出发，经河西走廊，通往西域的道路。西域一般指天山南北路，也可泛指至中亚细亚。

从地图上看，丝路始自长安，分南北两路至张掖（古时称甘州），合为一路至安西（即瓜州），然后分三路经天山南北分别抵达伊宁和喀什，越葱岭而西去。自公元前 2 世纪张骞通西域之后，使者商人相望于道，便开始出现了繁荣的气象。

还有一条便是西南丝路，可以认为是以长安为起点，经成都、西昌，渡金沙江，过大理，入缅甸抵达印度。有专家认为，这条通道的开创应早于西北部丝绸之路。它的地形地貌，自然景观，风物人情，是与西北丝路截然不同的。

另一条丝路被称作吐蕃丝路，也是从长安出发，经天水、兰州，入青海境，过西藏，由尼泊尔抵达印度。相比之下，这条道要萧条一些，但贸易品种多样，有黄金、麝香、瓷器、食盐、茶叶等，当然也少不了丝绸绫缎。

这三条位于西部的古丝路，或辽阔粗犷，或清秀幽远，或地广天高，各有各的景象和风情，构成了通往西方的大陆桥，有异曲同工之妙。而西去的不只是丝绸、造纸或桃儿、梨儿，东来的也不只是葡萄、石榴或苜蓿、芝麻，绘画、音乐、舞蹈等文化艺术的东渐之风，也随骆驼、马帮、牦牛的铃铛一起奏鸣。

因为这三条光芒大道，汉唐的首都长安，成为世界上数一数二的大都会。

我们的行踪，几乎是步唐僧西行的路线走了一个来回。从长安出发，经秦州、兰州、凉州、敦煌出玉门关，再经伊吾、西州、焉耆、龟兹、姑墨，进入图伦碛，又一站一站返还来路的。

我们只是把天山以北的丝路留给来日，再去寻访古庭州、唐轮台和伊宁，在曾经的大清池边感受一代大法师的禅意。至于再向西，进入波斯、大食，那将是另一番纷纭繁复的灵性之旅。

三

途中，我在读一本叫《丝绸之路》的书。20世纪开始前后，瑞典探险家斯文·赫定在完成了对荒凉广漠的西北高原的考察之后，写了这本书。

他写到，可以毫不夸张地说，这条交通干线是穿越整个旧世界的最长的路，从文化、历史的观点看，这是连接地球上存在过的各民族和各大陆的最重要的纽带。对中国来说，延伸和维持联系其与亚洲腹地之内领地的伟大线路，是至关重要的。

他还说，在这段旅途中，我们看到了长城，它像一条找不到头尾的灰黄色长蛇，伸展在大漠之中，它已经完成了保卫中原帝国抵御北方蛮夷入侵的历史使命。烽火台一座接一座，似心跳一般有规律地隐现在道路的尘土和冬天的寒雾之中，似乎铁了心要和事物消亡的法则抗拒下去，尽管经历了多少世纪的沧桑，却依然挺立在那里。

我们的感受也一样。世上有千千万万条路，但没有一条路能比这条丝绸之路更长，更宽阔，也更美丽，更让人魂牵梦绕。

难忘楼兰——

不破楼兰终不还。楼兰，成了西域的代名词，让唐朝的诗人们吟咏不尽；也让今天的摇滚乐手们当成标签，甩着彩色的长头发，念思古之幽情。

实际上，古楼兰国早在唐朝诞生200多年前已神秘地消失在沙漠深处了。西汉时的丝绸之路，给了楼兰国以商机，之后被匈奴吞并，反过来与西汉为敌，抢劫商旅，阻断丝路。于是，汉将霍光派人出使楼兰，贪图财物的楼兰王来了，在宴席上掉了脑袋。其弟被立为国王，为避开匈奴，迁都到今天的米兰一带去了。

如今，这片茫茫的大沙漠，竟然是古楼兰王国的遗址。罗布泊也已经干涸，曾经是万人之国的楼兰，生命已不复存在。直到距今100年前，一支由瑞典人斯文·赫定带领的探险队出现在罗布泊，一个维吾尔族向导在走失后连人带马被吹到了一座废墟，沉睡千年的古楼兰醒来了。

难忘葱岭——

“葱岭”的称谓，早在《汉书·西域记》中就被提到。《水经注》引《西河旧事》道：“其山长大，上生葱，故曰葱岭也。”显然，它是“帕米尔”一名的同音异译。今天通称的帕米尔高原，是天山、喀喇昆仑山和兴都库什山等交会而成的山脉。其东部位于新疆西南端，最高处海拔 7700 多米，虎踞地球之巅，享有“万山之祖”的美誉。

葱岭自古是丝绸之路的要冲。历代政府都在这里设有驿站，以保护丝路的畅通。东晋的法显，大唐的玄奘，元初意大利的马可·波罗，都曾登临其境，写下了流传万代的游记。今天的中巴友谊之路从这里跨过，中国通往亚非拉一些国家的国际航线的班机，也在这万仞高原的上空飞过。

难忘塔克拉玛干——

塔克拉玛干是当地语“进去出不来”或“被遗弃的地方”之意。远古时候的那一片海奔腾澎湃，茂盛的林木，高傲地在动物世界里奇怪地漫游的恐龙，都已化为一个千古的童话。

唐朝丝绸之路的必经之地图伦碛，就在塔克拉玛干的腹地，是一片砾石遍地的戈壁滩，地面上有几十米高的方山、土柱和岩塔，沟谷中堆积着流沙，因情形弯曲如龙，被称为白龙堆。当时的情形就像唐代诗人常建所说：“北海阴风动地来，明君祠上望龙堆。骷髅皆是长城卒，日暮沙场飞作灰。”

穿越数百里没有生命迹象的沙漠，你会想到，人太渺小了，太微不足道了。

比起无数先行者们，我们所幸有眼前的黛色公路，笔直地伸向远处，像一支射出的利箭不会回头。这让人想到秦驰道、长城、运河等古代的创造物。

难忘敦煌——

敦煌城在尘土飞扬中迎接我们。我们也是风尘仆仆，从西向东，一队仿古的现代旅人。

敦煌，可是一个大名字，一个贯穿历史、闻名天下的好地方呵！

敦煌的古代文明源远流长。西汉时开始设立敦煌郡，随后筑阳关、玉门关，修长城，建烽燧，屯田垦种，打开了通往西域、中亚的丝绸之路。敦煌沃野，曾是汉军的根据地，更是东来西往的使者和商旅略事休息的大都市。虽然说它现今的地域面积仅有 3 万多平方公里，但它对中国和世界，都曾有过特殊的历史贡献。

莫高窟是敦煌孕育的文化艺术圣地，它像一颗明珠，在历史的长夜里时隐时现，不断折射出其博大精深的耀眼光芒。

在莫高窟壁画中，出现了许多西域使者和胡商、僧侣的形象。他们有的牵着满载货物的骆驼，跋涉于大漠之上；有的赶着毛驴马匹，驮着丝绸绢匹，奔走于崖谷之中。这些来往的商人，有深目高鼻、虬须卷发、头戴白毡高帽、身穿圆领长袍、脚登乌皮鞋的波斯人；也有浓眉大眼、高鼻多须、身披袈裟的西域梵僧。

如今，作为敦煌八景之一的“古城晚眺”，以高大苍凉的城墩，向游人诉说着古丝路上的往事。

难忘柴达木——

我们一行从敦煌石油基地出发，翻越白雪皑皑的当金山，滑翔似的驰入辽阔浩瀚的柴达木盆地。

柴达木，由蒙语“盐泽”而得名。有戈壁砂砾，有丘陵和盐壳平原，东南部主要是盐湖沼泽。“南昆仑，北祁连，八百里瀚海无人烟”，所说的正是柴达木盆地。

东西贯穿柴达木盆地的青海道，在古丝绸之路上颇具神秘传奇色彩——只有最勇敢、最坚韧、最强悍的驼队才能走完这段艰辛旅程。

20 世纪 50 年代初，地质队发现了柴达木盆地蕴藏油海的油苗显示，引来千军万马，拉开了石油勘探的序幕。

半个多世纪以来，有不少石油人永远地留在了这块不毛之地。地表是灰色的，他们的坟茔也是灰色，不时有风儿打这儿越过，扬起一股烟，灵魂一样萦绕而去。

他们堪称新丝绸之路的开拓者与奠基者。

……

往西行，是无尽的大漠戈壁，有无数雄奇苍凉的故事。东归的路，是回到汉唐的故园去，回到中原和关中的沃野上去，回到丝绸之路的出发点。

这天上午 10 时许，我们回到了当初出发的地方。透过古城墙，一眼就又看见了大雁塔，从来没有像现在这样专注地凝望，从来没有像现在这样感到格外亲切。

我们完成了一次西行之旅，走过一条终生回想无穷的丝绸之路。

爹和娘一个也没有了，我不敢踏上归程，不敢走进那个山村，不敢面对那个小院、那幢老屋，不敢面对爹娘长眠的那堆黄土。

跪天跪地跪爹娘

焦　波

我牵挂着爹娘，爹娘也牵挂着我。爹娘在的时候，我个把月就回去一次，这已成了多年的习惯。

每次回到家，我总是轻手轻脚进门，想捕捉爹娘第一眼看见我的那份惊喜。爹娘第一句话往往是：“哎哟，俺儿回来了！”第二句话往往是：“你不知道自己多大年纪了，还像个孩子一样跟俺撒娇！”

我听了往往哈哈一笑，然后拉着爹娘的手抚摸着，还不时用头拱一拱爹娘的前胸。家里只要有爹娘在，儿到 80 也撒娇。

现在，爹和娘一个也没有了，我不敢踏上归程，不敢走进那个山村，不敢面对那个小院、那幢老屋，不敢面对爹娘长眠的那堆黄土。

俺爹走了

夜里，慈父入梦。蒙眬之中似在通往泰山的山路上。在三三两两的上山人群中，爹依旧穿着娘给他做的那件对襟黑棉袄和那条黑棉裤。父子俩相对而视，老人的脸上竟无任何表情。

“你是俺爹吧?”我走上前去恭恭敬敬地问道。

“俺不是你爹！俺不是你爹!”老人连连摇头摆手，很快便消失在上山的人群中。

2002 年 12 月 8 日早上，我突然接到家里电话，说爹夜里突发脑溢血，昏迷了。当我赶回家时，爹已躺在了医院里。任凭我怎么喊，他都不醒。

我每日每夜守候在爹的病床前，在静静的夜里，仔细端详着爹的脸——

爹很小就跟奶奶下地干活，11 岁就跟爷爷学木匠开始拉大锯。大人站在地上，他得站在凳子上，这一拉就是 50 多年。

爹靠拉大锯供我上学，临到毕业参加工作时，爹一口气儿给我置办了一整套上班的行头：一块 125 元钱的上海手表，一辆 120 多元钱的自行车，还有一件短大衣。当时我挺奇怪，爹哪里来的这么多钱？直到 20 多年后，我才知道，那是爹用做了一辈子木匠活儿攒下的一副寿材换来的！

原以为，我一工作就能让爹娘享清福，这个美梦在我领到第一个月的工资后立时破灭。因为工资袋里只有 24 块钱。在别人的爹退休回家安度晚年的年纪，我的爹却来到城里打工以养家糊口。爹在一家煤矿上做木匠活时，被电刨子削掉了一截手指头，爹一直瞒着家里继续干活……

这就是俺爹！俺的亲爹！

艰难的生活，把爹摔打得结结实实像个木墩子，爹的生命力是极强的。爹15岁时，流行瘟疫，他的弟弟妹妹一天中死了3个。爷爷打了3口小棺材，奶奶痛苦得昏过去3次，爹却一点儿事没有。爹长大后，遇到过几次险情，也都躲了过来。

难道这次爹真的要走吗？我多么奢望他能闯过这一关，早上，他会伴随着太阳醒来，还会像往常一样，笑嘻嘻地对着我的镜头，让我给他照相。

爹真的走了。遵照他的遗愿，临终前，我把他送回了家，爹在他亲手翻盖住了一辈子的老房子里永远闭上了眼睛。

爹走了。他正走向冥冥高处。

梦中的爹为何不认儿子，我不得其解之中又多了几分痛苦。同事为我圆梦说："老人知你心重，一定是想让你尽快忘了他，在世上好好活着。"

我想也许是这样——俺爹无论在哪个世界，都是这么一心想着儿子。

俺娘也走了

俺娘这辈子活得也很不易。她6岁时裹了足，用一双小脚艰难地走了近90年。

娘共生了8个孩子，活了4个，死了4个。我出生时，娘身体很差，一直没有奶水。我嘬着娘干瘪的奶头，整夜地哭。该用的法子都用上了也不见奶水下来。有人说，喝自己的尿也许管用，娘就用大碗接了憋着气喝下去。

俗话说，磨道不长累死牛。俺家也有盘石磨，而且比别人家的大，推起来需两个人。爹又从不摸磨棍，说推磨就头晕，所以磨煎饼糊的活差不多都是娘一个人来干。星期天回家，我和二姐都想着帮娘多推一些。可娘不忍心叫醒我们。等天亮了，我们起床了，娘已推完在刷磨了。一盘大石磨，就靠满头白发身高只有 1.41 米的娘用那双三寸小脚来转动，那双小脚有多大负荷力？学过物理的我是无论如何也计算不出来的。

有年夏收，我给 85 岁的娘拍了一张在地里拾麦穗的照片。照片上高远辽阔的天空大地，和娘佝偻矮小的身躯形成强烈反差。我说：娘，您这么大岁数就别再下地干活了。娘说：人活着，不干活干啥。我勤劳善良的娘啊，您是儿子生命中至高无上的雕像！

不知有多少次这样的送行，不知有多少次。每次离家娘送我，我都不让她往大门外走，娘总是说："俺不出去了。"但当我走出老远猛一回头，娘每次都跟在后边。

有一天，我起身时已是晚上 10 点多，山村里没有一点儿灯火。娘拿了手电，将手电光照到通往村外的小路上。在黑黑的夜里，我看不见娘的身影，我却知道在那晃动的光束后面，有一双昏花的眼睛，直直地望着比手电光更远的地方，望着她远去的儿子……

这就是俺娘！俺的亲娘！

2004 年 2 月 14 日晚上 9 点半，外甥女桂花突然打电话给我，说娘突然言语不清，神志昏迷。我立即跳上北京开往青岛的列车。

赶到家冲进屋门时娘仅剩一口气了。我扑到娘的床前，喊了一声娘，娘立即答应了一声，又喊一声，又答应一声。一分钟以后，娘的心脏停止了跳动。不管我怎样哭喊，娘再也不回来了。娘上爹那儿去了。

爹已走了13个月，我和家里人一直瞒着娘。爹住院后，娘在家里病得也不轻。第二天，我也把她接进了医院。娘的病房和爹的病房只隔两个门，我和姐姐都骗她说："爹已好了，回家了。"

娘在医院住了6天，病情控制住了，但爹却不行了。为了让娘不受刺激，我和姐姐决定把她送到表姐家躲一阵子。

我们搀扶着娘路过爹的病房下楼出院。爹娘相距数步之遥。然而，相濡以沫72年的爹娘却没有相见，蹒跚前行的娘和弥留之中的爹不会想到这是擦肩而过的永别啊！

爹走后的一年中，娘还经历了白发人送黑发人的残酷现实。那就是我大哥的离去。

哥一岁时患了风寒，一连几天高烧烧成了傻子。这以后，哥就成了娘的心病，都快70岁的人了，还当小孩一样养着。每天早晨我家做两碗鸡蛋汤，给爹娘一人一碗，娘总是把蛋汤倒一半给哥哥，再往自己碗里掺点水。

娘80多岁时，还戴着老花镜，一针一针地把哥的寿衣做好了。娘对我说："你哥没个家下（妻子），没个儿女，要是他死在娘后边，你记着，千万给他穿得板板正正的。"

那天，哥犯了癫痫病，倒在床沿上，脑血管破裂，娘坐在床边陪了一宿。第二天一早，娘看哥不行了，一件件地给哥穿好寿衣，然后两手紧紧地搂着哥。70岁的哥在91岁的娘怀中闭上了眼睛。

老屋空空，爷爷和爹的遗像旁边，又多了娘的遗像。我给爷爷、给爹娘叩了三个头，告诉他们我又要回北京了。

黑漆漆的夜里，我又踏上娘每次都送我的那条小路。忽然，桂花追上我，她手里拿着一块毛巾，让我擦一下皮鞋上那层厚厚的泥土。我告诉桂花，这是从娘坟上沾的泥土，就别擦了，还是把它带回北京吧……

俺是没爹没娘的孩子了

爹和娘都走了。

院子里的两簇翠竹似乎也通人性。爹走后，朝北的那一簇叶子变黄，几天后便枯萎了；娘走后，朝南的那一簇也枯萎了，他们的生命跟着爹娘走了……

忙起来，还觉不出什么；一闲下来，爹娘的影子就直往我脑海里撞。撞一下，痛一下，再撞一下，再痛一下。我是没爹没娘的孩子了，是没有人疼爱的孩子了，我觉得丢人，觉得委屈：别人有爹有娘，我一个也没有了。

爹娘在的时候，我每天打一个电话回去问安。爹娘走后，我每天还是下意识地去摸电话，又像触电一样缩回来。心里的那份空，那份痛，那种流血的感觉，真是难以形容。

我尝试着去回忆，想用美好的回忆来慰藉空空落落的心，虽然回忆是美好的，但伴之而来的凄苦更加残忍；我每天期望做一个与爹娘团圆的梦，结果，梦来了，梦走了，冰凉的枕头上只留下清冷的泪。

我庆幸用照相机和摄像机记录下了爹娘30年的生活片段，记录下了爹娘离开这个世界的瞬间。然而，失去爹娘后我长时间不敢面对镜头，不敢看爹娘留下的照片和录像。我心里只有一个愿望——想起来心里流血的愿望！那就是：多想再给你们照相啊，俺爹俺娘！

如今，我没有了牵挂。可是，世上有什么东西能填补失去爹娘的空落感？别的东西失去了可能还会再有，而爹娘失去了便再也没有了。

有牵挂真好！牵挂是一种拥有，牵挂是一种充实，牵挂是一种幸福！

没了啥，也别没了牵挂！

天下一轮春秋月

铭记篇

那些文史留名的文化大家

他一生穿越语言的疆界，自由地运用多种语言进行文学创造。
但不管用什么语言，他始终书写着他的土地和人民。

穿越语言的疆界

铁　凝

2014年12月8日，是叶君健百年诞辰。我们深切怀念这位卓有成就的作家、翻译家，向他致以崇高的敬意。

我们读过许多优秀的外国文学作品，往往记住了作家的名字而忘记了译者，可是我们却不会忘记叶君健。他呕心沥血40年，从丹麦文翻译了全本168篇的《安徒生童话》，因此获得了“丹麦国旗勋章”。他的名字与安徒生在中国，特别是在中国的少年儿童心中所引起的感动紧紧联系在一起。

一位杰出的作家、翻译家，就是以这样的方式活在人们的心目中，历经时光的磨洗而不变色。

一

叶君健熟练掌握多门语言，包括世界语、英语、西班牙语、意大利语、法语、德语、丹麦语、日语、葡萄牙语、瑞典语、挪威语等。我们不禁会惊诧，一个人何以具有如此强大的语言禀赋予如此旺盛的精力，如风一般穿越由语言构成的不同文化的边界。

同时，我们应该追问，语言，究竟意味着什么？美国学者乔治·斯坦纳这样说："人类拥有了语言，或者说，语言拥有了人类，人类就摆脱了沉寂。或者，借用易卜生的意象：用锤子一敲，沉默的矿石就开始了歌唱。"对于叶君健而言，语言就像一扇扇窗户，推开窗户，远处的群山涌入，生命空间得以阔大、明亮；语言也像是一根根藤蔓，正是借助于语言，他得以翻越"寂静的群山"，抵达了一个个新的高度。同样的，理解叶君健，或许也要从一门门语言开始。

世界语，这大概是今天的人们已然感到陌生的一种语言，同样让人们陌生的，是一个时代最优秀的知识分子对这门语言的热情与热望。我们都知道，世界语是波兰籍犹太人柴门霍夫博士1888 年所创立的一种语言，旨在使各民族平等交流，彼此理解。20 世纪初，世界语传入我国，很快就得到了许多进步知识分子的支持，蔡元培、鲁迅、巴金等都学习过世界语。这一种语言在中国大地上、在 20 世纪反帝反封建的进步文化运动中发挥了独特的作用。

少年时代的叶君健之所以以极大的热情投入到世界语的学习中去，也正是出于为被压迫民族伸张正义的理想和信念。他的第一篇短篇小说《岁暮》就是用世界语创作而成的。

1939 年，叶君健用世界语翻译了一本反映中国抗战生活的短篇小说集《新任务》，向世界人民介绍中国的战时文学和中国人民为争取自由独立而艰苦抗争的情况。因为这份对世界语的热爱，叶君健还遭受过磨难。在日本留学期间，因为参加世界语学者组织的学术活动，他被东京警察署逮捕，关押两个多月。但这并没有削弱他对世界语的热情，正如他自己所说的，这种语言“曾经在我心中引起对人类未来的许多美好想象，曾经使我把儿时在私塾所读到过的《礼运篇》中的理想的实现寄托在它身上”。从这个意义上说，世界语中所寄寓的世界大同的理想吸引了这位古老中国的知识分子，他也为世界语在中国的传播与推广作出了重要贡献。

二

叶君健同世界语一样娴熟的还有英语。他的英语好到什么程度呢？以下事实或许可以从侧面说明这个问题。

抗战期间，他曾在周恩来领导、由郭沫若担任厅长的军事委员会政治部第三厅任职，负责抗日的对外宣传工作。只要是进步的国际友人来到或途经武汉前往延安，都是叶君健担任翻译工作，如记者史沫特莱、电影家伊文思等。

武汉沦陷之后，他到了香港。在那里，他译出了《论持久战》，在菲律宾马尼拉出版。可以说，这是毛泽东同志的著作第一次在国外以英译本形式正式出版。他还选择了中国一些进步作家，如刘白羽、张天翼、姚雪垠等反映抗日战争时期中国人民斗争与生活的短篇小说，翻译成英文，发表在纽约的《小说》、伦敦的《新作品》以及莫斯科的《国际文学》等刊物上。经由他的艰苦劳作，中国作家讲述的中国故事开始被英语读者所分享。

1944 年，他应英国战时宣传部的邀请，到英国宣讲中国人民抗日战争的伟大业绩，以激励他们为开辟第二战场作准备。我常常想象当时的情景，正当而立之年的叶君健提着一个小手提箱，带着一把黑色的雨伞，穿行在英国的学校、工厂、农村、军营、教堂，向普通的英国民众发表演说，增进他们对中国的了解，唤起他们对中国的善意。

短短一年时间，他做了 600 多次演讲。他觉得，那还不够，还需要通过文学作品，将中国的历史大变动形象地告诉世界。这就是战争结束后，他在剑桥大学居留期间，在研究欧洲文学的同时，用英语创作的小说集《无知的和被遗忘的》、长篇童话《雁南飞》和反映中国农村斗争的长篇小说《山村》。《山村》引起了欧美读者的极大关注，并被二十几个国家陆续出版。

三

不管用什么语言，叶君健始终书写着他的土地和人民，而在他的创作后期，他的笔回到了他深爱的母语。就在“文化大革命”期间，叶君健白天干活，晚上拉起小屋的窗帘，开始辛勤创作，到“文化大革命”结束，他完成了《土地》三部曲。之后，他又续写了《山村》的后两部——《旷野》和《远程》，只不过，这一次他是用汉语完成的。这三部小说构成了三部曲《寂静的群山》，由伦敦费伯出版社翻译出版。

叶君健是一位有着史诗情怀的作家。他所书写的发生在偏僻山村里的农民革命斗争，是中国现代近 1/4 世纪的革命历程的缩影。除此之外，他还为孩子们创作了大量作品，和他的译作一起丰富了中国少年儿童的精神世界。

不能不特别提到的是，新中国成立后，从 1958 年到 1976 年的 18 年间，叶君健参与了组织翻译毛泽东诗词的工作。他和毛诗英译定稿小组的同志付出了艰辛的劳动。他们的翻译，成为法、德、日、意、西和世界语等几种译本的蓝本。

四

今天，我们谈论叶君健，时常只局限于他的翻译活动与文学创作，事实上，他还是一位编辑家。早在抗战时期，他主编了中华全国文艺界抗战协会的对外机关刊物——《中国作家》，用外文向欧美和苏联介绍中国抗战文艺作品。新中国成立之后，他参与创办了新中国第一个大型对外文学刊物《中国文学》，担任英、法文版的副主编，向世界介绍了多达 2500 万字的中国文学作品。

叶君健的一生，是穿越语言的疆界、自由地运用多种语言进行文学创作的一生。他曾经感慨地说:“我们的文学是世界文学的一个组成部分，也是世界人民的财富，确也应该‘面向世界’。”

在中国文学如火如荼地“走出去”的今天，这番话格外意味深长。中国与世界的距离，似乎从来没有如此近过，而叶君健和他的同行者踏出的艰难足迹使我们知道，不管东方与西方、我们与他们的差异有多大，仍然可能互相理解、彼此欣赏；同时，叶君健的创作实践又让我们领悟到，只有真正回到民族的土壤，回到我们的大地、我们的人民，回到我们的历史、文化，我们共同的过去、现在和未来，文学才有可能成为穿越和化解隔膜的力量，成为让互相遥望和想象的人们相互走近、贴近的桥梁。

我相信，叶君健的精神和成就将会一直启迪和激励着我们，为我们提供前行的动力。

他的文字是有生命的文字，他的写作是有根的写作，他的许多名篇佳作滋养着人们的精神筋骨，印证着激情燃烧的火红年代。

传递文学的红石竹花

铁　凝

今天，我们怀着崇敬的心情，纪念著名作家、党的文艺工作的优秀领导者刘白羽百年诞辰，回顾他的文学成就，缅怀他为我国文学事业作出的重要贡献，重温他作品中和生命中洋溢着的革命激情及精神力量。

一

刘白羽1916年出生于北京通州。在风雨如晦的时代，少年刘白羽接受了革命进步思想的熏陶，年仅15岁就参加了我党领导的抗日救亡运动和罢课斗争。1936年，刘白羽发表小说《冰天》，从此走上了漫长的、成就卓著的文学道路。

1936年，正是全面抗战爆发的前夕，对于20岁的刘白羽来说，文学的道路与国家民族的命运从一开始就是紧密相连的。在《黑》《草原上》《草纸厂》等早期作品中，我们强烈地感受到他的青春热血，对世间的黑暗满怀忧愤，对光明满怀期冀和向往。

抗战爆发后，刘白羽辗转上海、北平、青岛等地，投身于文化界的抗日救亡活动，也为自己的人生寻找着方向。最终，在1938年春天，刘白羽毅然奔赴延安，并于同年12月加入中国共产党。这是刘白羽一生的根本选择，他曾经这样深情地回忆道："我还记得当我还是二十岁刚出头的青年时，带着两肩尘土，一颗真心，踏破黄河两岸的冰雪，在这崎岖的小路上，第一眼看到延安，那一刹那间，我的眼睛充满了泪水。那是从黑暗中，第一次看到黎明的幸福的眼泪呀！是的，我们的庄严的、战斗的道路从这儿开始了。"

这不仅仅是刘白羽个人的经历，更是整整一代进步青年共同的心路历程。延安如黑暗中的火炬，召唤着无数寻求光明的赤子从五湖四海汇聚而来。正是在宝塔山下，刘白羽真正走上了他毕生矢志不渝的"战斗的道路"。在延安，年轻的刘白羽受到毛泽东的亲切接见，并受毛泽东派遣，陪同美国总统特使卡尔逊访问华北抗日根据地。从青年到晚年，刘白羽一生中曾多次投身战场，华北之行是第一次。"林暗草惊风，将军夜引弓，平明寻白羽，没在石棱中"，刘白羽的名字从此与军旅、与铁和血的战斗紧紧地连在一起。

在华北，刘白羽创作出《五台山下》《龙烟村纪事》等多部表现抗日军民英雄风貌的小说集，并开始撰写朱德将军的传记。1940年，他回到延安，担任中华全国文艺界抗敌协会延安分会党支部书记。在延安文艺座谈会前后，刘白羽作为"全国文艺界抗敌协会"的主要负责同志之一，担负着联络广大文艺工作者的工作，多次向毛泽东汇报文艺界的情况。他后来回忆道，"那段时间是我的人生、我的文学生涯的转折点，我和许多同代人一样，在《讲话》的指引下成为自觉的革命者，成为战士”。深入火热的斗争生活，为广大人民群众写作，从此成为他的坚定信念。

1944 年，刘白羽被调往重庆，任《新华日报》副刊部主任和党总支书记，从事文艺界的统战工作。通过《世界的新面貌》等通讯报道，刘白羽将根据地的形象、共产党的声音，传向了全中国乃至全世界。解放战争爆发后，刘白羽作为新华社军事特派记者远赴东北，跟随解放大军一路南下，亲历了辽沈、平津、渡江等重大战役。在炮火硝烟之中，刘白羽倚马万言，激情澎湃，报告文学集《环行东北》《为祖国而战》，小说《政治委员》《战火纷飞》以及一系列新闻报道，成为争取民族独立和人民解放伟大斗争的直接、真切的记录。

二

新中国成立之际，刘白羽作为第四野战军代表，参加了全国政协第一次会议和中华全国文学艺术工作者代表大会，当选为“文艺家协会”理事。当抗美援朝的炮声响起，时任总政治部文化部副部长的刘白羽，先后两次奔赴战场，创作了通讯报告集《朝鲜在战火中前进》《对和平宣誓》和短篇小说集《战斗的幸福》。志愿军惊天地、泣鬼神的英雄战绩，在他磅礴的文字中，凝结成一代人的记忆。

朝鲜归来后，刘白羽先后担任中国作家协会副主席、党组副书记、书记，并兼任文化部副部长等职。他积极贯彻党的文艺政策，为社会主义文学事业的发展和新中国与世界各国的文化交流作出了重要贡献。与此同时，他的创作也进入了新的境界。短篇小说集《晨光集》，散文集《早晨的太阳》《万炮震金门》《红玛瑙集》等相继问世；其中《长江三日》《日出》等一系列散文杰作，气象恢宏而又深情细腻，唱响了新时代崇高、壮美的主旋律。

进入新时期以后，刘白羽先后担任总政治部文化部部长、《人民文学》主编。他坚持文艺的“二为”方向和“双百”方针，以强烈的责任感，积极推动中国文学的繁荣发展。他高度关注文学的新生力量，不遗余力地推荐和扶持新人新作。不少作家朋友都曾回忆，刘白羽的鼓励与帮助，是自己能在文学道路上坚持前行的重要动力。

刘白羽是新中国军旅文学的开创者之一，在他的不懈努力下，我国军旅题材文学创作在新时期佳作迭出、群峰耸立。我们所熟知的《西线轶事》《高山下的花环》等作品，都曾得到他的大力支持。

烈士暮年，壮心不已。刘白羽在晚年，笔耕不辍，硕果累累。修改完成了抗战时期就已写成初稿的长篇传记文学《大海——记朱德同志》，创作了《巍巍太行山》《昆仑山的太阳》《心灵的历程》《风风雨雨太平洋》等大量作品，其中长篇小说《第二个太阳》于1991年荣获第三届茅盾文学奖。

三

刘白羽毕生不曾放下手中的笔。50余部、400多万字，横跨小说、散文、报告文学、传记文学、通讯报道等诸多文学门类，显示出一位杰出作家永不枯竭的创作活力。他的作品被翻译成英、俄、德、缅等多种文字，获得过斯大林文艺奖金；他的许多名篇佳作陪伴着几代人的青春和成长，彰显着现代汉语的魅力与气魄，滋养着人们的精神筋骨。

刘白羽毕生都是时代的歌者。他的写作，一直紧紧追随着中华民族伟大复兴的历史进程，从革命战争的壮丽史诗、抗美援朝的英雄故事，再到社会主义建设的火热图景，他始终挺立在时代的潮头，他的笔始终为中国人民创造历史的斗争和实践而劳作，他的心始终为祖国的独立和富强而激动，他无愧于时代，无愧于人民。

刘白羽多次说过，他不仅仅是一个作家，更是一位革命军人、一名共产党员。回顾他的一生，他的理想信念从不曾动摇，他的党性矢志不渝。我曾在一位同志的回忆文章中读到，1994年，相伴大半个世纪的爱妻因病离世，悲痛中的刘白羽以“我是共产党员，我能挺得住”鼓励自己，最终以80多岁的高龄坚持完成了与妻子共同构思过的长篇小说《风风雨雨太平洋》。今天的会议在现代文学馆举行，这让我想起刘白羽的遗嘱，他把一生所写的手稿，获得的奖章、奖状，收藏的字画、艺术品和图书全部捐赠给了中国现代文学馆。我想，他留在这里的，不仅是那些珍贵的物品，更是一个共产党人清风明月般的无私风范。也正是这种坚定不移、毕生奉行的共产主义信念，为作家刘白羽提供了不竭的激情和动力。

刘白羽始终自觉践行延安文艺座谈会的讲话精神，深入生活、扎根人民。他的文字是有生命的文字，他的写作是有根的写作，因为他的心始终和战士在一起，始终和工人在一起。重温刘白羽的作品，我们的目光透过纸面，能够看到他那奔走在人民斗争生活最前沿的身影。1984 年，68 岁的刘白羽拄着拐杖，带领中青年军队作家登上老山峰顶，探访敌军炮火射程之内的阵地。在年过八旬的晚年，他依然勉力前往大庆、鞍钢和宝钢。他曾说："走向人民，走向生活，走向壮阔的时代，走向人民为创造美好未来所进行的伟大实践，这将永远不会过时。"深入生活，这对刘白羽来说，是知行合一，更是党性与人民性的高度统一。

刘白羽的作品，激情豪迈、气大声宏，字里行间闪耀着理想主义的光辉。他曾自我总结道，"我的美学就是激流勇进之美"。作为中国社会主义美学的重要探索者、实践者，他那崇高壮丽、充满阳刚之美的艺术风格，有力地印证着激情燃烧的火红年代。这种理想主义激情，既显示出苏俄文学传统的影响，也回荡着他毕生挚爱的盛唐文学清刚阔大的强音。正所谓"文如其人"，文字的激情，根源于心灵的强健。"掌握住舵轮，透过闪闪电炬，从惊涛骇浪之中寻找到一条破浪前进的途径，这是多么豪迈的生活啊！我们的哲学是革命的哲学，我们的诗歌是战斗的诗歌，正因为这样——我们的生活是最美的生活。"《长江三日》里的这段话，将永远回荡在中国人的心头，不仅仅因为它气魄宏阔、文辞华美，更因为透过这些文字，我们能够触摸到一位激情澎湃、相信未来的共产党人的赤诚之心。习近平总书记《在庆祝中国共产党成立 95 周年大会上的讲话》中指出，全党同志一定要不忘初心、继续前进。“不忘初心”，这也是刘白羽一生创作道路的写照。

两年前，习近平总书记在文艺工作座谈会上发表重要讲话，为新的时代条件下中国社会主义文学的繁荣发展指明了方向。今天，我们纪念刘白羽，对于认真学习、深入领会总书记重要讲话精神具有重要意义。今天的会议，不仅是回顾刘白羽成就卓著的一生，更是要总结和继承刘白羽的精神，让他那颗文学的“初心”、奋斗的“初心”、共产党员的“初心”和作家的“初心”，在新的时代继续传递和跃动。此刻，我想到了刘白羽在《樱花漫记》一篇中引用过的巴黎公社女诗人路易斯·米歇尔的诗：

为了相互识辨，我们每人都佩戴红石竹花，
红色的花，你们再生长吧，
在未来的年代中将会有别的人来拿着你们，
而这些人就是获得胜利的人。

如今，曾佩戴在刘白羽胸前的那朵文学的红石竹花，传到了我们的手上。让我们传承刘白羽的精神，不忘初心、继续前进，创作出无愧于人民、无愧于我们这个伟大时代的优秀作品，在中华民族伟大复兴的征程上贡献我们的力量！

心血凝就的一字一句，告慰着老人“为芹辛苦见平生”的执着，也延续着老人永不凋零的学术生命。

醉在红楼

王斯敏

五月槐花香。一树树立在夏日里，绰约，繁盛。

睹花思人。一年前，这世上爱花的周汝昌老人离开我们远去了。

一年间，他的遗著《红楼新境》《寿芹心稿》得千万读者用心品赏，其里程碑式的代表作《红楼梦新证》增订纪念版也如约问世。

心血凝就的一字一句，告慰着老人“为芹辛苦见平生”的执着，也延续着老人永不凋零的学术生命。

“醉红”晚境：
“九五光阴九五春，荣光焕彩玉灵魂”

得识周汝昌，是在其生命的最后两年。

2011 年年初，笔者致电周宅，向素未谋面的周老约稿。仅两天后，其女伦玲便发来了老人口述、她记录整理的文稿。近两千字，娓娓讲述大观园联句内蕴，字字珠玉，句句鲜活，几无可删改之处。

于是，便有了后来数次登门拜访。

自 1989 年始，周汝昌便居于京城红庙一套三居室。这里的简朴，引发过很多来访者的感喟。破旧、寒酸，既无丰富的藏书，更无奢华的摆设。但和老人交谈片刻，便有气象万千、陋室生辉之感。那是久经岁月淘洗之后沉淀的智慧与性情，是病弱之躯关不住的活力与灵动。

谈研红新得，忆人生浮沉，析红学现状，时年九十有四的老人和笔者一聊便是两个多小时，兴奋处眉飞色舞，激愤时言语铿锵，对所喜所憎丝毫不加掩饰。

就在那次交谈中，老人兴致盎然地提到了正在写作的新书。

这该是怎样艰难的“写作”——1975 年，周汝昌因用眼过度左眼失明，右眼则需靠两个高倍放大镜重叠在一起方能看书写字，写出的字大如核桃，经常串行。近几年来，右眼也近失明，只能依靠口述成书。

不能亲自查阅资料，无法随时增删修改，对老人的学养和脑力堪称极大考验。然而，他从 2000 年至今仍出版新书十余部，且不断有文章面世。

“很难想象父亲脑中装了多少东西。精神好的时候，他能六七本书同时进行，讲一本讲烦了，就叫停，马上讲另一本。”伦玲大姐告诉笔者，周老的三女二子皆是其助手，每人手里都有两三本书在整理。

即便如此，老人仍深感遗憾。“我目未全盲时，写作《红楼艺术》一书，从出版社拍板到交稿，只有一个半月。那种工作效率，恐怕今天人们听来都不肯信。”

2012 年 4 月，老人赶写完《寿芹心稿》，身体明显更不如前。儿女“强迫”他卧床休息，他无奈，便把新出版的《红楼新境》放在枕边，不时拿起摩挲，默默无语。精神稍好，他便要求子女念新书给他听，还口述了一本刚构思好的新书大纲要求子女记下，书名暂定《梦悟红楼》。

5 月 30 日，神色安详的老人叫来儿子周建临，“心痛中赋诗”一首：九五光阴九五春，荣光焕彩玉灵魂。寻真考证红楼梦，只为中华一雪芹。

谁能料到，这竟是老人最后的遗言。转天，老人便撒手人寰。

他燃生命为烛，祭奠雪芹；而今，烛泪尽，情未了，人已去，空留一段“高山流水”之余韵，隔时空深情唱和！

曲折平生：
“悬真斥伪破盲聋，探佚专门学立宗”

20 世纪 20 年代，天津咸水沽镇一户普通人家。一位早慧孩童好奇地翻开了母亲时常捧读的一本古书《石头记》。难解的书名和篇首大段“作者自云”，令他草草扫过几眼便丢下，未曾挂心。

这便是周汝昌。那时的他怎么也想不到，此书竟会冥冥中与他重逢，并左右他跌宕浮沉的整个人生。

1947年，就读于燕京大学西语系的周汝昌收到四哥祜昌寄自家乡的信函，托其查证一篇关于曹雪芹的文章。四哥研究《红楼梦》多年，为助其一臂之力，周汝昌遍查燕京大学图书馆，果有新发现。勤学善思的他不愿埋没新知，便撰文《曹雪芹卒年之新推定》，发表在天津《民国日报》副刊。

不久，一封信函飞至周汝昌手中，署名赫然为“胡适”。原来，胡适在友人推荐下通读此文，颇为赞赏，当即来信。周汝昌自是兴奋。他仔细研读《红楼梦》，很快不能自已，“发现了一片大天地”。

伴随着和胡适的书信往复、探讨切磋，1953年，煌煌40万言的《红楼梦新证》出版。此书不但发掘考证了海量史料，并且把对作者身世的研究与文本本身相结合，开创了不同于“新索引派”的研究理路。在今人眼中，它仍是“红学研究中绕不开的经典之作”。

短短一年间，此书3次再版，甚至被毛泽东圈阅品赏。但一场借红学而起的政治纷争正暗流涌动，周汝昌自然被卷入其中。受冷眼、被批判，下放“五七”干校……之后十余年光阴就此蹉跎，一直到1970年，方在周总理关怀下调回北京。

安顿后第一大事，便是修订《红楼梦新证》——厄境中他从未停止思考，太多心得急于表达。

青灯黄卷，昼夜奋笔，修订版《红楼梦新证》竟由初版时的40万字增至80万字。然而，书未出版，他竟累至双眼视网膜脱落，经手术治疗，右眼视力仅存0.01，左眼失明。

二十余岁起便因病逐渐失聪，现又几乎目不能视，对一个爱书人而言，这该是怎样的苦不堪言？在无声且黑暗的世界中，周汝昌反倒心无旁骛，相继出版了《献芹集》《石头记鉴真》《红楼夺目红》等数十本著作，并屡发新论，将红学构建为曹学、版本学、脂学和探佚学四大范畴。2004 年，他倾注多年心血的《石头记会真》出版，被认为是其红学研究的又一高峰；同年 9 月，精校本《红楼梦》(《八十回石头记》）问世，被评价为“第一个最接近曹雪芹原书原貌的真本善本”，再次震动红学界。

痴真品性：
“万口齐嘲玉，千秋一悼红”

精研一生，周汝昌并不认为自己已读懂了《红楼梦》。

在他看来，《红楼梦》不仅是中国古典小说的巅峰之作，更是“中华文化之学”，包含总结了我们民族的文史哲和真善美。

字字句句，见得一介书生的“痴”“真”二气。

“他可以忘记自己的生日，却年年给曹雪芹过生日。”伦玲大姐说。

“周先生年轻时在我校执教，有天出门，见一小饭馆名曰‘潇湘馆’，便含怒质问店主：怎可亵渎林妹妹之雅舍？店主不理。岂知周先生回校召集学生于店前抗议，店主只好改挂店招。”四川大学中文系教授张放回忆。

而文化学者张颐武则感觉：“周先生似乎是他的《红楼梦》中的人，他其实更愿意在那个世界里做逍遥游。”

然而，痴者往往是执拗的，直来直往，不迎合于人，对不足之事多有批评。因此，周汝昌早早地陷入了学术论争之中。所幸的是，一入“红楼世界”，他便找到了自己的“大自在”“大欢喜”。正如后人评价——曹雪芹痴，用 10 年写《红楼梦》；周汝昌更痴，用 60 年研究曹雪芹和《红楼梦》。痴人之间性情相通，周汝昌确是曹雪芹的旷世知音。

为悼念雪芹，老人写下“万口齐嘲玉，千秋一悼红”的诗句，并直言此生“无悔，不悔，难悔，也拒悔”。

周老虽去，却留铮铮风骨烛照人间。缅怀之余，或许该有一问：何时能多一些以学术为生命的真学者，为千古文脉的传续而痴而狂？

那里的人、事、风景、味道，和卖酸梅汤、杏儿茶的吆喝的声音，我全熟悉……像一张彩色鲜明的图画浮立在我的心中。

炽热的平民情怀

姬　喆

再过几天，就到了老舍先生舍身反抗“四人帮”迫害的忌日——8·24。为追念这位文化大师，我来到他的儿子舒乙家。

对于世人而言，大师是一个神话。但对于儿子来说，大师无论多么令人高山仰止，他永远只是父亲。

老舍先生死后，舒乙陪伴父亲度过了一个漆黑的雨夜。他摸了父亲的脸，拉了父亲的手，把泪洒在父亲满是伤痕的身上，他把人间的一点热气当作爱回报给父亲……

舒乙回忆道：我真正懂得父亲，是在他去世之后的日子。我看了他的全部著作，采访了他的很多朋友。我发现大家之所以敬仰他，不光是因为他写出了许多优秀作品，更因为他炽热的平民情怀。

父亲一直把自己称为平民“写家”

舒乙说，父亲成了作家以后，却一直把自己称为平民“写家”。在他看来，写家就是以写作为职业，像车夫和木匠一样，是一种营生，是谋生的饭碗。这种心态和他自己也是个穷人有关。

父亲出生在北京下等人居住的小羊圈胡同（现改叫小杨家胡同了）。那天是狗年的腊月二十三，北京最冷的日子。年过 40 的奶奶生下父亲后因失血过多昏了过去，是已出嫁的大姑及时赶到把父亲暖在怀里，才未冻死。

父亲一岁半的时候，当护军的爷爷阵亡于和八国联军的巷战中。因此，父亲不记得爷爷的音容。以后的日子全靠奶奶替人家洗衣服、做针线活儿和帮佣支撑。奶奶没有足够的奶水，父亲是吃米汤和稀糊糊长大的，3 岁时还不会讲话和走路。

一次，八国联军入城挨家搜索财物鸡鸭。闯进我家门后一刺刀先把老黄狗刺死，而后入室搜索。他们走后，奶奶把空衣箱搬起，才发现了躲在下面的父亲。他从洋鬼子的刺刀下面捡回来一条命。

以至多少年后，父亲无论在哪里，只要一闭眼，小羊圈和那个诞生了他的小院子就真真地回到眼前，他就看见自己苦命的母亲和自己不幸的童年，心中充满一种悲凉感，不由得常常满腔激愤。

“门洞只有二尺多宽……影壁是不值得一提的，它终年的老塌倒半截……院子东西长，南北窄，地势很低，每逢伏天夜里下暴雨的时节，全家人就都要坐到天明，以免屋顶忽然塌了下来，同归于尽……那里的一草一砖都是我的生活标记。”

父亲曾 3 次大规模地把小羊圈和诞生了他的小院子写进自己

的小说。最早的一次是《小人物自述》；第二次是《四世同堂》；第三次是《正红旗下》。父亲在小说中把小羊圈当作地理背景和活动舞台，演出一幕又一幕 20 世纪上半叶苦难中国的悲壮史剧。

这 3 部小说都是被公认的父亲杰出的作品。这也许出于巧合，也许完全是必然。因为，若换一种幼年生活，很难想象小羊圈是否还会在父亲作品中出现。

老舍先生是在北京的贫民小胡同中生长起来的作家，就像他多次描写过的北京城墙砖缝中的小枣树一样，土壤、营养都贫乏到极点，可是它依附在母亲——雄伟古城的胸口上，顽强地钻了出来，骄傲地长成了树，一棵别具个性的大树！

父亲的写作源泉是北京的平民生活

舒乙说，父亲生在北京，长在北京，25 岁之前一直住在北京，其后隔了 25 年，到了 50 岁又回到北京，直到去世。也就是说，他一生的大部分时间是在北京度过的，是个地道的北京人。因此，北京的平民生活是他的写作源泉。

父亲曾写道：我的最初的知识与印象都得自北平，它是在我的血里……那里的人、事、风景、味道，和卖酸梅汤、杏儿茶的吆喝的声音，我全熟悉……像一张彩色鲜明的图画浮立在我的心中。

父亲还写道：我所爱的北平不是枝枝节节的一些什么，而是整个儿与我的心灵相黏合的一段历史，一大块地方，多少风景名胜，从雨后什刹海的蜻蜓一直到我梦里的玉泉山的塔影，都积凑到一块，每一小的事件中有个我，我的每一思念中有个北平……真愿成为诗人，把一切好听好看的字都浸在自己的心血里，像杜鹃似的啼出北平的俊伟。

由此可见，对故乡北京父亲有一种近乎神圣的敬爱和依恋。

父亲的代表作，一般公认的有以下几种：长篇小说《离婚》《骆驼祥子》《四世同堂》《正红旗下》；中、短篇小说《微神》《月牙儿》《我这一辈子》；话剧《龙须沟》《茶馆》。这 9 部代表作，全部是取材于北京的。可以说，父亲作品中最精彩的部分是写北京平民生活的。

从时间跨度上看：父亲的处女作《老张的哲学》写于 1925 年，是写北京的，当时他 26 岁；他的压卷作是小说《正红旗下》，写于 1963 年，也是写北京的，当时他已 64 岁。也就是说，他写了一辈子北京的平民生活。

从数量上看，父亲长篇小说的 60% 是描写北京的。1949 年以后他写了 14 部大型话剧，除《西望长安》和《神拳》各有一幕发生在北京，其他全以北京为背景地点。

父亲描写的北京是相当真实的，山水名胜古迹胡同店铺基本上用真名，大都经得起实地核对和验证。这些真地名在他作品中一共出现过 240 多处。这个庞大的数字，不仅构成父亲作品的一大特点，而且为作品增添了强烈的立体感、真实感。

如今，看得见、摸得着的老北平早已成了形单影只的孤砖片瓦，唯有老舍先生的作品像个和气的老伙计，热情地张罗着人们到老京城里来看平民生活的“清明上河图”，来看那些踪迹难寻的小茶馆、大杂院和热闹的街巷、车行、庙会……

父亲把最感人的作品都献给了平民

舒乙说，从小在“苦汁子”中浸泡长大的父亲，对旧中国底层穷人有着心心相通的生命体验。他始终牵念于他们的生存状况，对他们充满了深厚的同情，他说：“剥去他们的那些破烂污浊的衣服，他们会和尧舜一样圣洁、伟大、坚强!”他希望通过自己的作品唤起他们对悲惨命运的抗争，希望孩子不再穿不上裤子，男人不再卖命，女人不再卖肉，都能过上人的生活。

因此，父亲笔下的人物都是北京最普通的平民，从车夫、棚匠、教师、巡警、职员、商贩、暗娼、拳师、老妈子到唱戏的、相面的、剃头的、看坟的、听差的、卖苦力的……“浮在记忆上的那些有色彩的人与事都随手取来，没等把它们安置好，又去另拉一批，人挤着人，事挨着事……”可以说，北京平民从事多少行业，父亲笔下就有多少种身份的人物，他几乎写遍了三教九流、五行八作。

走进老舍先生笔下的平民世界，我们认识了祥子哥、月牙儿姑娘、刘师傅、周掌柜、牛牧师、王举人、张老师、高秀才、范参谋、储所长、唐巡长、孙排长、毕科长；认识了祈老太爷、庞四奶奶、侯三姑、彭六嫂、陈寡妇、常妈、王妻、赵姐；认识了大牛儿、大白猫、大蚂蚁、大傻杨；认识了小二德子、小刘麻子、小宋恩子、小吴祥子和老楚、老冯、老李、老邱、老郑……

老舍先生毕生倾其笔力构筑的庞大的北京平民生活景观，是对中国现代文学发展的一个独特贡献，他也因此成为以描写平民著称的作家。

父亲是第一位用平民口语创作的作家

舒乙说，为使自己的作品更贴近平民，父亲给自己提出的奋斗目标是，用平民最通俗最生动的口语，描写复杂的心态、事物、风景。

这是破天荒的大胆写法。现在，这种写法已经司空见惯，而且成了光荣的传统。但是，在当时，在20世纪20年代，这种写法是带有革命性的转变，并不为所有的人接受，不少人就指责他的文字太缺乏书生气，太俗，太贫，近于车夫走卒的俗鄙。父亲曾大声地回答过这种指责：“我一点也不以此为耻！”

所谓平民的口语，就是北京方言。北京话素以轻快幽默生动闻名天下。父亲得了地利之功，节选、加工和改造了北京方言，创造了一种仅仅属于他自己的、并不是记录型的所谓“京片子”，并用它进行文学创作。用父亲的话来说就是：用自己的笔去沾那活的、自然的、北平话的血汁……把顶平凡的话调动得生动有力，烧出白话的原味儿来；同时又在俗白中追求讲究精制的美，使之简洁凝练，准确精当，有思想、有味道、有嚼头。

由于父亲创作的语言平民化，他的作品常常传达出让人遇到知己的亲近感，读起来就像在和邻家的大爷大娘兄弟姐妹说话一样。这种亲近感不单纯是技巧的产物，更是父亲真挚的情感流露。

老舍先生不愧为“语言大师”。他的语言不仅服务于表现平民人物的需要，而且被誉为最活泼的、最俏皮的、最有音乐性的、最流利的和最上口的语言体系，在中国现代文学史中独树一帜，值得后人世代珍视它，研究它，学习它。

父亲未来得及写的仍是3部平民小说

舒乙说，父亲晚年创作力仍很旺盛，写了24部戏剧之后，计划再写3部长篇小说，仍是写平民的。头一部是自传体故事《正红旗下》，其他两部分别是北京天桥的故事和八大胡同的故事。但他的这些写作构想未能完成。

《正红旗下》父亲只写出了近11章大约8万字，仅是一部巨著的开头。在这部作品中，父亲同样浓墨重彩地塑造了众多栩栩如生、各具特征的平民形象——温和老实的父亲、勤俭朴实的母亲、聪明能干的福海二哥、倔强耿直的王十成以及尖刻自大的姑母、吃喝玩乐的大姐夫、奸猾钻营的多老大、逍遥自在的博胜之、能说会道的索老四……

《正红旗下》是父亲最后的一部作品，也是最好的一部作品。父亲以他晚年炉火纯青的写作技巧，以他饱经沧桑的人生经历，以他一个老者的冷静的深思熟虑，缓缓道来，写下了最漂亮、最深刻、最生动的文字，成为他文学作品中集大成的代表作。可是，“文化大革命”的开始使他无法再继续写下去。这是个悲剧。像他本人一样。

我永远也难以忘怀，46年前的8月24日凌晨两点，母亲把遭到残酷侮辱和毒打的父亲接回家，含泪为他清理了伤口。一早，母亲前脚刚走，父亲也出了门，他一个人默默地走向了太平湖……

父亲死后的第二天下午，我才得到通知去太平湖处理后事。父亲头朝西，脚朝东，仰天而躺。他没戴眼镜，眼睛是浮肿的。他的头上、手臂上都是已经凝固的大块血斑，还有一片片青紫色的淤血。他，真是遍体鳞伤。

我坐下来，一边看守死去的父亲，一边等待母亲的到来。那一夜，我不知道坐了多久，天早就黑了，周围没有路灯，天上没有月亮和星星。天下起雨来，是蒙蒙细雨，我没动。时间长了，顺着我的脸流下来的是雨水，是泪水，我分不清。我爱这雨，它使我不必掩盖我的泪。我爱这雨，它能陪着我哭。

按照当时的说法，父亲“自绝于人民”，骨灰不允许保留，被彻底遗弃。他的墓穴里只有一支毛笔、一副眼镜、一罐香片茶叶和一块血衣残片。我特意将墓基设计成湖水图案，在旁边的碑石正面刻上父亲抗战时期自拟的墓志铭：“文艺界尽责的小卒，睡在这里。”

直到死，父亲所关心的，并不是被随心所欲乱扣的那些大帽子，而是对人民的态度问题……

敬爱的老舍先生，您是伟大的“人民艺术家”。人民在您心里的分量有多重，您在人民心里的分量就有多重。您的平民朋友，您的忠实读者，您的五洲四海众多崇拜者，都会永远缅怀您，铭记您，仰慕您！

告别了舒乙，我的心情依然沉重。老舍先生去世时年仅 67 岁，如果他能活到 80 岁、90 岁，会有更多不朽之作问世。可惜没有，没有如果，只有深深地痛惜！

铁栅三间屋，笔如农器忙。砚田牛未歇，落日照东厢。

苦把流光换画禅

董夏青青

高楼大厦之旁，喧闹的街市之后，一处陈旧的四合院，在现代的氛围里独显着一份古朴。这就是北京西城区跨车胡同13号，一代书画艺术大师齐白石的故居。

“铁栅三间屋，笔如农器忙。砚田牛未歇，落日照东厢。”齐白石在这里居住了31年，直到生命的最后时光，他晚年创作的绝大部分传世之作都是在这所简陋的旧宅里完成的。

在齐白石诞辰149周年的日子，我来到他的故居前，追忆这位伟大艺术家的中国风骨。

一

时间像一小丛火，慢慢且细细地煨着历史的药罐，直到岁月的清水完全地变成浓黑的中药汤，给人留下无穷的回味。

齐白石只读过一年书，从15岁起便当起了木匠学徒。但是，他却把这项“下等活”做得很有滋味。他经常摹习《芥子园画谱》，使自己雕花的技术臻于“庖丁解牛”般的境界。

1888 年，齐白石先后向一些乡里名士学画，并师从陈少蕃学诗文。以致后来，他自我评价：篆刻第一、诗词第二、书法第三、绘画第四。

1864 年到 1901 年，齐白石都没有离开过湖南湘潭故乡。在故乡，他每天总可以听到一点天地中的事，闻见造物者带有泥沼气的智慧。这使得齐白石的画纸像一个奇怪的旋涡，以往旧文人根本不屑的什么农民干活用的钉耙、镢头、竹筐、瓦罐等都统统被卷了进去，乡间的各种草虫、青蛙、鱼虾、瓷器，以及放牧、打柴等都成为他画面上的题材，甚至算盘、秤砣、老鼠、蚊子都越过名声的藩篱，没入画中。

因此，他的画里不小心就塞满了田地里绿油油的草树的清香，混进了孩童们热闹的歌谣，以及本分的老农劳作过后歇息时的余慵。他的心是一座宽敞的宅院，任由自然万物的声音和光辉进出。

二

在故乡待了近 40 年的齐白石，不惑之年开始接触外界的天地河流。8 年里，他“五出五归”，游历了陇中、岭南、江浙等地。然而，他的艺术爆发力此时仍冻结在一片混沌当中，头脑里依稀只是故乡“寄萍堂”模模糊糊的光景。

1917 年，家乡遭遇战乱，军队和土匪竞起，齐白石为了养活家人和躲避灾祸来到了北京，在琉璃厂南纸店挂单，卖画、刻印，维持生活。然而，对这位满身泥土气息的布衣画家赏识的人并不多。“一身画债终难了，晨起挥毫夜睡迟”，谋生的重负向他挥动起鞭子，重重地落下。

备受冷落的齐白石意识到，只知步古人后尘，没有出息，他下决心变通画法，自创风格。于是，在57岁那年接受好友陈师曾的建议，汲取明清写意画家徐渭、朱耷、石涛及当时的吴昌硕等诸家画法，融合传统写意画和民间绘画的表现技法，熔民间画与文人画于一炉，大胆创造，实现了“衰年变法”，形成笔法凝重、意境奇特、构图拙简、赋色艳而不俗的新山水画风格。

1922年，陈师曾携中国画家作品东渡日本参加《中日联合绘画展》。齐白石的新作以重磅炸弹的姿态投向画展，200多幅作品在3天内以高价一抢而空，连观展的法国人也抢购了几张，拿去参加巴黎艺术展。

齐白石这只羸弱而稀罕的蝴蝶，在东瀛微微扇动了一下翅膀，便随即掀动起一场在北京字画界辐散开的飓风。

琉璃厂“南纸店”的老板们，发现平时不太被人注目的齐白石作品，突然被外国人奉若圭臬，哪怕他们把画价提高数倍、数十倍，也填不饱这些人的胃口。于是，在齐白石的家门前，刚到的画商还没停稳脚跟，就被后头赶来的撂倒在了身子底下。

“衰年变法”，使齐白石实现了艺术创造力的觉醒和艺术才能的迸发。他先是与徐悲鸿、张大千一起，成为中国近代画坛的三位大师；后又和著名画家傅抱石一起被称为“南北二石”。

三

1926年冬天，经济状况已经大有好转的齐白石，花2000银元买下了跨车胡同的住宅，终于在北京有了一个安定的家，而那时他已64岁。

北京一般的四合院种的多是丁香、海棠、月季、石榴等有姿采的花花草草。可是齐白石的南院除了甬道铺上了砖，地里却种满了丝瓜、葡萄和苋菜，使得故乡的景致在这里生了根。齐白石并不单单是思恋故乡的山水，更重要的是他画上的一草一茎都由这田间地气相摩相荡而生成。

这个固定的居所，也是不断生长出一些关于齐白石的小故事和小趣事的泥土。

黄永玉在回忆录里写道："第一次拜见白石老人是可染先生带去的。老人见到生客，照例亲自打开了柜门的锁，取出两碟待客的点心。一碟月饼，一碟带壳的花生。路上，可染已经关照过我，老人将有两碟这样的点心端出来。月饼只剩下四分之三；花生是浅浅的一碟。都是坏了的，吃不得。我远远注视这久已闻名的点心，发现剖开的月饼内有细微的小东西在活动；剥开的花生也隐约见到闪动着的蛛网。这是老人的规矩，礼数上的过程，倒并不希望冒失的客人动起手来。"

齐白石还在家中盖了一间储藏室，虽然是间储藏室，但它是用整砖垒的，是整个院子里最结实的屋子，与画室、睡房相比，简直结实得过了分。齐白石除了在画室里待的时间长，这一间就是齐白石天天光顾、来得第二勤的地方。这间屋里放着粮食，每到做饭的工夫，佣人便去请示，齐白石会取出一大把时时拴在身上的钥匙，带着她打开锁，根据当下吃饭的人数，亲自用一个小罐头盒量出米面。

齐白石在生活中的种种“怪”作风，经常成为一些人责难他的把柄。其实，这正是他的可贵之处。他倔强得像一个天真的孩童：不爱做的事，决不勉强；看不惯的事，张嘴就说。

“七七事变”后，北平沦陷。1939 年，他在门上贴出 13 个大字：“白石老人心脏病发作，停止见客。”后来，又在大门上贴出一张告示：“画不卖与官家，窃恐不祥，中外官长要买白石之画，用代表人可矣，不必亲驾到门。从来官不入民家，官入民家，主人不利。谨此告知，恕不接待。”以此，拒绝日伪大小头目来索画，表现了崇高的民族气节。

他还画了一幅《群鼠图》，借诗画影射日寇汉奸。上写道：“群鼠群鼠，何多如许？何闹如许？既口齿我果，又剥我黍。烛灯残，天欲曙，严冬已换五更鼓。”

看到日本败象渐现，他又画了一幅“斜阳图”。画上以斜阳示“日落”，题句云：“网干酒罢，洗脚上床，休管他门外有斜阳。”

抗战期间，他还画了不少“不倒翁图”，勾勒涂抹，一气呵成，简洁明快，粗犷拙朴，寥寥几笔，神态毕现，把一个个不学无术、卖身求荣、唯求不倒的贪官嘴脸刻画得入木三分。然后，在上题诗：“能供儿戏此翁来，打倒休扶快起来，头上齐眉纱帽黑，虽无肝胆有官阶。”或题：“乌纱白扇俨然官，不倒原来泥半团，将汝忽然来打破，通身何处有心肝。”借题发挥，痛骂官僚。

在这所住宅里，齐白石像一丛火焰，冷静、平淡地烧着，把自身的魅力都倾注进了自己的作品。

四

现在，说起齐白石的创作，很多人理解为轻松得宛如儿戏。

对于艺术，齐白石的确以一个孩子对游戏的热诚去加以体悟。看他的画，大刀阔斧的几笔，就能传神地表现一个事物。有人说他画上的荷叶，是用屁股墩蘸上墨，再一下坐到纸上而来的。可是，真功夫非在一朝一夕修成，要从满是尘土的地里创造一个万物精神的菩提世界，并不仅仅是有天分和有童趣就可以。他在自己的诗中说："苦把流光换画禅，功夫深处渐天然。"

在70多年的艺术生涯中，齐白石差不多每天都要作画，"不教一日闲过"。27岁以后，只有两次害病、一次遭父母之丧才搁过笔。1920年至1929年间，齐白石在他的"衰年变法"中，以惊人的毅力作画一万多幅，刻印3000多方。1956年后，齐白石的体力、精力明显衰颓，把笔作画，有时甚至忘记"白石"二字的写法，但他仍然不歇笔。

他92岁时，画了一幅《闻铃心喜图》，回忆童年的生活。画面上一小牧童，身系一铃铛，牵一老牛回家，画上题字："祖母闻铃心始欢（璜幼时牧牛，身系一铃，祖母闻铃声，遂不复倚门矣），也曾总角牧牛还，儿孙照样耕春雨，老对犁锄汗满颜。"人们从中可以感受祖孙之间醇厚的情感和田野泥土的馨香。

他在生命的最后一年，仍创作了《有余图》，画中笔墨已臻化境，但又全然不见老态，令人拍案称奇。

齐白石以卓越的成就，赢得了中国人民和世界人民的崇敬。1946年，他复出画坛后，受到社会的热烈欢迎。新中国成立后，毛泽东请他到中南海吃饭；周恩来亲自嘘寒问暖；中央美术学院请他当名誉教授；全国美术协会选他当主席。1953年，国家文化部授予他“人民艺术家”称号。1955年，世界和平理事会授予他“国际和平奖”。1963年，他被列为世界文化名人。

今天，齐白石的画牵动着中国艺术品拍卖市场每一根波动的纹路，价格动辄每平方尺10万元以上，一幅烟卷盒大小的“蜘蛛”小画，竟拍出了几十万元的天价。

其实，齐白石给后人留下的文化遗产，远非垒成长城状的钱币所能买到的。

她像高山，她似大海，然而她却把自己喻为一支“细流”。

一条小溪的奔流

周　明

这是京郊一条宽阔的大道，它通向圆明园，通向颐和园，通向美丽如画的香山。

哦，这条大道，这条布满白杨的林荫道，对于我，多么熟悉，多么亲切。我从参加刊物编辑工作后的青年时代起，便有幸认识和接触冰心先生。那时她是《人民文学》杂志的编委，我是一个小编辑。从 20 世纪 50 年代、60 年代、70 年代，直到 80 年代的多少个春夏秋冬，我沿着这条大道去冰心先生家，或向她讨教，或向她约稿，或陪友人造访……

如今，冰心先生离开我们已经 13 年了，而这条大道留给我的记忆并没有远去。

一

冰心先生常说，人，活着，就要做事，为孩子们，为后人。她还说过，我的“生命从 80 岁开始”。她多次同我谈起她时刻思考着酝酿着的写作计划。我知道，她总有满腹文章要作呐。

果真，她在40年代《关于女人》、50年代《小橘灯》、60年代《樱花赞》《再寄小读者》、70年代《因为我们还年轻》创作基础上，在80年代85岁以后，又进入一个新的创作高峰期。这期间，她写作了大量回忆录、散文、杂文、随笔和短篇小说。直到1994年9月25日住进北京医院之前，她还执笔写了纪念老友叶圣陶一百周年诞辰的文章。

1993年，冰心先生突然病了，先是心颤，后是肺炎，而后又高烧不退。93岁高龄的她如此病状，令众多亲人友人牵肠挂肚，心急如焚。

然而，病人自己却依旧“坚强不屈”。我去医院看望她时，天已近黄昏，客人们都已离去。我说：老人家您是太累了，难得住院治治病，调养一下。不料她却风趣地说：“我本来就没有病，是他们硬将我‘揪’进来。”

那天，曹禺来，坐着轮椅。提起输血，冰心先生接过话茬幽默地说：我输的可能是艺术家的血，输了血总做梦，做的梦五彩缤纷，这是我从来没有过的。曹禺和夫人李玉茹听了捧腹大笑……

住院一个月后，冰心先生竟然出院了，奇迹般地又回到了她日思夜梦的书桌旁。

毕竟，对于这般高龄的老人来说，病一次就是一次消耗，一次衰老。我说您现在需要的是休养和恢复，先别急考虑写文章。她“反驳”我说不写文章怎么行？是啊，她是一个笔耕不辍的作家。

二

大凡跟冰心先生接触较多、了解较深的人都会发现，她的心里始终蕴藏着一团火，对祖国对人民对事业充满真挚的爱，深沉的爱。

1921 年，她登上文坛时，是以诗人的面貌、小说家的风采，后来专事写散文，成为文坛散文大师。她的作品影响了几代人，培育了几代人。许久了，她不曾作过小说。可是，突然间，1980 年的春天，她在遥远的《北方文学》上发表了短篇小说《空巢》，引起文学界瞩目。这篇小说是作家有感而发，写得真切动人，获得了全国优秀短篇小说奖。

后来，她有感于知识分子的“贬值”“跌份儿”，又写了一篇“一分钟小说”——《万般皆上品》。虽说是短短的千字文，却写得淋漓尽致，令人心中酸楚难忍。

哪曾想，1998 年 5 月初，她又完成了一篇小说新作《远来的和尚》。是一篇讽喻性的作品。她脱稿的那天晚上，亲自打电话给我，问我要不要看。我按捺不住兴奋的心情，冲着耳机高声说了一句：喔哟，小说！我明天就来看，作为您的第一个读者。

到了 7 月间，气候已经转热。这当儿，容易使人懒洋洋，什么事也不想做。可是，哪里想到，已是 88 岁高龄的冰心先生，却无心去乘凉，无意去避暑，依旧闷在家里，面对稿纸，倾吐自己的心声。她接连写出了两篇触及时弊的短篇小说：《落价》和《干涉》。

如果读者稍稍留意的话，便可发现，晚年，冰心先生的作品和评论文章愈见尖锐、泼辣，深刻感人。如巴金先生所说：她呼吁、她请求，她那些真诚的语言，她那些充满感情的文字，都是为了我们这个多灾多难的国家，都是为了我们大家熟悉的忠诚老实的人民。

三

1985年，冰心先生刚刚度过85岁寿辰。就在她生日的头十几天——9月24日，她的丈夫吴文藻先生溘然病逝。医院里打来电话通报消息，本来大家想瞒着冰心先生，偏巧她在电话机旁清楚地听见了。她立时泣不成声，悲恸之极。

他们可是风雨同舟、患难与共56年的恩爱夫妻啊！

冰心先生打开他的遗书（她和吴先生大约都是在1980年写了遗书，但是“背靠背”写的，谁也不曾看过对方的），根据丈夫的遗嘱，她将他生前3万元存款作为中央民族学院民族学研究生奖学金基金，并把他珍藏多年的图书资料贡献给民族学院。

丈夫的去世，无疑对冰心先生是一个莫大的打击。那么，今天我来，她的精神和心境会是怎样的呢？

还是在这间典雅宁静的客厅里，她安详地端坐在靠窗户的椅子上。像往日一样，我们亲切地交谈着。她依然耳聪目明，思路清晰，谈锋甚健，并且极富幽默感。

那天，随我而来的还有一位刚刚从事写作的年轻朋友。临别时，他恭敬地递上一个崭新的日记本，恳求冰心先生为他题字留念。

冰心先生用慈祥的目光看了看小伙子，不假思索地提笔写了两行字：

淡泊以明志

宁静以致远

啊，依然是她作为座右铭的这两句话。

冰心先生是文学界的元老和泰斗，是我们国家的国宝。可几十年来她作为吴文藻教授的“家属”，一直屈居中央民族学院和平楼一个狭小的居室，实在有碍于生活和创作。中央有关部门发现了这一情况，决定给她单独建造一栋楼房。她很感动，但谢绝了：“别这样，看看周围的老百姓住房还那么紧张，我怎么能这样特殊呢？”她仅仅提出只要在这栋楼上给她适当增加几间房，能让女儿和女婿住下照料她就行了。

冰心先生认为，作家应该以作品服务于人民，别无其他奢求。所以，跟她在一起，总感到安静、从容。

四

1992 年 12 月末，我从北方跨入南国，飞机一降落在福州机场，顿觉舒适之极，大地满眼是绿，天空无比透亮，气候湿润清香，令人心醉。

这儿就是冰心先生的故乡。虽然她生下来 7 个月就随父亲离开福州到了上海，但她对故乡一往情深。她在一篇文章中写道：

“假如我的祖父是棵大树，他的第二代就是树枝，我们就都是枝上的密叶；叶落归根，而我们的根，是深深地扎在福建横岑村的田地里的。”

我们来是为了出席“冰心研究会”的成立大会。在离开北京前我曾请教冰心先生有什么嘱咐时，她十分认真地说：“研究是科学的名词，研究不是吹捧，而是分析。不要把我放大。”

当时，我并没有完全理解冰心先生的这番话，只是觉得这是她一贯的态度：谦虚。直至到了福州后，看到她托付女儿吴青带来她致研究会一封短简，我才明白了她那真诚的心意。她在信中说：“研究者像一位握着尖利的手术刀的生物学家，对于他手底待剖的生物，冷静地将健全的和残废的部分分割了出来，放在解剖桌上，对学生解析，让他们好好学习，我将以待剖者的身份，静待解剖的结果来改正自己。”

这是多么崇高的精神境界和虚怀若谷的精神啊！

五

我常常去西郊看望冰心先生，然而有时工作一忙，就好久没去。不定哪天就会接到她打来的电话，以不无责备的口吻说：“就那么忙？要是你再不来，就只有瞻仰遗容了。”这种时候，我便马上奔去，有时没有汽车，就蹬上自行车，去看望我心目中最为敬重的老人家、我的恩师。

冰心先生诞生于 1900 年 10 月 5 日。每年的 10 月 5 日这天，我和文艺界的朋友们必然前往府上给老人家拜寿。1992 年的 10

月5日，我和泰昌是下午去的，我俩恭恭敬敬地给92岁高龄的冰心先生拜了寿，磕了头。她嘿嘿地直笑，说：“好了，好了，起来吧！”

冰心先生是长辈，我是后辈，她一直亲昵地称我为她的小朋友。但你同她谈话，没有任何拘束感。她待人总是那么和蔼、可亲，娓娓道来。如若她不是上了年纪，她没有写作计划，我愿在她的身边一直待下去，听下去，谈下去，那该是多么惬意的事！

那年，《冰心文集》出版，打电话让我去她家“领取”。我赶忙去了，一看，她已签好字。当我打开“文集”看到她年轻时在美国留学期间的几帧照片，其中一张是她23岁时所摄半身像，实在很美！我忍不住同老人家开玩笑说：您年轻时很漂亮哪！她诙谐地说：“那么，你就是说我现在不漂亮了？”

我一时尴尬，明知她是幽默，却不知如何回答是好。

她笑了，笑得那么自然、自信。

其实，在我的心里，在我的印象中，冰心先生当然是美的形象、美的象征。

冰心先生写得一手美文。她始终追求人间的真善美。读她的文章总能给人以积极向上的力量，给人以美感。

冰心先生在生活中也很注重形象美，会客和不会客，她总要梳妆得干干净净、纯纯正正。

你大概不会想到，已年届百岁高龄的冰心先生，仍然保持着她从年轻时就已经形成的那种美丽、典雅、庄重的美好形象。

六

1999 年，窗外虽是冬寒未尽，病房里却春意融融。

正如人们所企盼所祝愿的那样，冰心先生安然进入了己卯年。她是在病情稳定、心情舒朗之中，进入了百年人生的。

可人们没有料到，时过不到半月，2 月 28 日晚上 9 时，冰心先生却乘鹤归去，她静静地安详地辞别了人世。

冰心先生，她像高山，她似大海，然而她却把自己喻为一支“细流”。她在 80 岁高龄那年曾说：“回顾我八十多年的生活，经过了几个‘朝代’。我的生命的道路，如同一条小溪，从浅浅的山谷中，缓缓地、曲折地流入‘不择细流’的大海。它有时经过荒芜的平野，也有时经过青绿的丘陵，于是这水流的声音，有时羞涩，也有时畅通，但它还是不停地向前流着。”

一个世纪以来，冰心先生以对祖国、对人民真挚的爱和独特的艺术创作魅力，在国内外广大读者中享有崇高的威望，受到普遍的爱戴。

冰心先生辞世许多年后，我仍常常情不自禁地走上那条对于我多么熟悉、多么亲切、布满白杨的林荫道……

真正的学者永远是一个跋涉者，一个求索者。

吾道长悠悠

钱晓鸣

2011 年国庆前夕，多达 33 卷的《冯其庸文集》，在经过连续两年的紧张编辑、校对后，交至出版社付印。

年近 90 岁高龄的冯其庸先生是一位令人景仰的学者。他一生致力于祖国传统文化的研究，其学术领域涉及古典文学、文献、文字、考古、金石书画。

几十年来，他坚持把书本文献、地下文物和实际调查相结合的科学方法，解决了一系列历史悬疑问题，为祖国传统文化研究拓宽了疆域，再造了辉煌！

“瓜饭楼”纪念年少时的经历

冯其庸先生的书斋取名为“瓜饭楼”。他说：“‘瓜饭楼’这个命名，是为了纪念我年少时的一段苦难经历。那时最难过的是早秋青黄不接的日子，一大半时间是靠南瓜来养活的。但我家自种的南瓜也常常不够吃，多亏了邻居每每采了他家的南瓜送来，才帮助我们勉强度过那些日子。我的书斋起名‘瓜饭楼’，我常常画南瓜，都是因为那段日子让我刻骨铭心。”

冯其庸先生最痛苦和感动的记忆是，母亲有时借来一把米，光给孩子们吃，推说自己还有，其实是忍饥挨饿地看着孩子们吃。

钱锺书夫人杨绛和冯其庸是无锡老乡，她曾对冯其庸先生说，你比我们更不容易，我们读书是家里安排好的，你是自己闯出来的。

在冯其庸先生的求学路上，多次因贫困辍学：幼年失学在家，只能在田头捧读《三国演义》；上了中学又因贫困未能毕业，只能求哥哥给买点儿书回家自学；抗战胜利后，靠教书得来的薪水，考上了苏州美专，读了两个月，苏州美专由无锡搬回苏州，又一次失学；直到进了无锡国专，才系统有序地有了学校教育的机会。

冯其庸先生说：“无锡国专的一个特点就是名师多，许多大师级的学者给我们讲课，都有各自的风采。讲《史记》和杜甫的朱东润先生有个习惯，上课先朗诵，声调不高，可是情味很足，吟诵的声调每一首都不一样，完全根据诗歌的内容变换节奏，一下子把人带进情境中去了。我直到现在还能想起朱先生当时朗诵的样子。冯振心先生开的课是‘说文’，用《段氏说文》作教材，逐字讲解，我特别感兴趣。这让我以后形成了一种观念，我认为一篇文章，从单个的字到词，到句、到段、到篇，一层一层都要搞明白，有一个环节弄不清楚，文章就会理解不准确。学校还经常请名家作讲座，开阔学生眼界。我听过钱宾四（钱穆）先生的演讲，哎呀，太吸引人了。他讲做学问要从大处着眼，用他的话说叫‘我见其大’，不要一开始就钻牛角尖。总之，无锡国专培养了我对做学问的浓厚兴趣，确定了我一生的奋斗方向。”

冯其庸先生在中国人民大学执教中国古典文学时，曾主编了《历代文选》。在一次党的高级干部会议上，成为毛泽东亲自向全党推荐的第一本新中国领导干部文化读本。

红学研究的“定海神针”

给冯其庸先生带来最高学术声誉的当数《红楼梦》研究。他对《红楼梦》研究的贡献概括地说就是 4 个字：“正本清源”。

这位当代杰出的红学研究大家，在童年曾觉得《红楼梦》婆婆妈妈不堪卒读。1954 年，胡适、俞平伯的《红楼梦》研究受到了批判，毛泽东发表了一系列关于红学的观点，学术界就红学进行了争论，这引起了冯其庸的关注，从此开始了长达近 60 个年头的红学研究。

一部《红楼梦》堪称是中国封建社会的百科全书，冯其庸先生著有《解梦集》《梦边集》《漱石集》《论庚辰本》《曹雪芹家世新考》等红学专著 30 余种。其中《瓜饭楼重校评批红楼梦》是他近年来对《红楼梦》文本研究的全面总结；《脂砚斋重评石头记汇校汇评》是他把目前发现的十几种版本脂砚斋评本全面地汇集在一起，使学术界有了一个红学研究的资料宝库。

在《红楼梦》研究中，文本和作者的身世研究是基础性工作。不研究原始抄本，是很难有深刻认识的。但《红楼梦》传抄文本繁多复杂，冯其庸先生花了十几年的时间，把13种《红楼梦》抄本一句一句对照着排列出来，同一句子这个本子这样，那个本子那样，怎么慢慢变化的，逐一排列，所以只要看13种早期抄本字句的变化，就一清二楚了。

作品研究，离不开知人论世，《红楼梦》是以曹雪芹家族的兴衰为背景展开描写的，当然就更需要弄清作者家世，否则，其他方面的研究很难深入下去。但《红楼梦》作者的生平资料一直不多，冯其庸先生通过他独特的"三到"研究：历史文献典籍到、地下考古发掘文物到、地理实地考察到，确认了《五庆堂重修辽东曹氏宗谱》的真实可靠，加上他亲自发现的两篇《曹玺传》、辽阳三碑等重要资料，基本厘清了曹雪芹的家谱身世。

冯其庸先生科学严谨的研究为这两项基础性工作作出了集大成的贡献。

冯其庸先生对《红楼梦》的研究不是东鳞西爪的，而是完整的、系统的，无论是他对曹氏家族的谱系研究，还是他对《红楼梦》小说版本和脂砚斋评本的研究，以及他对《红楼梦》时代背景、艺术思想的研究，都十分完整，为后人的研究提供了一个科学系统的高起点，被视为红学研究的"定海神针"。

执着浓厚的西域情结

进入21世纪，冯其庸先生以80岁高龄出任中国人民大学国学院院长，并力主在国学院设立西域历史语言研究所。

他说，中国是一个多民族的国家，国学不应该仅仅反映汉族文化，还应包含其他民族特别是边疆各民族地区的语言、历史、宗教等方面内容，这样的国学才完整。

西域历史语言研究所的成立第一次将西域学纳入国学研究视野。为致力于西域学研究，冯其庸先生以古稀之年，先后十进新疆，三上帕米尔高原，抵达海拔4900米的红其拉甫和海拔4700米的明铁盖山口，深入大沙漠，穿越罗布泊，终于考察清楚了当年唐玄奘从西天取经东归的山口古道，还在唐玄奘东归入境处立了碑。这是唐玄奘回国1355年后的第一次发现，顿时轰动了中外学术界。

谈起艰辛的高原沙漠之旅，冯其庸先生道："对我来说，乐大于苦。唐玄奘取经东归路线一直弄不准确，没有可靠依据，只能一段一段查，这次走错了，下次再来。存疑千余年的问题一旦豁然朗然，内心充满快乐和幸福感，那真是像《庄子·至乐》中所说的'虽南面王乐，不能过也'。"

冯其庸先生在80岁以后，即便在病中，即便在深夜一两点钟，只要想到什么学术上的问题，也会披衣下床查书、查资料，有时竟干到"东方之既白"。

他说："做学问一定要看到宇宙之大，认识到自己的渺小。真正的学者永远是一个跋涉者，一个求索者，正像杜甫诗中所说的：'大哉乾坤内，吾道长悠悠。'我虽然年事已高，身体多病，但只要一息尚存，我就会尽可能多做一些事，以回报祖国，回报人民。"

2017年1月22日冯其庸在北京安详离世，享年95岁。

那如屏如障罗列的群峰、如泣如诉流淌的江水，如梦如幻倾洒的细雨、如火如荼飘飞的红叶……尽显您灼灼其华的笔意神韵！

云烟往事也留影

王锦慧

“若从一百年前某种较旧一点的地图上去寻找，当可在黔北、川东、湘西一处极偏僻的角隅上，发现了一个名为‘镇筸’的小点。”

这个小点就是沈从文先生的故乡湖南省凤凰县。

纤索悠悠的溪渡、依山凭水的吊脚楼、苍翠欲滴的竹篁、草色青青的崖壁，还有那些藏满故事的古街、古寺、古塔；古城门、古钟楼、古码头……怀揣一份沉甸甸的思慕，我终于走进了这清幽古朴湿润的小城。

小城与先生生死相伴。他以一个士兵的身份离开故土，以一个作家的地位立足北京，以一个文物研究专家的称谓结束一生，最后回到这里。

从此，小城有了灵魂，一位文化大师高贵的灵魂。

一

小巷深深，老街长长。岁月静静地在光滑的石板路上流淌，每块石板上都有先生浓烈得化不开的“苦苦怀念”。

他说，故乡的光景声色，“浸入我的印象中，留下种种不同的记忆，六七十年后，还极其鲜明动人，即或乐意忘记也总是忘不了……”

啊，湘西在哪里？湘西在先生的著作里。他用不可言说的爱恋、投入得自我溶化的情调、写意画抒情诗田园牧歌的韵致、喃喃诉说式的叙述风格，描绘了一个令人神往的湘西世界，成为中国现代文学宝库中最值得珍藏的那一部分。

眼前，先生笔下的河道山峦、云影波光、晨曦暮色一一呈现，我不由得想起《柏子》，想起《长河》，想起《萧萧》，想起《丈夫》《三三》，还有那纪念碑式的传世经典《边城》。

把脚步放轻点儿，再放轻点儿吧，前面就是中营街10号先生的故居了。

这是一个幽静典雅的四合院，在光阴的亲润下已度过了百年。但从经年的灰墙乌砖上，还能嗅出先生清新隽永的水墨味。

1902年，先生诞生在这里，并在这里度过了童年。将近15岁时，离开了这里，离开了小城。

我在院中的角角落落寻觅先生的身影。先生出生时的雕花木床还在，挂在床上的蚊帐仿佛散发着先生的体温；还有先生用过的简易书架、破旧脱线的藤椅、刻着时间印痕的留声机……凝视着它们，我有一种想抚摸的冲动，更有一种无法抑制的睹物思人的伤感。

阳光透过枝叶斑驳地洒落在窗前的一张桌子上，桌面粗糙的纹理中有幅清秀的画面渐渐显现：“有一小溪，溪边有座白色小塔，塔下住了一户单独的人家。这人家只一个老人，一个女孩子，一只黄狗。小溪流下去，绕山岨流，约三里便汇入茶峒大河。人若过溪越小山走去，只一里路就到了茶峒城边。溪流如弓背，山路如弓弦，故远近有了小小差异。小溪宽约二十丈，河床是大片石头作成。静静的河水即或深到一篙不能落底，却依然清澈透明，河中游鱼来去皆可以计数。”

此画面就是先生在这张桌子上创作的《边城》开头。先生虽然离去多年，但他塑造的主人公“翠翠”，永远等待在如奔如赴的小溪边。她的天真善良、温柔清纯叫人痴痴地想念。自然，先生的生命也延续在这痴痴的想念中。

置身摆满先生洋洋洒洒著作的房间里，耳绝了闹市的喧哗，心祛了功利的浮躁，唯有一种浓浓的书香令人心醉。

在中国现代文学史上，先生是成书最多的作家。他一生出版作品 80 多种，500 多万字，而“沈从文热”却是在先生身后到来的。

先生的夫人张兆和为他的全集写后记时慨叹：“作为作家，只要有一本传世之作，就不枉此生了。他的佳作不止一本。越是从烂纸堆里翻到他越多的遗作，哪怕是零散的，有头无尾，有尾无头的，就越觉斯人可贵。太晚了！为什么在他有生之年，不能发掘他……”

二

一道小河从高山绝涧中流出，汇集了万山细流，沿了两岸有杉树林的河沟奔驶而过……小河水流环绕“镇筸”北城下驶，到一百七十里后方汇入辰河，直抵洞庭。

先生描述的这条河就是穿小城而过的沱江。沱江承载了厚重的苗乡文化，是先生作品深处最真实的布景。登上木舟行驶在江面上，你会看到一脉脉漫开的水纹，一簇簇摇曳的水草，一下下捣衣的女子，一摆摆过桥的行人，一切都那么雍容温婉，悠悠舒缓。

当年，先生就是从沱江漂泊到沅水流域从军，5年后远上北平著文执教的。但先生却在故乡的水边生活了一辈子。20岁以前生活在水边的土地上；20岁以后生活在对这片土地的印象里。

“山头一抹淡淡的午后阳光感动我，水底各色圆如棋子的石头也感动我。我心中似乎毫无渣滓，透明烛照，对万汇百物，对拉船人与小小船只，一切都那么爱着，十分温暖地爱着！”沱江沅水的粼粼光影已融入先生的生命，融入他的名篇名著。他作品中那些澄碧无尽的长流，扬帆来去的船只，充满了牛粪桐油气味的小小河街；那些忠实庄严生活的拉船人，终生在水上漂泊的行脚人，靠做水手生意谋生的妓女，岸边开小客店的老板娘……无一不是先生爱的结晶。

天涯飘蓬，游子思归。到了晚年，故乡常常在先生的梦中萦回。一讲到凤凰，先生总是声音越说越轻，好像高声宣讲就要破坏什么。到最后则稍加重语气用一句湘西话说:“米(美)极了!”每逢有乡亲来京看望他，先生总是聊起故乡的一些事:血粑鸭怎样浓，灯盏窝如何香，牛肉粉如何辣，狗肉汤锅如何鲜……先生还不止一次说过，我要回故乡去，最好能坐上小船在河里游游。

1982 年，春天会心地招邀 80 岁的先生回到故乡。他兴奋地和乡亲们驾着长而窄的小船，从他小说中常常提到的水门口码头顺流而下。他不时俯下身去亲吻沱江水，沱江水则亲昵地向先生诉说他离别后发生过的许多事。

上岸后，先生顺小巷三转两转就转到了自己的故居。当时这里住着 5 户人家，房屋已破烂。他手扶着中堂的门壁说:“这里是我家，我就出生在这里……房屋早已卖给别人了。”

下午，在表侄黄永玉老屋花木繁茂的岩坪里，先生听了傩戏，这是一种古调犹存的很老的弋阳腔。“正月元宵烟花光，二月芙蓉花草香……”先生说:“这是楚声，楚声！我小时都会唱。”他激动得泪流满面。戏唱完，他还沉醉其中，黄框眼镜后一双眼睛红红的，仍然盈着泪水。

深夜，万木吐绿的观景山杜鹃叫得格外清脆、悠扬。先生说:“很多年没听到这种鸟叫了，要是现在还兴打更，怕要二更转三更天的梆子了。”

临别，先生来到吉首峒河渡口。

“水常有涨落……就安排了一只方头渡船……渡船头竖了一根小小竹竿，挂着一个可以活动的铁环;溪岸两端水面横牵了一段竹缆，有人过渡时，把铁环挂在竹缆上，船上人就引手攀缘那条缆索，慢慢地牵船过对岸去。”

倘若不是峒河涨水,《边城》中的这一场景，在这儿是可以重现的。

先生在河边的石阶上选了个干净的地方坐下，出神地望着渡口两边。天色逐渐暗淡下来，炊烟从楼子里飘出，在河面上弥漫开去，渲染成一片淡淡的烟雾。他还坐在那里出神地望着：“多好，真不想走。”

迟归的夕阳用热情似火的晚霞把先生拥抱在怀中……

三

这次回乡后不久，先生病了，而且病得很重。他只能在想象和回忆里，同日夜思念的小城亲近。每当他独自静静地坐在客厅里，就是在神游故土——

阡陌相连。溪流环绕。群峰竞秀。山脚一座木屋，门前一条缘山蜿蜒的小路。远山一座白塔，尖尖的向透蓝天空矗着。半山里一座凉亭，亭旁一块大青石临壑而立，岩身突兀，岩面平滑如镜。渡头边水草间，有大群白鸭在水中自得其乐地游泳。河街有商人落脚的客店，坐镇不动的理发馆。此外饭店、杂货铺、油行、盐栈、花衣庄，莫不各有地位。春天采蕨、捡菌子，秋天摘八月瓜，冬天赶山围猎，碾坊里终日不停地转动碾谷。河船拍打水面的桨声，拉纤人古老悠长的号子声，水车飞转发出的“咿呀”声，砍樵人刀斧起落的“它它它它”声……

一条温情脉脉的感情细流在回忆里流动，一汪思乡的泪水在先生的眼中不停颤动。

1988 年 5 月 10 日，先生面带笑意诀别人间。他总是用一种善意的、含情的微笑，来看这个世界的一切。尤其在晚年，他常常放声大笑，笑得合不拢嘴，笑得像个孩子。只有心地明净、看破一切人事乘除、将得失荣辱全置之度外的人，才能这样畅快地大笑。

4 年后，先生魂归故里。家人乘小船顺着东去的沱江把他的一部分骨灰撒入水中。江边所有吊脚楼窗门齐开，乡亲们探出身子肃立默哀，更有不息的人流沿两岸跟随护送。

这是先生最后一次坐船。沱江水呜咽着缓缓向前流动。"我感觉到，我的船是在轻轻地、轻轻地摇动。这正同摇篮一样，把人摇得安眠，梦也十分和平。"

先生一定感受到了故乡的温馨，那惯有的微笑一定洋溢在脸上。

沿江下行 3 华里，就到了听涛山先生的墓地。墓地旁，竖立着表露先生心声的石碑："一个士兵要不战死沙场，便是回到故乡。"

家人把他的另一部分骨灰埋在了状如云菇的五彩石墓碑下，从山上采来先生喜欢的虎耳草栽在周围陪伴他。

先生的墓地没有高高隆起的坟冢，没有气派的台阶墓道，简朴、宁静、自然，非常合乎他凡事不喜张扬的品性。正如墓碑背面先生妻妹的挽词所书："不折不从，亦慈亦让；星斗其文，赤子其人。"其中隐含的一个很深的意蕴是："从文让人。"

在这个世界上，不是谁都能让人的。先生却让得很情愿，因为他有当今社会越来越稀缺的东西：善良的美、淡泊的美、沉寂中尊贵的美！

先生，我来凤凰看望您。

都说云烟往事不会留影。但举目所及，那如屏如障罗列的群峰、如泣如诉流淌的江水，如梦如幻倾洒的细雨、如火如荼飘飞的红叶……尽显您灼灼其华的笔意神韵，您在故乡的山水天地间无处不在！

小城真的很美，美得恍离尘世。然而，小城所有景色都可以掠过，唯有先生值得追寻、值得仰视，值得读之品之！

柳青青，风飘飘，是那位写过《创业史》的作家的灵魂在这方圆游荡吗？

神禾原上柳色青

和　谷

春雨刷刷地下着。透过外面淌着雨水的玻璃车窗，看见秦岭西部太白山的远峰、松坡，渭河上游的平原、竹林、乡村和市镇，百里烟波，都笼罩在白茫茫的春雨中。

在柳青辞世37年的今天，我仍记得年少时读过的《创业史》中优美文字，仍怀念这部传世之作诞生的地方——秦岭脚下的皇甫村。

一

从西安南行，穿过长安区神禾原大片绿莹莹的包谷地，皇甫村便出现在眼前。远处是黛色的山峦，近旁是丝绸一样缠绕的滈河，小小村落依偎在宽阔的川道里。

为了创作表现中国农村社会主义革命的长篇小说《创业史》，1952年到1966年，柳青在皇甫村整整待了14年，死后亦长眠在此。

20 世纪 90 年代初，我又去皇甫村拜谒柳青墓。显然苍老了许多的王家斌（《创业史》中梁生宝的原型），不能带我们爬上高高的神禾原、讲他与柳青有一个约定的故事了。

那天夜里，我们和王家斌蜷曲在一个土炕上说柳青，炕下是牛圈，话语和睡梦里充满了浓烈的粪土味。

王家斌说，新中国成立之初，柳青从西安城里来这儿深入生活写书，有个县委副书记的头衔，实际上成了皇甫村的一个普通村民。他和老婆孩子一家人就住在村头那座破庙里，里面的神像用包谷秆遮挡住。他自己花了几千元，拉电线、修路，维修房院，还挖了一口水井，浇地种菜，栽了梨树和苹果树。他经常指着家里的两扇门跟朋友说，这两扇门一扇是生活，一扇是艺术，出门是生活，进门可以创造艺术。

柳青有 7 个子女，除了长子长风和长女可风外，其他 5 个孩子都在皇甫村出生、长大。孩子们在农村上小学，和农家子弟一样，每天早晨带一个红薯去学校。柳青自己有事进城，也喜欢和妻子、孩子一块儿挤公共汽车。

1964 年秋天，一场大雨给他全家带来了意外灾难，住处的后崖坍塌了一部分，倒下来的土和几棵柏树把他家的大小窑洞、井棚、厕所全部砸毁，院子围墙也全部砸塌了。

多年后，柳青走了，那块地方也滑坡塌陷，只剩下地基的一角，长满了荒草。

二

王家斌吧嗒着旱烟锅子，一边咳嗽一边说，那时候，一年的大部分时间里，柳青拄着根棍子在各村奔波，参加了农业合作社各个阶段的实际工作。

为了做好社里的事，柳青说话不留情面，掷地有声，在王家斌看来，只是小小个事情没有处理得当，柳青也要给你讲一番理论。你若不服气，那就不好了，一直批评得你招架不住，服软以后才罢休。

合作社办了个油坊，只能给公家加工，私人想图方便沾点光，没门儿。当时，会计的账上差了 16 块钱，一时找不见票，柳青让先赔了钱才算了事。后来票找见了，才退了赔的钱。会计给社员办事开纸条，柳青发现撕的纸条太宽，也批评他浪费，说账怕算，一天开几个纸条条，一年呢，10 年呢，就浪费一堆纸，一堆钱，那可是社员的血汗钱。在合作社油坊里干活的，由家里人送饭吃，柳青凑上去仔细看，是观察这些人碗里有没有香油。柳青说：不是说抠门儿，你开始拿筷子头蘸油吃，慢慢就拿壶倒，然后觉得家里人没吃上油又会往回提，凡事由小到大，不能惯这瞎毛病。

柳青人细密，家里有一个小匣子，钉锤、电线头、钉子、螺丝啥都有。王家斌问：你要这做啥哩？他说：那你不知道，过去在延安时，谁能捡点这玩意可是大事情。

柳青家的院子里有一棵苹果树，深秋树上挂满了红彤彤的果子。经常去他家开会的村干部看了直流口水。有人说，柳书记，你家苹果长得这么好，让大家也尝尝嘛。柳青笑着说：好。开完会，柳青端来一盘苹果，原来是把两个苹果切成了八牙子，每人一牙。

有一回，王家斌到柳青家去商量社里的事，柳青问：我听说有人叫我“鸡 sā”，这得是骂我哩？王家斌笑着说：“鸡 sā”就是鸡脑袋，有骨头少肉，精明，是说你细密。

三

王家斌说：柳青在皇甫村多年，在土坡坡上坐，在草棚棚里住，在地里锄包谷。

他和庄稼人一样的打扮，穿着褂褂，凑在人堆里看这看那。平常吃饭时，大伙喜欢端着老碗蹲在村头场院上聊天，他经常站在“老碗会”一旁当听众，听大伙说新闻、论是非、议朝政。

村里谁家办红白喜事、盖房立木，柳青都要去看热闹。遇丧事看人家谁哭得有没有眼泪，猜想是什么身份，与主人家是啥亲戚关系。

有一年麦收季节，一家老弟兄两个在麦场打起来了，柳青在一旁围观。突然老母亲来了，上前打了老大一巴掌说：你不嫌羞，这么大了还和你弟打架！一巴掌，一句话，事态就平息了。柳青给人说，这个老婆子真厉害。

一天晚上，有一家人割了肉，打了散酒，炒了菜，请中间人谈分家。中途有人上茅房，发现墙外有动静，大家出去一看，原来是柳青趴在墙头偷看。中间人笑着说，柳书记想把咱们写到他的书上呢！

王曲镇上交易粮食，柳青从人缝里挤进去，不是看粮食瞎好，专看人的脸色和表情变化，揣摩买卖双方的心思。他还和买卖人套近乎，给人家帮忙看秤张口袋，把这个人一盯，把那个人一盯，人家觉得这个老汉挺怪的。肉摊上，一群人端着碟碟吃肉，他也盯个不停。有的吃客说，给他吃一点，看把他可怜的。柳青说，我不吃。人家把他当成讨饭的了。

有一回，他盯着人家停在那里的一辆从城里来的汽车，问这问那，人家看他不像本地人，竟然怀疑他是不是特务，盘问了一番。

四

在皇甫村，柳青不仅是“百事问”，而且是“百事管”。

住在滈河北岸的农民，在河南边稻地种庄稼，秋收时凑钱搭了一条简易的浮桥，每逢大汛就被冲掉了，来回渡水很不方便。柳青建议在滈河上修了一座石桥，便利了群众。

蛤蟆滩有几个村子，多年来留传一种“粗脖子”病，人说“一辈傻，二辈瓜（指脖子长瘿瓜瓜），三辈出来是哑巴”。柳青走门串户，了解到患这种地方病的原因是吃的水有问题，便寻方问法，建议吃碘盐、打深井，改变吃水条件，根除这种地方病。王家斌带领群众打深井时，柳青高兴得不得了，每天都到井上察看，当参谋、做帮手。有一天，打井出了问题，他跟大伙一起想办法，一直熬到第二天天亮，连头一天午饭吃没吃也忘了。

1958 年 7 月初，暴雨使皇甫五队大面积坍崖，生产队饲养室牲口全被压死。柳青从自己积攒的工资中拿出 1000 元，买了 5 匹马。两年内，生了 20 多个骡驹，一下子解决了队里耕作上的困难。

1959 年深秋，已是晚上 10 点多钟了，柳青正在伏案查阅一份历史资料。突然，有人推门进来说，队里的大青骡得了急病，咋办呀？这头骡子，是柳青给队里添了 800 多元买的。他一听，双眉紧皱，双脚跺地，提上马灯，拄着棍子出了门，直奔饲养室。他和大伙商量，先用土单方调治，又派人到县城兽医站请老兽医来抢救，治愈了大青骡。

有人问柳青，你在县上是分管啥工作的？他风趣地回答："凡是群众需要我管的事，我都管。"

五

那次去走访皇甫村，还见到了当年做过乡长、区委书记的文化人董廷枝。他和柳青在一块十几年，知道《创业史》里哪一段故事的生活原型打哪来的。

董廷枝说，柳青为了把握《创业史》中一些人物的性格，曾同他私察暗访过个别人家。柳青背了鸟枪，同他走了十多里地，去访问一个独户人家。第一次谈得有些尴尬，二回又去，才了解到主人身世和婚姻变异的难以启齿的情节。

1954 年春节，柳青请他和王家斌到家里过了大年，说村上家族冲突、生儿育女、家长里短、喜怒哀乐的故事，一直说到深更半夜。柳青爱说爱问，每一件事情的情节、细节，都从根根问到梢梢，为人物的命运时而忍不住大笑，时而暗自落泪。他从不用本子记，说过的事他记得非常清楚。

董廷枝记得，食堂化时，柳青的陕北吴堡老家常来老乡，粮不够吃。他说，你是给咱们农民写书的，费脑子，不吃饱咋能把书写好？要不把救济粮给你弄 200 斤。柳青一愣，不能要，绝对不能要，你怎么能这么办？娃们拾野菜吃怕啥，农民吃啥咱吃啥。

柳青住在皇甫村多年，外欠人不少债务，包括安家时修破庙，用了出版社预支的稿费，还借人家 500 元。他弟弟从老家来，柳青不给回去的盘缠，说，你咋来的咋回去。人活在世上，是创造财富的，有本事给国家做些贡献，没本事也得自己把自己顾住，要么活个啥意思？

在农村，柳青过着最简朴、最普通的生活。手杖断了，用一根铁丝穿连上继续使用。他的小帽头戴了 10 多年，顶上和边边都磨破了，背心、裤衩、衬衣、衬裤没有一件是新的。20 多年间，他没有手表，随身携带着小座钟。好多人都劝他买块手表，用起来方便，他指指小座钟，诙谐地说，它还没有尽完义务呢！

《创业史》出版后，柳青对董廷枝说，我想用稿费给乡上办一座卫生院，这事不准任何人知道。他把支票给了董廷枝，计 15600 元。

董廷枝说，能成。他太了解柳青的德行了，虽然有人骂他是抠门儿的“鸡 sā”，却大公无私，有人格，是个大写的人。

六

那一年，几个人在神禾原畔上转悠。柳青对董廷枝说："老董，你是当地人，死了埋在这儿。我的老家在陕北，回不去了，死了也想埋在这神禾原上，活着在一块儿做事，死了也在一块儿。还有王家斌，还有老孟。这儿地势高，能看见蛤蟆滩，好地方。"

柳青死后，光光的啥都没留下，就留下一部《创业史》。他的骨灰一半放在北京八宝山，一半埋在了这里。董廷枝和王家斌几个人在他坟上栽了14棵树，是说柳青在这儿生活过14个年头。

1997 年 6 月 13 日，王家斌去世了，他与柳青竟然是同一个忌日，令人惊奇。一个作家与一个农民；一个写文章，一个种地；二人却有如此兄弟般的情义，有着不求同日生、但求同日死的生死之交，冥冥之中，让人浩叹这其中的秘密。

多年后，一个柳枝发芽的时节，春阳温煦，我在面朝终南山和蛤蟆滩的神禾原上蹀躞，寻谒柳青墓。

借问柳青"在阿达"，村童遥指"在吾达"。有说一千米，有说一二百米。终于，在一个红砖围墙的背巷面南的铁栅栏门外，望见了柳青墓。柳青青，风飘飘，是那位写过《创业史》的作家的灵魂在这方圆游荡吗？

墓园红砖墙下的小路折向栅栏门，前面是一片泛青的麦田。原下是迷蒙的河川田畴，再远处是淡灰色的终南山脉。柳青笔下那么倾尽心血与诗情描摹过的美丽富饶的土地，就在眼前又一度苏醒。

我回望了一下暖意中柳丝拂动的墓园，心想，人民作家柳青，一定透过他那圆圆的黑边眼镜，用深邃、警觉而忧郁中饱含希望的目光，窥见了这多年后生生不息的新风景。

深入生活，扎根人民，柳青留下的《创业史》是一笔珍贵的精神财富。在这部作品中，我们看见的每条细小的波纹都好像是生活本身的皱折。

“父老心中根千尺，春风到处说柳青。”眼下的中国乡村文化正处于一种多元并存的样态，现实生活丰富而斑驳。当年柳青写《创业史》的地方，有着过往的追忆，听得到泥土对新一代作家的深情呼唤……

转蓬万里，根在华夏；一世多艰，深情不变。

独与天地精神往来

李　舫

2013 年岁末，北京至天津的高铁上。

清晨，从被雾气打湿的记忆开始。

时速近乎 300 公里的高铁，将路旁风景压缩成逼仄的影像长廊。从金台西路到南开大学，仿佛行走在现代通往古代的时光之路上。

时光之路的那头，是 89 岁的叶嘉莹。

一

叶嘉莹的家隐匿于南开大学西南村灰调的楼群。楼道并不豁亮，电梯有些故障，我们索性拾阶而上，八层大门应声开启。叶嘉莹站在门内等待着我们，花白卷发、素淡妆容，如同一阕宋词，宁静，温润，雍容。

1991 年，她受南开大学之邀，创办比较文学研究所（即现在的中华古典文化研究所），任所长和博士生导师。此后 20 余年，南开大学教师楼中这不起眼的居室，便成为她居留大陆的落脚之地。这一次，她刚从台北赶回，准备参加 2013“中华之光”传播中华文化年度人物评选的颁奖典礼。路途的疲惫并未挂在她的脸上，面对访问者，她永远保持着优雅的微笑。

有谁知道，这位即将迎来“鲐背之年”的老人，有过怎样坎坷的过往、苦痛的经历？“我是在忧患中走过来的，诗词研读不是我追求的目标，而是支持我走过忧患的一种力量……它使我真的超越了自己的小我，不再只想自己的得失、祸福这些事情，才能使自己的目光投向更广大、更恒久的向往和追求。”她寓情于中国传统文化，同时将中国传统文化中的坚韧和宽柔，幻化为普度万众的美丽莲花。

1924 年 7 月，叶嘉莹出生于北平一个古老的家族。她原与纳兰成德同里籍，祖居于叶赫地，本姓叶赫纳兰，民国后因废除满姓，改姓“叶”氏。

叶嘉莹三四岁时，父母就开始教她背诵古诗，认识汉字。1930 年，6 岁的叶嘉莹就随家庭教师读《论语》，9 岁考入笃志小学，一年以后，考入北平市立二女中。1941 年，叶嘉莹考入辅仁大学国文系，专攻古典文学专业。

时值抗战，北平被日本占领已有将近 4 年之久。她的父亲因“七七事变”随国民政府南迁，与家中断绝音讯。同年 9 月，其母因癌症住院，在从天津赶回北平的路上去世，这成为叶嘉莹一生永远的暗影。在丧母的悲痛中，她写作了大量的诗词，如《哭母诗八首》：“早知一别成千古，悔不当初伴母行”，“本是明珠掌上身，于今憔悴委泥尘”，“窗前雨滴梧桐碎，独对寒灯哭母时”……这些由忧思而生的作品是她正式创作的开始。

此后，叶嘉莹与伯父、伯母及两个幼弟一同生活。在这期间，她有幸从师于古典诗词名家顾随教授，并深得顾随教授的赏识。1945 年，叶嘉莹大学毕业开始教授中国古典文学。

二

1948 年，叶嘉莹离开祖国大陆到台湾，又从中国台湾到美国再到加拿大。

“黄菊凋残，素霜飘降，他乡不尽凄凉况。丹枫落后远山寒，暮烟合处空惆怅……只缘明月在东天，从今惟向东天望。”在海外，思乡成了叶嘉莹诗词创作的主题。

1979 年，叶嘉莹向中国政府提出回国讲学的申请得到批准。“卅载离家几万里，思乡情在无时已。一朝天外赋归来，眼流涕泪心狂喜。银翼穿云认旧京，遥看灯火动乡情……”她写下的长诗《祖国行》，表达了当时激动无比的心情。

30 多年来，叶嘉莹应邀到北京大学、南开大学、天津大学、南京大学、复旦大学等几十所大学讲学，她的足迹遍布祖国大陆的角角落落。

她的听众，下自七八岁的贪玩孩童，上至七八十岁的耄耋学者，无不迷醉于她优雅的风范。“就是她不讲课，站在那里就是一首诗。”她的学生，薪传于她中国传统文化和古典文学的才学与体悟，成长为遍布欧美大陆以及港澳台地区的专家、学者。学者缪钺先生曾称她“怀京华北斗之心，尽书生报国之力”，此言不虚。

1989 年，叶嘉莹退休。她每年用整整一个学期在国内讲学。其余时间则活跃在加拿大、美国及中国港澳台等地的古典诗词讲坛上。这一年，叶嘉莹获得了加拿大皇家学会授予的院士头衔，成为至今皇家学会唯一的华裔院士。2012 年 6 月，中央文史研究馆聘任她为终生馆员。

三

作为顾随先生最得意的女弟子，她更以师尊为傲。顾随在给她的一封信中曾写道："假使苦水（顾随别号）有法可传，则截至今日，凡所有法，足下已尽得之。"她不仅深得顾随先生真传，而且将其发扬光大。"一个人要以无生之觉悟为有生之事业，以悲观之体验过乐观之生活。"这是她对顾随先生所悟之"道"的深刻理解。

作为中国古典文化的传灯人，叶嘉莹站在通往诗词王国的道路上，诲人不倦，度人无数，于浮躁喧嚣中，引领众生回归心灵、凝神倾听，"我亲自体会到了古典诗歌里边美好、高洁的世界，而现在的年轻人，他们进不去，找不到一扇门。我希望能把这一扇门打开，让大家能走进去，把不懂诗的人接引到里面来。这就是我一辈子不辞劳苦所要做的事情"。

叶嘉莹用英语讲唐诗，用吟诵唱宋词，被问最多的问题是："现在学古典诗词还有什么用处？"她回答："古典诗词让人心不死。"少年丧母、青年流离、中年丧女，叶嘉莹的一生才华卓越却又命运坎坷，是古典诗词给了她力量，令她超脱于尘世的苦难，展开了睿智而审美的一生。

冬日的暖阳悄悄从窗棂间爬进来，跌落于叶嘉莹紫罗兰色的开衫。她的身后，洁净的书桌上摆满她常用的图书典籍，朴素的白墙缓释了一壁书柜的凝重，白墙上悬有匾额，上面是顾随先生手书的她的别号——迦陵。叶嘉莹俯身书桌，提笔写下："书生报国成何计，难忘诗骚李杜魂"，落款还是"迦陵"。

当年，她屡屡遭遇苦厄，顾随先生曾送诗句慰藉："拼将眼泪双双落，换取心花瓣瓣开。"而今，瓣瓣怒放的岂止是心花？

现在，她每年有一半时间在大陆居住。尽管行程中每每只有她一个人，但有诗词陪伴左右。她活在诗词里，诗词也活在她的生活里。这是何等洒脱、惬意的人生？

她的一生，几乎就是中国现当代文学史甚至是中国当代文化史的一部别传，让人读来韵味隽永、情意深长。

叶嘉莹 80 寿诞时，曾有人问："80 以后如何？"叶嘉莹沉吟半晌，用庄子的一句话作答："独与天地精神往来。"

"90 以后呢？"我们问。

她笑而不言，神情澄明坚定，目光掠过寂静的书卷，如晨曦寄语光明。

在一个菡萏摇曳飘香的季节里，孙犁走了，走进荷风荷雨荷花淀，去相会他几乎每晚都梦见的结发妻……

摇曳秋风遗念长

金　辉

1945 年，孙犁在延安《解放日报》上发表了短篇小说《荷花淀》，为风沙弥漫的西北高原带来了白洋淀水乡的诗情画意，后来就衍生了以“荷花淀”命名的文学派别。

孙犁的文学创作从荷花始、由荷花兴，长达 70 余年，留下了许多经典之作。他的文品、人品也像荷花一样高洁，深深地影响了一代又一代人。

我 23 岁时，母亲就离开了人世，回忆起来，父爱竟比母爱还要长一些。他是这个世界上最疼爱我的人，我也是这个世界上最惦记他的人。

在孙犁逝世 10 周年前夕，女儿孙晓玲将怀念父亲的文章结集出版，名为《布衣：我的父亲孙犁》。从中我们看到了孙犁丰富的情感世界和淳厚的心地，特别是他对结发妻的忠贞相守，可谓世间难寻。

怀揣着一份感动，我们专程来到天津孙犁最后居住的“耕堂”，拜访了孙晓玲。

每当捧起父亲的著述，看到目录中《亡人逸事》的篇名，我的心中便会百味杂陈，如见亲娘

据亡妻言，她19岁那年，夏季一个下雨天，她父亲在临街的稍门洞里闲坐，从东面来了两个妇女，是说媒为业的，被雨淋湿了衣服。她父亲认识其中的一个，就让她们到稍门下避避雨再走……

孙晓玲说，《亡人逸事》是父亲怀念母亲的一篇散文。开头记叙的这个场景，是父亲和母亲相识的真实过程。

在孙晓玲的回忆中我们得知：当时，两位媒人正为孙家的儿子孙振海（孙犁在老家的名字）保媒说亲，偏偏说的那位崔姓姑娘条件不太理想，在王家避雨时得知他家二姑娘品貌超群，又是“女大三抱金砖”，便马上改换目标，竭力撮合。经过媒人来回跑了几趟，亲事竟然说成了。

两年后，一顶花轿吹吹打打地把蒙着红盖头的王家二姑娘娶进了孙家门。夫妻俩“两小无猜亦无爱”，完全是父母之命、媒妁之言。

王家二姑娘是一个不识字的农村妇女，在娘家叫“二妞”，嫁到婆家叫“振海家的”，生了孩子叫“小平她娘”，直到进城后参加扫盲班才有了自己正式的名字——王小丽，是孙犁为她

起的。

孙犁从未因文化上的巨大差距而轻视结发妻。他像个和蔼的老师，教妻子识字；他视妻子如同知音，给她讲自己创作中的甘苦；他进城工作时已经成名，才36岁，更兼面容俊朗、气质非凡，但他重情重义，不舍糟糠之妻，亲自坐着大马车，把困顿在半路的妻子和一双小儿女接到身边……

孙犁和结发妻风雨相随40年始终不离不弃，直到安详、从容地闭上眼睛，也从未忘记过她。

在父亲的《荷花淀》《嘱咐》《丈夫》中，我都看到了极其熟悉的举止身影。其中有些对话，仿佛“原封不动”就是母亲讲的

孙犁是在战火硝烟中从事文学创作的，他抗战小说写得最多，也写得最好。

一天，已是初中生的孙晓玲一边趴在桌上做功课，一边好奇地问父亲：“爸爸，《荷花淀》是怎么写出来的呀？”

孙犁静静坐在椅子上，微微笑着说：“就那么写出来的，在窑洞里用草纸，连底稿都没有打……”

啊，诗样的文章缘何行云流水般一挥而就？

孙晓玲告诉我们，在父亲的作品中，母亲常常是他创作的原型和语言的源泉。抗战开始，父亲奔赴前线，一去8年；母亲在战乱离别中养老育幼，奔波逃难。在冀中平原残酷的“扫荡”中，母亲连日本鬼子端枪进屋搜查都经历过。有一回，日本鬼子

听说有地下工作者进了村，就用枪逼着把全村人赶到一棵大树底下跪着，惨无人道地放火烧人、烤人。母亲用身体护着大姐也跪在人群里，她把脸抹得又脏又黑，把头发弄得又散又乱，她拼着一死也要保住清白，对得起在前方的丈夫……

在父亲的小说《嘱咐》中，8 年抗战未回家的水生与水生女人久别重逢。水生见到了那个他不知几岁的女孩，便问她叫什么，她说："叫小平。"水生又问她："几岁了?"孩子回答："8 岁。""想我吗?""想你。想你，你也不来。"孩子笑着说。我想，尽管在年龄上稍有出入，但这些都来自父亲真实的生活。我大姐的小名就叫"小平"，水生夫妻之间的生动描写，尤其是有关"公公"的一大段对话，我有把握认为就是我母亲说过的。

还有父亲的小说《丈夫》，里面不仅有母亲的身影，也有我大姐的身影。那个"儿媳妇"领着 7 岁的女孩，一边走一边说的关于"爹"的对话，就是以我母亲与大姐为原型塑造的人物形象。父亲生前曾亲口对朋友说过，此文是以妻为"模特"的。

孙晓玲还告诉我们，她印象中的母亲稍圆的脸盘儿、双眼皮大眼睛，宽脑门儿白净皮肤，中等个头儿，待人亲切乡音极浓。她总是穿得素素净净的，是家做的那种偏襟布衣，鞋也总是自己纳底儿做。虽然没有上过学，可她记忆力不错，语言特别丰富。"有爹有娘仙桃果，没爹没娘风落梨""有享不了的福，没受不了的罪""砍草的不要膈应放羊的，浇水的不要膈应耪地的"……这样的民谣乡谚经她说出来，既押韵上口又风趣生动，对父亲的创作有深刻影响。

从平凡、真实的现实生活中，信手拈来一些情节、语言，不加修饰地写进作品里，这是孙犁独到的艺术功力。这种功力使他的作品意趣天成，也使他的作品充满浓郁的乡土气息，展现了冀中平原的风俗民情。

父亲的旧体诗《题亡人遗照》对母亲充满赞美的怀念，寄托了父亲飞鸿失伴后的不尽哀思

一落黄泉两渺茫，魂魄当念旧家乡。
三沽烟水笼残梦，廿年嚣尘压素妆。
秀质曾同兰菊茂，慧心常映星月光。
老屋榆柳今尚在，摇曳秋风遗念长。

孙犁这首旧体诗《题亡人遗照》(即《悼内子》)，写于 1970 年 10 月 26 日下午，距妻子去世仅半年时间。

孙晓玲向我们讲述了那些不愿提及的往事——

母亲去世时是在清晨，天还不太亮。父亲用胳膊使劲儿挡着我，不让号啕大哭的我冲向母亲，父亲知道我在病榻前服侍母亲好几年，怕我受刺激，怕我太伤心。

母亲去世后，父亲曾伤感万分地对亲戚说:“她是一位多么贤惠的妻子呀！对我真是太好了！盛在碗里递在手里。这屋里的几件东西都是她操持置办的，我看见这些就难过，心里一阵阵翻个子……”

母亲去世后 5 年，父亲数次在《书衣文录》上，记下对她的“不堪回首”之忆念。

母亲去世后 10 年，父亲连续写了《报纸的故事》《新年悬旧照》《三马》等具有自传体性质的作品，实可谓“十年生死两茫茫，不思量，自难忘”……

1972 年夏天，孙晓玲跟随父亲回了一趟河北省安平县老家。离村口还有一段距离，父亲就让停车，轻声对她说：“下来吧，走着去！”

说着，父亲已弯腰走出车门。又见桑梓故土地，不见灶旁起炊人。他忘不了妻子“青春远离毫无怨言”，送夫上前线重担自己肩；他忘不了妻子拉风箱添秫秸，为过往的八路军灶上煮杂面；他忘不了妻子推机织布手指变形，赶集换卖操劳一家老小吃穿；他忘不了妻子身戴重孝，冒风霜冰雪千里之外扶灵柩送婆婆回老家安葬……

孙晓玲感叹道：我荆钗布裙善解人意的母亲，在父亲心目中的分量始终是沉甸甸的，就像他喜欢在案上摆放一盆朴实无华的贞石，虽不名贵奇特却悦目耐看；喜欢欣赏窗台上静静开放的白菜花，虽无郁烈的香气却清新淡雅。母亲的坚忍不拔、从一而终以及种种细微照顾，都刻骨铭心地令父亲终生不忘。

2002 年，在一个菡萏摇曳飘香的季节里，孙犁走了，走进荷风荷雨荷花淀，去相会他几乎每晚都梦见的结发妻……

他是中华文化的一座高峰，他的名字进入了宇宙星空，与日月交相辉映！

茫茫太空一颗星

严海建

2014年金秋，97岁的国学大师饶宗颐先生荣获“全球华人国学奖终生成就奖”。

组委会在给饶宗颐先生的颁奖词中称，“他出身书香名门，自学而成一代宗师。其茹古涵今之学，上及夏商，下至明清，经史子集，诗词歌赋，书画金石，无一不精；其贯通中西之学，则甲骨敦煌，梵文巴利，希腊楔形，楚汉简帛无一不晓。人谓‘业精六学，才备九能，已臻化境’……”

饶宗颐先生是中华文化的一座高峰。他的学术成就为海内外同知共仰，他的治学精神更值得永世传承。

一

饶宗颐先生曾以“辛苦待春锄”来评价他的学术生涯，谦虚地把自己比作文化田园里的农耕夫。

他虽然出身富裕之家，却丝毫未染纨绔子弟的浮夸气，在父亲遗留下来的庞大财产与大批书籍之间，毅然选择了专志于学。

3 岁读杜甫《春夜喜雨》和周敦颐的《爱莲说》；6 岁开始练书法、学国画；9 岁已能阅读《通鉴纲目》等古籍；10 岁便能诵《史记》篇什，历阅佛典经史和古代诗词曲赋；16 岁已经出口成诗……

饶宗颐先生就是这样，怀着对中华文化的敬重和热爱，青灯黄卷，皓首穷经。

他的治学领域包括甲骨学、简帛学、经学、礼乐、宗教学、历史学、中外关系史、敦煌学、潮州学、目录学、艺术学、文学、诗词学、楚辞学 14 个门类。在时间跨度上，从史前上古到明清；规模格局之宏大，在近百年学术史上都屈指可数。

二

饶宗颐先生说：在治学上我主张用“忍”的工夫，忍是要靠耐力去支持，能够忍受一切困难，才能作持久战。没有“安忍”，便不能“精进”，没有“澄心”，便不能凝神向学。有些人问我如何去做学问，何以对治学能坚韧不拔？我谨以上述数句作为回答。

饶宗颐先生的学问自成体系，不仅求精、求大、求正，而且长于开风气、出奇兵，在许多陌生的领域开荒播种，在许多新鲜的材料中着人先鞭。

他率先编著词学目录、楚辞书录；率先研究楚辞新资料《唐勒赋》；率先把印度河谷图形文字介绍到中国；率先编著《殷代贞卜人物通考》……

他首次辑《全明词》；首次研究敦煌白画；首次提出六祖出生地（新州）；首次将《盘古图》的年代推到东汉；首次利用日本石刻证明中日书法交流源自唐代；首次提出“楚文化”“吴越文化”作为学科名；首次提出“海上丝绸之路”之概念……

他是研究《日书》之第一人；研究敦煌本《老子想尔注》之第一人；利用《太清金液神丹经》讲南海地理之第一人；利用中国文献补缅甸史之第一人；讲词与画关系之第一人；讲中国艺术史上墨竹刻石之第一人；讲《太平经》与《说文解字》关系之第一人……

饶宗颐先生在学术研究上的开拓成果，已成为当今国际汉学界的一个奇观和宝库。

三

饶宗颐先生通晓英、法、德、日等多国语言文字。其中梵文、古巴比伦楔形文字，在其本国亦少有人精通，而饶宗颐先生是一个学方块字的中国人，却能通乎异国“天书”。

他游学四海，先后到日本、法国、德国、印度等地研究讲学，足迹所至，五洲历其四。

1962 年，因饶宗颐先生在甲骨学方面的杰出贡献，法国法兰西学院授予他“儒莲奖”。这个奖项在汉学界非常有名，被称为“国际汉学界的诺贝尔奖”。

1963年，饶宗颐先生受印度班达伽东方研究所之聘，考察印度南北，归途游锡兰、缅甸、泰国、柬埔寨，寻幽搜秘，有诗集《佛国集》记其游踪。

1968年，饶宗颐先生被新加坡大学聘为首位中文系讲座教授兼系主任，历时5年。期间他曾到美国耶鲁大学、中国台湾“中央研究院”历史语言研究所讲学。

饶宗颐先生的文化世界具有自信、自足、圆融、和谐的特点。在他看来，东方与西方没有鸿沟，古代与现代没有裂罅。在21世纪的“东学西渐”史中，他是开风气的宗师，学术界称他为“国际瞩目的汉学泰斗”“整个亚洲文化的骄傲”。

四

1973年中秋，饶宗颐先生举家离开新加坡返回中国香港，被香港中文大学聘为中文系教授兼系主任。

饶宗颐先生退休后并未离开教席，继续在香港大学、香港中文大学和澳门东亚大学担任荣誉教职，并培养研究生。即使是在古稀之年，他仍在诸多领域中不断地开拓创新，孜孜不倦。其学术活动更加汪洋恣肆，所涉各个领域更加挥洒自如。

1990年，年过70的饶宗颐先生出版了《中印文化关系史论集——悉昙学绪论》《词学秘笈之一——李卫公望江南》及《敦煌琵琶谱》3部著作。尤其是最后一部，汇集了他自1987年以后所做的《敦煌琵琶谱与舞谱之关系》等10篇重要论文，是他在敦煌学研究上的又一里程碑式的成就。

1991年，饶宗颐先生又出版了中国文学史论集《文辙》，收入了他研究楚辞、战国文学、汉赋、文心雕龙及唐诗、宋词的论文共60篇。

饶宗颐先生还特别关注汉字发展的历史，《符号·初文与字母——汉字树》是其代表性的研究成果之一。书中利用考古发现的陶符和图形文，融会民族学的若干数据，从多角度追溯汉字演化的轨迹，提出了具有原创性的字母出自古陶文的“字母学假说”，成为比较古文字学一个极其重要的命题。

饶宗颐先生为了甲骨文研究的便利，早年做了很多基础性的工作，晚年又主持编撰了《甲骨文通检》。该书是一部大型的甲骨文分类索引，他于每册均撰有长篇的“前言”，阐述与各分册相关的甲骨学问题，每类几乎都有新的发现和研究心得。

在敦煌学研究领域，饶宗颐先生也有许多独专成果，除研究敦煌道教文献的开创之作《老子想尔注校笺》与填补了敦煌画研究中重视壁画、绢画而忽略遗书纸画缺陷的《敦煌白画》等外，尚有研究敦煌曲子词和敦煌乐谱的先驱之作《敦煌曲》与《敦煌琵琶谱读记》；研究敦煌写卷书法最为完整系统的著作《敦煌书法丛刊》等。

饶宗颐先生还以自己渊博的国学知识，对于国内出土的各种文献材料进行释读，且总能有所创见。他根据三星堆的出土文物和相关历史记载，撰写了《西南文化创世纪：殷代龙蜀部族地理三星堆、金沙文化》一书，将“人方”释为“夷方”，定位在现今陕西及西南一带，大大地超出以往研究的地理范围，这不但极大地扩大了殷商时代的版图，而且对于西南地区的开发年代和文明程度也有极其重要的研究价值。

五

饶宗颐先生毕生“舂锄”不言休，成就了中国文化史的一个奇迹。

他的主要学术论著已整理结集成 14 卷 20 大册，于 2009 年 9 月以《饶宗颐二十世纪学术文集》为名，由中国人民大学出版社正式出版。该文集几乎涵盖国学研究的所有领域，是 20 世纪国学研究的一座丰碑。

2011 年 10 月 19 日，经国际小行星命名委员会批准，一颗南京紫金山天文台发现编号为 10017 号小行星，正式命名为“饶宗颐星”。

自此，这位百科全书式学者的名字，进入了宇宙星空，与日月交相辉映！

深宵里，床头上叫着蟋蟀，凉风吹一缕月光穿过纸窗来。在这没法合紧眼的当儿，一个意态龙钟的老人的影像便朦胧在我眼前了。

秋是怀人的季候

王　丽

“有的人活着，他已经死了；有的人死了，他还活着。”每当读到这著名的诗句，就会想起杰出诗人臧克家先生。他1925年开始发表作品，创作生涯近80年之久，对我国新诗作出了卓越贡献。他的生命就是诗。

“秋是怀人的季候。深宵里，床头上叫着蟋蟀，凉风吹一缕月光穿过纸窗来。在这没法合紧眼的当儿，一个意态龙钟的老人的影像便朦胧在我眼前了。可以说，我的心无论什么时候都给老哥哥牵着的……”

在臧克家先生的笔下，经常会出现一位“老哥哥”。晚年，他再次写“老哥哥”时，竟三次失声痛哭；临终，他嘱家人把自己的骨灰撒到“老哥哥”坟上。

“老哥哥”究竟是怎样一个人，为何让他用毕生的情感来承载？

笔者访问了臧克家先生的女儿郑苏伊。

老哥哥真是老哥哥，他来到我家时曾祖父还不过十几岁呢。祖父是在他背上长大的，父亲是在他背上长大的，我呢，还是。

郑苏伊说，父亲虽出生在山东诸城臧家庄一个破落地主家庭，却在穷孩子堆儿里长大。“他们穷得可怜，没有田地，没有房子，有的是一条‘农奴’的身子。”父亲同情和热爱这些淳朴善良穷苦的农民，“老哥哥”就是他们的代表。他在父亲家做了一辈子长工，从20岁起，用他那曾是铜帮铁底的身子，用一生的血汗和忠诚，服侍了臧家四代人。待年老无用的时候，却被臧家无情地撵出了门。

父亲曾详细记述过当年的情景：“老哥哥一天一天地没用了。日夜蜷缩在那一角炕头上，像吐尽了丝的蚕一样，疲惫抓住了他的心。背曲得像张弓，小辫越显得细了。他的身子简直成了季候表，一到秋风起来便咯咯的咳嗽起来。……祖父最会打算，日子太累，废物是得铲除的，于是寻了一点小事便把五十年来跑里跑外的老哥哥赶走了。”

“我满眼流泪，哭送老哥哥走。他背着一个小包包，劳动一生的代价；走向何处？”（“老哥哥”终生未娶，无家可归，只好去焦家庄子投奔侄儿。）

“侄儿是穷苦农民，穷得吃不上饭，怎能再加上他这个累赘呢？我送老哥哥出了庄，看着他一步一步地下了坡……”

望着被榨干血汗后的老人孤身离去的背影，父亲第一次对他的祖父和地主阶级产生了憎恨！

父亲早期诗作的题材和主题主要是描绘旧社会农民的不幸遭遇，他关心农民、同情农民，为农民的不幸控诉、呐喊！而"老哥哥"则成了他一生的挂念。

每次写老哥哥的时候，我都是心发痛，眼流泪的。……他去世八十年了，但他的魂与我的神交接，至亲的人是不死的

郑苏伊说，为了怀念"老哥哥"，父亲蘸着浓情多次写过"老哥哥"。他写的时候流泪，我们看的时候也流泪。

父亲曾写道：

在这个长的期间里，我是一只乱飞的鸟，也偶尔的投奔一下故乡的园林。……到了家一个腚还没坐好，就开始问短问长了。心急急地想探一下老哥哥的消息，可是口却有些不敢张开，早晚用话头的偏锋敲出了老哥哥健在的消息，心这才放下了。

1929年，祖父去世了。我把还活着的老哥哥请了来，一道睡在我的房子里，我想他，我亲他，我想在他生前给他一点温暖，使他感到，人间并不完全是一个冰桶。

"日后再见吧！"我一边走着一边回味着老哥哥这句话。但是一个熟透了的果子，谁料定它刹那会自落呢？

老哥哥离开我家，算来已经足足十年了。……又是秋天了。秋风最能吹倒老年人！我已经能赚银子了，老哥哥可还能来得及接受吗？

1937年，我从临清回到老家，得知一年前老哥哥已下世了，我亲自跑到焦家庄子去凭吊荒野中孤零零的他那口小坟。我对老哥哥真是比对曾祖父、祖父、父亲还亲上几分。

父亲83岁那年，写《诗与生活·皓首忆稚年》中“老哥哥”这一节时，往事涌上心头，他不禁痛哭失声，快步跑到卫生间拧开水龙头以冷水冲面；回头写了几行，又第二次、第三次痛哭……

父亲说，人心交感泪自倾啊。同样写一个人，运用的材料也不出事实的范围，但感情的浓度却不随时光的流逝而减弱，反而日益深厚与强烈了。

父亲还常给我们讲，看见故乡夏夜光亮的场园，儿时看星星到深夜，怕红毛鬼，扯着“老哥哥”的衣角，央求他送自己回家的情形就来到心间。冬天，大雪压屋檐，他就想起在小耳房的热炕头上，听“老哥哥”讲“长毛”作反的乐趣，尽管没有罩子的煤油灯煤烟子冲鼻冲眼，却觉温馨一团。他深夜不眠的时候，一种什么声音忽然入耳，仿佛听到“老哥哥”半夜起来给驴添草，那种亲切而呵斥的声音续断……在秋收季节，满街高粱叶的香味，声声尖鞭的声响，仿佛看到“老哥哥”在场园上伸长手臂高举木锨……

“老哥哥”在父亲心中无处不在，不管是在梦中，还是白天。

设若我死了，设若我死前还有一点时间，/我一定写下一句最后的请求……不管路多远，山多高，水多深，/一定要把我葬埋在故乡！……就在这些穷人的身旁，/匀给我一小块安身的地方……

郑苏伊说，1994年10月，是父亲90岁诞辰。为筹备纪念活动，我和我的哥哥、嫂子们又一次踏上了故乡的土地。

就在我们出发前的几天，父亲郑重对我们说：人老了，必然会想到自己的归宿。你们这次回去一定要找到"老哥哥"的坟墓，我死后想和他做个伴。

可是，"老哥哥"去世快60年了，他的侄子也早已离开人间，到哪里去找呢？经过多方打探，我们最终在"老哥哥"生前住的焦家庄子，找到了他侄子后人的下落，他带我们来到他家长着栗子树的墓地，但"老哥哥"的坟头荡然无存。是啊，除了父亲谁还会惦记长工"老哥哥"呢？为了满足父亲的心愿，后人在"老哥哥"坟墓的大概位置上，又堆起坟头。

2004年2月5日，父亲走完了他99岁的人生旅途。遵照父亲的遗愿，妈妈带领我们回到故乡，在清明节那天，亲手把父亲的骨灰撒在了"老哥哥"和父亲的其他3位农民朋友的坟上。望着洁白的骨灰合着片片花瓣轻轻飘落，我没有落泪，因为我知道，这是父亲最好的归宿。

其实父亲很早就有了魂归故里的心愿。2000年年初，我和二哥接受了一个艰巨任务——为父亲编辑全集。在搜集父亲散佚在外的作品时，我们找到了他40岁时发表在1945年8月《时代文艺》创刊号上的一首诗《爱的熏香》。

当时，父亲被国民党迫害，不得不来到重庆歌乐山中。相同的农家小院，熟悉的乡村风光，重新置身于农民中间……这一切，勾起了父亲对久无音讯的故乡和亲人们的无比思念。在后山杜鹃鸟“不如归去”的声声泣血啼叫中，父亲写下了这首《爱的熏香》。

不管路多远，山多高，水多深，/一定要把我葬埋在故乡！……我太爱这乡土，太爱这块土地上的人民，/这爱是那么浓烈，那么醇厚，/它的熏香使我不朽！

经过一个世纪的跋涉，臧克家先生终于回到故乡。在马耳山温暖的臂弯里，和“老哥哥”等农民朋友彼此挨近，相依相守，像生前一样。

春天，野花开在我们头上，/隔着土地也闻到了芳香，/草绿了，绿得像那个人的眼睛，/细雨潮润了我们的床。/听到了叱牛，也听到了犁头破土，/犁头破坏了我们的房屋，/可是我们并不生气，/还情愿为着穷人缩一缩身子。/暴雨把西沟灌一个饱，/像一个粗暴的人日夜吼叫，/这声音叫醒了我的记忆，/我又变成了个快乐的孩子。/睁开眼什么也望不到——/除了矮的谷子，高的高粱；/耳朵也听不到别的声音，/只听到农人的歌唱，蟋蟀的歌唱，/只听到一片生机在大地上响。/秋天，白云贴着天飞，/淡，淡得像烟，/眯缝着眼看，像孩子时代，/好好地看看天，看看云彩的变换……

被鲜花簇拥的照片上，他目光深邃地投向远方，蕴含着亲切道别与殷切叮嘱……

活在国图岁月中

郭改云

我总是记得，2009年7月11日早晨，一代宗师任继愈走了。

因为记者的职业，我结识过各个阶层的人士，走进他们的生活和精神世界，旋即又淡出、疏离，渐渐地只留下些许记忆。唯有任继愈先生，自始至终鲜活在我心里，并凝成永恒。

任继愈先生融汇中西，贯通古今，为人为学，高风亮节；他一生低调，不图虚名，成就卓越，举世同仰。尤其是在晚年，他埋首书山，整理古籍，为传承中华文化作出了杰出贡献。

今天，在任继愈先生仙逝5周年之际，让我们一起轻轻地走近他……

一

1987年，71岁的任继愈先生从中国社会科学院宗教研究所调任当时的“北京图书馆”（现国家图书馆）任馆长。

也许是冥冥之中有天意，60年前，当任继愈先生还在山东济南读高小时，就曾当过图书馆“负责人”。那时，学校让同学们自办小图书馆，占用教室的一角，设两个书柜，加把锁，推举一名同学掌管，半年轮换一次。

任继愈先生从“前任”手中接过钥匙不久，“济南惨案”爆发，学校停课，小图书馆不复存在。不想在“一甲子”之后，他当上了亚洲最大的图书馆馆长。从此，他把坐拥书城、传播知识与文明，视为一位知识分子的最高使命。

一直以来，学界都有一种“图书馆存在悲观论”，认为随着现代技术的迅猛发展，人们对信息和文献的需求，不再像过去那样依赖图书馆，并且最终有一天图书馆将在人类社会中消失。

对此，任继愈先生有深刻思考，他讲：“图书馆是一个长寿的机构，即使国家消亡了，政府没有了，但图书馆会存在。因为图书馆是一个国家文明的重要载体之一。中国国家图书馆记载了中华民族几千年的文明发展轨迹，是中国乃至世界文明的宝库。并且，它具有教育和传播知识的功能，是推行终生教育的重要场所，它的覆盖面要比学校宽广得多。”

任继愈先生在国家图书馆馆长任上，有着双重身份。一方面他做“学者”，从事学术研究；另一方面担任“领导”，追求与时俱进。他认为：时代的发展，不仅要求图书馆传播知识，还要过滤掉不真、不良的信息，去伪存真，培育和传播先进文化。只有这样，图书馆才能成为优秀文化的捍卫者和传播者。

任继愈先生还常讲，图书馆没有读者，就如同鱼失于水，缺了存在的依据。国家图书馆为普通读者服务，天经地义。提供什么样的服务？应该是人有我有，人无我也有。

正是在任继愈先生的提倡、呼吁和努力实践下，国家图书馆的定位逐步清晰，其学术地位和文化形象不断提升，阔步迈进国内外一流图书馆的行列。

二

在任继愈先生看来，中华文化不仅积累丰厚，还是有生命力的、活着的文化。而正是这种活着的文化，支撑着中华民族在几千年的历史中屹立不倒。他预测中华民族文化的鼎盛时期要在二三十年后到来，他这一代人应为文化高峰期的到来打基础。因此，他把整理和积累古代文献资料，让珍贵的馆藏得到广泛使用，作为自己重大的责任和应尽的义务。

1992 年，《中华大典》开始编纂，任继愈先生担任编撰委员会主任，兼任《哲学典》和《宗教典》主编。是年，他已经 76 岁。《中华大典》是新中国成立以来最大的文化工程，属于类书的性质，相当于清代的《古今图书集成》，按照文学、历史、哲学、经济、地理等各个领域分卷，把各种相关的历史文献进行编辑整理。工程浩大，耗时惊人。

作为编撰委员会主任，任继愈先生邀请了冯友兰、钱锺书、季羡林等 300 多位著名学者，还跑到史学家戴逸、数学家吴文俊等先生的家中，动员他们担任各自领域的分典主编。

由于经费紧张，在很长一段时间里，组委会无力支付编纂人员的酬劳。任继愈先生从大典编纂开始后的十几年里，未拿过一分钱。后来终于有了些经费，工作人员把他的身份证“骗”来，办了张卡，把稿酬打到卡里。他知道后说：“再这样的话，我不干了。”

任继愈先生远离名利，远离喧嚣，远离公众视线，以年迈之身辛勤致力于“前人栽树，后人乘凉”的工作。几十年来，他每天总是早上4点起床开始工作。除非必要的公事，不出去应酬。有人问他：“您不觉得枯燥吗？”他说：“不枯燥，坐不得冷板凳，就做不得学问。”

走进《中华大典》编纂办公室，就像走进了书籍的海洋。寒来暑往，无数专家来了又走了，而任继愈先生一直坚持到最后。他从不做“挂名主编”，靠左眼仅存的模糊视力伏案工作，经年不辍。儿子心疼父亲，将家用摄像机与电脑连接起来，将书本的文字放大显现在电脑屏幕上，以方便他观看。

在近20年的时间里，任继愈先生坐镇国家图书馆，皓首穷经，年高德劭：

他主持整理了我国历史上重要的佛教经典，历时16年完成了107卷、总字数过亿的鸿篇巨制《中华大藏经》；

他主持实施了新中国成立以来最大的文化工程，编纂总计7亿多字的古籍文献资料汇编《中华大典》；

他主持的镇馆之宝文津阁《四库全书》影印出版；点校本《二十四史》《清史稿》也在重新修订之中……

然而，任继愈先生在年近90岁退休那天，却谦虚而不失幽默地说：“我想了半天，也没觉得我这十八年做了什么事情，工作都是大家做的。我只让人给图书馆的玻璃门上贴了张纸条，提醒大家不要撞到玻璃上，这可能就是我做的工作。”

三

任继愈先生一直想著述一部带有自身学术总结性质的《中国哲学发展史》。年逾古稀，完成这个心愿是何等迫切！

但他最终未能完成这一心愿。因为他的案头，总有浩繁的古籍整理工作用去了所有时间。而与自己的著述相比，这些书稿永远排在优先的位置。他甘愿为后人做一块铺路石而鞠躬尽瘁。

或许，任继愈先生晚年倾心尽力从事的古籍整理工作，还需要若干年才能迎来收获的一刻。在后人的辉煌中，谁又能忘记其中属于他的那一份光彩？

事实上，任继愈先生罹患癌症多年，而他一直表现得“若无其事”，大家也便觉得无事了。他说：“生命就像银行里的存款——如果你们还有 100 块钱，而我只剩下最后的 5 毛了。我要用好它。”

2009 年 6 月，任继愈先生病情加重。医生说，他浑身都是癌细胞，疼得不得了，但他仍关注着《中华大藏经续编》的编纂进程。

2009 年 7 月 11 日凌晨 4 点 30 分，任继愈先生安然离世，终年 93 岁。

当天上午，国家图书馆官方网页悄然蒙上“黑纱”，网站文字和图片均呈黑白两色。

灵堂设于国家图书馆总馆南区的学术报告厅。被鲜花簇拥的照片上，任继愈先生风度翩翩，穿着深色西装和白色衬衣，戴着黑框眼镜。他面带沉吟之色，目光深邃地投向远方，似乎在注视着遥远地平线上世界文明的曙光，又仿佛在眷顾着他的学术生涯；而对于凝望着他的人们来说，则蕴含着亲切道别与殷切叮嘱……

老子出关，哲人逝矣，蓬莱柱下五千精妙谁藏守；
释迦涅槃，宗师生焉，大藏大典四库文明有传人。

挽联概括和颂扬了任继愈先生为民族文化振兴所创的千秋功业！

任继愈先生是在每天起床工作的时间走的，让人觉得他是去天国续编《中华大藏经》了……

他以“九部大戏、多卷杂文、半百碑铭”名扬天下，成为峭然自立的大文化人！

黄连树根作洞箫

伊 凡

秋阳杲杲，秋光扮靓大地。

2010年的秋天，是“巴蜀鬼才”魏明伦人生最灿烂的收获季节。

鄙人从小被梨园始祖“太子菩萨”摸了脑壳，7岁学戏，9岁登场，台上扮演生净末丑，台下自修诗词歌赋，逐渐脱下剧装，爱上秃笔，由“三尺戏子”转为“一介书生”。（魏明伦:《小鬼自白》）

而今，进入70岁的魏明伦先生已从艺60周年，他以“九部大戏、多卷杂文、半百碑铭”名扬天下，成为峭然自立的大文化人！

没有文化的民族是没有生命力的。中华文化灿若星河，经济可以全球一体化，文化是绝对不能一体化的。一个国家经济飙升，它独特的文化也应该被凸显……

在一个秋月高悬的晚上，身穿大红衬衫的魏明伦先生在成都金河宾馆欣然接受了《党建》杂志的采访。围绕“留住中华优秀传统文化根脉”的话题，他向我们诉说了自己深切的忧思和义无反顾的担当。

一

他和我们聊起了对联——

云对雨，雪对风，晚照对晴空；来鸿对去燕，宿鸟对鸣虫……

海市虚，蜃楼空，盲人对瞎龙；预言对谶语，哀笛对丧钟……

对联是中国独有的、全世界最短小又最精致的文学形式。它是中华民族文墨精华的象征，在世界文化中独树一帜。它博采诗词曲赋骈文之精华，穷尽平仄对仗虚实之变化，可以寄情可以寓志；可赞造化伟大，可叹人工精巧；或悼或贺；或斥邪，或颂正……形式精美，内涵丰富。这种具有浓厚传统文化特色的文学样式自问世之日起，就以其尺幅千里的特色赢得了最广大的创作者和欣赏者，上自风流儒雅之文人骚客，下至引车卖浆之下里巴人，无不对其另眼高看、青睐有加。因此，它的历史源远流长，至今已有 1000 多年的历史了。

然而，数十年来，对联沉寂已久。改革开放后，对联逐渐活跃起来，名胜古迹、景点、商店、建筑……到处都有。对联是竖写的，面向对联看，右边是上联，左边是下联，但大多数都挂反了。另外许多人把对联写成了标语口号，对仗不对、声韵也不对，撰联人不明白，书法家也不明白，挂的人、看的人更不明白。对联虽然也有工对、宽对之说，但是再怎么宽，基本的规矩还是要讲的。去看看武侯祠、杜甫草堂、望江楼里那些名联，再看看现在出现的“歪对”，我们愧对古人呐。

更让人扼腕叹息的是，2009 年 7 月，八宝山前，送别文化大师季羡林和任继愈的挽联有些平仄混乱、词性错讹，这表明不少人已经丧失了鉴别对联是否工整的基本能力，我们的教育没有这些东西，我们这一代再不讲，那就真的失传了。

魏明伦先生不仅为对联的传承大声疾呼，还躬身力行。漫步巴山蜀水，他撰写的对联就会不经意间闯入你的眼帘。仅以自贡为例——

在尖山风景区，迎面可见魏明伦先生文字优美而充满忧患的对联：

尖字小含大，山不高而幽雅，湖不阔而澄清。远望浮华世界，风卷赤潮，雾催酸雨，还剩下几方净土？

龙形卧欲飞，竹有灵则婆娑，水有情则荡漾。漫游平静溪流，人增瑞气，天造氧吧，幸保存十里桃源。

在张飞庙，又见魏明伦先生引人注目的对联。上联写张飞偕庞统判案：“凤雏执法，豹头监讼”；下联写张飞鞭督邮：“狼吏丧魂，狗腿断肢”。上联尾句是：“文武清廉勘百案”；下联尾句是：“古今腐败怕三爷”！对仗工稳，声韵铿锵，内容犀利，古为今用。

2005年除夕，中央电视台在春节晚会前公布了特邀魏明伦先生撰写的一副春联上联，向海内外观众征求下联：

四海华人，一宵除夕，万家灯火，亿户荧屏，多少同胞同过节。

此上联乍看平常，但要求下联词性与上联相同，平仄与上联相反。尽管带着镣铐跳舞，难度很大，但在短短4小时之内，海内外约有15万华人发手机短信应对。

魏明伦先生十分欣慰，因为他实现了一个由来已久的心愿——借中央电视台这个巨大平台，进行一次对联艺术的推广和普及。

二

他和我们聊起了辞赋碑铭——

碑铭是中华历尽千年依然屹立于世的文化瑰宝。古往今来，凡有重要的建筑物，就有碑铭存在。醉翁亭有《醉翁亭记》，岳阳楼有《岳阳楼记》，滕王阁有《滕王阁序》……由于年代久远，由于战争与天灾人祸，建筑物毁坏了，不存在了，然而碑铭仍在，于是，又重修起来了，醉翁亭重修了，岳阳楼重修了，滕王阁也重修了。可以说这些建筑物因其碑铭而传世，并且永垂不朽。碑铭中还出了大量的佳作，佳作中又有很多杰作。我们常说的“钩心斗角”“水落石出”“醉翁之意不在酒”“君子之交淡如水”，一直到“先天下之忧而忧”等成语和名言警句，都出自碑铭之中，它们已经化为汉语词汇本身的一部分，直到现在还活跃在我们的语言中。还有书法，很多也是靠碑铭传递的，《兰亭序》等大量拓片都是从碑铭而来。

自20世纪50年代以后，中国的建筑物就没有碑铭了，都被领导题词取代了。曾让人引为自豪的碑铭文化就这样被我们自己把它断绝了，这是很可惜的。如果不着力抢救，我们就会成为历史罪人。因此，20世纪90年代初，我带头恢复这种文体，试图让碑铭文化在当代重生。

我们得知，魏明伦先生全国首创的第一篇碑铭是《盖世金牛赋》，那是为深圳的巨型雕塑“金牛”而作。

壮哉！庞然大物从蛇口四海公园拔地而起，远望如巍峨建筑，近看乃高雅雕塑。特区千万广厦一派洋气之间，耸立土产盖世巨牛，乍闻讶然称奇，细思肃然起敬……

奇文一出，引得全国多家报刊争相转载，在海内外引起了巨大反响。魏明伦先生的碑铭创作从此一发而不可收，《深山骏马碑》《绿杨村记》《风雨同舟记》《宁波月湖铭》《廊桥赋》《纪信广场赋》……至今累积50余篇，绝大多数已经勒石成碑。碑体最大的是《金川赋》，碑高6米、碑长60米，矗立在甘肃镍都。

魏明伦先生对辞赋碑铭中的骈文适当继承，大胆变革：取其简明精炼、骈俪上口等优点，去其艰深晦涩、堆砌僵硬等缺点；活用偶句而放宽声律，驱遣形式而服从内容，既可正言肃语、亦可慷慨悲歌，还可嬉笑怒骂。将叙事、状物、抒情、咏志、思辨、述理、说古、道今……多种内容浓缩于微型篇幅之中，变革为畅达易懂的现代骈文。它激活了古老的辞赋文体，发展了民族的碑石文化，被友人戏称为“魏碑”。

魏明伦先生认为，现在人们对于辞赋这种文体有些曲解，以为它是专用于歌功颂德的，是赞美诗。其实它与其他文体一样，只是一种形式，可以承载各种内容。“我的现代骈文忧患意识颇深、思辨色彩甚浓、批判锋芒较锐。反思历史，不为尊者避讳；针砭时弊，敢替弱者代言。”所写碑铭大体可分为抒情美文、雄辩政论和辛辣杂文三类。比如，《饭店铭》：“满腹油水与满嘴道德并不矛盾，物质文明与精神文明照此调和……诸事皆目，吃饭是纲，酒醉饭饱，纲举目张。”是反讽古今中国的一些饭店现象；《华夏陵园诔》：“呜呼！苍天不许万寿无疆，世上岂有不死之药？……陌路生人共卧陵园，结为永久伙伴；冤家对头相逢泉下，化作和睦邻居。”是咏叹生命与死亡；《牌坊赋》：“半世孤灯，照出满头白发；一生痛苦，换来两笔朱批。贞节牌坊，压抑多少人性；朝廷旌表，扭曲无数灵魂。悲剧正剧，只留下残碑遗迹；张氏王氏，最可哀有姓无名。”是鞭挞封建贞节观。

这些年来，魏明伦先生的碑铭吟得很苦，但他“黄连树根作洞箫——苦中寻乐了”。现在辞赋作者开始多起来，逐渐形成了队伍，相关网站也建立起来，各种辞赋涌现，碑石文化抬头，有待良性发展。

三

他和我们聊起了杂文——

杂文是个奇特品种，像一个伟大的问号、惊叹号。据我偏爱愚见，诸家散文精品再美，也不及鲁迅杂文解剖人生，震撼灵魂，推动时代，彪炳史册。但在整个文学领域，杂文这个中国独有的艺术形式却命运多舛。

我觉得，当今正是杂文时代。杂文作者队伍在壮大，杂文水平在提高，杂文读者在增加。现在应是新中国成立以来杂文发展最好的时期。

杂文家们以国家前途为胸中雷电，以苍生疾苦为笔底波涛。这是最有尊严的一个群体，我对这个群体充满了敬佩！

遗憾的是，杂文家这个群体并没有得到社会器重。他们似乎成为一些人“畏”而远之的群体。

不少地方大力提倡“振兴戏剧”“振兴武术”“振兴文学”等，却从来没见提倡过“振兴杂文”。各种戏剧节、艺术节、会演、庆典，各种奖励，给戏剧家增添社会荣誉、名利光环，但是杂文家却从来没有这种机遇，更何曾有过“杂文节”？由此想到中国作家协会设置的“鲁迅文学奖”。顾名思义，顺理成章，最具有鲁迅特色的杂文理应进一步加大分量。

魏明伦先生更值得我们敬佩。他是杂文家中的“侠士”。他挺身肩负起杂文的使命，固守着作家的良心习作杂文。他不走隐晦曲折、把玩机巧、耍弄幽默之途，只以一种道义敏感裹卷世象，尖锐得浩浩荡荡，讽刺得明明白白，似四川火锅，把你的五脏六腑都熨烫得巴巴实实。

魏明伦先生的杂文不仅渗透着他富有特色的禀赋、性格、气质、素养、情思，还“引戏入文”，在杂文中融进戏剧性因素——借鉴戏剧性结构，获取蒙太奇效果；开篇凤头，中段熊腰，结局豹尾；设伏笔，布悬念，密针线，抖包袱，掀高潮，炼警句；吸取戏剧台词唱腔威力，一腔定太平，声震屋瓦，余音绕梁，回味无穷。

他的杂文集《巴山鬼话》多次再版长销。其中一种版本在一年之内加印5次，在文学大观园内为杂文赢得了堂堂正正的立足之地。

撰对联、吟碑铭、写杂文，其实只是魏明伦先生偶尔到文学界客串几场，洒些剩墨而已。戏剧创作才是他的主业，与他形影相随长达半个世纪的川剧，是和他有着千丝万缕血缘关系的“母亲”，他的恋母心理就像“儿时扮演过的孽龙，回首处——24个望娘滩！”

为此，他半生积累，改革开放30年奉献。九部大戏在中国戏剧史上意义非凡，功莫大焉！

“没有白活的人，值得研究的鬼。”这是魏明伦先生给自己写的墓志铭。

对于“鬼”字，魏明伦先生这样解释：“敝姓魏，这个字不能简化，一半委，一半鬼。姓氏注定委身于鬼……”

我们则这样理解：拿不出文凭，与毕业二字沾不上边，蛰居巴蜀小城比拿破仑个头还矮的小个子，竟成为令人仰视的文坛高人，不是“鬼才”是何才？

儒家思想是中国传统文化的主体，是全人类的共同财富。

《儒藏》的编纂不仅是为了弘扬中华文化，而且是为了对人类文化发展作出新的贡献。

《儒藏》春秋

李娟娟

在北京大学未名湖后湖之滨的朗润园，我国著名哲学家、一代国学大师汤一介先生在这里度过了半个多世纪的人生历程。

汤一介先生家有两间书房，虽然不是很大，却四壁环书。其中整齐排列的《儒藏》“精华编”格外悦目。

在中国传统文化思想中，儒、道、释历来三分天下。但在中国的历史上，却只有《佛藏》和《道藏》，而没有《儒藏》。

21世纪初，这一历史终于得以改写，带头人就是汤一介先生。

一

编纂《儒藏》始终是汤一介先生要实现的一个愿望。

纵观中国历史，虽然儒、释、道三家并称，但三家在中国传统文化中的地位是不同的，儒家思想是中国传统文化的主体。

儒家以自觉传承“六经”为己任，“六经”所代表的中国上古文化正是通过和依赖儒家的世代努力而传承至今。历代儒家学者对《诗》《书》《礼》《易》《春秋》等经典的不断整理、解释和对其思想文化的推衍与发展，构成了儒家典籍体系的主要内容。它与根源于印度的佛教和后起的道教不同，不是某种宗教的经典，而是中华文明的经典。

由于儒家所具有的深厚历史感、文化感、道德感，不仅使得历代主政者无不重视儒家的政治、文化功能，而且也使得儒家的价值观逐渐成为中国人价值观的核心，成为中国传统文化的主流。因此，把儒家经典及其在各个时期的注解，把历代儒家学者的著述，把体现儒家思想的各种文献编纂成一部大文库——《儒藏》，无疑对当今和后世都有着重大而深远的意义。

自宋朝以来，历代王朝都编有《佛藏》和《道藏》，20 世纪 80 年代以来我国又编辑出版了《中华大藏经》和《中华道藏》，唯独没有编纂过《儒藏》。明、清两代虽然也曾有学者提出编纂《儒藏》的建议，但因工程浩大等原因，最终没有能够实行。这不仅与儒家在中国历史文化中的主流地位极不相称，更不能满足传统文化整理与研究日益广泛深入的需要。

早在 1989 年秋天，汤一介先生和大家一起讨论“我们能做什么”的时候，就提出了编纂《儒藏》的设想。1990 年，有个企业家表示要投入资金支持他来做这件事，可是企业没有搞好，此事不了了之。尽管如此，汤一介先生编纂《儒藏》的愿望从未改变。在他的心目中，编纂《儒藏》是中国人义不容辞的责任，因此这个伟大的工程必须由中国人自己来完成。

2002 年 11 月，经过专家的反复论证，汤一介先生向北京大学正式提出编纂《儒藏》的设想，北京大学上报教育部，终于在2003年，教育部正式批准我国这一重大学术文化项目立项，76岁的汤一介先生欣然受命，成为《儒藏》工程首席专家。

二

谦和平静、儒雅从容的汤一介先生，能够成为《儒藏》工程的首席专家绝非偶然。这一切源于他深厚的学养和在学术界的德高望重。

汤一介先生1927年生于天津。父亲希望他成为有学问的读书人，因而取“一介书生”之“一介”为名。

汤一介先生1951年毕业于北京大学哲学系，后一直任北京大学哲学系教授。其祖父、父亲也均以教书办学为业，汤氏家族的三代人以“事不避难，义不逃责”为家训，传承书香世家之风。

自20世纪80年代以来，汤一介先生一直为发展、弘扬中华文化而孜孜不倦。他恪守学人之责任与担当，勇往开拓，鞠躬尽瘁，取得了著称于世的成果。其中最大和最有影响力的就是创办了中国文化书院。

自1949年新中国成立后，各地民办形式的书院逐渐消失，公办大学就成为国内唯一的高等教育机关。1984年，在汤一介先生和同事们的共同倡导下，中国文化书院成立，汤一介先生被选为首任院长。

在汤一介先生的领导下，当年的中国文化书院不仅聘请到梁漱溟、冯友兰、张岱年、季羡林、周一良、杜维明等70多位海内外的学术界著名大家学者为导师，更举办了许多大型的学习函授班和召开国际性的学术讨论会。

中国文化书院无疑为传播和研究中华文化起到了积极的推动作用并产生了深远影响。因而可以说，中国文化书院是中国大地“文化热”的主要推动力量和代表性的一派，对那个时期的中华文化研究起到了不可替代的促进作用。

中国文化书院取得的辉煌成就，凸显出汤一介先生不仅是一位学术大师，更是一位学术领袖。当汤一介先生被任命为《儒藏》工程的首席专家时，中国学术界十分欣喜。他们称赞：“作为年届八旬的老人，汤一介先生不以颐养天年为乐，更不以金钱、名誉、地位等为求，而是汲汲皇皇地为中华文化的千秋大业和中华文明的传诸永世而恪尽一介书生之力，其志永固，其情可感，其愿撼天！”他们衷心祝福：“《儒藏》早结硕果、功德圆满！汤一介先生健康长寿、永葆活力！”

三

《儒藏》工程是一项旨在传承中华优秀传统文化的重大的基础性国家文化工程，也是一项迄今为止人文社科领域规模最大的国际合作工程。

《儒藏》工程包括编纂工作与研究工作。编纂工作分为两步：第一步，先编《儒藏》“精华编”。该编将收入中国四部之书及出土文献中具有代表性的儒家典籍文献503种，韩国、日本、越南历史上以汉文著述的重要儒学著作150余种，共分编为332册，约计 2.6 亿字；第二步，编纂《儒藏》“大全编”。该编将收入儒家经典著作 3000 余种，约 10 亿字；此外还要编纂著录两万余部“儒家经典文献总目”。研究工作包括若干子项目，如：中、日、韩、越四国《儒学史》、多卷本《中国经学史》《儒、释、道三教关系史》《中国儒学诠释史》、“儒家思想与儒家经典系列研究丛书”等。

《儒藏》工程无疑是浩如烟海又烦琐庞杂的巨大工程，但汤一介先生义无反顾。他说：“在中华民族走向伟大复兴的过程中，必须有中华文化的复兴来配合。今天，我们编纂《儒藏》可以说正在实现着 400 多年来中国学者、也可以说是中国人民的梦想。我最大的心愿就是把《儒藏》编好，将儒家文化瑰宝系统全面地收藏，成为全世界最权威的范本，之后一百年内不会有人超过。”

《儒藏》工程开始至今，已是第 10 个年头。在汤一介先生的带领下，在国内外 50 多家合作单位 400 多位学者的共同努力下，目前《儒藏》“精华编”已出版 74 册；中、韩、日、越四国的《儒学史》编写工作已全面启动；9 卷本的《中国儒学史》已由北京大学出版社正式出版；“儒家经典文献总目”其中的《经部》著录书目 14000 余条，也已由北京大学出版社正式出版……

《儒藏》收书范围突破传统，出版形式适应现代。《儒藏》“精华编”不仅收录传世文献，同时收录了出土文献、域外文献，并将这三者荟萃为一编，而又各自保持其相对的独立性，这在中国古籍编纂史上尚属首次。在整理和出版形式上则以现代的学术眼光和技术手段面向世界。为方便更多的学者和读者阅读、研究，《儒藏》“精华编”选择以附有简明校勘记的标点排印而非以影印本的形式出版。

专家评定正式出版的《儒藏》“精华编”为：其选本之精善，校勘之精当，标点之精确，可媲美或超越前人。

冯友兰先生曾说：“人类几千年积累下来的智慧真是如山如海，像一团真火。这团真火要无穷无尽的燃料继续添上去，才能继续传下来。”

汤一介先生即是将自己的生命作燃料以传这团真火的人！

宏伟壮丽的紫禁城，是一部浓缩的中华5000年文明史，是一座取之不竭的文化宝藏，是人类共同的文化遗产。

故宫的活字典

周　瓦

故宫是一部大书，能全卷通读的有几人？能读懂的又有几人？

朱家溍不仅通读了，而且读懂了，有的篇章还读得很精。恢复宫中陈列，识别宫中用品，整理造办处史料，对文物古器的鉴定……他对故宫的角角落落都能讲得清清楚楚。

因此，他被视为国宝级人物，被称为“故宫的活字典”。

故宫情结

1943年，朱家溍第一次到故宫当临时工。由于父亲朱文钧是著名金石学家，他从小就对文物耳濡目染，十几岁就接触金石书画，但是把它真正当作工作还是第一次。他说：“我觉得这个工作有一种魅力笼罩着你，能给你很大的快乐。”

抗战结束后，朱家溍正式成为故宫博物院的工作人员。从此，他与故宫结下了半个多世纪的缘分。故宫里的九百多间房屋他都去过不止一次。他如入宝山，目不暇接。在参加“提集”“编目”“陈列”“库房整理”等工作时，他发现自己未曾见过的文物实在是太多了，要把它们从生疏变成熟悉，需要一生不懈的努力。

朱家溍在书画方面的研究成果令人瞩目。如他主编的《历代著录法书目》，是继美国福开森编的《历代著录画目》之后的一部力作，法书、绘画相配，堪称姐妹篇。此书作为工具书，需收集大量的著录书籍，进行细致的资料整理，工作繁杂，故几十年来，无人敢问津。朱家溍为补此空缺，不辞劳苦，正常工作之余，兼干此事，积10年之功乃成。

朱家溍在明清宫廷史方面的研究，在故宫堪称权威，在国内也屈指可数，尤其对故宫的宫廷原状文物，可谓了若指掌，如数家珍。

1998年，故宫博物院进一步复原太和殿，尤其是复制已毁的乾隆所题匾额和左右对联，形制和书体的依据是一张照片。有人提出书法按照片勾摹，但照片太小，字迹又不甚清晰，难度很大；有人就主张请专门仿学乾隆字体的书法家来临仿。朱家溍果断拍板：“临摹原迹！”文保科技部摹画组遂几番逐步放大临摹，最终得以圆满完成，挂上太和殿后顿增宏伟气势。

在调整其他宫廷原状陈列时，如养心殿和西六宫、坤宁宫洞房以及恢复乾隆太子宫重华宫时，承办人员都曾向朱家溍请教过，遂使之尽量接近了历史原貌。在朱家溍的指导、推动下，现今已正式成立原状陈列科，并有专人从事研究，为宫廷史开辟了一个新的研究领域。

朱家溍在晚年出版的《故宫退食录》，囊括了他在故宫工作与碑版书画等的鉴定，珐琅、牙角、雕漆、书籍等器物的研究，先世遗泽，清宫礼俗，有关宫廷生活的作品正误，宫廷和贵胄演戏情况，四时府邸园林，有关故宫博物院诸事，京剧及一些名家，方言及饮食，等等，一应俱全。

著名学者张中行赞曰：“有关清代掌故，巨至朝政，细至礼俗，有问题，有争论，要人家朱家溍说了算。”

寰宇鉴古

朱家溍选编的《养心殿造办处史料辑览》，是清代宫中制作行业的原始资料选编。造办处设于康熙初年，所有皇帝交办与制作的相关事情，通过造办处的长官分发至各加工部门。在此类工作程序中所留下的大量原始记录，直接影响着古代历史和古代艺术史研究者的认识，被视为“入宝山之路”。

朱家溍就是从这些档案资料中作出了诸多文物制造的考证。如：清代传世的大量家具是没有款识的。过去古物鉴定专家根据家具的造型风格，大致划分清代家具为清初、乾隆、嘉道以下、晚清四期。凡制作新颖、质美工精的家具都称为“乾隆造”。趋于一般化而木质做工较为逊色的，则认为是嘉道以来的制品。

朱家溍通过查阅档案发现，清代的家具和其他工艺品一样，都有它的发展规律，发展到乾隆年达到高峰，过此逐渐下降。更确切地说，清代家具新的做法、造型、装饰在雍正时已经具备。传世的清代家具，过去定位“乾隆造”的，其中不少应该是“雍正造”。

自 1914 年在北京故宫西华门内的武英殿后浴德堂内举办了“香妃画像展览”后，香妃就轰动了国内外，成了一位令人瞩目的人物。当时社会上流传着一张“香妃戎装像”。

这张画像源自避暑山庄的画屏，后来民国时故宫办古物陈列所，就将其调入宫中。朱家溍发现画屏背后并无应有的记载签子，所以画中人究竟是谁无从得知，怎么能说她是“香妃像”呢？他就此进行了缜密的考证。原来当避暑山庄的文物运到北平后，民国政府内务部一位朱姓总长看到了该画屏顺口说：“这大概是香妃像吧？”不负责任的故宫工作人员就这样确认下来，造成积非成是几十年。

参观故宫博物院的观众很想知道，在当时没有现代科技的殿堂，皇帝是如何度过炎热夏天的？

朱家溍在这些生活小事上也有一番考证。他发现在乾隆御制夏日养心殿斋居诗中，有一句“深沉彤殿暑全祛”，就是对皇宫建筑居住感受的描写。皇宫实际和北京大住宅也差不多，例如前廊后厦的北房可称得上是冬暖夏凉。因为北京的天气夏季早晨和夜间都是比较凉的，早上 9 点钟就把堂帘支窗放下来，这样，外面的热气进不来，可保持室内凉爽（堂帘是按廊檐每间面阔尺寸制作的大竹帘）。到下午 6 点钟太阳西下，再把堂帘卷起，支窗支起，凉风就进到屋内。

还有一样设备，也是皇宫和大住宅都有的，就是在室内陈设的“冰桶”。从前北京夏季民间用冰，有什刹海冰窖、安定门外冰窖、阜成门外冰窖。皇宫内用冰自明代即取之于皇城内“御用监”冰窖（在北海东墙外），清代还沿袭使用这个冰窖。“冰桶”是木制、锡里、外有铜箍，约一尺五寸高，二尺见方，下有约一尺高的木座，上有两块带透空钱式孔的木盖，把天然冰摆在“冰桶”内来降温。故宫博物院至今还保存有这种“冰桶”。

摆放在太和殿正中的雕龙宝座是明清二十四代帝王权力的象征。然而，1915年袁世凯登基称帝后，把那把雕龙髹金大椅不知挪到何处去了，在屏风前面安设一个特制的中西结合、不伦不类的大椅。椅背极高，座面很矮。据说因为袁世凯的腿短，但又要表现帝王气派，所以采用西式高背大椅的样式。

那座至高无上的帝皇宝座就这样退出了历史舞台。于是，朱家溍用了四五年寻找它的下落。

他回忆说:“我终于在一个堆积着破烂房料，梁啊栋啊以及花牙子什么的地方，找着一个破椅子，我看它像。等于是三间的宝座，四个柱子裹着龙，这都破了，这么立起来，还是像个圈椅似的。同时我看见一个日本人照的相，是庚子年他们占领者在这儿照的相，照的就是这么一个椅子。当时断定，它可能是失踪的那个宝座。后来又从康熙皇帝画像里看见有一个坐宝座的像，坐的也是这个宝座。”

1964年9月，这件龙椅修复后陈列在太和殿的宝座上。

皇帝后妃居住在什么地方，也是参观故宫博物院的观众十分好奇的。紫禁城内东西六宫在明代是妃嫔们居住的地方，到了清代妃嫔们都被指定居住在东西六宫的其中一个宫内。

属于西六宫之一的咸福宫，建于明永乐年间，原名寿安宫，嘉靖十四年改为咸福宫。

朱家溍通过资料文献发现，咸福宫也并非后妃居住的宫殿。乾隆死后，嘉庆在咸福宫守孝，还写诗纪念这段日子，如《御制春日咸福宫诗》中写道：“敬恭守遗训，此志永无移”。道光也在诗歌里写道，自己守孝在咸福宫。道光死后，咸丰也是在咸福宫守的孝，孝满以后，还经常在此居住。

捐赠家藏

朱家溍一直住在北京东城区父亲买的两间平房里，并将启功先生亲笔题写的“蜗居”二字挂在墙上。然而，他却为国家捐赠了上亿元文物。

朱家溍父亲朱文钧为相国世家，书画之余，酷爱金石，博学精鉴，名重一时。他生逢乱世，民国早期市面上文物流散颇多，为了保护这些珍宝不流失国外，遂倾家产尽力搜罗，并与当时故宫博物院院长马衡先生约定，待社会安定之时，即化私为公，将所藏悉数献给国家，以图永久保存。

1953 年，朱家溍的母亲把丈夫生前有意将所藏碑帖捐给故宫之事提到议事日程上来。母亲对朱家四兄弟说：“你父亲曾经有这个诺言，我看现在已经到时候了。就用你们兄弟四人的名义，办理捐赠手续吧。”于是，兄弟四人写了一封书信给文物局，全部碑帖共 700 余种无偿捐赠。

1976 年，母亲已去世十多年，大哥朱家济也已去世，由朱家溍提议，两位哥哥同意，将家藏家具和多种古器物无偿捐赠给承德避暑山庄博物馆。这些明清国宝级文物中尤以宫廷家具为重，包括黄花梨、紫檀、楠木等制作的大型多宝槅、条案、几案、宝座及床等一级文物，其中乾隆紫檀叠落式六足画桌等 3 件为国内仅存。

同年，朱家兄弟又将父亲两万余册历代古籍善本捐诸中国社会科学院历史研究所图书馆。其中宋本唐人文集六种：《李长吉文集》四卷、《张文昌文集》四卷、《许用晦文集》二卷拾遗二卷、《孙可之文集》十卷、《司空表圣文集》十卷、《郑守愚文集》三卷，皆为藏书中之冠冕。

1994 年中秋佳节，中国最早建馆的博物馆之一浙江省博物馆新馆开放。这一天，在书画馆展出了 4 件稀世珍品：北宋名家李成的《归牧图》、许道宁的《山水》、南宋画院四大家之一夏圭的《山水》及宋人画《邃堂幽静》。这是朱家溍向国家捐献的第四批珍贵文物，除上述 4 件外，尚有 11 件历代法书、绘画等精品。

当时，中国的文物市场已经开放，古文物价格动辄数十万、百万。朱家溍这次捐献的总价可达上千万。

朱家 4 次捐赠文物后，朱家溍说："我家自此与收藏无缘。"

在朱家溍的摄影画册里，有一张题为"泰岱晴岚"的照片，是朱家溍在 85 岁那年，攀登泰山之巅拍下的壮丽景色。他一直将其挂在小屋墙上。在这幅摄影作品下面的墙围搁板上，端立着一方精致的小画框，其内是他夫人赵仲巽的玉照。

记者要给朱家溍留影，他站起来，回身看了看"泰岱晴岚"，在爱妻的相框上边摆了两朵红绢花，然后转过身来说："照吧。"

这是 2003 年 2 月，朱家溍 89 岁。7 个月后，朱家溍辞世。

他的价值、可贵与不朽，都与深至心髓的农民情结息息相关。

让农民傲立文学殿堂

歌　吟

9月，阵阵秋风拂帘而入，丝丝凉意不免让人伤感——“人民艺术家”赵树理的生与死都铭刻在这个月份里。

头戴厚毡帽，口噙小烟斗，身穿黑色对襟袄，吃着南瓜山药蛋，晒得黝黑的脸上淌着汗道子……即使你已经知道赵树理住在这户农民家里，也不会想到这个“乡巴佬”就是那个大作家。

对农民有着深厚感情、对农村生活有着独特感悟的赵树理，是我国文学史上第一个用农民语言写农民故事的农民作家。他的价值、可贵与不朽，都与深至心髓的农民情结息息相关。

一

山一程，沟一程。我们行进在叠嶂起伏的太行山腹地，前往《小二黑结婚》故事的发生地山西省左权县芹泉乡横岭村。

灰带子般歪歪斜斜的小路淹入万山丛中，这可是真正的山大沟深啊！当年没有车坐、没有马骑的赵树理三上横岭，是怎样一步一步丈量完这崇山峻岭的呢？

低矮简陋的庄稼院散落在沟的两边，高大壮实的杨柳榆槐们投下片片绿荫。没有鸡叫狗咬，一片恬淡宁静。因为缺水和偏远，横岭已整体搬迁到山下公路旁的大南庄去了。

村里最具代表性的建筑——一口百年古井还在。它仿佛在讲述着小芹、小二黑的故事，讲述着赵树理在这里创作的过程。

生活中的“小二黑”叫岳冬至，是村里的自卫队长；“小芹”叫智英贤，是村里最漂亮的姑娘。父母给岳冬至买了个不足12岁的童养媳，智英贤被父亲订了“娃娃亲”。两个都被视为已经成家的人还经常在一搭“鬼混”，这不能不引起乡人的非议和嫉恨。于是，在村里为所欲为又醋意十足的村干部将岳冬至活活打死，移尸岳家牛棚，伪造了上吊自杀的现场。事后，忍受不了可畏人言的智英贤远嫁他乡，一生再没有回过横岭。

当时，赵树理正在中共北方局党校调研室工作。听罢岳冬至叔叔的哭诉，他放下饭碗就往横岭赶，对惨案进行了详细调查，并听取了侦察员对案犯的审讯。而后，他在临街的一户干属家里住下，捻亮一盏昏昏欲睡的麻油灯，开始了《小二黑结婚》的创作。

故事情节、人物形象基本符合原型。但当他写到小二黑被活活打死时，竟无法写下去了。他觉得这样写太憋气！如果光是揭露封建传统、恶霸势力的残酷无情，不去鼓励青年们为争取婚姻自主而勇敢斗争，文学艺术怎么能起到“擂战鼓”“吹号角”的作用呢？他抓起稿子揉成一团扔了，将结局改为小二黑没有死，他最终冲破传统和家庭束缚，与小芹幸福地结合了。这才是庄稼人喜欢的“有头有尾”的故事哩!

“小二黑”家的房子仍在。牛棚则拆掉了，只留下一面石板墙，好像仍在恪尽职守地为冤死的自卫队长遮风挡雨。据说，由于是凶死，“小二黑”被深埋在村庄下方的杂树林里。如今没有几个人知道墓中是那个曾轰动一个时代的赵树理作品中的男主人公。

拐出“小二黑”家，沿着一条石板胡同前行不远，我们看见了破败的“小芹”家。

“小芹”家的斜对面有台石磨，石磨后边的二层小楼就是原先的村公所，捆绑、吊打、致“小二黑”死地的案发处。门锁着，不知钥匙在谁手里，楼梯也坏了，根本上不去。也难怪，这事儿都过去 70 年了。

赵树理住过的房子已荒废，再过些年，说不定全村的房子也寻不到一点儿踪迹了。但那个“像是农民又挂着几支钢笔”的作家，永远不会在乡亲们的记忆中抹去。

二

山一程，沟一程。在左权县麻田镇交沟村村头，一座崭新的黑色墓碑吸引了我们的目光。

上写:“先父，李有才。……与驻李家岩村工作队成员、人民作家赵树理相识，同食宿和劳动，结为至交。一九四三年底，老赵以先父为原型创作的《李有才板话》面世。至此，先父为老赵锦笔添花，老赵为先父薄名传声……”

碑志的记载很清楚：该村的穷苦农民李有才，系赵树理《李有才板话》的创作原型。他于 1991 去世，生前一直任村干部。

身后尾随着一只黄狗的老汉帮我们喊来了李有才的儿子李德胜。李德胜说：“赵树理和我父亲住过的老房子在山上，离这儿还有 6 里地。”说着，便带我们沿羊肠小道向山中进发。丛生的荆棘荒草拦腰，凶猛的长蛇夺路而过，突然传来的采药人的吆喝声让人惊悚。后悔不该来，却没了退路。

我们气喘吁吁地攀上峭壁，终于找到了老房子。可惜面目全非，没有了院墙和房顶，屋内茂盛的杂草中长出 4 棵大树。赵树理描述的“前边靠门这一头，盘了个小灶，还摆着些水缸、菜瓮、锅、匙、碗、碟……”这些场景更无影无痕了。

在靠西墙正中坍塌的土炕上，赵树理曾和李有才睡了半年。听着李有才久打不衰的鼾声，赵树理觉得这位“吃饱了一家不饥，锁住门也不怕饿死小板凳”的光棍汉（后娶妻生子），俨然是一位智慧的农民政治家！尽管日子过得十分清苦，可他仍然要通过编快板，向欺侮他们的豪绅地主、官僚恶霸、狗腿子们“扔砖头”。李有才身上闪耀着中华民族不为贫穷和邪恶所屈服的伟大品质，是那样可亲可爱。“对！我要写他！要为他立传！”

到了年底，《李有才板话》就出版了。开篇道：“阎家山有个李有才，外号叫‘气不死’。这人现在有五十多岁，没有地，给村里人放牛，夏秋两季捎带看守村里的庄稼。他只是一身一口，没有家眷……”从此，爱编顺口溜的“板人”李有才名扬四海。直到今天，课本里还在讲述着他的故事。

三

山一程，沟一程。来到沁水县尉迟村我们总算见到了河，一条弯弯曲曲从村前淌过的沁河。

这里就是赵树理的故乡，也是他长篇史诗《李家庄的变迁》原型村庄。

1945 年，离家 8 年的赵树理回乡探亲，他见到了年迈的母亲、新婚离别的妻子和长大了的儿女。可是，没有见到最牵挂的父亲。

“娘！我大呢?”

已哭干眼泪的娘告诉他:“孩儿啊！你再也见不着你大了!”

1943 年 11 月 29 日，赵树理的父亲提着一罐子蜂蜜去跟别人换红薯。一出门，就碰上了“清乡”的鬼子。强盗们用枪托打，刺刀捅，把他整了个半死，然后塞进茅坑放火烧了……

从父亲的坟上回来，赵树理随即走进父老乡亲们中间，调查了解日本鬼子在村里的罪行，决心用手中的笔控诉入侵者的残暴。

恰在此时，阎锡山命令其精锐部队侵入晋东南解放区，挑起了著名的上党战役。为了形象地、系统地揭露阎锡山统治山西的罪恶，赵树理改变初衷，决定描写太行山区一个村庄从大革命失败后到抗战胜利近 20 年间所发生的变化。于是，他又深入到附近的李庄、端氏村和杨树庄走访调查，掌握了大量活生生的素材。

那是寒冷的冬季，因为没有桌子，高大的赵树理不得不蜷曲在小炕桌前，靠着破瓦盆里的木炭火取暖。他饱含悲愤的泪水，为苦难的李家庄人民呐喊，夜以继日地书写出了《李家庄的变迁》。

《李家庄的变迁》是赵树理小说创作的又一座高峰，连同他里程碑式的另两篇小说——《小二黑结婚》和《李有才板话》，确立了赵树理在我国文学史中民族化、大众化的历史地位。

……

1970 年 9 月 23 日，农民的忠实代言人赵树理因受“四人帮”迫害，放下手中的笔与世长辞。但小二黑与小芹的婚事、李有才的光棍日子，以及三里湾乡亲们的喜怒哀乐、尉迟村父老们的柴米油盐……一切的一切，都被他揣在心中带走了。

他去世已20多年，我们看到的不是一位作家逐渐远去的背影，而是一种精神力量的延续。

依偎在黄土地怀抱

厚　夫

不久前，我国第三次出版《路遥全集》。

作为新版《路遥全集》的特邀编辑，我情不自禁地沿着那条熟悉的山径，又一次来到延安大学校园后山路遥墓园。

在平凡的世界里匆匆走完42年人生后，路遥与他深爱的故土融为一体。山丹丹花开得正艳，仿佛在诉说着对他的思念。

农民的儿子

1949年12月2日，路遥出生在陕北清涧县一个叫王家堡的小山村。路遥是父母的长子，属牛，乳名叫“卫”。谁也没有想到，这个在陕北像洋芋蛋蛋一样极其普通的生命，后来竟成长为一位著名作家。

1957年，父母因家境异常贫困，无法供“卫”上学，把他过继到延川县的伯父那里。苦难让“卫”过早懂事，并拥有超乎寻常的自控力。

就这样，“卫”由清涧走到延川，成为小学生“王卫国”。伯父也是个农民，只能勉强供他上完高小。但是，王卫国在全县一千多名考生中，以第二名的成绩考上延川县的最高学府——延川中学。整个初中 3 年，是王卫国人生最困苦最难熬的一段经历，他基本是靠同学们的勉强接济，才读完中学的。

饥饿和苦难，不但没有打倒正拔节成长的王卫国，反而更激发了他的人生志向。他经常出入于县城书店和文化馆阅览室，在饥不择食的阅读中，获得了精神的愉悦。有一天，他在《参考消息》上看到苏联宇航员尤里·加加林乘坐“东方一号”宇宙飞船在太空遨游的消息后，竟兴奋得彻夜难眠，遥望夜空中如织的繁星，寻找着加加林乘坐的飞船轨道。他后来在创作中篇小说《人生》时，给主人公起名的第一感觉就是“高加林”3 个字！

童年与少年时代苦难的人生经历，成为路遥一生都难以排遣的生命记忆。后来，他借用《在苦难的日子里》主人公马建强的心理活动，说出自己对苦难的理解：“正是这贫穷的土地和土地上贫穷的父老乡亲们，已经教给了我负重的耐力和殉难的品格——因而我又觉得自己在精神上是富有的……”

用文学表达苍生情怀

1970 年，王卫国开始狂热地喜爱上诗歌创作。他第一首以“路遥”笔名发表的诗作是《车过南京桥》。从此，王卫国成为文学青年路遥。

“无论沿着哪一条‘皱纹’走进去，你都能碰见村落和人烟……”新时期之初，就在许多作家忙于创作“伤痕文学”“反思文学”之时，路遥却以深沉严峻的历史眼光，敏锐地关注着生活在黄土地皱褶里的普通劳动者的生活变迁和悲欢离合，把自己的全部感情都融汇到了普通劳动者的身上。他在“城乡交叉地带”这个属于自己独特生命体验的区位，找到了文学表达的发力点。

1981 年夏，路遥在陕北甘泉县招待所创作完成中篇小说《人生》。“每天工作 18 个小时，分不清白天和夜晚，浑身如同燃起大火，五官溃烂，大小便不畅通，深更半夜在甘泉县招待所转圈圈行走……”视文学为生命的路遥，仅用 21 个昼夜就完成了 13 万字的中篇小说《人生》。这部深入思考中国广大农村有志有为青年人生出路问题的中篇小说，在《收获》杂志 1982 年第 3 期发表后，引起巨大反响，以至于 1982 年被文学界称为“路遥年”。

永远与黄土地同在

《人生》等多篇中短篇小说的巨大成功，给路遥带来荣耀，但他从成功的幸福中断然抽身，进行更加艰苦的文学远征。

1983 年以后，路遥潜心创作多卷本长篇小说《平凡的世界》。路遥最初决定以黄土高原农村孙少安、孙少平兄弟的奋斗为线索，用现实主义的方式全景式地书写中国 1975 年至 1985 年 10 年间的城乡社会变化。他设定这部小说的基本框架是“三部、六卷、一百万字”，决心要把这一礼物献给“生活过的土地和岁月”。

这部长篇巨著花费了路遥 6 年左右的时间。其中，仅准备工作就断断续续准备了 3 年——他潜心阅读了 100 多部长篇小说，确立自己的小说大纲；阅读了大量政治、经济、历史、宗教、文化以及农业、工业、科技、商业等方面的书籍。为了准确还原历史，他还翻阅过这10年间的《人民日报》《参考消息》《陕西日报》与《延安报》。不仅如此，路遥还多次重返陕北故乡，深入到农村、城镇与煤矿中，进行生活的“重新到位”，加深对农村、城镇变革的感性体验。

路遥动笔创作《平凡的世界》时，中国新时期文坛正刮起“现实主义创作方法过时论”的风潮。路遥却一头扎进铜川矿务局的陈家山煤矿，坚持用现实主义创作手法书写普通劳动者的命运。《平凡的世界》第一部发表后，评论界几乎是全盘否定。路遥并没有被打懵，而是以极大的艺术自信心向着既定的目标前行，相继完成了第二部、第三部的创作。

就在路遥逆风而行、创作完成第二部的时候，他健壮如牛的身体出了问题，“身体状况不是一般地失去了弹性，而是弹簧整个地被扯断”，“身体软弱得像一摊泥。最痛苦的是吸进一口气就特别艰难，要动员身体全部残存的力量。在任何地方，只要一下坐，就会睡过去……”他甚至想到过放弃、想到过死亡，结果是他隐瞒了自己的病情，在简单的保守治疗后又开始第三部创作。

整整6年，路遥燃烧着自己的生命，以惊人的毅力为世人奉献了书写人民的皇皇巨著《平凡的世界》。在这部小说中，他既展示小人物不甘于屈从命运的不懈奋斗，更传达一种温暖的情怀，给读者提供向上与向善的正能量。

1988年5月25日，路遥终于在陕北甘泉县为《平凡的世界》

画上了最后一个句号。他从书桌前站起来所做的第一件事情，就是把手中的圆珠笔从窗户里扔了出去。此刻的路遥已经泪流满面。他再一次想到自己的父亲，想到父亲和庄稼人的劳动……

从 1988 年春天开始，这部小说就在中央人民广播电台的“长篇连续广播”节目中播出，一连播了 152 天。《平凡的世界》乘着广播的翅膀飞到千万读者的耳畔与心头，并产生了强烈共鸣。可以说，是亿万读者把路遥推到第三届茅盾文学奖的领奖台上。

1992 年 11 月 17 日，路遥因积劳成疾，在 42 岁时英年早逝。路遥离世时，离他生命的第 43 个年头仅差 16 天！

路遥虽然永远地离开了他所热爱的土地与人民，但他的生命却以作品的形式得到延续。他的作品一直在读者中拥有热度，并引发长久不衰的“路遥热”。

他为民间文化的抢救与保护四处奔跑、呼吁、呐喊，他一往直前的高大身影，让我们肃然起敬！

骨气昂然的文化担当

华　光

一

多年来，冯骥才先生形成一种习惯，每至腊月底，就要到乡间跑跑转转，在年集里挤一挤，直到挤出一种年味儿，一种生活热望，一种醇厚的泥土情感，才满足才痛快，好似生命的根须一下子找到了土地。

其实，他是在关注民间艺术的现存状态。

天津杨柳青镇是年画的故乡，他每年必去一次，10 年未曾间断。此情难却，此情何情？

有位年近 80 的老翁在此撂地设摊卖画，画是老婆婆画的，皆是珍罕的木版年画。冯骥才先生知道，这是最后一代民间画工原汁原味的作品了，或是年画史最后的几道足痕了。故此，他年年来买老翁的画，而且有多少要多少，从不讨价还价。

可是到了 1995 年，在老翁卖画的一棵碗口粗的老槐树下，再也寻不到老翁的身影。这世上，唯有他们这样的老人身上，还遗存着木版年画那种可爱的精灵呵。冯骥才先生在这里看到了兴于宋、盛于清，历经千载的木版年画的消亡，看到了一个彩色历史的完结。他站在镇上热烘烘的人群中，一种文化的悲凉感陡然沁入心头……

消亡的何止是木版年画。每一分钟，在我们的田野里、山坳里、深邃的乡村里，都有大量的、迷人的、灿烂的民间文化死去，死得无声无息，好似烟消云散！

民间文化是中华文化的一半。它形成于悠久的远古时代，又代代传承生生不息，它是民族精神的命脉，是民族情感的源泉。能让祖先遗留的民间文化损失在我们这一代人的手中吗？能让后人完全不知道先人这些伟大的文明创造吗？不能！

对中华文化命运的忧心如焚，驱使冯骥才先生四处奔跑，呼吁、呐喊、推介民间文化的抢救与保护。

于是，不断有朋友问他："你把时间与精力不放在写作或绘画上到底值不值？"

他说："没法比较。这是完全不同的两件事，一件是个人的，一件是民族的。"

这就是冯骥才先生虔诚火热的文化良心，骨气昂然的文化担当！

二

不觉间已是2002年深秋。寒流骤至，空气都好像结了冰。

10月28日，中国民间艺术家协会等部门主办的首届中国木版年画国际研讨会，在中国年画历史的源头河南开封朱仙镇召开。整个古镇万人空巷，广场内外、房顶上、土墙上聚集了六七万老百姓，这让身为民协主席的冯骥才先生十分感动。天很冷，这块土地则是温暖的，因为这里的老百姓崇拜、挚爱自己的文化。

就在这一天，冯骥才先生用冻得发僵而不大灵便的嘴巴，把2003年2月中国民间艺术家协会即将全面启动“中国民间文化遗产抢救工程”的信息冲动地传达出来，并庄严宣布：中国木版年画的抢救作为工程的龙头项目今天率先启动。

冯骥才先生不会忘了那个历史时刻——

他激动万分地说，我们不能笑呵呵地看着民间文化从自己眼皮底下消失。为了不负前人、不负后人，也为了今天的中国，我们决定对960万平方公里、56个民族“大到古村落，小到香荷包”的民间文化遗产进行一次全面的、彻底的、拉网式的普查与抢救，把中华民族5000年灿若繁星的文化全部拥进怀中，这是我们不能拒绝的神圣使命，这是时代和历史放在我们肩背上必须承担的重任！

他一往情深地说，木版年画是我国民间美术中一笔文化财富。由于漫长而纵向的历史变迁，多元而横向的地域背景，独特而深刻的年俗底蕴，还有一代代才情并茂的艺人的创造，使年画发展成中华文化中的一个高峰。它最清晰地描绘出农耕时代中国民间立体的影像，最炽烈地展示了中国民间过往不复的精神情感，最缤纷地表达了那个漫长历史时代社会生活的全相，其人文价值是其他民间艺术难以企及的；它遍布全国各地，风格多姿多彩，手法纷繁，技艺精湛，融绘画艺术、雕版印刷、民间文学和民间信仰为一体，其艺术价值也是其他民间艺术莫能相比的。更重要的是，它濒危，一些产地的年画如入春时的残雪空寥无存；一些产地的年画奄奄一息已进入临终状态。因此，在成千上万种的中国民间艺术中，木版年画的抢救要拨打“120”！请诸位离开书斋到田野里去吧，我们要把中国木版年画的遗存“一网打尽”。

三

在中国文化史上，这种前所未有的文化普查与抢救规模庞大，难度颇高。冯骥才先生不顾自己年逾6旬，翻山越岭、穿行大地，寻访文踪、查找遗存、探访艺人，跑遍全国十几个年画产地。

癸未10月，一场30年来罕见的冷风急雨，把冯骥才先生和他带领的专家小组逼入困境。但他们没有退路，因为密藏在一座老宅屋顶上的武强年画古版急等他们去发掘和鉴定。

为了这批古画版，冯骥才先生一年里两次奔到武强。2002年年底，他偶从朋友口中得知武强旧城村一村民的屋顶上藏着许多年画古版。但只是短短一个信息，其他一切空寥不知。

春节前，冯骥才先生由内丘魏家村和南双流村考察结束，旋即奔往武强，查实确有此事。为防招来文物贩子，他嘱当地文化部门抓紧秘密动员房主献出这批古画版。

当得知房主的工作已做通，他和专家小组在冷风急雨中迅速抵达武强。远看旧城村，真是很美，在细密如织的雨幕后边，稀疏又低矮的房舍，河水一般弯弯曲曲的村路，大半隐藏在浓密的枣树林中。

但刚接近村子，他们的车就滑下路面，陷入松软的麦地。无奈，大家换上胶靴改为步行。身高1米92的冯骥才先生脚太大，胶靴穿不进去，只好把塑料袋套在鞋子外边，歪歪扭扭跋涉于泥水之中。

文化是有情的。只要你为它付出，你的收获一定比付出的多得多。这次发掘古画版155块，价值之高，令人惊喜。在年代上，下限为民国初年，上限可至清代中期；古版的画面大都未曾谋面，是首次发现的孤本；其中《三鱼争月》等是武强年画的代表作，也是中国年画难得的珍品。

尽管在返程的路上，他们又遭遇猛烈的风暴潮，车子被吹得摇摇晃晃、无端熄火，大家被冷雨浇透，浑身发抖，心中却溢满欢喜。因为此次发掘为中国民间年画增添了一份丰厚的遗存。

2006年7月的一天，河南滑县文化局的魏庆选和年画传人韩建峰，带着该县的木版年画来拜见冯骥才先生。

解开细细的麻绳，画儿随着画捆儿渐渐展开。冯骥才先生竟大喜过望。

各种各样的神仙面孔，不少是陌生的；那种配着对联和横批的中堂，几乎很少被别处的年画使用；绮丽又雅致的色彩，松弛的类似毛笔的线条，写意般平涂在天界众神上的朱砂，前所未见……

一种带着冲击力的新鲜感和异样的神秘感，使冯骥才先生已经急不可待要去那个隐伏在豫北蒙着面纱的画乡跑一趟了。

入冬以来最冷的天气伴冯骥才先生而行。由冀南往中州一路而下，全是雨雪。他心里默默祷告着:“停—停—停—”，雨雪反而越下越大，砸在车盖上竟腾起高高的烟雾。

当他双腿是黄泥、鞋子里是冷水、举步维艰地来到村子中间的韩建峰家时，堂屋的四壁早挂满了年画，足有四五十幅。虽然大半他都看过了，也研读过了，但这次整体一看，此地年画的特色更为鲜明。从题材内容、绘画风格、制作技艺、张贴习俗到传播方式，都是一个完整而独立的文化体系。为此，他确信这样的判断：它是迄今未被世人发现的民间古版年画的遗存。

在纷忙又焦灼的木版年画抢救中，冯骥才先生最大的快意便是忽有意外发现。霎时，眼前如光照一般明亮，一切困顿都不复存在。

在 100 年前，杨柳青镇骄傲地作为闻名天下的画乡时，“家家能点染，户户擅丹青”的镇南三十六村（亦称南乡）是它的一半江山。

辛卯腊月二十四，春节迫近。冯骥才先生提两瓶好酒奔往南乡宫庄子，去看望村中艺人王学勤。

王学勤的代表作缸鱼，是天津地区特有的地域性年画品种。在时代的变迁中，王学勤把这个小生命鲜活而真实地留在南乡的田野里。那股子喜庆劲儿，活泼气，讨人喜欢的傻头傻脑的样子，特别惹眼。

冯骥才先生非常尊重在中华文化大地深深的皱褶里结识的那些才高艺湛的民间艺人。近 10 年里，已记不清多少次到过王学勤家。那黄泥墙围着的小院、生气盈盈的藤萝架、散着特殊气味的牲口棚和幽暗的画室，那贫穷又亲切的生活气息，混合着大红大绿炽烈的年画色彩，一直不变地在他心里。

可是这次见到王学勤，他的一句话让冯骥才先生如雷轰顶。“村里叫我们搬走，年一过这村子就全拆了。”

海啸一般卷地而来的城镇化浪潮对民间文化来说，无疑是一种连根拔，一种连锅端，一种断子绝孙式的毁灭。

如果再不详尽调查与记录王学勤，恐怕将来这块在全国罕见的“活化石”只是一个空空的人名而已。冯骥才先生立即组织了对王学勤缸鱼的临终抢救——研究人员负责口述调查，摄影家存录下一切具有见证价值的信息，并将他的画室整体搬进天津大学冯骥才文学艺术研究院跳龙门乡土艺术博物馆。虽然只是些竹筐、木凳、色罐、笔刷、门子、枣刺钉、玉米坠儿及一些缸鱼的半成品，但它们却组成了农耕时代农民的一方艺术天地。

四

2011 年春天，驰车去京的路上。

冯骥才先生忽接到中华书局编辑部主任宋志军的电话，他用报喜的口气说:“《平阳卷》印出来了。”

瞬间，冯骥才先生肩背上好似一块重石滚落下来，有点儿飘飘欲仙之感。

《平阳卷》是山西最古老年画产地临汾的文化档案，是冯骥才先生主编的《中国木版年画集成》的最后一卷。

这次年画普查，工作人员先是把全国各地上百个产地都翻了一个个儿。而后，确定了 20 个大产地和 20 个小产地。冯骥才先生主持设计了对这些产地 10 个方面的调查内容：村落习俗、历史遗存、题材体裁、工艺流程、工具材料、画店艺人、传承谱系、经营方式和相关的民间传说等。要求从民俗学、人类学、历史学和美术学来进行多学科多角度综合的调查与研究。最终形成了 22 卷《中国木版年画集成》及 14 卷《中国木版年画传承人口述史丛书》，为农耕时代中国木版年画作了终结式的总结，使这一磅礴的历史遗产井然有序地成为我们国家与民族的文化档案。它对整个“中国民间文化遗产抢救工程”具有示范性和领军作用。

在这个春天里，冯骥才先生有秋天的感觉，有收获的气息和收获的喜悦。

2011 年 11 月 5—13 日，中国木版年画普查成果展在天津大学冯骥才文学艺术研究院开展。年近 70 的冯骥才先生推着 95 岁的老母亲来观展。老母亲话语不多，却不时回过头来满面笑容地望着儿子，头上的白发来回一晃，宛如摇动一片秋光中的芦花。

肩背上的一块重石滚落下来，身子真的轻了吗？冯骥才先生掂一掂膀子，还沉甸甸的呢——民间故事、民间剪纸、民间泥塑、民间傩戏、民间皮影……千头万绪、浩无际涯的民间文化抢救对他来说，任何阶段性的句号都是另一个起点。

冯骥才先生一往直前的高大身影，让我们肃然起敬！

为伊出世尝百味，一烛耗尽心安然。

“秦俑之父”的半生守候

郭 梅

八千将士，列队成阵，披坚执锐，鏖战在即。这个来自秦朝的庞大军团，在地下默默站立了两千年。

1974 年 7 月 15 日，42 岁的考古学家袁仲一和队员们，来到陕西临潼骊山脚下西杨村，将军团浩浩荡荡地发掘出土。

那一尊尊兵马俑，在袁仲一眼里就是一个个有血有肉活脱脱的生命。他与他们相濡以沫，度过了近半个世纪的春秋。

唤起沉睡的兵团

42 年前的初春时节，一场突如其来的干旱袭击了八百里秦川。西杨村地里的庄稼黄蔫蔫的抬不起头来，村民们想用地下水来解燃眉之急，选了一片石榴树林作为打井的地点。可是，直到黄昏时分，依然没冒出一滴水。

就在村民们陷入极度疲惫和绝望之中时，有人惊呼：“瓦爷！”原来从地下五六米深的地方挖出了个真人一样的陶土人头，灰塌塌的，形象有些恐怖。

随着镢头、铁锨的不断劈凿，一个个陶制俑头、一截截残腿断臂、一堆堆俑片，被装进吊筐拉上地面，抛到这片荒滩野地上来。

就从这个黄昏开始，20 世纪最壮观的考古发现在不经意间拉开了序幕。

经国家文物局批准，陕西省成立了一支考古发掘队，袁仲一被任命为队长，他们在西杨村的一棵大树底下安顿下来，随即开始在打井区域周围进行挖掘。

当袁仲一的洛阳铲铲下去又扬起来的瞬间，他看到一个陶俑就静静地趴在东南角上。只见它造型奇特，头顶上长着角，二目圆睁，怒视前方，紧闭的嘴唇上方铺排着两撇八字须。从外形上看，与其说是神像，不如说是身披甲胄的战士。

一铲、两铲、三铲……小小的井口被挖成了土坑，真人一样的陶俑不断在土层中出现。

“怎么还有没边的俑坑呢?”经过精密探测的结果表明：这是个史无前例的巨大的兵马俑陪葬坑。

一支沉睡了两千年的“地下军团”，就这样在袁仲一和队员们的铁锹下，一点一点地揭开了神秘面纱，从地下幽宫中惊天出世，成为“世界第八大奇迹”!

与死神擦肩而过

一把铲，一条绳，探幽寻秘骊山陵，朝朝暮暮情。腰如弓，

铲声声，奇珍异宝一宗宗。谁知精血凝？

秦俑考古发掘队长期在一片坟冢满地、荒草遍野的沙石滩上工作。在黑暗死寂的夜晚，常传来“嗷嗷”的狼嚎声。

“骊山戴帽，长工睡觉”，每年的7月至10月，是多雨的季节。如果雨水流入试掘方内，或是淋到已出土的陶俑、陶马上，将会遭受严重破坏。多少个日日夜夜，袁仲一和队员们半夜爬起，冒雨开沟排除坑边积水，填堵加固被冲垮的土堰，覆盖暴露在外的陶俑、陶马……

进入冬季，寒风凛凛。冷热的变化及霜雪的浸渍会使陶俑、陶马遭受不同程度的损伤。多少个日日夜夜，袁仲一和队员们奔波百余里，到陕西长安县、户县一带收购稻草帘子，用架子车一趟一趟地运回，给陶俑、陶马当被子保暖……

考古发掘工作不仅十分艰苦，还危机四伏、险象丛生。袁仲一曾两次遇险，与死神擦肩而过。

第一次，在陕西三原县焦村。袁仲一参与发掘唐淮安王李寿的墓，墓深11米，墓室内积满了淤泥，一位农民兄弟负责清除淤泥，袁仲一负责往外搬运。

一天上午，袁仲一突然发现泥层上的线条出现了断裂和错位的迹象，急忙对正在挖土的农民兄弟说：“不要动！”

农民兄弟却满不在意地说：“不要紧！”

结果，一镢头下去，墓室顶部厚约两米的大片淤泥迅疾崩塌下来。袁仲一迅速把农民兄弟往后一拉，淤泥毫不留情地将他俩的草帽打落。如果躲闪不及，他俩就会葬身淤泥层下，成为

“陪葬品”。

第二次，是在 1975 年。为了给秦俑遗址保护大厅建设提供准确的数据，袁仲一决定在俑坑西北角开一个小型探沟。他和技工杨四娃及两位农民兄弟在探沟底部负责清理和铲运泥土，西孙村的老孙头独自一人在上面用辘轳往上提土。

在挖到约 4 米深的时候，老孙头一不留神碰撞到了辘轳，眼看做支架的一条铁腿在向下跌落。危急时刻，袁仲一迅速把杨四娃向外一推，自己顺势往坑壁靠去。瞬间，沉重的铁腿擦过右肩，“轰隆”一声巨响，直直地落到坑底。

就差那么一点点，就是脑浆迸裂、命丧黄泉！

在如此艰苦和危险的工作环境中，袁仲一参与发掘了兵马俑坑、铜车马坑、马厩坑等陪葬坑及墓葬 500 余座，宫殿建筑基址和秦始皇陵的三道城垣等 200 余万平方米，挖掘出土文物达 10 万余件。

解密秦俑文化

当许多人还只能从“烽火之遗叶”中去勾勒秦王朝的依稀轮廓时，袁仲一却能清晰地为世人再现遥远帝国的某些神秘层面。

在发掘和修复的过程中，袁仲一发现陶俑制作者的名字 87 个，“宫丙”“宫疆”“宫欬”“咸阳午”“栎阳重”“临晋”等，这些工匠都是老师傅了，若一个老师傅带 10 个徒弟，就是 870 个人。

《史记》记载：“二世葬始皇，……凡参修墓室之工匠，俱另坑活埋之。”工匠们的归宿始终是一个谜，也是袁仲一解不开的心结。

1994年10月16日，考古工作者终于在临潼相继发现了修陵和制作秦俑工匠的3个墓葬区。

袁仲一认为，在发现的这批修陵人墓葬中，尤为珍贵的是在赵家背户村墓葬中发现的刻在秦代残瓦上的文字，上面记录了19个修陵人的姓名和身份，这是我国最早的墓志文。从墓志文提供的信息看，秦统一六国后所使用的修陵人和制俑工匠，已经超越秦地，而远至山东、江苏、山西、河南、河北等地，再次佐证了《史记》中《秦始皇本纪》关于用“70余万人”修陵的记载是属实的。

当世界上大部分地方仍然被荒蛮和蒙昧包围的时候，华夏大地上的工匠们则用双手展现了中华民族的智慧，创造了古代辉煌的文明。是他们伴随着袁仲一梦回千年，去找寻一个王朝远去的记忆。

8000多尊秦俑各有各的等级，该如何区分？袁仲一发现，应该从铠甲和冠这两个细节入手。高级军官的铠甲花纹非常漂亮；中级军官的冠中间有一道杠；一般士兵的铠甲没有花纹，头上也不戴冠。

在研究军队编列的时候，袁仲一认识到，古代不外乎方、圆、曲、直、锥这几种编列。一号兵马俑坑的编列就是方形阵，前后整齐，四方如绳，坚若磐石，令敌人望而却步。

从俑坑的性质、作用，到陶俑、陶马的制造工艺、艺术特征、在中外雕塑艺术史上的地位，再到兵种、编列、装备，兵役制度、供应制度……几十年来，袁仲一痴迷其中，是兴之所至，是情之所及。

“为伊出世尝百味，一烛耗尽心安然。”如今，已 83 岁的袁仲一回忆起守候秦俑的大半生无怨无悔。

石滩杨，荒漠漠，秦皇御军八千多，寰宇俱惊愕。人似潮，车如梭，五湖四海秦俑热。夜长人在何？

他写下的这首《长相思》，是对那段刻骨铭心的日子的深情怀念，更是对已逝去的考古队员的深情怀念！

青山历历，峰峦自见；风行水上，自然成文。

如山峦之有云烟

王能宪

2016年4月，是享誉海内外的北京大学古典文学专家袁行霈先生的80华诞。

著名雕塑家吴为山满怀敬意，为先生塑了一尊青铜头像。头像传神至极，眉宇间透露出他的慈祥、睿智、儒雅与清逸，让人联想起先生“如山峦之有云烟”的诗意人生。

治学：诗艺的探求

先生治学的领域很广，据《袁行霈教授著述目录》所载，各类著作30余种，主要论文70余篇，涉及文学史、文明史、文言小说、诗学、目录学、考据学等诸多方面，而成就最卓著的还是中国古典诗学特别是诗歌艺术的研究。

《中国诗歌艺术研究》是先生代表性的学术成果之一。自20世纪80年代问世以来，多次再版，畅销不衰；另有日文版、韩文版在国外发行，还有繁体字版在中国台湾、中国香港和新加坡等地发行。该书最大的特点是用诗一般的语言来阐述诗歌理论，分析诗歌意境，给人以思想的启迪与诗意的美感。

例如，对李白与杜甫两位大诗人不同风格的分析，古人曾有“飘逸”与“沉郁”的定评，那么何为飘逸？何为沉郁？则往往是一个“只可意会，不可言传”的大体印象。先生却有具体而精微的描述：“飘逸者，如春烟，如秋岚，如天外之鹏飞，如海上之浪翻，无拘无束，舒卷自如，才情豪迈，无迹可求。”“沉郁者，如深潭，如老松，如涧底之虎啸，如峡中之雷鸣，地负海涵，博大雄深，进退伸缩，皆合法度。”先生认为这两种风格“都属于美之上品，不可加以轩轾抑扬”。并从李杜各自的诗歌中找出一系列“个人的意象群”，用大鹏、凤凰、明月、飞瀑、惊雷、剑侠等证明李白的飘逸；而杜诗的沉郁则体现为病柏、枯楠、瘦马、病马，等等。

伟大的田园诗人陶渊明，是先生几乎倾尽毕生精力的研究对象，一部《陶渊明集笺注》，一部《陶渊明研究》，耗费了先生二十多年的心血。因此，这两部著作是陶渊明研究的重大收获，被誉为“集大成之作”。

另有一部《陶渊明影像》，通过“图像证史”，研究历代关于陶渊明的画像及其与文学史之关系，被学界称之为“艺术史与文学史交叉研究的典范”。

这些年来，陶渊明成了先生“多年朝夕相处的朋友”，笺注陶集成了他“跟那位真率、朴实、潇洒、倔强而又不乏幽默感的诗人对话的渠道”。

先生曾提出研究中国诗歌艺术的八字箴言：“博采、精鉴、深味、妙悟”，推而广之这实际上也是对治学的感悟与学问的境界。他写有一篇学术随笔《学问的气象》，认为作诗讲究气象，做学问也讲究气象。“学问的气象，如释迦之说法，霁月之在天，庄严恢宏，清远雅正。不强服人而自服，毋庸标榜而下自成蹊。”

这分明是对学问诗一般的礼赞！

教学：诗境的课堂

先生在北京大学执教50余年。他渊博的学识，儒雅的风度，从容的语调，优美的板书，陶醉过无数学子。

如今，已是北大名师的葛晓音教授曾撰文，深情回忆当年听先生讲课的情景：“他的课着重在诗歌的意境和艺术表现，正是学生们最为渴求的内容。而他的讲课艺术也和他讲的内容一样，非常讲究。节奏的快慢疏密、声调的抑扬顿挫，都把握得恰到好处，让学生跟着他清晰的讲解进入意境。”

先生每次讲课教室里都挤得水泄不通，连走廊里、窗户外面都站满了人，有时实在挤不下了只得临时换大教室。他曾在一篇文章中幸福地描述当时的情景：“教室里坐满了我的学生，一双双眼睛投出渴求知识的光，集中在我身上，使我兴奋、喜悦、感激。因为这些光束的撞击而产生的灵感纷至沓来，一向寡言的我，竟滔滔不绝地讲出一连串连我自己也觉得新鲜的话语。从学生的颔首微笑中，我听到他们心中的回响。这时，我觉得自己就像一个交响乐队的指挥，在组织一片和谐的乐音……”

这样的课堂难道不是一首美妙的诗吗！

先生的课堂不仅在燕园，也延伸到了国际上。他是首位受聘于东京大学的北大教授，他曾任新加坡国立大学中文系客座教授，他以美国哈佛燕京学社访问学者身份在哈佛大学访问研究，并在哈佛、耶鲁、哥伦比亚、华盛顿、夏威夷等大学讲学。他以其学识和人格魅力受到热烈欢迎和高度赞誉。

特别是近年来，先生主持的国际汉学家研修基地，更是培养了许多在国际上传播中华文化的高端人才。

先生非常热爱自己所从事的职业，常说："如果有来世，我还要做老师！"

创作：诗心的绽放

先生的诗文创作如同他的人格一样，散发着一种温厚、纯净、淡雅、明丽的气韵，诗心蕴藉，妙趣天成，令人百读不厌。

先生曾编辑过自己的诗文短札《愈庐集》，诗、文各一卷。中华诗词学会会长郑欣淼评论此书："冲淡平和，乐观谦逊，诗意很浓。"

例如，《游天门山采石矶吊李白二首》："双峰云海外，绝壁大江前。太白今何在，犹疑抱月眠。才高天亦妒，志大世难容。唯有峨眉月，相将万里从。"先生笔下的李白是那样豪放与脱俗，一如江上之清风、山间之明月。

先生的散文，甚至连一些阐发学理哲思的学术随笔，也都趣味无穷，诗意盎然。有一篇题为《江山之助》的文章，探讨大自然与诗人、画家的关系，文章的开头却是从未名湖散步写起的："一天，趁着那雪下得正紧的时候，到燕园散步。只见未名湖一带迷迷茫茫，隐现些树木和楼阁，宛如梦境一般，不禁想起前人咏雪的诗句。唐太宗的'无树独飘花'，暗含着柳树飘絮的比喻；杜甫的'舟重竟无闻'，暗示着雪与雨的不同，都富有意趣。岑参说'忽如一夜春风来，千树万树梨花开'，清新流畅，惊异中透露出对春天的期待，是咏雪的名句。但我最喜欢的还是陶渊明这两句诗：'倾耳无希声，在目皓已洁'。诗人准确地把握并表现了雪后的视觉效果，那雪悄悄地来到眼前，满铺在大地上，给人一个惊喜。"你看，先生体察古人与眼前之雪景是多么细微而有诗味！接着，写江山（大自然）可以提供丰富的创作素材，可以开阔诗人和画家的心胸，激发他们的灵感，培育他们的激情。最后，又别开生面，强调："江山之助，又何限于文艺创作呢？江山也有助于启迪人的智慧，荡涤人的心灵，提升人的境界，帮助人思考生命的意义和价值。"

先生又效法古人作《论诗绝句一百首》，自先秦至清代，涉及历代诗人（或诗集），每人一绝，并有自注，相互映发。这种以诗论诗的形式，正如先生在自序中所说："其含蓄蕴藉之妙，比兴寄托之深，措辞炼句之精，涵泳玩味之趣，又非长篇大论所可比拟。"还有七绝一首题咏："道法自然诗法何，池塘春草漾清波。灵光一现花如绣，恰是天成妙趣多。"充分体现了先生的诗心与诗趣。

做学问是清苦的，免不了枯燥与寂寞，先生却说"寂寞有时也是很美的"。

那是怎样的一种美呢？也许是登上高峰的豁然开朗，也许是远离喧嚣的宁静，也许是看淡功利的从容……

先生在散文《黄昏》中写道:“黄昏仿佛是专为供人沉思的。书上的字迹渐渐模糊了，抬头向窗外望去，落日的余晖散射在天幕上，宛如罩上了薄纱。开灯还嫌早，索性掩卷闭目，在沉思中打发这白昼和黑夜交界的时分。”

寂寞的读书生活在先生看来，竟充满如此“很美的”诗情诗韵。

行文至此，我心中油然涌出4个字:吾师如诗!

狂风可以移动沙丘，却吹不走大漠的记忆。

鸣沙山在吟唱

王　杨

她静静地坐在沙发上。86岁高龄气质依旧端庄优雅，一头银发蓬松在脑后，充满回忆的目光凝望着西北方向——

啊！那里有浩瀚的沙海，如血的残阳；有千年的古道，不倒的城墙……随风传来一阵“叮叮当当”的声音，若隐若现，似有似无，爸爸说那是九层楼的风铃响。

九层楼，莫高窟标志性建筑，一座矗立在敦煌的雄伟艺术殿堂。那儿是她和父亲两代人魂牵梦绕的地方！

眼前这张令人怦然心动的照片，出自中国美术馆“花开敦煌——常沙娜艺术研究与应用展”。

常沙娜是我国著名艺术设计家、教育家，“敦煌守护神”常书鸿之女。她承载父亲遗志，以纯粹的艺术态度、隽雅的艺术格调和崇高的艺术境界，倾其一生致力于敦煌艺术的保护、研究与教育。展览以“守望”“凝萃”“传承”为三大主题词，展示了她一往情深的艺术担当。

她就像沙漠中生长的花一样坚韧顽强

在展览的第一部分有这样的描述：

1931年3月26日，常沙娜生于法国里昂。她的父亲常书鸿、母亲陈芝秀都是中国20世纪早期的留法艺术家。她的名字来自于当地一条河流，后译为中文“沙娜”，冥冥中似乎有一种隐喻和暗示，“沙娜”即沙漠与婀娜多姿之意。后来她真的跟随父亲走进了茫茫沙漠。

那是在1935年一个落叶纷飞的日子，常书鸿在巴黎塞纳河畔的旧书摊上，偶然看到一部名为《敦煌图录》的画册。当他好奇地打开，顿时震惊了：这些来自中国一千多年前的古画，竟然如此气魄雄伟，是西方绘画从古至今都无可比拟的！

数典忘祖啊，祖国有这么伟大的艺术，自己却漂洋过海来学习西洋画。他感到很惭愧，下定决心离开巴黎，回国寻访敦煌石窟。

1943年深秋，常书鸿全家4口向西一路颠簸，从重庆迁居敦煌。当时，常沙娜12岁。

“出了嘉峪关，两眼泪不干，前看戈壁滩，后看鬼门关。”一望无际的黄沙里可以做路标的，唯有死人惨白的枯骨。

常沙娜就像沙漠中生长的花一样坚韧顽强。她每天兴致勃勃地登着蜈蚣梯，爬进洞窟临摹壁画。“早晨的阳光直射进来，照亮满墙色彩斑斓的画面。那建于五代时期的窟檐斗拱上鲜艳的梁柱花纹，那隋代窟顶的联珠飞马图案，那顾恺之春蚕吐丝般的人物衣纹勾勒，那吴道子般舞带当风的盛唐飞天，那金碧辉煌的李思训般的用色……满目佛像庄严，莲花圣洁，飞天飘逸，我如醉如痴地沉浸其中，画得投入极了，兴致上来，就放开嗓子唱歌：‘长亭外，古道边，芳草碧连天……’随着太阳转移，洞里的光线越来越暗，而我意犹未尽，难以住笔。”

大漠的白天孤独、寂寞，叫人无法排遣；大漠的夜晚阴森、死寂，叫人毛骨悚然。若干年后，曾经和常书鸿患难与共的诸多同仁，先后离开；就连以身相许的结发妻子，也一去不返。曾几何时，偌大的莫高窟除了两位工人，只剩下常书鸿和一双儿女。

常书鸿和种在千佛洞前的参天杨一起，把根深深扎在大漠。直到 1982 年，年近八旬的他不得已迁居北京。他觉得是来做客，眷恋敦煌就像眷恋自己分离的骨肉。他在家中挂了好几个风铃，听到铃响就仿佛回到了敦煌。敦煌已融入他的生命，不可离分。

1994 年 6 月 24 日，常书鸿辞别人世。他魂归敦煌，长眠在九层楼对面的高坡上，永远与莫高窟相依相望。

“我的血液里也流淌着父亲的血液。”当年，常沙娜一边照顾弟弟，一边在石窟里临摹壁画。展览展出的她 30 余件临摹作品，无论是《舞人》飞扬的线条、《女供养人》炫目的衣饰、《八臂十一面观音》恬静的面庞，还是巨幅临摹作品《观无量寿经变》庞大的神仙群体和繁复的装饰图案，都难以想象这些作品大多创作于她 14 岁至 17 岁之间。她因此被称为“敦煌少女”。

她用敦煌艺术元素装点民族艺术的大花园

沙娜，不要忘记，你是“敦煌人”……

这是展览的第二部分展出的常书鸿写给女儿的亲笔信。

肩负父亲交予的艺术使命，常沙娜用敦煌艺术元素装点民族艺术的大花园，散发着属于自己独有的芬芳。

自20世纪50年代以来，她先后参与完成了人民大会堂、民族文化宫、北京展览馆、首都剧场等国家重点建筑的装饰设计。她凝聚敦煌艺术的精粹，开创了具有典范意义的设计新风：既兼顾古典的韵味又体现时代的气度；既具有民族性特质又体现国际化视野。

1997年，她受命主持设计中央人民政府赠送香港特区的大型礼品雕塑《永远盛开的紫荆花》，其所有艺术元素均以“敦煌图案”为蓝本。紫荆花永不凋谢地开放在香港海滨广场，成为当代中国设计的重要艺术形象。

她还是国内最早从事敦煌图案研究与教学的学者之一。敦煌斑驳的壁画中隐藏着大量的人物发饰、配饰、服饰，以及建筑华盖、花砖、莲座等多样化图案，忠实地呈现着不同时代工艺美术领域的成果。她从中凝萃、提炼、挖掘，抽离出多样的图案单元。此外，那些潜藏于纷繁画面中的花草树木、飞禽走兽，也在她的画笔下纷纷以独立的形式展示着灵动的生命姿态。

2003年，她带领学生完成了《中国敦煌历代装饰图案》繁重的整理、编绘工作；又于2014年出版了《中国敦煌历代装饰图案（续编）》，不仅诠释出古典艺术的繁华气度，更使后人从图案与设计角度重新审视先人留下的珍贵文化遗产。

她在快要走到人生边上时许了一个愿

一沙一天国，一花一世界。

展览的第三部分展出的是常沙娜以女性特有的细腻描绘的花卉作品。仙人掌、向日葵、黄鸢尾、凤眼莲、小红果、花椒树……

这些婉约清丽、动人心扉的写生，寄托着她对生命的憧憬和礼赞，也饱含着她对生命的追念与感怀。

1989 年，常沙娜的丈夫年仅 62 岁就离她而去，他们的儿子才 13 岁就没有了父亲。

2008 年，她被确诊患了乳腺癌。之后，幼年失去母爱、由她呵护长大的弟弟也与她阴阳两隔。

岁月无情。生和死也许只有一步之遥。

在展览结尾处，我们读到了她的心声："在我快要走到人生边上的时候，还有那么多该做的事、想画的画在等着我，如果今天让我在吹熄蜡烛之前许一个愿，我的愿望就是：让我好好为祖国、为党、为人生做完自己应该做的事，没有遗憾地走完今生幸运的路。"

她的一生是中国当代艺术史的缩影。为给历史一份交代，她花费 5 年心血，叙述完成了自己的人生回忆《黄沙与蓝天》。

她的画作是传承与活化敦煌艺术的珍品。为给历史一份留存，她特意为本次展览重新绘制了敦煌中唐窟《文殊变》彩墨画，连同其艺术生涯中 24 幅经典之作一并捐赠国家。

这就是常沙娜历经八十余载风雨始终不变的艺术情怀！

狂风是大漠的主宰。它能让沙飞石跑，能把一个个沙丘像幽灵般移动。但它却吹不走大漠铭刻的记忆，亘古不灭的记忆：没有众多像常书鸿这样的“守护神”，就没有敦煌艺术屹立东方光耀世界的今天！

胡杨树挺拔着不朽的身躯向他们致敬；鸣沙山回荡着天地奇响为他们吟唱！